BUR

Biblioteca Universale Rizzoli

Lilli Gruber

I MIEI GIORNI A BAGHDAD

Con una nuova introduzione dell'Autrice

BUR

SAGGI

ISBN 88-17-00273-9

Prima edizione BUR Saggi: settembre 2004

La traduzione del capitolo 26, «Nel nome di Dio clemente e misericordioso», è di Sanaa' Matalqa Boreggiani. Consulenza scientifica per la lingua araba: Alessandro Vanoli. La cartina di Baghdad è di Angelo Valenti. L'Editore resta a disposizione degli aventi diritto per la cartina dell'Iraq.

I MIEI GIORNI A BAGHDAD

Ad Alfred e Herlinde Gruber,
che mi hanno insegnato a essere
una cittadina del mondo.

Kayseri
Malatya
Diyarbakir
Van
Tabriz
Mar Caspio
Konya
TURCHIA
Rasht
Adana
Gaziantep
Mersin
Incirlik
Arbil
Mosul
TEHERAN
Aleppo
Latakia
Kirkuk
NICOSIA
CIPRO
Dayr az Zawr
Baiji
Qom
Homs
Tripoli
Bakhtaran
SIRIA
Samara
LIBANO
IRAN
BEIRUT
Mar Mediterraneo
DAMASCO
Ramadi
BAGHDAD
Esfahan
Rutba
IRAQ
Haifa
ISRAELE
Karbala
Hilla
Tigri
Tel Aviv
AMMAN
GERUSALEMME
Ahvaz
Najaf
Porto Said
Eufrate
GIORDANIA
Arar
Nasiriya
Abadan
Bassora
Suez
Aqaba
KUWAIT
Busheh
KUWAIT
EGITTO
Hafar al-Batin
al-Khafji
Golfo Persico
Tabuk
Hail
Jubail
ARABIA SAUDITA
Dammam
BAHREIN
Dhahran
Mar Rosso
Buraydah
QATAR
Hufuf
DOHA
RIYAD
Assuan
Medina
Yanbu
Ras Banas
0
km
500

I mesi passano, la guerra continua...

PIÙ DI UN ANNO DOPO l'entrata delle truppe americane a Baghdad, mi accorgo con tristezza quanto questo libro, *I miei giorni a Baghdad*, sia ancora di attualità. Parla della prima grande guerra del XXI secolo e delle conseguenze che avrà. Delle cattive ragioni che hanno lanciato il mondo in questa avventura e degli errori che sono stati commessi in seguito. Finora, non sono stata contraddetta da niente: se dovessi scrivere quel saggio oggi, lo farei nello stesso modo.

Dal settembre del 2003, cioè da quando ho concluso quel lavoro, nell'antica Mesopotamia la situazione si è aggravata: degli americani, degli inglesi, degli italiani sono morti. Delle nazioni in lutto hanno reso loro omaggio. Ho condiviso in silenzio la sofferenza di coloro che hanno visto scomparire una persona cara. Anche molti iracheni hanno perso la vita, probabilmente il loro numero non sarà mai noto. Anche le loro famiglie li piangono. Mentre l'Iraq entra nella torrida estate del 2004, la violenza continua. La realtà sul posto ha smentito da un pezzo la grande bandiera con la scritta «Missione compiuta» che sventolava sulla portaerei «Abraham Lincoln» su cui il presidente George W. Bush è atterrato in tuta da pilota, davanti alle telecamere, il primo maggio del 2003. Nel momento in cui scrivo queste righe, all'inizio del mese di luglio, quasi 800 soldati americani sono stati uccisi in combattimento dopo quella data. Erano stati un centinaio durante le tre settimane dell'offensiva su Baghdad.

La guerra ha assunto una nuova forma: finita la carica vittoriosa del più potente esercito del mondo attraverso il deserto, nella primavera del 2003; finita l'avanzata trionfale in un paese che avrebbe dovuto accogliere i soldati stranieri come liberatori; finite le ombre verdi che entravano ogni sera nei nostri salotti attraverso i piccoli schermi televisivi per mostrarci una guerra senza cadaveri filmata all'infrarosso da intrepidi giornalisti. Le immagini che ci giungono dall'Iraq sono di tutt'altro genere. Ostaggi trucidati. Corpi fatti a pezzi da autobomba. Città assediate e bombardate. Prigionieri torturati. Liberatori, con elmetti e giubbotti antiproiettile, asserragliati nelle loro basi. Un'esplosione continua di violenza che ricorda le minacce del dittatore Saddam Hussein: egli aveva esortato il suo popolo a lasciar entrare «l'invasore» nelle città per poi colpirlo senza pietà. Saddam è certamente estraneo agli attacchi condotti contro la coalizione, ma non lo si può accusare di aver mancato di lungimiranza predicendo l'attuale caos.

Per gli uni si tratta di terrorismo, per gli altri di resistenza. A lungo, la linea ufficiale di Washington e di Londra, ripetuta da Silvio Berlusconi, è stata quella di accusare un pugno di nostalgici di Saddam Hussein, dei kamikaze stranieri e degli estremisti di ogni sorta. Anche il sinistro Osama Bin Laden e la sua al-Qaida sono stati tirati in ballo. Gli pseudoesperti hanno di nuovo dato la stura alla loro eloquenza sulle onde delle nostre radio e delle nostre televisioni, nelle colonne dei nostri giornali, per spiegarci come lottare contro quest'ultima schiera di nemici della democrazia. Parlare di «resistenza», come ho fatto io in diretta da Baghdad in marzo e aprile, era allora un grossolano errore di alcuni giornalisti dalla cattiva ispirazione. O, peggio, un tentativo deliberato per snaturare la missione civilizzatrice condotta in quelle terre lontane ed esotiche dalle anime buone che popolano i corridoi del potere a Washington, Londra e, perché no, Roma.

Ma tutte le favole hanno una fine. E quella di una minoranza di delinquenti che sarebbero decisi a rimettere in causa i progressi della libertà in Iraq ha conosciuto la sorte di tutte le illusioni: è andata in mille pezzi di fronte alla dura realtà dei fatti. I combattimenti di Falluja, la città sunnita a ovest di Baghdad, e quelli di Najaf, Karbala, Kuffa, le città sciite a sud della capitale irachena hanno avuto ragione delle valutazioni fallaci dei militari e degli strateghi americani. Le immagini non mentono e oggi più nessuno può sostenere che coloro che si oppongono alle forze della coalizione sono una piccola schiera il cui numero si erode man mano che si fanno uccidere. Persino Bush ha dovuto rinunciare a negare l'evidenza e ha ammesso che gli iracheni avevano buone ragioni di combattere l'occupazione. «Farei la stessa cosa se il mio paese fosse occupato», ha spiegato il presidente texano in un'intervista rilasciata in giugno al settimanale francese «Paris Match». E ha riconosciuto che tutti i resistenti iracheni non erano «terroristi».

L'ammissione del presidente Bush, che ci piacerebbe sentire anche in bocca al nostro Cavaliere, va oltre le parole. Essa è il riflesso di una realtà che si è imposta a dispetto della testarda cecità, della mancanza sistematica di lucidità dei dirigenti americani. Essa è l'ammissione dei limiti operativi della più grande potenza militare del mondo. Essa è la confessione che un budget annuale di 500 miliardi di dollari non basta a garantire il successo dell'enorme macchina da guerra pilotata dal Pentagono.

Questa incapacità dell'esercito americano di ristabilire la sicurezza in Iraq si spiega con una contraddizione che è al centro stesso di ogni occupazione. Soffocare un'insurrezione nazionale necessita la messa in opera di mezzi militari di una tale potenza che portano in sé la negazione del progetto perseguito di pacificazione politica. Naturalmente gli americani avrebbero potuto prendere il controllo di Falluja e dei suoi

300.000 abitanti, ma avrebbero dovuto radere al suolo la città. Naturalmente i marines avrebbero potuto invadere Najaf e Karbala e liquidare il giovane capo sciita Moqtada al-Sadr, ma attaccando i luoghi santi sciiti non avrebbero fatto altro che imitare ciò che Saddam Hussein aveva fatto prima di loro nel 1991. Una terribile ironia che dimostra chiaramente l'*impasse* dell'avventura irachena.

Il fallimento americano comporta pure un forte monito di politica interna: naturalmente tutto andrebbe meglio in Iraq se gli Stati Uniti avessero potuto dispiegarvi almeno 250.000 soldati come prevedevano i piani iniziali. Ma senza la coscrizione, è difficile, addirittura impossibile, mobilitare le forze necessarie per condurre una campagna di lungo respiro così lontano dalla madre patria. E senza sostegno popolare alla guerra, la coscrizione diventa un suicidio politico. Anche su questo fronte, l'amministrazione Bush è stata contraddetta dalla realtà di una situazione sociopolitica che ha visto un risveglio relativamente rapido della coscienza americana. L'opinione pubblica ha ritrovato il suo senso critico, anestetizzato dalla psicosi del terrorismo dopo gli attentati dell'11 settembre del 2001. L'opposizione democratica ha cominciato a formulare un'alternativa chiara alla strategia bellica del presidente Bush. E i sondaggi, fin dalla primavera del 2004, hanno mostrato un netto calo di favore per la politica condotta da Bush in Iraq.

Ma miti diversi da quello della supremazia della forza sono svaniti dopo il 9 aprile del 2003, e la loro fine graverà sul susseguirsi degli avvenimenti in Iraq e in Medio Oriente.

In primo luogo l'illusione di una guerra giusta. Washington e Londra avevano insistito sul pericolo imminente rappresentato dal regime di Saddam Hussein per il Medio Oriente e per il resto del mondo. Oggi, la verità è stata stabilita: Bush e il suo amico Tony Blair hanno mentito sulle armi di distruzione di massa e sui rapporti fra al-Qaida e Saddam. Le commissioni d'inchiesta, soprattutto di parlamentari, si sono moltiplicate negli Stati Uniti e in Gran Bretagna per chieder conto del loro operato. E a Washington una prima testa è caduta: quella del capo della Cia, George Tenet, che ha già pagato con il suo posto gli errori commessi dai servizi segreti.

Le democrazie sopravvivono su un patto di fiducia fra i cittadini e i dirigenti, e tale patto è stato leso dalle libertà che capi prestigiosi come Bush e Blair si sono presi con la verità. Per tentare di limitare i danni alla loro reputazione e alla fiducia che dobbiamo avere nelle istituzioni democratiche, hanno brandito «a posteriori» l'eliminazione di Saddam Hussein per giustificare la guerra. Come mi ha detto il capo degli sciiti libanesi Mohamed Hussein Fadlallah quando sono andata a trovarlo a Beirut: «Gli americani lo avevano portato al potere, stava a loro farlo cadere». Tutti se ne rallegrano. Ma al di là di questo giudizio, che molti arabi e iracheni condividono, è giusto chiedersi anche con chi si intenda rimpiazzare Saddam Hussein. L'attuale primo ministro iracheno Allawi è un ex dirigente del partito Baath stipendiato dalla Cia che lo aveva reclutato per tentare un colpo di stato contro il regime di Saddam nel 1996. Il colpo di stato è pietosamente fallito. Bisogna augurargli maggior successo alla testa di un governo provvisorio che viene già considerato con molta diffidenza dagli iracheni.

Un'altra illusione è caduta, quella di una guerra morale: la visione di giovani americani, figli di una grande nazione, di una grande democrazia, pronti a sacrificare la propria vita per portare la libertà e il benessere a un popolo lontano. Immagini terribili sono venute a sporcare questo quadro idilliaco. Immagini che hanno fatto scoprire al mondo, ma soprattutto agli americani stessi, un volto dell'America che nessuno vuole guardare in faccia. Le immagini della prigione di Abu Ghraib. Una prigione che io conosco bene poiché mi ci sono recata nell'ottobre del 2002 per assistere all'uscita dei prigionieri che avevano beneficiato di un'amnistia generale concessa da Saddam Hussein. Immagini di tortura, riflessi di una società che ha perso i suoi punti di riferimento, di una società lanciata nella tormenta senza nulla che la guidi. Quando sento un soldato americano dirci: «Non sapevamo cosa fare», «non avevamo alcun ordine», per spiegare come dei prigionieri siano stati coperti di escrementi, costretti a imitare degli atti sessuali, come altri siano stati violentati, torturati e alcuni uccisi... quando sento questo giovane soldato parlare così, resto attonita. La sua difesa è peggiore che se avesse scelto deliberatamente di obbedire agli ordini di brutalizzare, umiliare e torturare un essere umano. Per la sua mancanza totale di coscienza, il giovane soldato porta la condanna di una politica che ha prodotto questa negazione assoluta dell'altro. Una politica che, da Guantanamo ad Abu Ghraib, ha giustificato con il male inflitto alla nazione americana l'11 settembre del 2001 l'oblio di ciò che ha fatto la sua grandezza: il rispetto della Legge.

Un'altra dimensione del conflitto in Iraq condanna questa guerra come una delle più eticamente discutibili: la privatizzazione dell'uso della forza. Gli Stati Uniti hanno assegnato tutta una serie di compiti di sicurezza a compagnie private, facendo dell'Iraq un vero eldorado per tutti i mercenari del mondo. Sono più di 15.000 a essere pagati per occuparsi della vigilanza di edifici o impianti strategici, come gli oleodotti, della scorta ai convogli o anche della protezione di alte personalità. Anche il proconsole americano Paul Bremer per tutta la durata del suo mandato è stato protetto da guardie del corpo private. Questi uomini sono armati e hanno il diritto di uccidere degli iracheni se considerano che tali iracheni si trovino nel posto sbagliato al momento sbagliato. La loro presenza in Iraq è assolutamente contraria alle leggi della guerra. L'impunità di cui beneficiano rimanda a coloro che li affiancano o li subiscono un'immagine di razzismo: un uomo bianco armato ha il diritto di vita o di morte su un indigeno inerme.

Infine l'illusione di una guerra utile è sepolta nel deserto della Mesopotamia. Bush e la sua cerchia di ideologi avevano spiegato che era ora di riformare il Medio Oriente. Che per farlo, l'unico metodo valido consisteva nello sbarazzare la regione, *manu militari*, dalle dittature che impediscono l'avvento della democrazia, del libero scambio e la riconciliazione generale con Israele. Oggi, la violenza fra Israele e i palestinesi ha raggiunto nuovi vertici, la pace è più lontana che mai, la credibilità dell'America è scarsissima, la sua immagine non ha mai sofferto tanto, e le sue probabilità di essere presa sul serio vicine allo zero.

Alcuni avevano creduto nella improvvisa buona volontà di personaggi, da Dick Cheney a Donald Rumsfeld, noti per aver sostenuto i regimi autoritari, chiuso gli occhi sui misfatti dei despoti amici, aiutato dei potentati arabi a rimanere al potere per vendere loro le armi e gestire con loro le immense riserve petrolifere della regione. Tale credulità si alimentava probabilmente della speranza diffusa che qualcosa dovesse cambiare. Ahimè! L'ingenuità sarà dunque un'altra delle vittime di questa guerra.

Proprio come lo è stata l'Onu. Disprezzata, insultata, annoverata fra le reliquie inutili dal presidente Bush, all'improvviso è stata chiamata in aiuto per tirar fuori gli Stati Uniti dal pantano in cui l'avventurismo del presidente repubblicano li ha gettati. Una nuova risoluzione in giugno ha conferito al governo provvisorio iracheno una legittimità che non merita. Influenzato dal partito degli esiliati, esso è un'emanazione dei circoli di potere statunitensi. La risoluzione dà pure una veste internazionale all'occupazione americana. Ma ciò non basterà a farla accettare dalla maggioranza degli iracheni.

Del resto, l'Onu non poteva fare altrimenti. I membri del Consiglio di Sicurezza opposti alla guerra come la Francia, la Germania, la Russia, la Cina hanno convenuto che la situazione degli Stati Uniti era divenuta sufficientemente insostenibile sul terreno per non esagerare sul fronte diplomatico. Bisognava preservare l'avvenire delle relazioni dell'America con il resto della comunità internazionale, indipendentemente da chi sarà ai comandi di questo grande paese a partire dal mese di gennaio del 2005. Un nuovo gesto di diffidenza sarebbe stato vissuto, anche nelle file dell'opposizione democratica e dell'opinione pubblica, come un insulto inutile a un alleato che tenta di tirarsi fuori da una terribile trappola.

Questa risoluzione è arrivata troppo tardi. Sarebbe stata la benvenuta all'indomani della guerra per organizzare immediatamente la consegna del potere agli iracheni. Non fermerà la terribile dinamica che si è messa in moto in Iraq e che intendo studiare nel mio prossimo libro: quella del potere sciita. La dissidenza dell'islam, maggioritaria in Iraq, che ci fa paura da quando i mollah hanno preso il potere in Iran. Che ci fa ancor più paura da quando l'Hezbollah, in vent'anni di resistenza, può vantarsi di aver cacciato Israele dal Libano.

Adesso ci dobbiamo chiedere se la collera dei fedeli di Ali che cova da Sadr City a Najaf, e da Karbala a Kuffa, potrà essere contenuta, incanalata, o se essa esploderà travolgendo le risoluzioni dell'Onu, i contingenti internazionali e le speranze di pace in Iraq e nella regione.

L.G., luglio 2004

Introduzione

La televisione è uno strumento di comunicazione straordinario al quale ho dedicato la mia vita professionale. Continuerò a farlo finché me ne sarà data l'occasione e finché mi sentirò all'altezza delle innumerevoli sfide che accompagnano questo mestiere.

Noi giornalisti televisivi deteniamo un potere eccezionale: possiamo entrare ogni giorno nelle case di milioni di spettatori e ottenere la loro attenzione. Godiamo di una sorta di diritto d'ingerenza che non è concesso a nessun altro.

Questa grande libertà va però coniugata col rispetto dei fatti. Il giornalista deve scomparire dietro la realtà che racconta. È solo un portavoce – il più onesto possibile – della storia che si compone sotto i suoi occhi. Le sue scelte personali, le sue opinioni, i suoi sentimenti non devono pregiudicare l'obbligo più importante: mettere a disposizione del pubblico tutti gli elementi che gli permetteranno di giudicare in piena autonomia.

Si tratta naturalmente solo di un modello ideale che si scontra spesso con i limiti di scelte editoriali volte a privilegiare questo o quell'aspetto, del tempo a disposizione che non sempre consente di illuminare tutte le sfumature, della nostra incapacità in alcune circostanze di valutare subito l'importanza di un avvenimento.

Per quanto ho potuto, ho sempre cercato di attenermi alla regola del totale rispetto nei confronti dei fatti. Tanto più che lavoro per un servizio pubblico come la Rai. Anche quando sono partita per l'Iraq avevo questo imperativo nella testa e nel cuore: raccontare la prima grande guerra del Terzo Millennio con precisione ed equilibrio. Sono spesso intervenuta nei dibattiti dove si confrontavano punti di vista divergenti e ho sempre cercato di alimentare la discussione con le notizie, in modo che ognuno potesse trarre le proprie conclusioni.

Ma come tutti anch'io sono toccata dagli avvenimenti. Mi fanno gioire, mi disgustano, mi spaventano, mi rattristano, mi esasperano.

È per questo che ho deciso di scrivere un libro. Per andare oltre i fatti e avventurarmi nel campo più elaborato e delicato delle valutazioni e dei giudizi. Abbandonare il mio ruolo di messaggero di buone o cattive notizie, per esplorare *perché* sono buone o cattive. E *per chi* lo sono.

Si tratta di un percorso più personale. Di una lettura della realtà che si rifà molto alla mia esperienza, alla mia concezione della morale politica e del ruolo della diplomazia; e che si lega anche all'idea che ho dell'America, un Paese che amo e in cui ho studiato e vissuto. Ne ho sempre condiviso i princìpi di giustizia e trasparenza, tuttora difesi dai suoi cittadini. E oggi rispetto il desiderio della maggioranza degli americani di vedere il loro enorme potere al servizio delle cause universali.

Tuttavia, i fatti di cui sono stata testimone in Iraq hanno spesso contraddetto questa visione ideale: a Baghdad ho visto il dolore di una guerra. Non una guerra giusta, o sbagliata, o santa: semplicemente e tragicamente una guerra con il suo peso di sofferenza e intrinseca ingiustizia. Quello iracheno è stato un conflitto nato fra mille incertezze: ha diviso e divide l'Occidente, ha lacerato il fronte comune eretto contro il criminale fanatismo che ha insanguinato il mondo a partire dall'11 settembre 2001. E non ha conseguito gli obiettivi che si era prefisso: scrivo queste righe all'indomani del massacro alla moschea sciita di Najaf, con oltre cento morti, e del sanguinoso attentato contro la sede delle Nazioni Unite a Baghdad: ancora due capitoli di un autentico conflitto a bassa intensità che mette in seria discussione l'avvento di un'èra di democrazia e di rinascita per l'Iraq.

Con semplicismo, i commentatori dei salotti televisivi e i sedicenti esperti di geopolitica hanno spesso avuto l'ardire di sostenere che l'opposizione, o anche solo la critica alla guerra di Bush in Iraq, era una patente certa di saddamismo o antiamericanismo. A me questo genere di polemiche sterili non interessa. Ho seguito un'altra strada, quella della quotidiana osservazione dei fatti: sono convinta che solo così si può e ci si deve formare un'opinione.

Con questo libro ho così preso in considerazione i diversi aspetti di una guerra che sta definendo la nostra storia contemporanea, e le cui conseguenze per la nostra sicurezza e per il nostro modo di vivere saranno incisive e durature. Non ho certamente svolto il lavoro di uno storico, né quello di un investigatore. Ho provato a dare un ordine agli avvenimenti sparsi che giorno dopo giorno ho raccontato, prima, durante e dopo la guerra.

Ho tentato di costruire un itinerario, affinché il lettore si ritrovi alla fine del percorso meno disorientato. E mi sono assunta un rischio: quello di aprire la porta sui miei sentimenti.

Vorrei ringraziare chi mi ha aiutato a portare a termine questa impresa. Sono particolarmente grata a mio marito Jacques Charmelot, che mi ha assistito in ogni fase della stesura del testo con la sua competenza, la sua pazienza, la sua generosità.

Uno speciale ringraziamento va a Rosaria Carpinelli, che è molto più di un editore: con la sua esperienza ha saputo infondermi fiducia ed entusiasmo.

Voglio ricordare anche Paolo Zaninoni e Alessandra Mascaretti per la loro lettura attenta, critica e fruttuosa del manoscritto. Infine, grazie a Diego Pavesi e a Valeria Pazzi.

L.G., settembre 2003

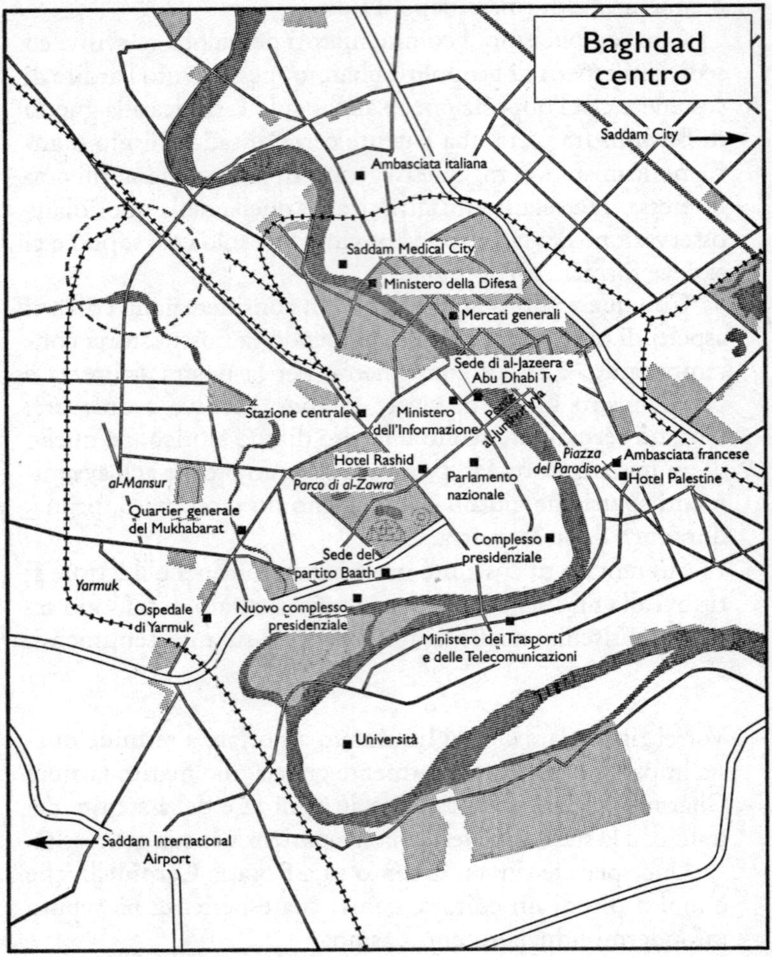

Baghdad centro
Saddam City
Ambasciata italiana
Saddam Medical City
Ministero della Difesa
Mercati generali
Sede di al-Jazeera e Abu Dhabi Tv
Stazione centrale
Ministero dell'Informazione
Hotel Rashid
Parlamento nazionale
Piazza del Paradiso
Ambasciata francese
Hotel Palestine
al-Mansur
Parco di al-Zawra
Quartier generale del Mukhabarat
Complesso presidenziale
Sede del partito Baath
Yarmuk
Ospedale di Yarmuk
Nuovo complesso presidenziale
Ministero dei Trasporti e delle Telecomunicazioni
Università
Saddam International Airport

Capitolo i

GUERRA O PACE?

Mi sono sempre opposta all'idea che la guerra sia una fatalità. Ho sempre creduto che la ragione potesse risparmiare ai popoli questo genere di calvario. Eppure, alla fine di gennaio del 2003, con la rapida accelerazione della crisi irachena, ho ben poche speranze che la tragedia possa essere evitata.

È ancora buio quando mi alzo, il 22 gennaio. La casa è immersa nel silenzio. Roma che non ama l'inverno sembra dormire ancora. Sono sola. Mio marito, Jacques Charmelot, giornalista come me, è a Parigi e non sa ancora se e quando verrà a Baghdad a dirigere la squadra dell'Agence France-Presse, una delle tre grandi agenzie di stampa nel mondo. Davanti alla piccola caffettiera che comincia a borbottare in cucina, penso a tutto ciò che mi resta da fare prima di partire. Partire per l'Iraq, Paese indicato da mesi come il punto cardinale di tutti i mali più temuti dal genere umano: una dittatura sanguinaria, armi spaventose, la povertà, la violenza quotidiana. Un luogo lontano che presto diventerà il teatro di una nuova avventura militare del presidente americano George W. Bush.

Come sempre, ho aspettato l'ultimo minuto per preparare la valigia. E ho chiesto a Maria di venire presto stamattina per aiutarmi a completare questa tappa essenziale di ogni missione da inviato speciale. Nel corso degli ultimi quindici anni, sono partita spesso per i quattro angoli della Terra, ma stavolta anche solo chiudere la valigia mi appare un'impresa monumentale: mi sento pervasa da una grande incertezza. E a poche ore dalla partenza, neanche il gusto forte del caffè riesce a dissipare questa sensazione. Il mondo oscilla tra la guerra e la pace. Da diverse settimane infuria il dibattito fra coloro che vogliono ricorrere alle maniere forti per sbarazzarsi del presidente iracheno Saddam Hussein, e quelli che ritengono che un altro conflitto in una zona del mondo lacerata da decenni di violenza sia la soluzione sbagliata.

E anch'io oscillo: mi attende una guerra fra il Tigri e l'Eufrate o semplicemente un altro braccio di ferro diplomatico tra il signore di Baghdad e il resto del mondo? Rischierò la vita in una battaglia senza eguali, dove gli uomini ricorreranno ai mezzi peggiori per uccidersi l'un l'altro, o sarò testimone di un'ondata di violenza simile alle molte altre che ho attraversato, dal crollo del muro di Berlino all'Intifada palestinese passando per la prima guerra del Golfo o per quella nei Balcani?

Davanti alla valigia aperta mi pongo ancora questo interrogativo. Con grande sgomento di Maria, poco più sveglia di me. «Ma quanto tempo resterà?» mi chiede. «Non lo so.» «Che tempo fa laggiù?» insiste lei. «In questo periodo fa freddo, ma tra qualche settimana si morirà di caldo.» Maria non crede alle sue orecchie. «Ma non resterà se scoppierà la guerra, vero?» dice infine con tono incerto. Io la guardo e sorrido. Ha ragione. Se continuo così, mi tormenterò con domande destinate a rimanere senza risposta... e perderò l'aereo. La guerra o la pace? Il mio compito non è quello di porre fine a un dibattito di tale portata, ma di essere il portavoce attento di eventi che accadranno a circa 4000 chilometri da piazza Navona. La paura? La affronterò sul posto. Ho sempre ritenuto che solo gli eroi e gli stupidi non hanno paura, e io non credo di essere né l'uno né l'altro... Penso però che riuscirò a controllarla per evitare che si trasformi in panico: questo sarebbe davvero rischioso, per me e per la mia troupe. Del resto, gli inviati devono essere testimoni, non guerrieri; anche se, probabilmente, mai come in questo conflitto vedremo tanti giornalisti trasformarsi in piccoli soldati. Le unità militari americane porteranno con sé i cosiddetti *embedded*, i giornalisti al seguito, che condurranno una vita simile a quella dei marine, dando troppo spesso l'impressione di identificarsi con i loro compagni di ventura.

Scelgo allora rapidamente maglioni e foulard per proteggere la gola, che mi si irrita con facilità. Giacche abbastanza calde e scarpe robuste. Lascio le camicette leggere e i pantaloni di tela: troverò sempre un'anima pia che me li porterà, nel caso in cui il mio soggiorno dovesse prolungarsi fino alla primavera. Lascerò a casa anche i vari manuali per la sopravvivenza distribuiti durante i corsi che la Rai ha fatto seguire agli inviati di guerra: nei casi di pericolo imminente, le istruzioni dei manuali servono a poco. Come sempre, conta soprattutto l'esperienza maturata sul campo. Non rinuncerò invece, come in ogni mio viaggio all'estero, ad alcuni libri sulla storia del Paese che mi ospiterà e a centinaia di pagine di documentazione. Prendo anche una vasta gamma di farmaci: dagli antibiotici agli antinfiammatori, alle iniezioni antidolorifiche nell'eventualità di gravi incidenti. E, fondamentale, le pastiglie per purificare l'acqua.

Quando chiudo la porta dietro di me, l'aroma del caffè aleggia ancora per la casa. Per me è uno dei profumi più familiari, più rassicuranti che ci siano. Mi mancherà sicuramente nelle settimane che verranno, così come mi mancheranno i gabbiani che hanno recentemente trovato rifugio sotto le mie finestre. Sembrano salutarmi con i loro gridi un po' stridenti mentre scendo le scale. Abbraccio Maria e affido il mio destino alle mani di un tassista la cui missione (quasi impossibile) è portarmi a Fiumicino in meno di mezz'ora.

Nella borsa ho le due chiavi indispensabili a qualsiasi giornalista che voglia andare in Iraq: un visto e del denaro. La concessione dei visti d'ingresso richiederebbe un racconto a parte. Ci sono colleghi che non sono mai riusciti a entrare in questo Paese, altri sempre, e altri ancora a cui il permesso è stato rilasciato solo in alcuni periodi. È in ogni caso indispensabile coltivare i rapporti con gli esponenti del regime. C'è chi non ha esitato a distribuire mazzette pur di ottenere l'agognato pezzo di carta. Io sin dal 1991 mantengo buone relazioni con Uday al-Tai, oggi direttore generale del ministero dell'Informazione, ed essendo già stata in Iraq nell'ottobre e nel dicembre 2002 riesco con relativa facilità a ottenere il visto per me e per la mia troupe, che sarà composta dall'operatore Marco Sanga e dal montatore Michele Ventrone.

In una busta marrone ho una piccola fortuna: 40.000 dollari, che dovranno coprire le mie spese, ma anche e soprattutto il costo di un progetto che la Rai conta di portare a termine nella capitale irachena: l'apertura di un ufficio. È un termine molto pomposo per designare una stanzetta di pochi metri quadrati, che affitteremo nel palazzo del ministero dell'Informazione e che divideremo con la televisione spagnola di Stato Tve. L'idea mi è venuta durante il mio ultimo soggiorno a Baghdad, a dicembre. Le condizioni di lavoro erano ben lontane dal garantire l'efficienza necessaria: il tavolo del montaggio si trovava in una stanza d'hotel, le postazioni di trasmissione al centro stampa del ministero e io e il cameraman andavamo in giro per la città alla ricerca di immagini e informazioni. Ho capito allora che avrei avuto bisogno di un unico punto di riferimento, di un luogo dove decidere, coordinare, organizzare il lavoro. Così, io e l'amica e collega spagnola Ángela Rodicio abbiamo deciso di coalizzarci per convincere le nostre aziende. Ci siamo riuscite. Eccomi dunque incaricata di inaugurare un ufficio della Rai-Tg1 a Baghdad.

Per completare il quadro di ciò che è indispensabile per lavorare in un Paese come l'Iraq bisogna menzionare alcune piccole meraviglie della tecnica di cui la Rai mi ha dotato: due telefoni satellitari Inmarsat, che ci permetteranno di comunicare con la redazione di Roma. Non molto più ingombranti di un computer portatile, sono solo lontani parenti delle enormi valigie dotate di antenne a forma di ombrello che utilizzavamo nel 1991. E poi, ancora meglio, un Thuraya, poco più grande di un cellulare tradizionale, ma in grado di connettersi a un satellite a migliaia di chilometri dalla Terra. L'unico inconveniente è che gli iracheni lo hanno severamente proibito, e chiunque venga trovato in possesso di uno di questi dispositivi verrà immediatamente considerato una spia. Un'eventualità poco piacevole.

Nell'immediato la mia missione è delle più classiche. Il primo appuntamento è fissato per il 27 gennaio, quando i due capi ispettori dell'Onu, Hans Blix e Muhammad el-Baradei, presenteranno a New York il loro rapporto sul disarmo di Saddam Hussein. Il mio compito è registrare le reazioni del regime di Baghdad e quelle della gente comune. L'attesa è enorme: con tutta probabilità, sarà questo rapporto a decidere le sorti del Paese. In ogni caso, come concordato col direttore del Tg1 Clemente Mimun, seguirò la crisi irachena fino alla fine. E confesso che preferisco coprire questo probabile conflitto da Baghdad, uno dei principali obiettivi degli attacchi, stando in mezzo alla popolazione civile, piuttosto che al seguito dei militari, costretta a rispecchiare il loro punto di vista soltanto.

Lo conosco bene, l'Iraq. Mi ci sono avvicinata per la prima volta durante la guerra del Golfo nel 1991. E ho capito subito a mie spese che nulla in questa regione è come appare. Mentre ero ancora in Giordania in attesa di entrare nel Paese, il console iracheno ad Amman mi aveva garantito che il mio visto mi aspettava all'ambasciata, ma quando mi sono presentata ho scoperto che era stato «annullato» come per magia: un collega indelicato aveva pagato una bella somma di denaro a funzionari disinvolti perché lo facessero cancellare. Questa prima esperienza non mi ha comunque scoraggiata. Sono finalmente arrivata a Baghdad durante i disordini post-bellici, ed è in quel periodo che ho incontrato Jacques. Vi sono tornata nel 1992, e poi dieci anni più tardi per il «plebiscito» in favore di Saddam Hussein e per il ritorno degli ispettori dell'Onu, incaricati di verificare il disarmo del Paese.

L'Iraq esercita un grande fascino sui giornalisti, che provano molta simpatia nei confronti di un popolo testardo, che ha saputo spingere sempre più in là i limiti della sofferenza ed è al tempo stesso capace di straordinari gesti di gentilezza e di affetto. Ma avvertono anche repulsione per un regime che governa con il terrore e costringe i più coraggiosi e i più fieri alla sottomissione. L'Iraq è una terra martellata dal sole, ma bagnata da due grandi fiumi. Una terra che ha sedotto gli invasori, ma che ha scoraggiato tutti coloro che hanno cercato di domarne gli abitanti. Ed è anche un Paese in cui la storia, la posizione geografica e la ricchezza costituiscono un potenziale incredibile che potrebbe essere canalizzato nell'interesse del suo popolo e dei suoi vicini. Ma a partire dalla prima incursione britannica per cacciarne i turchi, nel 1914, nessuna sciagura è stata risparmiata ai popoli dell'antica Mesopotamia. Guerre coloniali, colpi di Stato, rivoluzioni, purghe, conflitti regionali... Gli episodi violenti si sono succeduti senza lasciare né alla Storia né agli uomini che la fanno il tempo di riprendere fiato. Oggi, mentre prego di non perdere l'aereo, le possibilità che l'Iraq riesca a sfuggire a un nuovo disastro sono minime.

CAPITOLO 2

ULTIMI ACQUISTI

SE I MIEI VIAGGI NEL MONDO arabo mi hanno insegnato qualcosa, è che in questa parte del pianeta, forse più che altrove, arrivare a mani vuote è una terribile mancanza di garbo. E anche un errore tattico. Perciò faccio gli ultimi rapidi acquisti al duty-free dell'aeroporto. Quattro cravatte firmate e quattro portachiavi in acciaio, anch'essi *made in Italy*, andranno bene. Sono attenzioni che verranno apprezzate dai funzionari del ministero dell'Informazione o dai giornalisti iracheni, con i quali sono già stata in contatto e il cui aiuto mi sarà molto utile nelle settimane che verranno. Cerco di mantenere un buon equilibrio tra il piccolo presente, il cui valore sta soprattutto nel gesto, e i regali troppo costosi che hanno tutta l'aria di un tentativo di corruzione. I grandi canali televisivi americani hanno la fama di non esitare a ricoprire d'oro gli alti esponenti dell'apparato amministrativo e politico iracheno. E non è raro veder comparire al polso di un direttore di servizio, o in mano a un funzionario importante, orologi e penne di grandi marche che il loro stipendio annuo non basterebbe mai a pagare. Le storie di bustarelle e di tangenti sono moltissime. Qualunque giornalista sia anche solo passato per l'Iraq sembra avere un aneddoto sulla venalità dei poteri costituiti. Come sempre, in questi racconti c'è una parte di esagerazione e una buona parte di verità: ne farò esperienza io stessa in un Paese dove sopravvivere è diventato l'unico scopo e mette a dura prova anche le persone più oneste.

All'aeroporto mi procuro anche una radiolina a onde corte che mi consentirà di rimanere in contatto con il resto del mondo. Ogni volta che parto per coprire una «storia» che sarà al centro dell'attualità, ascoltare il World Service della Bbc diventa un rituale indispensabile. Ciò che succederà a Baghdad avrà ripercussioni in tutto il mondo: a Washington, Londra, Parigi e Roma, e nei Paesi islamici, vicini e lontani. Noi giornalisti in trasferta, «inviati speciali», non possiamo permetterci di vivere isolati sotto una campana di vetro, tanto più in un Paese praticamente tagliato fuori dalle comunicazioni con l'esterno. L'attualità è un mosaico e noi dobbiamo poter individuarne tutte le tessere per avere un'immagine chiara di quello che sta succedendo. A Danzica come a Mosca, a Gerusalemme come a Zagabria, mi sono sempre svegliata al suono della sigla che annuncia il giornale del mattino, seguita, nel gracchiare di una ricezione spesso difficile, dalla voce dello speaker che esordisce con flemma tutta britannica: «From the Bbc World Service in London, the news...». Questo esercizio mattutino ha qualcosa di «rudimentale» che mi piace molto. Sono lontana dai dieci giornali che leggo ogni giorno a Roma, dalle radio che ascolto continuamente o dai canali d'informazione non-stop che scandiscono la mia giornata sia a casa sia in ufficio. In trasferta bisogna sapersi accontentare di poco. L'istinto e l'esperienza devono spesso sostituire la visuale a 360° degli avvenimenti di cui si dispone in una redazione.

Quando entro nel salone d'imbarco carica di pacchetti, leggo una certa incredulità sui volti di Marco e Michele. «Come se non avessimo abbastanza bagagli» sembrano dire i loro occhi sgranati. Marco è un cameraman di talento. Ho già lavorato con lui negli Stati Uniti e in occasione di alcuni viaggi del papa. Ha il mestiere nel sangue: deve averlo ereditato dal padre, anche lui operatore della Rai. È sempre sorridente, è un bel ragazzo – il che non guasta – e lavora senza tregua. Ci vorrà un'ernia del disco per costringerlo a rinunciare all'avventura irachena dopo un mese e mezzo trascorso a Baghdad. Per quanto riguarda Michele, è la nostra prima missione insieme. È giovane, ma ha già un'ottima reputazione. Occhi chiari, barbetta, anche lui sempre di buonumore, si rivelerà un lavoratore indefesso e un montatore senza pari. È anche molto forte. Resisterà senza fare una piega a un attacco di dissenteria che lo colpirà al nostro arrivo. E lascerà Baghdad dopo quasi due mesi per ragioni familiari.

Un'équipe televisiva è ben lontana dall'immagine romantica del corrispondente di guerra che parte con la giacca coi tasconi, i taccuini, una riserva di penne e una buona dose di incoscienza. Tra la telecamera, gli obiettivi, i treppiedi, le batterie, le attrezzature per il montaggio dei servizi e i telefoni satellitari ci portiamo dietro decine di chili di materiale. Tutto è stato accuratamente disposto in casse di alluminio rinforzato, in grado di resistere agli sbalzi più violenti. Ammucchiate sui carrelli dell'aeroporto, ci fanno sembrare dive in crociera, incapaci di fare un passo senza i bauli da viaggio e le cappelliere. Entrare in uno Stato dove persino un piccolo registratore suscita i sospetti dei doganieri è quasi un'impresa, e so già che avremo bisogno di molta fortuna, grandi sorrisi e un po' di bigliettoni per superare indenni l'esame dei funzionari pignoli che ci attendono laggiù.

Una volta sistemati sull'aereo, vedo tra noi anche il vescovo ausiliare caldeo, monsignor Slamon Warduni, che rientra a Baghdad dopo essere stato ricevuto in Vaticano. Cominciamo subito a discutere della situazione del suo Paese, in particolare dei cristiani che quando hanno potuto, soprattutto dopo l'embargo, lo hanno abbandonato in massa. Secondo stime ufficiose, ne restano in Iraq solo seicento, massimo ottocentomila, ovvero meno del 3 per cento della popolazione. Vivono in uno Stato laico con un regime socialista «alla araba», ma dei venticinque milioni di abitanti la stragrande maggioranza è musulmana: oltre il 60 per cento sciita che risiede prevalentemente al Sud, circa il 25 per cento curdo, quindi non arabo, insediato soprattutto al Nord, entrambi governati da élite sunnite che occupano perlopiù la parte centrale del Paese. La nazione irachena è il risultato della spartizione tra Francia e Gran Bretagna avvenuta dopo la caduta dell'impero ottomano, che portò negli anni Venti all'unificazione di tre ex province turche: Baghdad al centro, Bassora a sud, Mosul a nord, un ingarbugliato mosaico etnico e religioso sotto protettorato britannico. In questa realtà la comunità cristiana, formata soprattutto da cattolici caldei, è da sempre una minoranza. Ma mai come ora le autorità religiose cristiane sentono minacciata la loro stessa sopravvivenza. Il problema non è tanto l'oppressione della dittatura (che anzi ha sempre garantito libertà di culto e coinvolto nelle strutture di potere anche cristiani come Tareq Aziz, numero due caldeo di Saddam Hussein), quanto la politica di islamizzazione avviata dal rais all'indomani della guerra del Golfo. È stata condotta soprattutto per ingraziarsi gli sciiti, massacrati brutalmente nelle rivolte del '91 e da sempre esclusi dalla stanza dei bottoni. I musulmani affermano quindi con crescente determinazione la loro identità religiosa. Spesso a scapito dei cristiani che purtroppo, soprattutto con quest'ultima crisi, vengono ripetutamente identificati con l'Occidente aggressore, con gli americani che partono per le crociate contro il mondo islamico.

Pur preoccupato, monsignor Warduni spera ancora nella possibilità di evitare un nuovo conflitto, che provocherebbe un'ennesima ondata di fuga.

Dopo aver fatto scalo ad Atene, arriviamo ad Amman. Per i giornalisti che si occupano dell'Iraq, la capitale giordana è più di una semplice tappa. È già l'inizio dell'avventura. Una sorta di proscenio dove sembra non succedere nulla tranne quando, nel suo ingombrante vicino, si scatena la violenza. Mi piace Amman: la sua tranquillità, le sue colline su cui si schierano case in pietra bianca e le sue grandi piazze rotonde, imprescindibili punti di riferimento per i tassisti. Amo il profumo degli aranceti che ti accoglie alla svolta di un giardino, e le viuzze in salita che ti tagliano le gambe e ti tolgono il fiato. La maggioranza dei miei colleghi trova questa città noiosa, ma dietro la sua monotonia avverto tutto un proliferare di intrighi, complotti e accordi segreti. Forse sono troppo influenzata dalle avventure di Indiana Jones, il cui primo episodio è stato girato nelle gole di Petra, non lontano da qui. O forse sono affascinata dai retroscena che mi rivelano alcuni giornalisti ben informati come la corrispondente in Giordania dell'Afp e di Radio Montecarlo, Randa Habib, per la quale i re, i presidenti e i dittatori non hanno segreti.

Nel 1991 la capitale giordana si era trasformata in retrovia e centinaia di giornalisti vi si erano stabiliti in attesa del visto per entrare in Iraq. In città giravano le voci più diverse: i diplomatici si trasformavano in spie, le spie rilasciavano interviste, nascevano e morivano idilli. Il «piccolo re» Hussein, che aveva rifiutato di unirsi alla coalizione contro l'Iraq, faceva l'equilibrista per l'ennesima volta nella sua lunga vita di monarca. Nella notte del 17 gennaio, poche ore dopo il lancio delle prime bombe su Baghdad, re Hussein aveva invitato dodici giornalisti internazionali, fra cui la sottoscritta, a una cena informale. Ci avrebbe parlato con tanta più franchezza, in quanto sapeva che non avremmo utilizzato immediatamente le sue dichiarazioni. Ci aveva ricevuto nel suo palazzo insieme alla moglie, la regina Noor, una splendida americana convertita all'Islam, bionda con gli occhi verdi. L'atmosfera era intima, il re parlava con voce pacata delle inquietudini che nutriva per il suo regno così fragile, per quella regione così tormentata, per il mondo in generale. Quella sera era l'incarnazione stessa della saggezza, una saggezza che sembra il cemento di un Paese dove convivono palestinesi – la maggioranza della popolazione – e tribù beduine. Sapeva che, senza l'aiuto economico e la protezione militare degli Stati Uniti, lui era poca cosa. Ma sapeva anche che inimicarsi il potente vicino iracheno sarebbe stato fatale. Tanto più che, all'interno dell'opinione pubblica del regno, i fautori di Saddam Hussein si facevano sentire. Lo avevo potuto constatare personalmente alcune ore prima in circostanze poco piacevoli. Ero andata al quartier generale dell'esercito, dove migliaia di volontari giordani e palestinesi volevano arruolarsi per andare in Iraq a difendere il regime. Dopo aver visto un'équipe televisiva italiana, quindi di un Paese della coalizione, la loro collera era esplosa. Mentre la folla inferocita ci insultava e cominciava a picchiarci, il collega del «Corriere della Sera», Maurizio Chierici, mi aveva urlato: «Corri, corri, presto!». Avevamo trovato una porta aperta nella recinzione del quartier generale, giusto in tempo per evitare le prime pietre. Due ore più tardi, i militari non erano riusciti a escogitare niente di meglio che farci stendere sul pavimento di un'ambulanza per permetterci di uscire dall'edificio, ancora assediato. Quella sera re Hussein aveva trovato anche l'occasione di scusarsi. L'incidente la diceva lunga sull'impressionante focolaio di violenza celato sotto la calma apparente della capitale giordana. Fu l'ultima volta che vidi il re. Nel febbraio del 1999 andai ai suoi funerali: il cancro di cui soffriva aveva avuto la meglio su quell'uomo straordinario di cui non ho mai sentito mettere in dubbio la moralità e l'onestà. Rividi invece la regina Noor, subito dopo la guerra del Golfo, quando lei, donna intelligente e innamorata, volle spiegare in un'intervista esclusiva per la televisione italiana come aveva cercato di conciliare, in quelle terribili circostanze, il legame con il popolo giordano e l'attaccamento al suo Paese d'origine, l'America.

Nell'inverno del 1991, nella hall dell'Hotel Intercontinental nel cuore di Amman i giornalisti si spintonavano: alcuni convogli erano in partenza, altri in arrivo. Vi regnava un'attività frenetica, un'atmosfera febbrile. Prendere la strada per Baghdad, su una grossa jeep bianca e arancione, era un po' come partire per il fronte. Al bar dell'hotel quelli che arrivavano si godevano il meritato riposo, e quelli che aspettavano da giorni si spazientivano vuotando bicchieri di birra. Oggi le cose sono cambiate. Amman non è più così importante. E l'Hotel Intercontinental è quasi vuoto. Gli americani hanno concentrato i preparativi per un eventuale attacco in Qatar e in Kuwait. La stampa ha fatto altrettanto, e coloro che vogliono seguire l'avanzata dell'esercito statunitense sono già accampati con le truppe o in attesa nei palazzi del Golfo. Re Abdallah, succeduto al padre, non ha la stessa esperienza né la stessa saggezza, anche se cerca di ispirare al suo popolo lo stesso rispetto. E io decido di approfittare delle poche ore che mi restano prima di partire per Baghdad per non fare niente, cosa che non mi capiterà più nelle prossime settimane.

Il giorno dopo, mi sveglio giusto in tempo per arrivare all'aeroporto, dove mi aspetta la mia compagna di viaggio. Quello che mi è subito piaciuto di Ángela Rodicio sono la sua arguzia e il suo umorismo. Non sarei mai in grado di lavorare con qualcuno che non è capace di sorridere. Ángela, più che sorridere, ride, e il suo buonumore è straordinariamente contagioso. In una situazione come quella che conosceremo a Baghdad questa allegria vale oro. Non solo: dietro ai suoi sorrisi, al suo viso aperto incorniciato da un caschetto di capelli neri, ai suoi occhi scuri e scintillanti, si cela una grande professionalità unita a un'eccezionale forza morale e a un incomparabile coraggio. Ha quarant'anni, si occupa del Medio Oriente per la Tve e vive a Gerusalemme da diverso tempo. Ci siamo incontrate per la prima volta nel 1991, a Baghdad, e siamo contente di tornarvi insieme. Sedute l'una accanto all'altra sull'aereo che ci porterà laggiù, ci sentiamo due scolarette in procinto di partire per le vacanze estive piuttosto che due esperte corrispondenti di guerra, pronte a seguire una nuova tragedia.

Abbiamo la fortuna di riuscire ad aggiungere un tocco di ironia a tutto ciò che facciamo. E le circostanze ci aiutano. Eravamo a Baghdad a settembre e a dicembre 2002 quando, come ho detto, abbiamo deciso di aprire insieme il nostro piccolo ufficio. Per cercare di aggirare tutti gli ostacoli amministrativi abbiamo pensato di rivolgerci a un certo Assad al-Sayed. Basso, rotondetto, sempre elegante, una faccia da primo della classe che può solo ispirare sicurezza. Guidava una grossa Bmw nera e girava sempre con un cellulare in mano, anche se a Baghdad l'utilità di questo tipo di accessori è limitata: la rete telefonica permette una copertura solo locale, e anche quella non è sempre garantita. Lo avevo conosciuto tramite un collega italiano. Assad ha subito proposto di aiutarci a sbrigare le pratiche presso le autorità irachene, sostenendo di non avere altro scopo che quello di assisterci. Diceva che avrebbe convinto il ministero dell'Informazione, che avrebbe ottenuto i permessi necessari all'importazione di materiale e attrezzature, e che ci avrebbe garantito sempre tutti i visti necessari per giornalisti e cameraman... perché un ufficio vuoto sarebbe servito a poco. Con un pizzico di cattiveria, Ángela e io abbiamo immediatamente ribattezzato Assad «il cicciottello», e abbiamo subito maturato dei dubbi sul suo zelo; ma, come capita spesso in queste situazioni, la mancanza di alternative ci ha spinto, per così dire, fra le sue braccia. Nel giro di poco tempo ci siamo rese conto che Assad, sposato e padre di famiglia, aveva un «protettore» la cui influenza era indispensabile nelle operazioni che conduceva per noi. Il suo padrino si chiamava semplicemente «dottor Ahmed», e l'unica cosa che conoscevamo di lui era la sua vicinanza alla famiglia del presidente Saddam Hussein. Abbiamo voluto incontrarlo e l'appuntamento è stato fissato, una sera di dicembre, in un ristorante del centro, dove ci aspettava un ometto baffuto, impeccabile nel suo completo di ottima fattura. Gentile, sorridente, ci ha spiegato in un inglese approssimativo quanto fosse importante per l'Iraq che la stampa internazionale potesse lavorare nelle migliori condizioni, che avrebbe chiamato personalmente il ministro dell'Informazione per accelerare le pratiche, e che avrebbe dato istruzioni affinché ci fossero messi a disposizione dei visti. Alla fine del pranzo gli abbiamo fatto la domanda che ci bruciava sulle labbra: «Ma lei chi è?». Lui ha esitato un attimo, poi, con un sorriso d'intesa, ha risposto: «Conoscerete senz'altro il mio cognome: al-Duri». Se diceva il vero, apparteneva a uno dei clan più potenti dell'Iraq, quello del vicepresidente Ezzat

Ibrahim. Non sapevamo se era una buona o una cattiva notizia per noi. Intanto, forse compiaciuto per l'impressione suscitata, Assad aveva mangiato troppo e troppo in fretta e ora si sentiva male. Ma ascoltava le istruzioni che gli venivano date e che riguardavano anche noi. «Tu sarai il responsabile dell'ufficio, farai tutto ciò che ti viene detto di fare, predisporrai tutto in modo da facilitare il lavoro dei giornalisti.» Questa buona volontà aveva un prezzo, ovviamente, perciò ci siamo accordati su uno stipendio di alcune centinaia di dollari al mese per il buon Assad. Presto abbiamo scoperto che «il cicciottello» aveva un concetto molto personale della puntualità, un rispetto morboso per le autorità, e che per lui il lavoro era facoltativo. Noi non gliele facevamo passare facilmente. E lui, sempre più esasperato da queste due arpie che non facevano altro che strapazzarlo, ha minacciato più volte di andarsene, ma ogni volta ha poi deciso di restare: in fondo, in tempi così incerti, i giornalisti è meglio farseli amici. Non sapremo mai che ruolo abbiano effettivamente giocato il dottor Ahmed e Assad nell'apertura del nostro ufficio a Baghdad, ma ci è sempre sembrata un'alternativa onesta alle operazioni più delicate e compromettenti di corruzione, alle quali sono ricorse altre aziende per ottenere lo stesso risultato.

Quando il portellone dell'aereo si chiude, per un attimo ho un senso di claustrofobia. È come se partissi verso una destinazione sconosciuta, verso un Paese dalla sorte sospesa, una nazione isolata dove ti senti sempre un po' in prigione.

Ángela e io parliamo della guerra, ovviamente. Concordiamo sul fatto che troppo spesso si indugia sulle immagini delle operazioni belliche. Per quanto spettacolari, tendono a ridurre un conflitto a una sorta di brillante esercitazione militare. Ma stavolta non saremo in un campo di addestramento, bensì in un Paese che ha già vissuto due guerre e dodici anni di sanzioni in poco più di due decadi. È soprattutto l'impatto sulla popolazione civile, sull'economia e sulla politica che ci interessa raccontare, aspetti che vengono spesso sfumati per lasciare spazio ai dibattiti degli esperti intorno ai successi militari, alla qualità delle tecnologie belliche, all'assenza (presunta) di danni collaterali.

Ángela mi racconta che anche Israele segue con particolare attenzione gli sviluppi della crisi irachena. Questa volta gli stessi israeliani ammettono di non sentirsi direttamente minacciati dal regime di Saddam Hussein. Per ragioni di propaganda e di politica interna, tuttavia, vengono diffuse immagini del '91: la distribuzione di maschere antigas e le esercitazioni a scuola con i bambini, che imparano a usare tutto l'armamentario in caso di attacco chimico-batteriologico. Ma il primo ministro israeliano Sharon sa bene che ora è altamente improbabile che l'Iraq lanci missili Scud su Israele, anche perché nulla fa pensare che ne possieda ancora.

Per il governo israeliano la caduta del rais significherebbe la morte di un simbolo: quello di una volontà araba laica di creare un contrappeso efficace al potere dello Stato ebraico. Una probabile vittoria americana ridurrebbe inoltre, come già era accaduto nel '91, il margine di negoziato del gruppo dirigente palestinese. Dopo la prima guerra del Golfo, Arafat era stato infatti costretto a fermare la prima Intifada, scoppiata nell'87, e a sedersi al tavolo degli accordi di pace. Ero in Israele durante l'ultima fase della rivolta palestinese, e da lì avevo seguito il processo di pacificazione cominciato alla fine del '91 con la Conferenza di Madrid. Subito dopo avevo intervistato a Tunisi uno Yasser Arafat nervoso e stanco. Il leader palestinese restava altamente scettico sulla possibilità di creare una pace duratura, pur mostrandosi disponibile come mai prima a provarci. Il tentativo però è fallito. Anche questa nuova possibile guerra interviene mentre in Palestina è in corso da due anni una seconda violenta Intifada.

Sull'aereo per l'Iraq si trova sempre gente piuttosto bizzarra. A parte i giornalisti provenienti da tutto il mondo, ci sono uomini d'affari, spesso di dubbia provenienza (tra loro molte spie travestite), e persone dall'aria ambigua che per mille motivi diversi, non sempre leciti, vanno e vengono da quel Paese. Del resto le scappatoie per sfuggire alle regole delle sanzioni sono infinite, così come le vie sotterranee per continuare a fare accordi più o meno puliti. L'Iraq è sotto embargo dal 1990, e dal 1996 il suo petrolio è venduto sotto il controllo dell'Onu. Ufficialmente si tratta di impedire a Saddam Hussein di dotarsi di armi di distruzione di massa, ma Washington non nasconde le sue reali intenzioni: costringere il rais a lasciare il potere.

I costi in termini economici e di vite umane sono enormi, e da anni è in corso un dibattito tra quanti accusano Saddam di essere il solo responsabile delle tragedie e della povertà del suo popolo, e quanti invece ne attribuiscono la vera ragione alla straordinaria durezza dell'embargo. Secondo le stime delle agenzie dell'Onu sono 250 ogni giorno le morti dovute alle sanzioni. In particolare, l'Unicef ha calcolato che ogni mese 4500 bambini sotto i cinque anni muoiono per mancanza di cibo e medicinali, e nel suo rapporto dell'agosto del '99 sulla mortalità infantile in Iraq, parla di cifre raddoppiate negli ultimi dieci anni. Questi dati coincidono con quelli di ricercatori indipendenti. L'embargo si traduce in una specie di punizione collettiva che colpisce gli strati più deboli della popolazione: i bambini, gli anziani e le donne.

Oggi, su venticinque milioni di iracheni, sedici dipendono completamente per la sopravvivenza dalle razioni alimentari distribuite dal governo e dalle importazioni controllate dal comitato sanzioni dell'Onu. Con l'entrata in vigore nel 1996 della risoluzione 986, la cosiddetta «Oil for Food», petrolio in cambio di cibo, è stata sancita la messa sotto tutela dell'oro nero iracheno, e si è consentito a Baghdad di esportare greggio ricevendo in pagamento beni di prima necessità. Nel 1997 molti dei proventi sono stati spesi in generi alimentari e medicinali, ma dal '99 il campo d'azione del programma si è esteso anche ad agricoltura, edilizia, istruzione, telecomunicazioni, infrastrutture petrolifere, reti fognarie ed elettriche.

Il meccanismo è semplice. Il cliente deposita il denaro su un apposito conto di garanzia in una banca di New York, ma Baghdad non ha accesso diretto ai proventi: può invece ordinare beni per uso civile e pagarli attraverso questo conto. Il 25 per cento degli introiti è però destinato al pagamento delle riparazioni di guerra al Kuwait, all'Arabia Saudita, a Israele e alle società straniere che lavoravano in Iraq e Kuwait. Il 2,2 per cento copre le spese amministrative dell'Onu, e lo 0,8 per cento finanzia l'agenzia degli ispettori delle Nazioni Unite che effettuano i controlli sul riarmo di Saddam Hussein.

Nel caso venga riscontrato un possibile doppio uso, cioè un utilizzo militare oltreché civile delle merci richieste, il comitato sanzioni dell'Onu interviene e, se necessario, ne blocca l'importazione. Può così accadere che anche componenti dei computer, la grafite per le matite o il cloro per l'acqua, siano considerati beni a doppio uso.

Nei fatti l'Iraq, privato di una vita economica autonoma, vive sotto la tutela dell'Onu. Il rais ha preteso dalla comunità internazionale l'allentamento di questo cappio, ma è chiaro che ora il tema non è più all'ordine del giorno.

Capitolo 3

BENVENUTI A BAGHDAD

Durante la mia carriera sono atterrata in molti aeroporti e, per quanto mi ricordo, le sale arrivi si assomigliano tutte. Ma quando il 23 gennaio, poco prima di mezzanotte, metto piede sulla pista dell'aeroporto di Baghdad, il Saddam International Airport, non riesco a rimanere indifferente. Anche i reporter più disincantati, arrivando qui, sentono il cuore battere più veloce. Provo la netta sensazione di essere sul punto di iniziare un'avventura dalle implicazioni straordinarie, di essere nel bel mezzo non di una «storia», come dicono i giornalisti, ma della Storia.

Il Saddam Airport è l'immagine di ciò che è diventato l'Iraq dopo dodici anni di sanzioni. È un'immensa struttura di cemento, acciaio e marmo, simbolo di ambizione, ricchezza e potenza, ma praticamente vuota. Un aeroporto fantasma. Una porta d'ingresso che si apre su una formidabile rete di appetiti internazionali, di rivalità regionali, di sogni e incubi che plasmano il Paese sin dalla sua nascita, nel 1920. Il Saddam Airport è stato distrutto durante la guerra del 1991, ricostruito, poi di nuovo bombardato per quattro giorni, durante le azioni punitive americane e britanniche del 1998. Il padrone dell'Iraq lo ha fatto rinascere dalle sue ceneri, e il 17 agosto del 2000 Baghdad ha annunciato la decisione di non osservare più il divieto di farvi decollare o atterrare aerei, una delle sanzioni previste dall'embargo. Tuttavia, solo alcune linee interne hanno ripreso la loro attività, insieme ad alcuni collegamenti con la Giordania e la Siria, gestiti da compagnie arabe come la Royal Jordanian o la Syrian Airlines, che si sono arrischiate a sfidare il divieto internazionale. Nell'oscurità, scorgo alcuni aerei che sembrano abbandonati sulle piste. La maggior parte della flotta dell'Iraqi Airways è stata dispersa in vari Paesi prima della guerra del 1991 e non è più stata rimpatriata.

I bracci mobili che collegano l'aereo al terminal non funzionano, per cui dobbiamo raggiungere a piedi l'edificio principale. Un ritratto accoglie i passeggeri nello stretto corridoio che conduce ai controlli della polizia e della dogana: Saddam Hussein, ovviamente. In bianco e nero. Versione giovane, stile occidentale, completo grigio, cravatta scura. Una specie di fototessera che rassicura nella sua neutralità, ma che diventa un'ossessione quando la si ritrova su tutti i muri. Baffi neri e sguardo profondo, ecco l'uomo che da decenni occupa una posizione unica nella cerchia dei capi arabi. Ha regnato sull'unico Paese della regione abbastanza ricco e popoloso da nutrire l'ambizione di diventare una potenza regionale. Con brutalità e crudeltà, ha eliminato i suoi nemici e represso nel sangue ogni velleità di contestazione. Nell'ebbrezza del boom petrolifero, ha blandito i concittadini con il miraggio della ricchezza. Ha condotto il Paese in avventure militari disastrose, per lasciarlo infine nella miseria. Da quando, nel 1959, è apparso sulla scena politica irachena, si è costruito una formidabile reputazione di invulnerabilità. Ma oggi Saddam sembra sfidare il destino una volta di troppo.

Assad, il nostro tuttofare, ci stava aspettando e ci fa accomodare in una piccola sala. «Penso io a tutto» assicura, lieto di poter dimostrare che è davvero influente come ci vuole far credere. Davanti ai funzionari della sicurezza che controllano i passaporti si sono formate lunghe code, e noi siamo ben contente di sottrarci a questa prova. Il tempo passa e ci rendiamo conto che forse, malgrado la sua buona volontà, Assad non possiede le qualità necessarie per fare da intermediario. Lo osserviamo da lontano mentre discute con i poliziotti, con i nostri passaporti in mano; poi ci raggiunge, con un lieve rossore sul viso, per farci firmare un impegno a effettuare entro dieci giorni un test dell'Aids. È un esame obbligatorio per qualunque straniero il cui soggiorno in Iraq si prolunghi oltre quel periodo. Ángela e io ci godiamo tutta l'ironia della situazione: questo Paese minacciato dal più potente esercito del mondo, a poche settimane da un possibile attacco, si preoccupa ancora del rischio di infezione rappresentato dai pochi stranieri che ne attraversano le frontiere!

Ma è alcuni metri più in là, una volta usciti dalla relativa calma di quella piccola sala, che ci scontriamo con l'autentico baluardo della burocrazia irachena: la dogana. L'ultima tappa prima di passare attraverso le porte scorrevoli dietro le quali si ammassano, malgrado l'ora tarda, decine di persone venute ad accogliere parenti e amici, mescolate a semplici curiosi attratti dall'andirivieni dell'aeroporto. Quando si tratta di lasciar entrare in Iraq del materiale sospetto come telefoni o computer, la dogana è onnipotente. Nessuno vi si avvicina senza sentirsi immediatamente colpevole. Ho sempre l'impressione che questi agenti in borghese che fanno aprire le valigie, ne esaminano il contenuto, interrogano i viaggiatori con tono stanco e annoiato, siano dotati di una specie di preveggenza e siano in grado di individuare i bugiardi e i dissimulatori, mettendoli in imbarazzo e gettandoli nella confusione. Davanti a loro sono pronta a denunciare anche i quaderni a spirale che uso da sempre per prendere appunti!

La procedura è terribilmente lunga e irritante. Ogni apparecchio, con la propria marca e il proprio numero di serie, deve essere registrato su un formulario blu. Il doganiere fa anche domande trabocchetto. «Ha una radio?» Rispondere «sì» vuol dire esporsi a una nuova perdita di tempo. Rispondere «no» comporta il rischio di essere colti in flagrante reato di menzogna. Scelgo di mentire. Ma si vede che oggi il buon Dio sta guardando da un'altra parte, e non mi punisce.

Poi arriva il momento della verità. «*Money, money, how much?*» mi chiede il doganiere, in un inglese abbastanza chiaro da non lasciare spazio ad alcuna ambiguità. «Quanto denaro ha con sé?» Ufficialmente, nulla impedisce a uno straniero di introdurre nel Paese del denaro, ma prima di andarsene dovrà giustificare anche la più piccola spesa. Il che è ovviamente impossibile. E può essere un pretesto perfetto per confiscare tutto ciò che resta.

Mi volto verso Assad. È proprio per evitare questo genere di problemi che lo pago. Non ho nessuna intenzione di dichiarare alla dogana irachena 40.000 dollari in contanti. I funzionari vorranno contarli, poi annotare il numero delle banconote, poi sicuramente ricontarle, finché il messaggio non ci sarà arrivato forte e chiaro: «Possiamo trattenervi qui tutta la notte, quindi siate generosi». Non ho tempo (né soldi) da perdere. Sono stanca e ho voglia di uscire da questo aeroporto dove gli iracheni si dedicano al loro passatempo preferito: fumare una sigaretta dopo l'altra. L'aria è irrespirabile. Siamo arrivati da più di due ore e abbiamo fretta di andarcene. Marco e Michele, al loro primo viaggio in Iraq, hanno ancora la curiosità dei neofiti. Ma io non ne posso più. Ho una pazienza molto limitata per questo genere di operazioni, e sento di aver superato da un pezzo il livello di guardia. Leggo subito sul viso del «cicciottello» che sta per dire una stupidaggine. Davanti a un funzionario iracheno astuto e corrotto Assad è troppo pulito, troppo timoroso, troppo innocente. Me lo immagino mentre dice, in tono complice: «Hanno una grossa somma di denaro, ma non sono obbligato a dirvelo. Ve lo dico lo stesso, perché sono il direttore del loro ufficio e perché tra iracheni ci si capisce».

Intervengo seccamente: «*No money, no money... money at Maktab...*». Mescolando al mio inglese qualche parola araba, spiego che i soldi si trovano nel nostro ufficio. Nello zaino semiaperto posato davanti al doganiere c'è una busta marrone contenente la piccola fortuna di cui sono responsabile. Lo guardo dritto negli occhi, senza sorridere. La gentilezza non porta molto lontano, in queste circostanze. Meglio puntare sull'autorità. E funziona. Con mano pesante, il funzionario appone un primo timbro in fondo alla lista di attrezzature che abbiamo dichiarato e che sono state meticolosamente registrate. «Prego» ci dice mostrandoci la porta aperta di un piccolo ufficio accanto alla toilette.

A quanto pare il nostro percorso di guerra non è ancora finito.

È in questo stanzino che dobbiamo ottenere l'ultimo «apriti Sesamo», l'ultimo sigillo che ci consentirà di recuperare il materiale e di attraversare finalmente le porte scorrevoli che si fanno beffe di noi da due ore. Dietro a una piccola scrivania è seduto un funzionario. L'odore di urina che aleggia nella stanza non sembra disturbarlo. Attorno a lui un nugolo di passeggeri che agitano i loro formulari blu, si spintonano perché il timbro che maneggia con circospezione atterri nel posto giusto. Ángela prende in mano la situazione: si avvicina alla scrivania, si apre un varco con un gran sorriso e una banconota da 100 dollari ripiegata fra due dita. Come per magia, il timbro viene apposto senza esitazione in calce alle nostre dichiarazioni. Dopo un controllo finale da parte di un poliziotto in uniforme verde oliva, che fa di tutto per somigliare al suo temibile presidente, eccoci finalmente giunti in porto. Mi lascio sfuggire un discreto «Benvenuti in Iraq», diretto più a me che non ai miei colleghi e amici con cui mi avvio verso l'hotel.

Prima di salire sulla macchina di Assad, sento una voce che mi chiama: «Miss Lilli, Miss Lilli». Mi volto e mi ritrovo faccia a faccia con un pezzo d'uomo con i capelli corti e gli occhi ridenti e penetranti. «Sono Mahdi» mi dice, come se dovessi saperlo. «Sono Mahdi e sono il suo autista» aggiunge, senza farsi scoraggiare dalla mia espressione stupita. Mi ci vorranno diversi minuti per spiegargli che ho già un autista. Che sono lusingata che abbia pensato a me, ma che è arrivato troppo tardi. Lui mi ascolta sorridendo e mi fa un cenno della mano nel momento in cui la macchina di Assad parte. Scoprirò molto presto che esiste una generazione di iracheni che non ritiene che un «no» sia una buona risposta e che ha reinventato il concetto di ostinazione.

Come lasciano intuire i nostri primi passi in questo Paese, in Iraq sono riuniti tutti gli ingredienti di un superbo thriller, di un romanzo di spionaggio. Corruzione. Sospetto. Delazione. Doppio gioco. Vi è tutto questo, da sempre: dai primi giorni della colonizzazione britannica, fino all'attuale braccio di ferro tra il padrone di Baghdad e i potenti di Washington. I continui sommovimenti politici che squassano il Paese sono assolutamente impenetrabili. Una cappa di segretezza avvolge anche gli episodi più insignificanti di una storia violenta. Ma il controllo delle ricchezze petrolifere, sin dal 1918 all'origine dell'interesse britannico, è sempre stato troppo importante perché le potenze occidentali potessero ignorare il destino di questo Paese. E non cercassero di disporne con ogni mezzo. Da quarant'anni a questa parte, il protagonista di questo *feuilleton* si chiama Saddam Hussein. L'ironia è che quelli che oggi vogliono sbarazzarsi di lui sono stati gli artefici della sua ascesa al potere.

Recenti inchieste hanno stabilito che sin dal 1959 Saddam Hussein è stato in contatto con la Cia. E ha lavorato sotto la supervisione dell'agenzia di intelligence americana. «Credo che sia un tipaccio» ha ammesso nell'ottobre 2002 l'ex presidente Bill Clinton in un'intervista rilasciata a James Fallows dell'«Atlantic Monthly». Ma ha aggiunto: «Abbiamo molte cose da rimproverarci. In parte, siamo noi ad averlo messo dov'è». In effetti, l'ex presidente americano non ha fatto che confermare notizie che non stupiscono più nessuno in Medio Oriente. Re Hussein di Giordania è stato il primo a parlare dei legami tra la Cia e i membri del partito Baath, autori del colpo di Stato dell'8 febbraio 1963, che ha portato quel partito al potere ma solo per alcuni mesi. Poco dopo, in un incontro all'Hotel de Crillon di Parigi con lo stimato giornalista egiziano Muhammad Haikal, il re aveva spiegato: «Mi permetta di dire che ritengo sia vero che ciò che è accaduto in Iraq l'8 febbraio aveva il sostegno della Cia».

Quello a cui il «piccolo re» faceva allusione era l'eliminazione del presidente Abdel Karim Kassem, troppo nazionalista agli occhi di Washington, per mano di un gruppo di giovani ufficiali del Baath, e l'esecuzione nei giorni che seguirono di diverse centinaia di membri o simpatizzanti del partito comunista iracheno (alcuni esperti parlano di cinquemila). Secondo numerose inchieste, di cui una della commissione per l'Intelligence del Senato americano, la lista delle persone da eliminare è stata trasmessa da una radio con sede in Kuwait e finanziata dalla Cia. Un agente della Cia, William McHale, che lavorava a Beirut sotto le spoglie di un giornalista, ha fornito la maggior parte dei nomi. «Avevamo un controllo totale su ciò che accadeva» ha riconosciuto in seguito il responsabile della Cia per il Medio Oriente, James Critchfield. Nelle ore che seguirono il colpo di Stato, Saddam Hussein giunse a Baghdad e si mise al comando dei servizi di sicurezza del Baath, al-Jihaz al-Khas. Era in esilio in Egitto dal 1959, dopo un tentato omicidio ai danni di Kassem, sostenuto dai servizi segreti americani. Allora ventiduenne, Saddam, troppo nervoso, aveva mancato il bersaglio, e grazie alla protezione dei servizi segreti americani ed egiziani aveva potuto allontanarsi da Baghdad verso Tikrit, il suo feudo, poi verso Beirut, per giungere infine al Cairo. Lì aveva passato il tempo giocando a domino al Caffè Indiana. Aspettando giorni migliori. Sotto lo sguardo vigile dei suoi «mentori» del Cairo e di Washington.

Oggi le cose sono cambiate, e il padrone di Baghdad si sente minacciato. In un Paese abituato ai complotti, alla violenza e all'obbedienza, il lavoro che aspetta i giornalisti non sarà facile. Dobbiamo fare i conti con la censura del regime, con le regole e le restrizioni imposte dai funzionari del ministero dell'Informazione. E abbiamo l'obbligo di essere sempre accompagnati da una «guida», una sorta di interprete-spia, il che, naturalmente, limita l'accesso ai luoghi e alle fonti di informazione. Per ogni minima cosa occorre un permesso che in molti casi non arriva mai. Ma anche quando lo si ottiene, non si è al riparo da pressioni e minacce. A dicembre 2002 ho finalmente ottenuto l'autorizzazione ad andare a Karbala, una delle due città sante sciite, per poi scoprire quello che già sapevo: ogni servizio veniva monitorato dall'ambasciata irachena a Roma, che invia regolarmente i suoi rapporti al ministero. In quel caso, mi è stato segnalato in modo inequivocabile che i riferimenti alle decine di migliaia di sciiti massacrati dal regime nella rivolta seguita alla guerra del Golfo non erano graditi. Gli stessi avvertimenti mi sono stati rivolti a settembre, quando Saddam Hussein ha decretato un'amnistia generale e ho raccontato dal carcere di Abu Ghraib (citando Amnesty International) le atroci brutalità e le torture cui venivano sottoposti i prigionieri, soprattutto quelli politici. È un crinale faticoso da percorrere: da una parte il perenne rischio di espulsione, dall'altra il pericolo di complicità con un regime spietato. Ma come sempre, anche in questo caso, se si vuole un modo onesto di lavorare lo si trova. Per esempio, avvertendo lo spettatore che le dichiarazioni rilasciate dagli intervistati davanti a una telecamera, per ovvie ragioni, sono raramente sincere. O inserendo le notizie nel contesto della storia di uno Stato totalitario, con le mani sporche di sangue. Ma anche distinguendo la politica di una dittatura dal popolo che la subisce.

Capitolo 4

HOTEL RASHID: UN PIZZICO DI NOSTALGIA

«Welcome back» mi dice Kazem, avvolto nella sua giacca nera. Alla reception dell'Hotel Rashid c'è molta gente, malgrado sia tarda notte. I nuovi arrivati si contendono le camere migliori. Gli impiegati non sanno più dove sbattere la testa. Kazem sembra sincero nel salutare il mio ritorno, ma ho l'impressione che, come tutti gli iracheni, preferirebbe che i giornalisti se ne restassero a casa. Quando sbarcano a Baghdad, è un brutto segno: in genere le bombe li seguono a breve.

Ho bisogno dell'aiuto di Kazem per avere una stanza che dia sui giardini dell'hotel. Da quel lato dell'edificio si dominano i quartieri ufficiali della città così come la periferia, dove si trova, in lontananza, l'aeroporto. In caso di bombardamenti si è veramente nella posizione migliore. È questo il panorama che le telecamere della Cnn hanno trasmesso al mondo intero nel gennaio 1991, all'epoca dei primi attacchi. Un altro buon motivo per sistemarsi sul «lato giardino» è che solo questa esposizione garantisce il buon funzionamento dei telefoni satellitari. Gli iracheni ne proibiscono l'uso nelle camere... ma da quando in qua i giornalisti osservano le regole? Infine, l'ultimo motivo: dalle mie finestre voglio poter vedere la piscina dell'hotel. È l'unica immagine che mi fa pensare che, forse, mi trovo in un Paese normale.

La piscina olimpionica non solo è tenuta molto bene, ma ha anche l'acqua leggermente riscaldata e offre così una rara possibilità di fare un po' di esercizio. Un assiduo frequentatore è il collega del «Corriere della Sera» Lorenzo Cremonesi, che tutte le mattine, dopo una corsa in giardino, nuota per cento vasche. Io mi accontento di sessanta, lavoro e impegni permettendo.

Porgo a Kazem il passaporto, nel quale ho infilato una banconota da 20 dollari: dovrebbe aiutarlo a scegliere, fra le camere che gli restano, quella che fa maggiormente al caso mio. Sarà la 634.

Il Rashid è una specie di mito, come il Commodore a Beirut o l'Holiday Inn a Sarajevo. Si è conquistato la sua fama durante la guerra del 1991, quando è stato al centro della «madre di tutte le battaglie». I suoi giardini si erano allora trasformati in un accampamento di giornalisti con i telefoni satellitari e i generatori sistemati sulle aiuole fiorite. Da lì Peter Arnett, la star della Cnn, faceva i suoi collegamenti quando fu, per un certo periodo, l'unico giornalista di una televisione occidentale nella capitale irachena. Era anche il luogo in cui i funzionari iracheni giungevano all'improvviso, nel cuore della notte, per rilasciare dichiarazioni.

La hall del Rashid non è cambiata da allora. Tutt'al più è invecchiata. È una specie di cattedrale di marmo grigio e bianco, dai soffitti alti e dagli enormi candelieri di vetro. Una fila di poltrone di cuoio marrone accoglie in genere gli agenti dei servizi segreti, il Mukhabarat, che trascorrono la giornata a squadrare i clienti che entrano ed escono. Non sono sicura che la loro missione sia di grande utilità, ma è sicuramente piuttosto inoffensiva. Inoltre ho l'impressione che passino più tempo a dormire a occhi aperti, nascosti dietro alle piante, che non a vegliare attivamente sulla sicurezza del Paese. La loro presenza contribuisce a dare al Rashid quell'aura di mistero che lo circonda da sempre.

Anche il bar, in fondo alla hall, ha visto giorni migliori.

Nel 1991, nel bel mezzo della guerra, era il luogo di ritrovo dei corrispondenti. Vi si bevevano Martini dry e Campari soda. Con i suoi specchi fumé e i tavolini bassi, aveva un che di bisca di lusso che si adattava perfettamente alla situazione. Intorno a questo bar sono persino nate storie d'amore... ma non dirò altro. Oggi, da quando Saddam Hussein ha messo il Paese a regime secco (almeno in pubblico) per attirarsi le simpatie degli ambienti musulmani, i camerieri in livrea servono solo succhi di frutta. La direzione ha spostato i tavolini per installare dei computer e rendere omaggio alla moda degli internet café. Ma qui l'uso della «rete delle reti» è strettamente controllato da un webmaster, che deve aver fatto pratica al Kgb più che alla Microsoft. L'unico ristorante aperto è il coffee shop, dove i piatti più commestibili sono il pollo alla griglia, il riso e la zuppa di lenticchie; e questo sarà una sorta di menù fisso per molte settimane.

Entro in camera con un sospiro di sollievo. Certo, il materasso è sfondato, le coperte lise, la moquette macchiata e il televisore fa i capricci, ma almeno potrò sistemarmi. Organizzarmi. Niente è più importante, quando sono in trasferta, di un posto dove poter stare da sola. Per sfuggire alla tensione generale, fare una pausa, ricaricarmi. Metto a posto le mie cose e sistemo il beauty case in bagno: anche quando sono in missione, devo presentarmi nel modo migliore. È un segno di rispetto per i telespettatori.

Scoprirò presto, come capita spesso in questo genere di situazioni, che le stanze o le suite che ospitano grandi agenzie come la Reuters e l'Agence France-Presse, o i canali televisivi americani, si sono trasformate in confortevoli saloni dove si può trovare di tutto. Vino libanese, gin tonic, razioni militari, caffè e sigari, persino musica. Si organizzano serate e cene, durante le quali i giornalisti si riuniscono intorno ai tavoli e finiscono sempre col rievocare i loro ricordi. Si parla degli avvenimenti della giornata e si cerca di indovinare cosa succederà. E, soprattutto, si intrecciano complicità e amicizie che, qualche volta, durano tutta la vita.

L'Hotel Rashid è stato costruito da un'impresa svedese in occasione di un vertice dei Paesi non allineati, che doveva tenersi a Baghdad nel 1980 e che è stato annullato per via della guerra con l'Iran. E in effetti l'edificio ha uno stile Volvo prima maniera: solido ma decisamente privo di eleganza. È un'enorme costruzione rettangolare di sedici piani che sembra poter resistere a un terremoto... o a una bomba atomica. Le porte delle camere sono così spesse che a volte faccio fatica ad aprirle, ma alcuni colleghi mi hanno assicurato che possono fermare persino i proiettili dei fucili d'assalto. I vetri delle finestre sono in grado di resistere allo spostamento d'aria di un'esplosione. Nel 1991 i corrispondenti si erano sistemati nei bagni di marmo bianco, dopo averne misurato le pareti e stimato che 18 centimetri di cemento potevano schermare non solo il rumore delle docce, ma anche proteggere dagli effetti delle bombe. L'hotel è dotato anche di un rifugio sotterraneo antiatomico, diviso in tre sale che possono essere chiuse ermeticamente in caso di attacchi chimici. Durante la guerra del Golfo, gli americani hanno sostenuto che nei sotterranei del Rashid si nascondesse un importante centro di comunicazione e coordinamento dell'esercito di Saddam, capace di assicurare i collegamenti con le forze irachene in Kuwait attraverso le ultime linee di trasmissione ancora efficienti, che correvano lungo due ponti sul Tigri. La notizia si è rivelata infondata dopo le ispezioni dei giornalisti, autorizzati a suo tempo dalle autorità irachene a controllare le parti più segrete, compreso il mega-bunker a prova di bomba atomica.

Per mettere piede al Rashid, il visitatore deve calpestare un'effigie a mosaico del presidente George Bush senior, incastonata nel pavimento dell'ingresso. L'opera è stata commissionata dal figlio primogenito di Saddam Hussein, Uday, dopo che gli americani avevano bombardato l'hotel nel 1993, causando la morte di quattro dipendenti. La forza dell'abitudine fa rapidamente dimenticare questo gesto simbolico agli ospiti dell'hotel, ma nei visitatori illustri che alloggiano tradizionalmente al Rashid strofinare le suole sul viso di un presidente americano può provocare qualche esitazione. «Bush is a criminal» si legge sotto il ritratto.

Nei giardini dell'hotel, curati perfettamente, si leva una piccola torre di controllo ai margini di una pista per elicotteri. Da molto tempo non vi atterra più nessuno e mi ricordo che nel 1991 Jacques faceva jogging intorno alla zona di atterraggio. Questo impianto un po' particolare ha dato adito a tutta una serie di voci sull'esistenza, al Rashid, di appartamenti segreti dove potevano rifugiarsi Saddam Hussein e la sua famiglia. Ma nulla è mai stato provato. Un'altra voce vuole che le 358 camere siano tutte provviste di microfoni e telecamere, che permetterebbero ai servizi segreti iracheni di spiare gli ospiti di riguardo del regime e, ovviamente, i giornalisti.

Anche a me sono successe cose piuttosto bizzarre, come alcune telefonate mute o l'improvvisa accensione del televisore nel cuore della notte. Dopo l'arrivo degli americani, si scoprirà che il Rashid effettivamente disponeva nel sottosuolo di un sofisticato sistema di sorveglianza delle linee telefoniche e di altri strumenti di controllo, come piantine dettagliate di ogni stanza: verranno trovati monitor, cuffie, registratori, microfoni, insieme a molti computer, tutti però con gli hard-disk rimossi. In effetti, ogni volta che utilizziamo il telefono per chiamate locali e per raggiungere un collega in un'altra stanza, scatta l'immancabile «clic» che ci segnala l'intercettazione della conversazione. E quelle rare volte in cui ospiti iracheni vengono nella nostra stanza (previa autorizzazione del responsabile della reception), il livello del volume dei nostri discorsi si abbassa automaticamente, nel timore che il «grande fratello» ci ascolti.

Ma il Rashid è anche un luogo di innocenza e di sogni. Dopotutto, porta il nome di Harun al-Rashid, l'eroe delle *Mille e una notte*, il califfo abbaside il cui regno ha segnato l'apogeo della potenza di Baghdad, nell'VIII secolo d.C. Ogni settimana, il giovedì sera e il venerdì, giorno di riposo settimanale nel mondo musulmano, alcune giovani coppie vengono a sposarsi al suono dei liuti e dei tamburi, che li accompagnano fino alla porta della camera nuziale. Quando incontro Suha e Muhammad, appena convolati a nozze, mi spiegano felici che il matrimonio è il miglior modo per rispondere alla minaccia della guerra. È credere nel futuro, continuare non solo a sopravvivere ma a vivere. Anche loro, come le altre giovani coppie, non potendosi permettere costosi abiti nuziali, li hanno affittati. E si concedono il lusso di una stanza al Rashid, per quella che dovrebbe essere la loro prima notte d'amore.

Col passare dei giorni, l'incontro mattutino con la responsabile del piano Raguida, una graziosa irachena sulla quarantina, diventa un appuntamento fisso. Nel suo inglese approssimativo mi racconta le sue paure, soprattutto quella di non sapere dove portare la sua famiglia in caso di attacco. Lei in quanto dipendente può mettersi al riparo nel rifugio dell'albergo, ma non sua figlia e il marito. Per Raguida divento presto una sorta di bollettino quotidiano delle ultime notizie. Ogni giorno mi chiede angosciata quando scoppierà la guerra, invitandomi a partire, io che posso... Inutile spiegarle che restare fa parte del mio mestiere. Di fronte alla certezza di un diluvio di bombe lei, come tanti altri iracheni che incontrerò nelle prossime settimane, ha comprensibilmente un solo obiettivo: lasciare la città il prima possibile.

Capitolo 5

IL MINISTERO DELL'INFORMAZIONE

Il centro stampa allestito al piano terra del ministero dell'Informazione, prima tappa obbligata quando si arriva a Baghdad, è il cuore dell'attività dei giornalisti stranieri. È qui che lavorano, mangiano, si riposano ed è sempre qui che, ogni tanto, capita che trovino persino delle notizie! È qui che ottengono gli accrediti, le autorizzazioni, le guide necessarie per muoversi a Baghdad, fare riprese o registrare interviste. È qui che si svolgono le principali conferenze stampa, ed è sempre qui che vengono organizzati gli incontri con le delegazioni pacifiste o i gruppi di scudi umani. Le agenzie, le televisioni, le radio e i giornali di tutto il mondo vi si sono stabiliti, in minuscoli uffici senza soffitto, una sorta di loculi bui e poco accoglienti. Nella mia carriera di giornalista raramente ho visto un centro stampa più sporco e peggio equipaggiato di questo. E si capisce perché molti miei colleghi, scherzando, avvertano che la maschera antigas servirebbe più a proteggerci dalla puzza imperante in questo luogo che dai temuti attacchi chimici e batteriologici. Il tetto del centro stampa, ai piedi dell'edificio principale di otto piani del ministero, è stato trasformato in una sorta di campeggio dai tecnici dei canali televisivi: le loro postazioni per i collegamenti e i montaggi dei servizi sono collocate qua e là, in tante tende colorate. Chi vi si avventura si muove in una selva di antenne satellitari, cavi, lampade e microfoni dei ministudio a cielo aperto dove i giornalisti vanno in onda. Ed è sempre al centro stampa, la cui atmosfera mi ricorda quella di un collegio indisciplinato, che i giornalisti si fanno regolarmente bacchettare dall'uomo che vi regna incontrastato: Uday al-Tai, il direttore generale del ministero.

Di questo posto ho anche bei ricordi: qui, infatti, nel 1991 ho incontrato mio marito Jacques. Rientravo da un reportage nel Kurdistan e lo stesso al-Tai, all'epoca responsabile della stampa estera, aveva requisito le mie cassette ed emesso un ordine di espulsione immediata. «Lei ha due ore di tempo per fare i bagagli» tuonava. La mia guida gli aveva rivelato che avevo filmato una colonna di carri in marcia verso il nord del Paese, dove non era ancora conclusa la repressione dei curdi ribellatisi dopo la guerra. Baghdad affermava che nella regione tutto era tranquillo, e la minima smentita della lieta versione ufficiale avrebbe infastidito non poco le autorità.

I toni stavano diventando sempre più accesi; eravamo nel salone principale del centro, all'epoca arredato soltanto con tavoli e poltrone. Fu in quel momento che si alzò il corrispondente dell'Afp, avvicinandosi a noi. Era là ormai da mesi e conosceva tutti. Si chiamava Jacques Charmelot. Era alto e abbronzato. E rispettato. Parlò a Uday, riuscendo a calmarlo e a farmi restituire le cassette. A questo breve incontro ne sarebbero seguiti altri – ma questa è un'altra storia – fino al matrimonio celebrato nella mia terra, l'Alto Adige, nel luglio del 2000.

Il centro stampa è cambiato molto dal 1991. Ha occupato anche il resto del piano terra dell'edificio del ministero, dove sono stati allestiti uffici a pareti mobili. È una specie di labirinto in cui lavorano i trecento giornalisti, tecnici e assistenti mobilitati per seguire la crisi irachena, per dare un volto a un Paese conosciuto così poco e così male, cercando di evitare l'accusa – comunemente rivolta alla maggior parte degli inviati che si occupano dell'Iraq – di connivenza con il regime o di clemenza per il dittatore che regna sovrano da ben ventiquattro anni.

Arrivando davanti alla moderna e anonima sede del ministero, rimango stupefatta nel vedere decine di muratori al lavoro. Come se la guerra minacciata dagli Stati Uniti non li riguardasse, si affaccendano con le cazzuole, avvolti in una nuvola di polvere bianca. Per creare nuovi spazi, costruiscono una nuova facciata tutto intorno a quella preesistente. Sembra sia l'unico modo che hanno trovato per ingrandire il centro stampa senza comprometterne il funzionamento.

Nelle settimane a venire, imparerò a dimenticare la polvere, il rumore e i cattivi odori. Ángela e io condividiamo un locale di quattro metri quadrati, pagato a peso d'oro. I nostri bei dollari vanno direttamente nelle tasche dei responsabili del ministero, ma non abbiamo altra scelta. Il luogo che chiamiamo pomposamente «ufficio» è sommariamente arredato con un tavolo – sul quale installiamo una catena di montaggio –, una scrivania, un televisore e tre sedie. L'unica cosa che ci conforta un po' è la sensazione di potercene almeno stare per conto nostro. Il «loculo» è dotato di porta, e ogni tanto possiamo chiuderla, sfuggendo temporaneamente al caos perenne di questo posto.

Nel cuore del centro stampa si trova l'ufficio del responsabile dei giornalisti stranieri, Mohsen Tarfah, un ometto grassoccio dagli occhi sempre in movimento, soprattutto quando una bella corrispondente gli chiede un favore. Mohsen ama le cravatte, le camicie di buona fattura e il Bordeaux. È assolutamente innocuo. Può rimanere seduto per ore a fumare sigarette, rispondere ai tre telefoni che ha di fronte, firmare montagne di documenti e ricevere un flusso ininterrotto di visitatori, ognuno dei quali ha talmente fretta di parlargli da interrompere sistematicamente la conversazione precedente. Seguire per un momento questo *tourbillon*, seduti su uno dei divanetti sporchi e logori dell'ufficio di Mohsen, fa girare la testa a chiunque. È il principio del moto perpetuo applicato al caos organizzato. Un formidabile dispendio di energie, di parole, di gesti, che alla fine sembra sfociare nel vuoto siderale di un sistema la cui unica ragione di esistere sta nel sopravvivere un giorno di più.

Attraverso i pannelli a vetri ingialliti dal fumo di migliaia di sigarette, Mohsen segue l'attività del punto nevralgico del centro stampa. È uno spazio rettangolare di una decina di metri quadrati, una sorta di piazza centrale nella quale vanno in scena le commedie e i drammi quotidiani di questa cittadella. Ai lati si trovano gli uffici di Reuters, Afp, Ap, Efe e Kyodo. È un po' il *sancta sanctorum*, dato che queste grandi agenzie sono il punto di riferimento più sicuro per essere meglio informati su quanto accade. I giornalisti arrivano, fanno capolino nei vari uffici e chiedono: «Cosa succede oggi?». A volte mi domando come facciano i corrispondenti delle agenzie a lavorare nei loro minuscoli «cubicoli» armati di computer, televisori e telescriventi dell'Ina, l'agenzia di stampa irachena. Molto disponibile e simpatico è Nadim, il responsabile della Reuters. È un libanese alto, dal viso barbuto e sorridente. Assapora con calma magnifici sigari e accetta scommesse sulla data d'inizio della guerra. Nell'ufficio accanto regna Faruk, il decano dei corrispondenti locali. È l'uomo dell'Afp. Sorveglia con occhio attento l'andirivieni. Sa tutto di tutto e di tutti. Riesce a decifrare la stampa irachena, come facevano i cremlinologi con i giornali sovietici all'epoca di Chruščëv e Brežnev. Sempre impeccabilmente vestito, tutte le mattine affida le sue scarpe a un ragazzino che, dieci minuti dopo, gliele riconsegna perfettamente lucidate in cambio di un biglietto da 250 dinari, l'equivalente di 10 centesimi di dollaro. Due settimane prima dell'inizio della guerra, scomparirà per mettere al sicuro la famiglia, a Damasco. E non lo rivedrò più. È stato lui, quando ho avuto bisogno di un traduttore, a mettermi in contatto con Luay, che si presenta al centro stampa nella fredda mattina del 24 gennaio. Non appena lo vedo, sono certa di aver incontrato un personaggio che non passa inosservato: quarantasei anni, piuttosto alto, molto corpulento, capelli scuri lunghi, occhi azzurri, voce rauca e profonda. Fuma come un turco. Mi spiega che è stato direttore dei notiziari della seconda rete della televisione di Stato, quella del famigerato primogenito di Saddam, Uday. Più tardi confesserà che ha resistito tre anni, poi se n'è andato perché la pressione del regime e di quel «pazzo di Uday» era diventata insopportabile, e ci stava rimettendo la salute, fisica e psichica. Nonostante le sue traversie personali che mi confiderà in una lunga lettera dopo la guerra, difenderà fino alla fine la leadership del suo Paese con fiero orgoglio iracheno. Per fortuna Luay va d'accordo con Mahdi, che alla fine, grazie alla sua tenacia, è riuscito a diventare il mio autista, nonché uomo tuttofare. Dalla sera dell'aeroporto, non mi ha più perso di vista finché non l'ho preso con me. Con Luay parlerò in francese (lo parla perfettamente avendo studiato scienze politiche a Tours), mentre con Mahdi, che conosce solo poche parole d'inglese, sarà un conversare maccheronico: ma sulle cose fondamentali ci capiremo sempre. Il «cicciottello» conferma le nostre prime impressioni e latita.

Durante il giorno, l'attività del centro stampa è concentrata in questo spazio ridotto. I pacifisti portano qui i loro striscioni, condannano i preparativi per la guerra, ricordano le vittime del precedente conflitto ed evocano le sofferenze del popolo iracheno. Alcune delegazioni straniere vi tengono le loro conferenze stampa e perfino una reginetta di bellezza tedesca si è spinta fin qui, annunciando di voler incontrare Saddam Hussein per strappargli la promessa di distruggere le sue armi di distruzione di massa. Alexandra Vodjanikova, diciannove anni, capelli biondi e labbra carnose, è stata eletta in gennaio Miss Germania. Alloggia in una suite all'Hotel Rashid e spera che il suo fisico da Barbie le aprirà le porte di uno degli uffici più sorvegliati al mondo, quello del signore di Baghdad, e che le sue moine alla Marilyn lo convinceranno a rinunciare al suo arsenale proibito. È quasi commovente questa sfilata di buone intenzioni, che vogliono ricordare al mondo come la crisi irachena sia anche una tragedia umana. Ma non riusciranno mai a sottrarla alla logica assurda in cui l'ha confinata la propaganda di Stati Uniti e Iraq. Eppure in qualche modo questi personaggi e associazioni hanno ragione a voler denunciare la folle alternativa che ci viene proposta: pro o contro la guerra, pro o contro Bush, pro o contro Saddam. Come se il mondo non avesse più tempo di sfruttare fino in fondo tutte le soluzioni diplomatiche e di dare credito alle voci meno bellicose. Ma purtroppo, il «campo della pace» ha poche chance, nonostante il papa ne abbia assunto la guida.

La sala principale, in cui si trovano poltrone di velluto marrone che hanno conosciuto tempi migliori e un televisore perennemente acceso a tutto volume, costituisce anche il punto di ritrovo prima delle conferenze stampa. Durante tutto il periodo delle ispezioni dell'Onu, il consigliere per gli armamenti del rais, generale Amer al-Saadi, e il responsabile dell'organismo per il disarmo iracheno, generale Hossam Muhammad Amin, si sono succeduti come interlocutori privilegiati della stampa internazionale. Gli ultimi diplomatici stranieri rimasti a Baghdad convergono qui per incontrare con discrezione i giornalisti. L'alta figura di un segretario dell'ambasciata russa, o la presenza più defilata di un consigliere francese, suscitano immediati brusii in sala, in un accavallarsi di pettegolezzi e supposizioni.

Ma in questo luogo, che non saprei paragonare a nessun altro conosciuto prima, e che a volte mi fa pensare a una prigione senza catenacci alle porte né sbarre alle finestre, i corrispondenti non si limitano a lavorare. Ci vivono. In un angolo del corridoio, vicino all'ufficio che divido con Ángela, il vecchio Abu Haytham ha messo un fornellino e ogni mattina ci porta il tè. Per tutto il giorno, gli autisti degli inviati s'incrociano con le braccia cariche di panini caldi, pizza o pollo arrosto. I «contatti» vanno e vengono, tenendo in mano sacchi neri della spazzatura in cui stipano banconote che valgono pochi dollari. È a loro che tocca l'ingrato compito di procurare immediatamente ciò che la fantasia dei giornalisti all'improvviso fa ritenere indispensabile. I tecnici iracheni si affannano a riparare le prese elettriche, regolare le antenne televisive, collegare i telefoni, nel disperato tentativo di far funzionare questa immensa macchina che sembra sempre sul punto di cadere a pezzi.

Entrando nel centro stampa, incrocio personaggi senza i quali questo luogo non sarebbe ciò che è. La piccola silhouette di Abu Saad, per esempio, con i suoi strofinacci grigi e un secchio d'acqua sporca già di primo mattino, che combatte ogni giorno contro il lerciume incrostato sul pavimento e sui muri. È un cristiano il cui nome di battesimo è Emmanuel. Avrà una sessantina d'anni e strofina con energia le piastrelle degli uffici, urtando i giornalisti che non spostano le sedie abbastanza in fretta. È un tipo tarchiato e le sue sempiterne camicie a quadri non sempre sono pulite. Ha occhi chiari e mi chiedo dove trovi la forza di sorridere ancora. Jamal è un altro di questi personaggi. Esile, con un viso dall'espressione sorniona, è vestito sempre in maniera impeccabile e ha con sé una valigetta portadocumenti nera. Saluta i giornalisti con un sorriso sdentato e sa di non piacere a nessuno. È il contabile del centro, l'uomo incaricato di prelevare le somme astronomiche che il ministero esige da ogni giornalista per consentirgli di lavorare. Un minimo di 100 dollari al giorno a persona, più 100 dollari al giorno per ogni satellitare, senza contare gli affitti, le tasse varie e gli accrediti da rinnovare continuamente. Jamal assomiglia ai contabili della mafia dei film noir americani. Un collega mi fa notare che le sue dita sono corrose alle estremità, come se qualcuno le avesse immerse nell'acido per dargli una prima e definitiva lezione di onestà.

E poi, ovviamente, non può mancare Uday, il «signor Uday». Arriva quasi ogni sera verso le nove e si accomoda nella poltrona di Mohsen, dopo aver trafficato per tutto il giorno nel suo ufficio all'ottavo piano. Intorno a lui si forma un capannello di giornalisti. È lui ad avere la chiave di tutto: la concessione di un visto, la sostituzione di un corrispondente, l'autorizzazione per un reportage, l'organizzazione di un'intervista con gli alti dignitari del regime. È di altezza media, con occhi e capelli neri, uno sguardo vagamente diabolico, il viso segnato da una stanchezza perenne. Fuma come respira. Ride poco e quando lo fa dà l'impressione di trattenersi. La voce minacciosa e gli improvvisi attacchi di collera terrorizzano i dipendenti. L'ho visto impartire lunghe lezioni di giornalismo a colleghi costretti ad ascoltarlo stoicamente: ha il coltello dalla parte del manico, poiché detiene il potere di espellere chiunque. Le malelingue dicono che sia corrotto tanto quanto gli altri responsabili iracheni. Può darsi. Eppure l'ho visto scagliare contro un giornalista sudcoreano un libro nel quale il malcapitato aveva creduto bene di infilare alcuni biglietti da 100 dollari. Malgrado le suppliche di una giovane assistente, tutta l'équipe della televisione sudcoreana ha dovuto prendere la via di Amman. Dimostrazione pubblica d'integrità o autentica onestà? Non lo so. Ma Uday svolge sino in fondo il suo ruolo di alto funzionario, e vive nel timore perenne di essere considerato responsabile di ciò che i giornalisti possono raccontare o scrivere. Credo proprio che questo gli provochi numerose notti insonni, e lo porti a ricordare con nostalgia i bei tempi in cui era addetto stampa presso l'ambasciata irachena a Parigi...

Per arrivare alla sua posizione Uday, come tutti i funzionari iracheni, ha dovuto accettare la dura legge del terrore imposta dal partito Baath a partire dal luglio 1968, anno della sua definitiva ascesa al potere. Baath significa letteralmente «rinascita», e il partito esalta l'unità degli arabi e propugna idee laiche d'ispirazione socialista. Il suo motto è: «Un'unica nazione araba con una missione eterna». Ma le sue aspirazioni panarabe hanno avuto vita breve, a causa della scissione avvenuta negli anni Sessanta in due «comandi nazionali» rivali, uno con sede in Siria e l'altro in Iraq. Era stato fondato negli anni Quaranta da due intellettuali siriani, Michel Aflaq, cristiano ortodosso, e Salaheddin Bitar, musulmano sunnita. Poco prima di morire, Bitar affermò che il vero Baath non esisteva più, né in Siria, né in Iraq.

Oggi il partito, che conta milioni di iscritti (la maggior parte per necessità), è una formidabile macchina di controllo politico e militare del Paese. Nell'ottobre 2002 è riuscito a mobilitare più di undici milioni di elettori per votare a favore di Saddam Hussein. Per i dirigenti del Baath, le elezioni non sono ovviamente uno strumento democratico, bensì un modo per verificare la lealtà del popolo nei confronti del «capo supremo». Il presidente iracheno è stato rieletto per altri sette anni con un inappellabile 100 per cento dei voti e un'affluenza alle urne del 100 per cento!

Saddam compirà sessantasei anni in aprile. Animato da un'insaziabile sete di potere, si paragona a Nabucodonosor, il re di Babilonia che prese Gerusalemme, e a Saladino, il sultano nato anch'egli nella regione di Tikrit, che sconfisse i crociati nel 1187. Ha conquistato un'aura da «sopravvissuto» scampando a una serie di prove del fuoco: l'ultima risale al dicembre 1998, quando americani e inglesi hanno bombardato l'Iraq per quattro giorni. Nel 1996, e due volte nel 1993, è sfuggito allo stesso genere di punizione.

Il suo più grosso errore politico è stato il mancato ritiro dal Kuwait, invaso dal suo esercito nell'agosto 1990. Nel gennaio 1991, quando gli Stati Uniti, a capo di una coalizione internazionale, gli hanno intimato di ritirarsi, ha creduto si trattasse di un bluff. Un mese e mezzo più tardi, le sue truppe sono state scacciate dall'emirato dopo una guerra lampo. Eppure, durante la guerra Iran-Iraq durata dal 1980 al 1988, Saddam aveva mantenuto buoni rapporti con l'Occidente e le monarchie del Golfo, che l'avevano appoggiato economicamente e militarmente. Ma al momento di lanciarsi nell'avventura kuwaitiana, ha sottovalutato l'impatto provocato sul Medio Oriente dalla recente caduta del comunismo, e dalla nuova alleanza stipulata tra Washington e Mosca.

Nel luglio 1979, diventando capo assoluto, Saddam s'illudeva di trasformare l'Iraq nella prima potenza militare della regione e di diventare il leader del mondo arabo: oggi, di fatto, regna su un Paese allo stremo. Una nazione divisa, le cui regioni settentrionali, a maggioranza curda, sfuggono all'autorità centrale; un Paese economicamente in rovina e isolato dal mondo. Uomo forte dell'Iraq sin dal colpo di Stato del '68, è rimasto all'ombra del presidente Ahmed Hassan al-Bakr fino alle sue dimissioni nel 1979, attribuite ufficialmente a ragioni di salute. Dall'inizio del 2003, Saddam Hussein vive al riparo di una cerchia di fedelissimi e tutto ciò che lo riguarda è avvolto nel mistero. Nessuno sa se dorma in uno dei suoi palazzi di Baghdad o nel suo feudo di Owja, nei pressi di Tikrit (150 chilometri a nord della capitale), dov'è nato il 28 aprile 1937 in una famiglia contadina sunnita.

Al momento, nessuno sa neppure dove si trovino i due figli, complici delle sue crudeltà. Il maggiore, Uday Saddam Hussein, trentanove anni, si è creato una solida reputazione di maniaco violento e sanguinario. Leggenda narra che le belle ragazze di Baghdad da tempo rinunciano a uscire la sera, terrorizzate di essere «scelte» dai cacciatori di donne di Uday, che hanno l'ordine di procurargli gradevole compagnia femminile, costi quel che costi. Si racconta di donne violentate, di fidanzati uccisi. Pare, tuttavia, che si sia «calmato» dopo un attentato che per poco non gli è costato la vita nel 1996. Dirige il corpo militare dei Fedaiyyn di Saddam, nonché vari giornali e canali televisivi, in particolare il quotidiano «Babel» e la televisione dei giovani. Deputato al Parlamento dal 1999, Uday presiede inoltre il Comitato olimpico e l'Unione dei giornalisti. Il fratello minore, Qusay, è nato nel 1966. Più discreto del maggiore ma non meno brutale, si vede raramente in pubblico; dirige le unità d'élite della Guardia repubblicana e, insieme al padre, prepara il Paese e le forze armate alla guerra. Anche se molti di noi usufruiranno dei servizi del centro stampa e faranno domanda per intervistare questi tre personaggi poco raccomandabili, siamo consapevoli che le possibilità di successo sono quasi inesistenti.

Capitolo 6

NEL MIRINO DI BUSH

Il mio viaggio verso Baghdad, in realtà, è cominciato il 29 gennaio 2002. Quel giorno il mondo si accorge che l'Iraq è entrato nel mirino degli Stati Uniti. Il presidente George W. Bush si presenta alla tribuna del Congresso per pronunciare il tradizionale discorso sullo stato dell'Unione, trionfante per il prestigio di quella che i suoi militari hanno presentato come una grande vittoria in Afghanistan, contro i talebani e contro al-Qaida. In un breve intervento che sorprende l'opinione pubblica e lascia temere il peggio, il presidente elenca i nuovi nemici dell'America: la Corea del Nord, l'Iran e l'Iraq. È il cosiddetto «Asse del Male». Sono in prima fila per seguire le parole del capo della Casa Bianca. Mi trovo a Washington perché, dopo aver raccontato per il Tg1 gli attacchi dell'11 settembre, sono stata invitata nella capitale americana come *visiting scholar* alla School of Advanced International Studies (Sais) dell'Università Johns Hopkins, dove – oltre a tenere una serie di lezioni sull'«anomalia italiana» – seguirò soprattutto il corso sul terrorismo. Dopo gli attentati alle Torri gemelle, gli ambienti politici e universitari sono affascinati e allo stesso tempo spaventati dal fenomeno. La società americana, dal canto suo, è alla disperata ricerca di qualcosa che la rassicuri.

In sintonia con l'ansia del suo popolo, Bush riduce a una mera questione di sicurezza la risposta degli Stati Uniti alle nuove sfide.

Il suo ragionamento ha il pregio della semplicità, ed esige da chi lo ascolta una fede cieca e l'abbandono di ogni facoltà critica. «Il nostro obiettivo» assicura in sostanza «è impedire ai governi che sostengono il terrorismo di minacciare l'America e i suoi amici e alleati con armi di distruzione di massa. Questi governi sono rimasti tranquilli dopo l'11 settembre, ma noi conosciamo bene la loro vera natura.» Il presidente americano si sofferma poi a lungo sul caso iracheno. «L'Iraq» sostiene «continua a manifestare ostilità verso gli Stati Uniti e sostegno al terrorismo. Da anni il regime iracheno produce antrace, gas neurotossici e armi nucleari. È un regime che prima ha accolto gli ispettori dell'Onu e poi li ha cacciati. Questo regime è un regime che ha qualcosa da nascondere.»

Dei tre Stati sospetti indicati da Washington, l'Iraq si trova nella posizione peggiore: è infatti il più debole. Gli Stati Uniti non potrebbero attaccare impunemente la Corea del Nord – un Paese che già possiede armi nucleari – senza il consenso di Cina, Giappone e soprattutto Corea del Sud: Seul non vuol neanche sentir parlare di un'operazione militare americana contro i suoi fratelli nemici. Per quanto riguarda l'Iran, Washington dovrebbe pensarci due volte prima di attaccare una nazione di sessanta milioni di abitanti, protetta da un territorio molto vasto. Viceversa l'Iraq, sopravvissuto a due guerre e a dodici anni delle peggiori sanzioni economiche mai imposte a un Paese, è in uno stato pietoso che lo rende la vittima designata.

A Baghdad e nel resto del mondo il messaggio arriva dunque *loud and clear*, forte e chiaro, come dicono gli americani. Nel contesto della «guerra preventiva» (ormai diventata la dottrina centrale dell'amministrazione Bush), essere additati dal leader statunitense come una minaccia suona quasi come una condanna, un po' come il bacio della morte dei mafiosi. Dopo il terribile shock dell'11 settembre 2001, basta un semplice sospetto per ritrovarsi nel mirino.

Nulla sembra poter intaccare la convinzione di Bush che l'Iraq sia un nemico da eliminare.

Anche se i moniti si moltiplicano. Gli europei non sono assolutamente d'accordo, soprattutto Parigi, ma l'attenzione dei francesi è al momento concentrata sulle elezioni di primavera, che determineranno un cambiamento al vertice con la vittoria di Jacques Chirac e del centrodestra. Il socialista Hubert Védrine, ancora per pochi mesi ministro degli Affari esteri, denuncia tuttavia il «semplicismo» e l'«unilateralismo» dell'America.

Anche gli arabi sono preoccupati. Alcuni giorni prima del discorso del presidente Bush, incontro a New York il segretario della Lega araba Amr Mussa. È arrivato in città il 23 gennaio su invito del World Economic Forum di Davos, l'esclusivo club composto dagli esponenti di spicco della politica, dell'economia ma anche della cultura mondiale, che si ritrovano una volta all'anno tra le montagne svizzere. Stavolta si è trasferito nella Grande Mela per onorare «l'America ferita» con un imponente spiegamento di forze di sicurezza. Io partecipo a un seminario sulla costruzione dell'Unione europea, ma ovviamente è il terrorismo a catalizzare l'attenzione di tutti. Nella sala da tè decorata con tende di velluto rosso del Waldorf Astoria, Amr Mussa mi parla a lungo dei timori del mondo arabo e dei governi moderati di fronte all'atteggiamento degli Stati Uniti: dopo gli attentati dell'11 settembre, la loro politica di ritorsione appare a molti come una punizione collettiva di tutti i musulmani e di tutti gli arabi. C'è il pericolo, ai suoi occhi, di una crescita dell'integralismo, nonché della recrudescenza di una certa forma di terrorismo.

Ancora più preoccupato si mostra il giovane re giordano Abdallah, che in una colazione *off the record* con una decina di giornalisti, in una delle tante salette del lussuoso albergo, esprime forti perplessità sulla linea di Bush. Abdallah lo ha incontrato il giorno prima alla Casa Bianca. Ci racconta, muovendo inquieto gli occhi azzurri ereditati dalla madre inglese, come il presidente gli abbia garantito che la guerra sarà l'ultima delle opzioni. Il sovrano dall'aspetto di un ragazzo, accompagnato dalla bellissima regina Rania, non sembra però troppo convinto, e quando ci saluta ha l'aria di chi sa bene che il suo «regno», piccolo ed economicamente fragile, poco conterà nelle grandi decisioni.

Nei mesi successivi, la tensione tra Washington e Baghdad sale. Il 1° giugno, davanti ai cadetti dell'accademia militare di West Point, Bush rivendica il diritto degli Stati Uniti di scatenare guerre preventive per difendere la «libertà» e la vita degli americani. Se l'America attende che le minacce si concretizzino, «sarà troppo tardi», spiega davanti a venticinquemila persone che lo applaudono. L'unico modo per garantire la sicurezza del Paese, aggiunge, «è l'azione». E gli Stati Uniti agiranno. In luglio Bush precisa le sue intenzioni, annunciando di essere pronto a rovesciare Saddam Hussein in qualunque modo.

Nell'estate 2002, a Washington il dibattito è incentrato sui mezzi da utilizzare, come se una decisione fosse già stata presa. Per il segretario alla Difesa Donald Rumsfeld e i suoi amici del Pentagono, i militari sono troppo timorosi, preoccupati più della sicurezza delle truppe sul terreno che di garantire la riuscita di una prova di forza. I «falchi» vogliono rifare il «colpo dell'Afghanistan» e lanciare un'operazione condotta con 60.000 uomini, appoggiati dall'aviazione, per cacciare il rais dai suoi palazzi di Baghdad. Secondo i generali e il segretario di Stato Powell, bisogna invece mobilitare un'armata capace di affrontare ogni eventualità, riducendo al minimo le perdite americane. In tale contesto, l'invasione dell'Iraq richiederebbe in totale 250.000 soldati.

Powell, in qualità di capo della diplomazia americana, ha anche un'altra preoccupazione. È senz'altro favorevole a rovesciare con la forza Saddam Hussein, però preferirebbe avere l'appoggio internazionale: il via libera dell'Onu garantirebbe infatti la legittimità dell'operazione e consentirebbe di ridurre il prezzo politico di un'azione unilaterale. Dopo un acceso dibattito che la dice lunga sulla coesione dell'amministrazione americana, Powell riesce a convincere Bush: ma nulla trapela all'esterno, e il 12 settembre 2002 le parole pronunciate dal presidente durante un atteso discorso davanti all'Assemblea generale dell'Onu colgono tutti di sorpresa.

Quel giorno sono a New York per le commemorazioni del primo anniversario dell'11 settembre. Gli occhi del mondo intero sono puntati su questa città mitica, più volte teatro di scenari apocalittici nella finzione hollywoodiana prima di essere fragorosamente scagliata nella realtà delle tragedie planetarie. Alla vigilia del suo discorso, Bush si è recato a rendere omaggio alle vittime dell'attentato alle Torri gemelle: è uno di quei gesti che scandiscono la sua presidenza, segnata dalla guerra contro il terrorismo.

Bush sale sulla tribuna dell'Assemblea generale dell'Onu, e sul monitor davanti ai suoi occhi scorre lentamente il testo preparato con l'aiuto dei suoi consiglieri. Il presidente comincia a leggerlo, sviluppando gli argomenti chiave della retorica americana nei confronti dell'Iraq: nel 1991 Baghdad ha ricevuto l'ordine di distruggere il suo arsenale di armi di distruzione di massa, e non l'ha fatto. Negli ultimi dieci anni il regime iracheno è stato a più riprese richiamato all'ordine, e ciò nonostante continua a sfidare la comunità internazionale. Saddam Hussein non accetta il ritorno degli ispettori dell'Onu: è la prova che si sta dotando di armi terribili. «Il regime di Saddam Hussein rappresenta un grosso pericolo» assicura il presidente. «Suggerire il contrario equivale a negare l'evidenza. Credere alla buona fede di questo regime significa accettare una folle scommessa sulla vita di milioni di esseri umani e sulla pace mondiale.» E prosegue, ignorando l'accoglienza glaciale dell'Assemblea generale: «Se il regime iracheno vuole la pace, deve consegnare, ritirare o distruggere immediatamente e senza condizioni tutte le armi di distruzione di massa, tutti i missili a lunga gittata e tutti i materiali connessi. Se il regime iracheno desidera la pace, deve interrompere immediatamente ogni sostegno al terrorismo e attivarsi per eliminarlo».

Poi, prendendo tutti alla sprovvista, annuncia che è pronto a discutere una nuova risoluzione dell'Onu per dare «un'ultima chance» all'Iraq di rinunciare al suo arsenale proibito. «Il mio Paese stilerà con il Consiglio di sicurezza dell'Onu una nuova risoluzione che ci permetta di fronteggiare la minaccia comune. Se il regime iracheno ci sfiderà di nuovo, il mondo dovrà agire in maniera decisa affinché l'Iraq sia messo di fronte alle sue responsabilità. Non devono sussistere dubbi sugli obiettivi degli Stati Uniti. Le risoluzioni del Consiglio di sicurezza saranno applicate [...] in caso contrario, un'azione sarà inevitabile.»

È un colpo di scena, poiché da mesi i dirigenti americani vanno affermando che non serve una nuova risoluzione per agire, che l'Onu si coprirebbe di ridicolo permettendo a un dittatore di ignorare i voleri della comunità internazionale, e che è dunque giunto il momento di muoversi. Le parole di Bush nascondono una trappola: intavolare un negoziato su una risoluzione che prevede il disarmo dell'Iraq significa ammettere *a priori* che l'Iraq possiede armi di questo tipo, cerca di nasconderle e mente quando afferma di non possederne più.

La bellicosa campagna statunitense incontra però un ostacolo, che sembra catalizzare tutto il risentimento antiamericano nel mondo: il presidente francese Jacques Chirac. Rieletto da poco, circondato da un governo di fedelissimi, è deciso a rimettere la Francia nella posizione di arbitro delle questioni internazionali. In questo senso, l'Iraq rappresenta un'occasione d'oro. In un colloquio con Elaine Sciolino, la corrispondente del «New York Times» da poco arrivata a Parigi, Chirac illustra un approccio all'insegna del buon senso. La guerra è l'ultima soluzione, afferma. Dev'essere decisa con la massima cautela. È necessario un processo in due tempi: il primo prevederà una risoluzione dell'Onu che imponga la ripresa delle ispezioni; il secondo un'altra risoluzione che organizzi una reazione, anche militare, in caso di rifiuto o scarsa collaborazione dell'Iraq. La tempistica dell'intervista è perfetta, poiché viene realizzata pochi giorni prima del discorso di Bush alle Nazioni Unite.

Il nuovo ministro francese degli Affari esteri Dominique de Villepin, giunto anch'egli a New York in occasione dell'Assemblea generale, è sollevato dalla piega presa dagli eventi. Gli americani sono tornati nel solco tracciato dall'Onu, proprio come desiderava Parigi. Tuttavia, nulla è ancora deciso: senza la collaborazione di Baghdad la guerra sarà inevitabile. È in quest'ottica che Villepin, portabandiera della nuova e audace diplomazia francese, riceve il 14 settembre nella sua suite all'Hotel UN Plaza, di fronte al Palazzo di vetro dell'Onu, il ministro degli Affari esteri iracheno Naji Sabri.

Conosco bene Sabri: era il direttore generale del ministero dell'Informazione all'epoca della guerra del 1991. Lo aspetto con alcuni colleghi nella hall dell'albergo vicino al Palazzo di vetro, ma quando esce al termine del colloquio con Villepin non dice nulla o quasi: l'Iraq non ha più armi di distruzione di massa, e gli Stati Uniti cercano un pretesto qualsiasi per invadere il suo Paese e controllarne le riserve petrolifere. Tuttavia, alcuni giorni dopo, Baghdad annuncia la sua decisione di accettare il ritorno degli ispettori senza neppure aspettare la risoluzione delle Nazioni Unite. Per un effettivo ritorno degli esperti bisognerà tuttavia attendere l'8 novembre, quando i quindici membri del Consiglio di sicurezza voteranno all'unanimità la risoluzione 1441. I primi ispettori arriveranno a Baghdad il 25 novembre, e due giorni dopo cominceranno il loro lavoro.

La 1441 contiene norme molto precise, tali da non fornire appigli all'Iraq sulle ispezioni che gli esperti dovranno condurre nelle centinaia di siti indicati dall'Onu. Il paragrafo più discusso prevede che «la presentazione d'informazioni false o la presenza di omissioni nelle dichiarazioni (irachene), il rifiuto in qualsiasi momento di adeguarsi alla presente risoluzione e la mancata piena cooperazione alla sua applicazione costituiranno una nuova violazione sostanziale degli obblighi dell'Iraq, e saranno segnalati al Consiglio che valuterà il da farsi». In seguito, e per tutto il periodo di applicazione della risoluzione, i francesi insisteranno sulla necessità che ci siano omissioni *insieme* alla mancata cooperazione per giustificare l'uso della forza, mentre per gli americani basterà la presenza di uno solo di questi elementi per dare il via all'azione militare.

Nelle settimane di dibattito che precedono il voto del Consiglio di sicurezza dell'8 novembre, l'Onu assiste a un faccia a faccia senza precedenti tra gli Stati Uniti e la Francia. Washington preferirebbe non essere vincolata da una risoluzione contraria alla sua entrata in guerra. Parigi vuol impedire a ogni costo che il testo possa essere utilizzato per giustificare un'operazione militare. Tra i due Paesi scoppia così una battaglia diplomatica dalle conseguenze pesanti, e ognuno dei due si pone alla testa di una coalizione di Stati, contrari o favorevoli alla guerra. In questo contesto prende forma il nuovo scisma transatlantico, destinato a diventare sempre più marcato. Ma al di là del braccio di ferro, la questione in gioco è il sistema di gestione collettiva dei problemi del mondo, nonché l'esito dello scontro tra i fautori della legittimità internazionale e quelli del diritto del più forte.

Mentre il Consiglio di sicurezza discute dei mezzi più adatti per risolvere la crisi irachena, il presidente Bush continua a fare descrizioni apocalittiche di Saddam Hussein. Il 7 ottobre, si reca a Cincinnati e si lancia in un'arringa che suscita un brivido in milioni di suoi concittadini, ossessionati dallo spettro dell'11 settembre. Sono troppo fiduciosi per interrogarsi sulla veridicità delle affermazioni del loro presidente. «L'Iraq rappresenta una minaccia unica» afferma Bush. Descrive un Paese nella morsa di un regime dittatoriale, che produce armi chimiche e biologiche e che ha ricostituito il suo potenziale nucleare. «Saddam Hussein deve procedere al disarmo; in caso contrario, in nome della pace, guideremo una coalizione per disarmarlo.» Chi potrebbe opporsi a un programma con un fine così nobile? Perché preoccuparsi delle conseguenze di una nuova guerra in Medio Oriente il cui scopo è, secondo Bush, quello di neutralizzare un pericolo imminente e di portare prosperità e libertà a un popolo intero? Non c'è spazio per il dubbio, chi esita non è un patriota, e i sondaggi mostrano che un numero sempre crescente di americani si lascia convincere dalle affermazioni del suo presidente.

Ma il sostegno dell'opinione pubblica è dovuto più al paziente lavoro dell'Ufficio di pianificazione speciale del Pentagono (Osp) che alla chiarezza delle argomentazioni del presidente. Creato dopo l'11 settembre 2001, questo piccolo gruppo di consiglieri, collegati direttamente al segretario aggiunto alla Difesa Paul Wolfowitz, ha il compito d'influenzare le decisioni della Casa Bianca nei confronti dell'Iraq e di influenzare l'opinione pubblica. Come ha spiegato il giornalista americano Seymour Hersh, specialista dei servizi segreti, la missione dell'ufficio speciale è quella di fornire a Rumsfeld e Wolfowitz le pezze d'appoggio per sostenere le loro accuse di fronte al presidente Bush.

Per raggiungere lo scopo, questi analisti contraddicono sistematicamente alcuni servizi segreti americani, come la Cia e la Dia, i cui esperti in privato si mostrano molto più scettici sull'esistenza del presunto arsenale di Baghdad e sugli eventuali legami del regime con Osama bin Laden. Inoltre, fanno costantemente ricorso alle informazioni fornite da esuli iracheni come Ahmad Chalabi senza mai metterle in discussione. Infine, presentano questi dati in modo tale da non lasciare spazio a un'interpretazione che non sia la loro. L'abilità dell'ufficio consiste nel presentare ipotesi, supposizioni o illazioni come fatti verificati. Lavora in base al principio che tutto quanto non è provato può comunque essere vero, e che una semplice eventualità può costituire la base di un'intera politica, quindi può anche giustificare la guerra.

All'inizio del 2003, quest'opera di persuasione – la cui logica sarà chiarita in seguito – prosegue sia a Washington sia a New York. Intanto, a Baghdad mi stupisce l'ostinazione degli iracheni nel voler ignorare le nuvole che si addensano sopra le loro teste.

Capitolo 7

GLI INVESTIGATORI DELL'ONU

Quando a gennaio arrivo in Iraq, gli ispettori dell'Onu sono già all'opera sin dalla fine del mese di novembre. Appartengono all'Unmovic, la Commissione di ispezione, verifica e monitoraggio delle Nazioni Unite che ha sostituito l'Unscom, ritirata dall'Iraq nel 1998 prima dei quattro giorni di bombardamenti americani. A bordo di convogli di Land Cruiser bianche, ben identificate dalle due iniziali – UN –, partono ogni mattina dal loro quartier generale, il Canal Hotel, un edificio isolato alle porte della capitale, per effettuare ispezioni a sorpresa alla ricerca di ciò che potrebbe essere rimasto dell'arsenale proibito di Saddam Hussein. Si tratta di un centinaio di esperti provenienti da trenta Paesi, veri e propri investigatori internazionali, incaricati di scoprire anche il minimo indizio su un eventuale programma iracheno di armi nucleari, chimiche o biologiche.

Con un berretto blu dell'Onu calcato sulla testa, armati di carte, fotografie aeree e sofisticati strumenti di misurazione, da settimane si fanno aprire le porte di vecchie fabbriche, hangar, basi militari o stabilimenti commerciali. Non sfugge ai loro controlli nemmeno una fabbrica d'imbottigliamento dell'*arak* – il tradizionale liquore del Medio Oriente –, che visitano vicino a Baghdad senza trovarvi nulla di sospetto.

Entrano nei ministeri, nei laboratori, nei negozi di elettronica, e passano al setaccio tutti gli edifici dell'immenso complesso di Tuwaitha, che ha ospitato il programma nucleare iracheno, o i bunker del campo di Muthanna, dove sono state testate le armi chimiche. Equipaggiati con maschere antigas e tute di protezione bianche, li abbiamo visti maneggiare con cautela vecchi bidoni o prelevare campioni da fusti arrugginiti.

Ogni mattina, una schiera di giornalisti li segue nelle loro folli corse attraverso il caotico traffico di Baghdad, per finire a volte a decine di chilometri dalla città, davanti alla recinzione in filo spinato di un campo militare sperduto in mezzo al deserto. Le televisioni e le agenzie non possono farsi sfuggire il pretesto che potrebbe fornire agli Stati Uniti l'occasione per entrare in guerra: può trattarsi del rifiuto di accesso a un sito sospetto, come avvenne in missioni precedenti tra il 1991 e il 1998; del tentativo di dissimulare il possesso di documenti o materiali; o ancora, di un faccia a faccia carico di tensione tra gli investigatori e i militari iracheni, episodi di cui fu spesso protagonista all'epoca l'ispettore Scott Ritter. Oggi, questo ex marine è diventato uno dei più accesi sostenitori di una soluzione pacifica della questione irachena. «Gli iracheni non sono stati in grado di riformulare i loro programmi di armi di distruzione di massa» annuncia dagli schermi televisivi di tutto il mondo. Manca poco perché l'amministrazione Bush lo consideri un traditore e un agente al soldo di Saddam Hussein.

Centinaia di ispezioni, effettuate a partire dal 27 novembre, non hanno ancora condotto ad alcun risultato. Si sono persino svolte in un clima abbastanza disteso: i responsabili iracheni hanno spalancato le porte di tutte le installazioni con il sorriso sulle labbra, anche se un po' forzato. A dicembre, mentre con l'operatore cercavamo di raggiungere gli ispettori a Falluja, a nord di Baghdad, mi è addirittura capitato davanti a una fabbrica chimica che i solerti funzionari alzassero la sbarra di accesso a uno dei siti più segreti, senza nemmeno chiederci i documenti: pensavano che fossimo esperti dell'Onu!

Arriva la data fatidica del 27 gennaio. Dopo due mesi di lavoro, il mondo attende dal capo ispettore il primo rapporto sul disarmo iracheno. Al centro stampa siamo tutti pronti davanti ai nostri televisori per ascoltare in diretta da New York Hans Blix. Nell'aria c'è un misto di ansia, tensione e speranza per quello che dirà. «Da un punto di vista formale» spiega davanti all'Onu «l'Iraq ha collaborato positivamente. Il punto più importante da sottolineare è che abbiamo avuto accesso a tutti i siti che intendevamo esaminare». «Ma» aggiunge «non è sufficiente aprire le porte. Condurre ispezioni non equivale a giocare a nascondino.» Ed esige dall'Iraq una cooperazione più attiva, affinché finalmente sia fatta luce su tutta una serie di questioni rimaste in sospeso al termine della prima missione d'ispezione delle Nazioni Unite. «Il rapporto non è né buono né cattivo,» commenta Ángela «ognuno lo interpreterà come più gli conviene.»

L'atmosfera di ambiguità si riflette quotidianamente negli sforzi del portavoce degli ispettori a Baghdad. Il giapponese Hiro Ueki, ben pettinato, impettito nel suo abito di buon taglio, inizia i suoi briefing con... un lungo silenzio. Si china sui suoi appunti, sistema i microfoni e i registratori ammucchiati davanti a lui, alza la testa e infine comincia a parlare, elencando le attività quotidiane delle squadre d'ispettori. In generale, i giornalisti seduti a semicerchio davanti a lui sono già al corrente dei luoghi in cui si sono recati gli ispettori, o perché li hanno seguiti, o perché le agenzie lo hanno fatto per loro. Ciò che vogliamo sapere, ovviamente, è se tutto è andato bene oppure no, se gli iracheni hanno collaborato, e se gli ispettori hanno finalmente scoperto il famoso «smoking gun», la «pistola fumante», ovvero la prova schiacciante della presenza di armi di distruzione di massa.

Ma Ueki si limita a diffondere comunicati laconici alla fine di ogni giornata dopo il ritorno delle squadre di esperti, o a convocare un briefing settimanale, cui a volte mi capita di assistere, senza grosse illusioni di uno scoop.

Il portavoce degli ispettori pronuncia i suoi discorsi al piano terra del Canal Hotel, in una sala del ristorante, davanti alla stampa internazionale. Per entrare nel quartier generale dell'Onu, bisogna superare un primo cordone di soldati iracheni. Con estrema efficienza fanno parcheggiare le automobili a distanza di sicurezza dall'accesso al perimetro dell'hotel, protetto da blocchi di cemento allineati sulla carreggiata. Persino a Baghdad, una delle città più sicure al mondo, si ha paura delle autobombe. Un timore che diventerà tragica realtà dopo la guerra il 19 agosto, quando una betoniera guidata da un kamikaze esploderà nell'atrio del Canal Hotel, dopo aver sfondato il muro di cinta. Sarà una strage: moriranno ventidue persone, tra le quali il rappresentante speciale dell'Onu in Iraq, il brasiliano Sergio Vieira de Mello.

Ai giornalisti viene chiesto di dirigersi a gruppi di cinque verso l'entrata principale. I parcheggi del Canal Hotel sono affollati da lunghe file di scintillanti Toyota 4×4, sormontate dalle potenti antenne per la trasmissione radio. Per precauzione – o forse per pudore, in un Paese dove le macchine assomigliano ad ammassi di ferraglia ambulanti – i parcheggi sono protetti dagli sguardi indiscreti mediante tendoni verdi fissati ai cancelli. Una gigantesca parabola satellitare permette agli ispettori di restare in continuo contatto con Blix, che opera da New York. Una volta passato il controllo iracheno, bisogna depositare un documento d'identità – preferibilmente l'accredito ufficiale iracheno – al posto di guardia dell'Onu. È solo a questo punto che i giornalisti possono finalmente varcare la soglia dell'edificio che da dodici anni ospita le operazioni delle Nazioni Unite in Iraq.

Prima di rioccupare i locali della missione per il disarmo terminata nel 1998, una squadra di specialisti ha verificato che gli iracheni non avessero installato microtelecamere e microfoni per spiare l'attività degli ispettori. Ciò che l'Onu principalmente temeva, era l'accusa degli Stati Uniti di lasciar trapelare informazioni sui siti «passibili» di visita improvvisa da parte degli esperti. Per maggiore cautela, i capisquadra aspettano di essere saliti in macchina prima di indicare le installazioni scelte tra una lista di oltre settecento edifici sottoposti al controllo internazionale. Ma gli americani hanno sempre cercato di contestare la serietà degli sforzi degli ispettori dell'Unmovic, convinti che fossero sotto il costante controllo dello spionaggio iracheno.

Gli esperti delle Nazioni Unite si trovano tra due fuochi e la loro posizione diventa sempre più scomoda. Da un lato, hanno ricevuto dall'Onu il mandato di verificare che gli iracheni dicano la verità, allorché affermano di non possedere armi di distruzione di massa. La comunità internazionale, quasi all'unanimità, con in testa la Francia (e Russia e Cina a darle man forte), chiede che sia lasciato loro il tempo necessario per concludere la missione. Dall'altro, Washington e Londra, che vogliono accorciare il più possibile i tempi, si aspettano una rapida conferma dei resoconti dei servizi segreti americani e inglesi sull'ambivalenza di Saddam, nonché sull'esistenza di programmi bellici che rappresentano una minaccia per la regione e per il mondo intero.

A sostegno delle loro dichiarazioni, in settembre e in ottobre i governi di Stati Uniti e Gran Bretagna hanno pubblicato alcuni dossier che proverebbero l'esistenza di arsenali proibiti. Ma questi documenti non hanno convinto nessuno. Gli americani, tuttavia, non demordono e il 5 febbraio tutti i televisori del centro stampa iracheno sono di nuovo sintonizzati sui canali stranieri che trasmettono in diretta la conferenza del segretario di Stato americano: Colin Powell, davanti al Consiglio di sicurezza, presenta tutte le «prove» americane. Seduta nel mio loculo, con Ángela al fianco, seguo con attenzione questa esibizione – senza precedenti – di alta scuola di pubbliche relazioni. L'esposizione di Powell ci lascia sconcertate. E molto preoccupate: se anche colui che è considerato una «colomba», il più saggio tra i dirigenti di Bush, ricorre a questo genere di espedienti che offendono l'intelligenza, la speranza di evitare la guerra è davvero ridotta al lumicino.

L'immagine più forte rimarrà senz'altro quella del soldato diventato diplomatico che, di fronte ai suoi colleghi del Consiglio, esibisce una fialetta piena di polvere. Una quantità altrettanto piccola di antrace potrebbe uccidere milioni di esseri umani, spiega, e aggiunge: poiché Saddam Hussein ha prodotto l'antrace, è una minaccia per la sicurezza del mondo. Mostra anche foto aeree che rivelano come secondo lui gli iracheni si prendano gioco degli ispettori, evacuando i siti sospetti prima del loro arrivo. Fa ascoltare poi alcune registrazioni, presentate come intercettazioni telefoniche tra militari iracheni intenti a organizzare operazioni di depistaggio. Nulla è lasciato al caso in questo grande show televisivo. Del resto, l'unico ispettore Onu italiano della scorsa missione, Gian Piero Perrone, ex ufficiale dei carabinieri esperto in armi chimiche, nei nostri colloqui via e-mail mi aveva avvertito: «Solo un miracolo può arrestare la macchina militare americana. Speriamo in una Cuba numero due» affermava, riferendosi alla crisi del '62 che portò L'Avana e Washington sull'orlo di una guerra, poi evitata *in extremis*.

Che Blix creda o no a questa possibilità poco importa; certo è che intende rispettare fino in fondo il proprio mandato e non si lascia condizionare dalle pressioni americane. Bisogna rendere omaggio a questo diplomatico svedese, specializzato in questioni di disarmo, che per settimane si è dovuto destreggiare tra la necessità di mostrarsi intransigente con gli iracheni e quella di non offrire pretesti inattendibili a un'azione militare americana. Non è mai caduto nella trappola dell'indulgenza, che gli avrebbe fatto perdere credibilità. Ma ha dimostrato altresì grande coraggio nell'opporsi pubblicamente a Powell, il 14 febbraio, sostenendo che la sua «spettacolare» dimostrazione non era sufficientemente rigorosa per poter essere presa in seria considerazione dagli ispettori dell'Onu.

Del resto, Bush e Blair mettono Blix e i suoi uomini in una situazione quasi impossibile: se gli ispettori non trovano le armi, è perché non le hanno cercate bene; se gli iracheni non esibiscono arsenali e documenti segreti, è perché intendono conservarli per minacciare gli Stati Uniti e il resto del mondo. Il ragionamento americano esclude del tutto l'ipotesi che gli iracheni si siano effettivamente sbarazzati dei loro armamenti proibiti.

Esaminando gli ultimi rapporti dell'Unscom pubblicati nel 1999, mi rendo tuttavia conto che la minaccia irachena è ben lontana dall'essere così concreta.

Secondo le centinaia di pagine di documenti dell'Unscom e dell'Agenzia internazionale per l'energia atomica, il potenziale nucleare dell'Iraq è stato eliminato nei sette anni della prima missione internazionale per il disarmo, insieme a quasi tutti i missili Scud a media gittata. Gli iracheni affermano inoltre di aver distrutto ciò che restava degli arsenali chimici e biologici nel 1991 ma, senza discutere tali affermazioni, l'Onu chiede prove. Ed è questo il punto dolente: gli iracheni infatti affermano di aver eliminato tutto... anche i documenti relativi a questi programmi.

Gli esperti fanno notare che l'Iraq è sottoposto a un controllo aereo permanente e rigoroso da parte di americani e britannici, che sorvolano il nord e il sud del Paese da oltre dieci anni: se i satelliti spia avessero rilevato attività palesemente illecite, com'è successo in Corea del Nord, la risposta di Washington non si sarebbe fatta attendere. Inoltre, le sanzioni imposte all'Iraq dal 1990 hanno impedito al regime di accedere liberamente ai finanziamenti necessari per un programma effettivo di sviluppo di armi di distruzione di massa. E benché Saddam tragga profitto dal contrabbando del petrolio, tali proventi non superano i due miliardi di dollari all'anno.

Blix, d'altronde, ama ricordare che gli sforzi della comunità internazionale dopo la guerra del Golfo nel 1991 hanno permesso di distruggere più armi e di smantellare più installazioni di quante ne abbiano distrutte le oltre 70.000 tonnellate di bombe sganciate nei quarantatré giorni dell'operazione «Desert Storm». Un modo discreto per chiedere che gli si permetta di svolgere in pace il suo lavoro.

Capitolo 8

BAGHDAD IGNORA LE MINACCE

I primi di febbraio, a Baghdad va in scena un'opera teatrale che da oltre tre anni registra il tutto esaurito. Nella sala diroccata dell'al-Nasr («la vittoria», in arabo), sulla grande Saadun Street, una troupe di giovani attori si prende gioco di tutto e di tutti, governanti compresi. «L'ho visto con i miei occhi, non me l'ha raccontato nessuno» narra la storia di Fathi e Kamel, due iracheni rapiti da extraterrestri buoni giunti sulla Terra per mettere in guardia il genere umano contro i pericoli delle armi atomiche. È tutto un susseguirsi di gag e situazioni rocambolesche, che ironizzano sul principale difetto degli iracheni: propagare voci e pettegolezzi finché non sono talmente diffusi e ripetuti da essere considerati veri. L'immagine agrodolce di un rapporto allentato tra la realtà e la sua rappresentazione in un popolo che cerca disperatamente la salvezza nel sogno, se non nell'oblio.

All'imbrunire, gli abitanti della capitale si accalcano sui marciapiedi di Saadun Street, dove i venditori di pollo alla griglia, di succo di frutta fresco e di sigarette rimangono aperti fino a tarda notte. Prendono posto disordinatamente sulle poltroncine sfondate dell'al-Nasr e, quando le luci si spengono, dimenticano per circa quattro ore che la nazione più forte del mondo sembra proprio decisa a far loro la guerra.

Gli abitanti di Baghdad si riconoscono senza difficoltà in Fathi e Kamel. Entrambi i personaggi sono disoccupati, senza un soldo, privi di speranza ma ancora dotati di un forte senso dell'ironia. Sono il ritratto della maggior parte degli iracheni, la cui vita è stata distrutta da due conflitti e dodici anni di embargo. Fathi era insegnante, Kamel meccanico. La miseria li ha uniti, annullando le differenze sociali, assottigliando quella classe media (composta da funzionari, medici e ingegneri) che rappresentava la forza dell'Iraq sino alla fine degli anni Ottanta. I due compari rappresentano la situazione in modo tragicamente divertente: il primo entra in scena cantando un motivetto incomprensibile, spiegando che si è allenato ascoltando una cassetta difettosa; l'altro continua a giocare con due parole che in arabo hanno la stessa pronuncia (una significa «amore» e l'altra «razione»), alludendo alla quantità mensile di cibo distribuita dal governo, che permette alla maggioranza della popolazione di sopravvivere.

Il tono si fa polemico e, tra i fumi di una finta ebbrezza, gli attori ne dicono quattro ai leader del mondo arabo. «Ogni giorno gli americani e i sionisti uccidono i palestinesi, mentre voi, arabi, siete impegnati in riunioni, conferenze, alcol e donne» protesta Fathi, interpretato dall'attore Amer al-Omari. «Soltanto noi iracheni abbiamo ancora una dignità» aggiunge, barcollando di fronte agli applausi e alle risate del pubblico.

Fuori scena, una splendida bionda dall'audace *décolleté*, Maiss Qamar, che a sua volta recita nella pièce, spiega così il successo di questa satira: «I tempi sono duri, la minaccia della guerra diventa sempre più concreta. L'unica soluzione è ridere, è il miglior antidoto contro il dolore e la tristezza. È il nostro modo di sfidare la crudele realtà che dobbiamo affrontare».

Tuttavia, per la maggior parte degli abitanti di Baghdad perfino sorridere è diventato difficile. Me ne rendo conto rapidamente, quando vado in giro per la città per tastare il polso della situazione senza una meta precisa, senza occhi indiscreti e senza telecamera. Nel corso dei miei soggiorni in Iraq, ho imparato che è impossibile capire cosa pensino davvero gli iracheni finché si registra ciò che dicono. Di fronte a una telecamera, non fanno che ripetere i discorsi ufficiali. «Va tutto bene.» «Amiamo Saddam, per lui daremo il nostro sangue, la nostra vita.» «Ci condurrà alla vittoria.» Tanto più che è impossibile «girare» senza essere accompagnati da una guida del ministero dell'Informazione che in privato potrà rivelarsi una straordinaria fonte di notizie, ma in pubblico farà di tutto per non compromettere la sua sicurezza. So anche che una delle regole fondamentali della professione è proteggere gli iracheni con cui lavoro, nonché la gente che incontro. Non è quindi assolutamente il caso di usare i trucchi del mestiere per ottenere una dichiarazione, un commento, una reazione magari spontanea o critica, ma che potrebbe spedire il responsabile dritto nelle carceri di Saddam.

Nella capitale irachena, i ritratti del rais si moltiplicano all'infinito. In divisa da uomo d'affari, nelle vesti di capotribù, in camice bianco da medico oppure in uniforme militare, è onnipresente. A ogni angolo di strada, da ogni palazzo ufficiale, Saddam fissa i suoi sudditi dritto negli occhi, per ricordare loro con benevolenza o severità che li controlla e, se necessario, saprà anche punirli. Questo culto della personalità, questa presenza soffocante dell'uomo e del regime da lui creato, mi incuriosiscono e mi inquietano, così come mi affascina la vita della società irachena, che da oltre trent'anni si è organizzata per obbedirgli ma anche per resistergli. E, magari, per sopravvivergli.

Baghdad è un'immensa metropoli che conta oltre cinque milioni e mezzo di abitanti. Sorge sulle rive del Tigri, il grande fiume dalle acque scure, gonfiato dalle alluvioni, che si snoda pigro e sinuoso attraverso la città. Insieme all'Eufrate, ha segnato per secoli la ricchezza e il destino della Mesopotamia: gli iracheni conservano ancora oggi il senso e l'orgoglio della loro eredità storica. Baghdad è stata fondata nell'VIII secolo dal secondo califfo abbaside al-Mansur, che all'epoca l'aveva battezzata «madinat al-Salam», ovvero «la città della pace». In seguito, la città ha assunto il nome Baghdad, il cui significato è incerto e riconducibile a due diverse etimologie: una aramaica (*beyt kadad*, che vuol dire «recinto per le pecore») e una persiana (*bagh*, che vuol dire «dio», e *dad*, che significa «dono»).

Baghdad ha tratto grandi benefici dalla sua posizione strategica sulla strada che dalla Persia porta verso il Mediterraneo, ed è rapidamente diventata un importante centro economico, intellettuale e artistico del mondo musulmano. Verso la fine del primo millennio, il prestigio della città (che conta già un milione di abitanti) comincia a declinare, a causa delle rivalità già esistenti tra sciiti e sunniti, della crescente insicurezza e di ripetuti incendi e inondazioni dovuti ai capricci del Tigri. Il 10 febbraio 1258, i mongoli le infliggono il colpo di grazia.

Hulagu Khan, nipote di Gengis Khan, riduce la città alla fame con un durissimo assedio di alcune settimane; quando alla fine i difensori si arrendono, fa giustiziare centomila abitanti per incutere terrore negli altri. L'ultimo califfo abbaside, al-Mutassim, chiuso in un sacco di tela, viene scaraventato sotto gli zoccoli dei cavalli. Hulagu e i suoi discendenti regnano fino al 1335 su un vasto impero che comprende l'Iraq, l'Iran e una parte dell'Anatolia. Questo periodo è caratterizzato dalla distruzione di Baghdad e dal proliferare dei saccheggi e del banditismo, che dissanguano la regione.

Controllata alternativamente dai turchi e dai persiani, poi dall'impero ottomano dal 1638, la città è conquistata dai britannici l'11 marzo 1917; l'occupazione inglese dura fino al 1930. Il generale Stanley Maude si rivolge così agli abitanti della capitale: «Popolo di Baghdad,» dice loro con un appello che, ottantasei anni dopo, riacquista tutto il suo significato «ricordatevi che per ventisei generazioni avete sofferto sotto il giogo di tiranni stranieri, che hanno cercato di fomentare le rivalità fra le tribù arabe per approfittare dei vostri dissensi. La Gran Bretagna e i suoi alleati detestano questo genere di politica». Tuttavia, nel 1941, di fronte alle simpatie tedesche manifestate dal governo nazionalista di Rashid Ali, i britannici decidono di intervenire e, il 31 maggio, occupano di nuovo la capitale irachena con le loro unità di soldati indiani e con la Legione araba di Transgiordania. In seguito, instaurano un governo amico, che dichiarerà guerra due anni più tardi alla Germania di Hitler. Dopo il conflitto, gli inglesi continueranno ad avere una forte influenza sull'Iraq e a mantenervi le loro basi militari fino al 1958.

Oggi, nuovamente minacciata da un esercito straniero, la città di Baghdad, ricostruita con i soldi del boom petrolifero degli anni Settanta e con l'immenso debito accumulato da Saddam durante la guerra contro l'Iran, ha perso tutto il suo antico splendore.

I grandi viali della moderna periferia e le viuzze fatiscenti dei quartieri vecchi sono strozzati da un unico, enorme ingorgo. I gas di scarico delle auto formano una cappa opprimente e compatta che irrita la gola e gli occhi. La soffocante calura estiva rende l'inquinamento insopportabile, e si moltiplicano in maniera allarmante i casi di malattie delle vie respiratorie, come l'asma. Le strade della capitale sono percorse da macinini dalla carrozzeria arrugginita, senza fari né paraurti, con le ruote sgonfie, che si disputano a colpi di clacson il diritto di attraversare per primi gli incroci. Sono l'allegoria perfetta di ciò che è diventata la vita quotidiana degli abitanti di Baghdad: una lotta infinita per un'esistenza misera.

«Siamo stanchi di aspettare, di soffrire. Abbiamo vissuto lunghi anni di guerra, abbiamo patito a causa di dodici anni di sanzioni. Ormai non ci tocca più nulla, siamo immunizzati» mi spiega Ziad al-Bazi, un mercante di stoffe di Rashid Street. Questa storica arteria nel cuore commerciale di Baghdad è una tappa obbligata per chi vuole tuffarsi nella vita della capitale. «Che cosa possiamo fare per evitare un'altra guerra?» mi chiede rassegnato. Nei negozi gli affari sembrano andar bene, ma le banconote che passano di mano in mano la dicono lunga sull'impoverimento generale della società. Oggi per avere un dollaro ci vogliono 3000 dinari, mentre nel 1991 la moneta irachena valeva 3,2 dollari.

Hikmat Muhammad al-Hili, vicino del commerciante, una volta era un uomo ricco. «Sono il più vecchio barbiere di Baghdad, e il più celebre» dice con orgoglio. A ottantadue anni, continua a lavorare nel suo salone, circondato dai souvenir, tra i quali troneggia vestito d'una tunica bianca immacolata; la sua mano è salda, il colpo di forbice netto e preciso. «Siamo preoccupati, certo, è normale esserlo dopo le minacce degli americani. Ma se Dio vorrà, a questo Paese non succederà nulla di male» mi confida. Il suo negozio non è cambiato da quando lo ha aperto, nel 1954; sui muri spiccano le fotografie ingiallite di re e ministri, oltre a vecchi ritagli di giornale. Una bacinella bianca, due poltrone di cuoio rosso e vecchi specchi appesi ai muri danno l'impressione che qui il tempo si sia fermato a mezzo secolo fa. «Tutto è rimasto sempre allo stesso posto» dice il barbiere. «Molte persone famose si sono sedute su queste poltrone.» Cita per esempio il re dell'Iraq Faysal II, deposto e ucciso nel luglio 1958, e colui che fu l'anima della rivoluzione e il boia della monarchia, Abdel Karim Kassem. Anziché delle minacce del presente, il signor al-Hili preferisce parlare della Storia, della vecchia Baghdad e di Rashid Street, dove ha trascorso gran parte della sua vita. «Il mio negozio era uno dei più belli di questa strada, che brulicava di poeti, scrittori e artisti» ricorda. «Oggi la via sta perdendo la sua identità, solo qua e là s'intravedono brandelli di cose antiche. Non c'è più nulla che la renda diversa dalle nuove vie» fa notare con amarezza. Oggi, anche il barbiere di Baghdad mi sembra molto stanco.

Poco lontano dal suo negozio, sopravvive ancora lo storico Caffè Shabandar, uno dei più antichi della città, un po' trasandato ma pieno di atmosfera, tappezzato di fotografie color seppia dei tempi della dominazione inglese. Lo frequentano intellettuali, artisti, scrittori, gente comune che tra un tè, una partita a backgammon e una fumata di narghilè discute di politica. Sempre con grande cautela e reticenza, ma con più libertà che altrove. Qui, tra le panche e i tavoli color verdino, sotto la frescura dei vecchi ventilatori a pale, incontro Peter Arnett. Lo conosco dal '91, quando con la Cnn è diventato il volto della guerra del Golfo. Grande reporter di guerra – per quella del Vietnam ottenne il Premio Pulitzer – è tornato nel Paese che lo ha reso celebre per la rivista «National Geographic». Decidiamo di fare due chiacchiere davanti a un bicchiere di *numi basra*, una tisana buonissima a base di piccoli limoni seccati al sole, sotto lo sguardo severo degli ufficiali di Sua Maestà britannica. Peter, giovane sessantottenne col vezzo di tingersi i pochi capelli rimasti, è sicuro che la guerra ci sarà. «Dopo l'11 settembre gli americani sono diventati paranoici, nulla li fermerà» mi spiega «e sarà la fine per il regime. La vita degli iracheni verrà sconvolta da disordini interni e dalla criminalità. Sarà il caos, una situazione pericolosissima anche per noi.» Conclude domandandomi se intendo restare in caso di conflitto. Come altri colleghi, me lo richiederà spesso nelle settimane che verranno. Io gli rispondo sempre scherzando: «Fin quando resti tu, resto anch'io», sicura che per nulla al mondo abbandonerà il campo.

Qualcuno nel caffè riconosce Peter e lo viene a salutare. È il professor Abdallah, docente di lingua araba in pensione. Interviene nella conversazione dando sfogo a tutte le sue paure e inquietudini per il futuro. «Se gli americani ci attaccheranno, sarà uno scontro di civiltà, tra voi occidentali e noi musulmani, con conseguenze pesantissime per tutti.» Parla degli iracheni, di come siano colti, laici e fieri nazionalisti. «Non accetteranno mai l'occupazione degli americani» si accalora. «Come potete anche solo immaginare che dopo la guerra del Golfo, gli anni delle sanzioni e ora un'altra aggressione possano venire accolti calorosamente dalla popolazione? Faranno la fine che hanno fatto gli inglesi...» In effetti, è quello che mi ha detto pochi giorni fa nella sua parrocchia anche il vescovo ausiliare caldeo, monsignor Warduni, contrarissimo a un'altra guerra. Mi ha ricordato che gli iracheni sono molto ospitali, ma nessuno straniero è mai riuscito a controllare veramente l'Iraq. «Gli iracheni non possono vivere sotto un'occupazione» ha spiegato deciso l'alto prelato cattolico, citando un esempio per tutti: la battaglia di Kut el-Amara in cui, nel 1916, gli inglesi furono costretti dagli sciiti a capitolare, riconoscendo novantamila morti, le perdite più gravi mai registrate durante una conquista coloniale. Gli americani sono avvertiti.

Tutte le persone che incrocio da quando sono arrivata hanno un'aria incredibilmente spossata, sia nelle viuzze dei suq, dove domina il rumore dei metalli battuti, sia nei corridoi dei ministeri. Sono stupita dal gran numero di persone con due o più occupazioni, necessarie per assicurare la sopravvivenza delle proprie famiglie: insegnante di giorno, tassista la sera; impiegato in un'amministrazione e riparatore di televisori; medico d'ospedale e commerciante di alcolici. Gli stipendi del settore pubblico sono ridicoli, l'equivalente di 20-30 dollari al mese (il prezzo di una bottiglia di whisky, per intenderci): gli unici che riescono a cavarsela sono gli iracheni che hanno saputo approfittare dell'economia parallela sviluppatasi durante gli anni dell'embargo. Gli altri sopravvivono con le razioni alimentari distribuite dal governo.

Ogni cosa a Baghdad mi sembra polverosa, corrosa dalla sabbia che s'insinua dappertutto quando soffia il vento del deserto, ricoprendo la città di una sottile pellicola color ocra. La sabbia oscura l'orizzonte e imbianca le foglie delle palme e degli eucalipti sulle rive del Tigri, come se in poche ore gli alberi fossero improvvisamente invecchiati di molti anni. La riva occidentale del fiume è occupata dai quartieri moderni, dal più importante palazzo presidenziale, a cui è vietato accedere, e da grandi hotel come il Rashid o il Melia Mansur. Qui si trovano anche il ministero degli Affari esteri, il ministero dell'Informazione e moltissime abitazioni scrupolosamente numerate, che ospitano le famiglie dei funzionari. La riva orientale del Tigri è il cuore mercantile e caotico della capitale irachena, ma troviamo anche quartieri di case basse che si estendono per chilometri, negozietti dalle vetrine coloratissime e bancarelle che vendono qualsiasi genere di oggetto usato o... rubato.

I giornalisti che tornano a Baghdad dopo alcune settimane di assenza si recano subito in Arasat Street, gli Champs-Elysées della città. È il quartiere dei nuovi ricchi. Abbondano i ristoranti costosi e le boutique di prêt-à-porter rivaleggiano fra loro in eleganza. Rutilanti vetture di grossa cilindrata, giapponesi e tedesche, sono parcheggiate davanti ai negozi di elettronica. Sui sedili anteriori s'intravede spesso il calcio di un kalashnikov. Non si è mai abbastanza prudenti quando si è ricchi! È il regno del mercato nero, dell'economia parallela dove il dollaro non conosce rivali. Negozianti ben introdotti riciclano i prodotti e i beni acquistati a prezzi «sovvenzionati» dalle amministrazioni e dai ministeri. I profitti del contrabbando di petrolio, controllato da Saddam e dai suoi figli Uday e Qusay, sono reinvestiti in televisori di ultima generazione, mobili di lusso e gioielli di marca. Arasat Street è un buon termometro per misurare la tensione in città, e per il momento non c'è nessun segno di una guerra imminente. Ma le impressioni sono ingannevoli in Iraq, dove la dissimulazione è diventata una seconda natura per la maggior parte del popolo, terrorizzato dalla polizia segreta.

Da M&D le clienti hanno a loro disposizione riviste francesi e inglesi, ma a ben guardare tutti i numeri risalgono a oltre un anno fa. È l'unica nota stonata in questo grande salone di acconciature situato in una traversa di Arasat Street. È pieno quando decido di entrarci, e tutte le donne sedute sotto i caschi appartengono all'alta borghesia. Tutto qui è lusso, profumi delicati e buon gusto. Le borse sono di Chanel, le scarpe di Gucci e gli abiti di Armani. Non nascondo di essere una giornalista e, mentre la padrona mi chiede l'autorizzazione del ministero dell'Informazione per poter filmare all'interno del negozio, le clienti non esitano a parlare con me liberamente.

«Partirò per Amman o Damasco quando capirò che la guerra è inevitabile» mi spiega Nayla in un inglese perfetto. Nel 1991, aggiunge, era rimasta a Baghdad, ma la sua situazione è cambiata: Nayla infatti oggi è sposata e madre di due bambine. «Non voglio che le mie figlie siano traumatizzate dai bombardamenti. Sanno ciò che devono temere da una guerra: disegnano esplosioni e case in fiamme.» Il marito partirà con lei, ma suo fratello dovrà restare. È un medico e, in quanto tale, non può viaggiare senza l'espressa autorizzazione del governo. Quando improvvisamente il viso di Saddam Hussein appare sullo schermo di un televisore acceso in un angolo del salone, chiedo con tono scherzoso un po' di silenzio per ascoltare ciò che il presidente ha da dire: «Un po' di rispetto per il capo indiscusso!». «È rimasto soltanto lui a pensare di essere indiscusso» ribatte Nayla, senza che nessuno si mostri preoccupato di fronte a questo grave atto di insubordinazione.

Risalgo sulla Gmc, la splendida jeep bianca del mio autista Mahdi, il quale per la prima volta mi confida che in caso di conflitto ha già trovato per la sua famiglia un posto sicuro fuori Baghdad. Mi promette di restare in ogni caso con me. Mentre facciamo ritorno all'hotel, gli chiedo di fermarsi per acquistare delle bottiglie d'acqua: bere quella del rubinetto procura dolori immediati e lancinanti. Il negoziante mi spiega come le clienti di M&D e gli abitanti della capitale abbiano cominciato a prepararsi alla guerra. «Molte persone hanno fatto scorta di cibo, medicinali e carburante. Molti hanno anche comprato generatori e nascosto scorte di benzina in giardino» mi assicura. Al di sotto dell'apparente fatalismo della città, comincia dunque a penetrare l'inquietudine?

In ogni quartiere, i dirigenti del partito Baath organizzano corsi di addestramento per tutti gli uomini abili alle armi. I giornalisti sono invitati a seguire queste esercitazioni, il cui scopo è dimostrare la volontà del regime e dei cittadini di lottare fino alla morte. «I volontari contribuiranno a garantire la stabilità interna, proteggere le proprietà private e gli edifici d'importanza vitale, come i magazzini di prodotti alimentari e le stazioni di servizio» recita un funzionario del Baath che rifiuta di dire il suo nome ai giornalisti che lo interrogano. «Insegniamo a utilizzare le armi leggere contro un'invasione militare americana» aggiunge. «Dobbiamo fare del nostro meglio. Tutti gli arabi e coloro che amano la libertà nel mondo contano su di noi per contrastare l'egemonia americana. È un impegno che prendiamo molto sul serio» dichiara un volontario di circa sessant'anni; si presenta come un ex insegnante e maneggia con cura la sua arma.

Mi allontano con la certezza che, se scoppierà la guerra, tutto questo sicuramente non basterà a fermare le divisioni statunitensi.

Capitolo 9

LA FARSA DELLE ISPEZIONI

In questi giorni, sento crescere in me quel malessere che mi accompagna sin dalla partenza da Roma. Tutti gli sforzi messi in atto per trovare una soluzione negoziata, gli appelli alla pace, le manifestazioni contro un conflitto che rischia di creare più sofferenze di quante non ne possa curare, diventano gesti inutili, talvolta ridicoli, di fronte alla determinazione di Washington. Il caso del «missile proibito» al-Samud 2 ne sarà l'esempio lampante.

Il Samud 2, un missile terra-terra equipaggiato con una testata di tipo classico da 300 chilogrammi, viene presentato in pubblico per la prima volta il 31 dicembre 2000 durante una parata militare a Baghdad. Gli iracheni, che lo annoverano tra le armi autorizzate dall'Onu, non vedono nessun motivo per nasconderlo.

Ma i servizi segreti stranieri, che osservano con attenzione i tentativi di riarmo dell'esercito iracheno, e gli esperti delle Nazioni Unite la pensano diversamente. Sulla base dei risultati dei test consegnati dagli iracheni stessi, la conclusione è che il missile supera i 150 chilometri autorizzati. In alcuni casi, ha volato per oltre 180 chilometri.

In qualsiasi altra circostanza, nessuno ci avrebbe fatto caso e, del resto, nessuno se n'è veramente preoccupato sino all'inizio del 2003. Da un punto di vista strettamente militare, il

Samud è un'arma la cui concezione risale agli anni Sessanta e che serve a ben poco. È molto imprecisa, avendo un margine di errore di cinque chilometri. È assai vulnerabile alla difesa antimissile o a un attacco aereo durante le operazioni di riempimento di propellente dei serbatoi, poiché in questa delicata fase deve rimanere a lungo immobile. Quindi, a meno di equipaggiarlo con una testata nucleare (che gli iracheni non possiedono), è difficile immaginarne un uso efficace.

Ma nel giro di pochi giorni, nel febbraio 2003, il Samud riesce a catalizzare tutta l'attenzione. Agli occhi dei fautori di una composizione diplomatica della crisi, questa può essere l'occasione di una verifica immediata della buona volontà degli iracheni. Il missile, inefficace sul campo di battaglia, potrebbe rappresentare l'ultima chance per salvare la pace.

Il 14 febbraio, durante il discorso davanti al Consiglio di sicurezza sui progressi delle ispezioni, Hans Blix pronuncia la sua sentenza di morte: «Il missile è dichiarato proibito per l'Iraq in accordo con le risoluzioni 687 e 715», risoluzioni del 1991 che definiscono le condizioni di disarmo dell'Iraq.

Blix prepara una lettera per le autorità di Baghdad, consegnata il 21 febbraio nelle mani dell'ambasciatore iracheno all'Onu, Muhammad al-Duri. In essa si richiede che tutti i sistemi del missile siano distrutti a partire dal 1° marzo. Si tratta di un'impresa monumentale. Benché né l'Onu né gli iracheni abbiano diffuso una cifra ufficiale sul numero di missili da smantellare, si può parlare di almeno un centinaio di unità.

Tuttavia, l'ingiunzione di Blix non produce una resa automatica da parte degli iracheni, che si difendono come sempre fino all'ultimo. «I nostri missili non sono pericolosi: sono a breve gittata e non sono dotati di un sistema di guida» spiega il vice primo ministro Tareq Aziz durante una visita in Italia, in cui incontra il papa che gli chiede un gesto deciso in favore della pace.

Il Vaticano è in piena mobilitazione per evitare la guerra. In un ultimo tentativo di conciliazione, Giovanni Paolo II fa partire anche il suo inviato personale. Il cardinale Roger Etchegaray arriva a Baghdad a metà febbraio con un messaggio per il rais, in cui il pontefice lo invita a collaborare pienamente con gli ispettori. Abile diplomatico con diciannove anni di esperienza alle spalle, l'alto prelato viene ricevuto per due ore da Saddam Hussein dopo tre giorni di attesa. La televisione di Stato mostra calorose strette di mano tra i due uomini, li ritrae seduti su un divano bianco all'interno di un enorme salone carico di stucchi e specchi, li inquadra al momento del commiato mentre si salutano alla araba e si portano la mano destra al cuore.

Alla fine del colloquio, dopo molte insistenze, Etchegaray mi concede un'intervista esclusiva. Alto, espressione grave ma spesso sorridente, l'anziano cardinale è un uomo di grande presenza e di straordinaria energia. Mi rivela che il rais è fiducioso e che gli ha assicurato di voler evitare un conflitto armato. Quando gli chiedo se è ottimista, il messaggero del papa dice solo: «Per il momento la tempesta si è allontanata». E alla domanda: «Allora missione compiuta?», risponde: «Missione compiuta, sì, perché ho fatto tutto il possibile». Ma non sarà abbastanza.

Saddam Hussein, dal canto suo, decide di intervenire sulla questione dei Samud in un'intervista-scoop con una delle star del giornalismo televisivo americano. «Noi non abbiamo missili proibiti» assicura a Dan Rather della Cbs. L'anchorman ne approfitta per fargli alcune domande molto dirette: per esempio, se intenda andare in esilio per fermare la guerra. «Chiunque abbandoni la propria nazione su richiesta di qualcun altro non rispetta i veri princìpi. Noi moriremo qui. Moriremo in questo Paese e manterremo l'onore, l'onore che dobbiamo al nostro popolo» risponde il presidente. Rather, in seguito, lo descriverà calmo e rilassato, sicuro della vittoria.

Per gli Stati Uniti il Samud 2 è però l'emblema dell'insaziabile volontà di potenza del rais, che da sola giustifica la sua eliminazione. A Washington fiutano la trappola: se dovesse andare a buon fine lo smantellamento del Samud, il dossier pazientemente costruito per dimostrare il rifiuto di Saddam a piegarsi alle ingiunzioni internazionali rischierebbe di perdere ulteriore credibilità. Gli Stati Uniti hanno già ammassato 210.000 uomini nella regione del Golfo e nel Mediterraneo, e intendono servirsene.

Il 22 febbraio lo stesso presidente George W. Bush va all'attacco: «Se l'Iraq decidesse di distruggere le sue armi a lunga gittata, sarebbe soltanto la punta dell'iceberg. Ma la questione è: perché non distruggono tutte le loro armi illegali?» si chiede dal suo ranch texano, nei pressi di Crawford. «Che l'Iraq distrugga o no quei missili, Baghdad non è in linea con la risoluzione 1441» rincara una portavoce del dipartimento di Stato, Amanda Batt. Il messaggio è chiaro: anche se gli iracheni accettano di distruggere i Samud, ciò non sarà sufficiente. C'è un'espressione inglese che descrive perfettamente questa situazione: *Doomed if you do, doomed if you don't*, traducibile con «La tua sorte è segnata qualsiasi cosa tu faccia». Perché mai gli iracheni dovrebbero obbedire? Ma se non lo fanno, offrono agli Stati Uniti su un piatto d'argento il pretesto per intervenire.

Contemporaneamente, si mobilitano Parigi, Mosca e Berlino per ottenere da Baghdad un gesto di buona volontà che salvi il processo delle ispezioni.

Tutti gli iracheni con cui parlo in questi giorni vivono l'episodio come una terribile ingiustizia. Hanno l'impressione che nessuno li ascolti e che sia tutto inutile. Anche il mio interprete Luay, amareggiato per il continuo svilimento degli sforzi iracheni, un pomeriggio ascoltando Bush su al-Jazeera sbotta: «Ma quale lunga gittata! Cosa credono, che attacchiamo Israele? Questi missili non passano nemmeno la frontiera!».

Sul fronte ufficiale, la tesi del regime è semplice: i test usati dall'Onu per misurare la portata del Samud sono stati realizzati senza carica e senza dispositivi di guida. Una volta completati, i missili diventeranno più pesanti e andranno dunque meno lontano. Inoltre, spiegano, benché sia un'arma obsoleta, rappresenta comunque uno strumento di dissuasione in un'area geografica dove il livello tecnologico degli arsenali non è dei più moderni. È dunque necessario alla difesa del Paese.

Gli ultimi diplomatici rimasti a Baghdad sono convinti che le richieste di Blix verranno accolte. «Benché malvolentieri, alla fine cederanno» mi assicura uno di loro. Di fatto, l'incaricato d'affari francese André Janier fa la spola quasi tutti i giorni tra la sua piccola ambasciata in una villa nel centro di Baghdad e il ministero degli Affari esteri, per sollecitare le autorità irachene a obbedire.

La Casa Bianca intanto si prepara all'eventualità di un assenso del regime, che arriva giovedì 27 febbraio con una lettera firmata dal generale al-Saadi. Baghdad si metterà all'opera il 1° marzo e smantellerà i missili fino alla vigilia della guerra, senza però mai consentire a noi giornalisti l'ingresso con le telecamere nei luoghi della distruzione, spiegando che le immagini farebbero troppo male all'orgoglio nazionale iracheno.

Parigi si sente sollevata, anche se il ministro de Villepin non è così ingenuo da credere che stia per compiersi un miracolo. Due logiche si affrontano: una «logica di mobilitazione e d'intervento, che è una logica di guerra, e una logica di pace, che passa attraverso il proseguimento delle ispezioni» afferma davanti ai giornalisti.

A Washington solo sogghigni. Per il segretario americano alla Difesa, Donald Rumsfeld, gli iracheni «non hanno deciso di cooperare [...]. Da parte mia, non vedo nessun cambiamento» assicura alla stampa.

Il 7 marzo, di nuovo davanti al Consiglio di sicurezza, Blix stila un bilancio spassionato dell'episodio, da diplomatico coscienzioso ed esperto qual è: «L'Iraq ha accettato di distruggere i missili e gli equipaggiamenti connessi, sotto la nostra supervisione [...]. Non siamo testimoni della distruzione di stuzzicadenti: sono state neutralizzate armi letali».

Con la vicenda del Samud 2, appare del tutto evidente che Stati Uniti e Gran Bretagna non vogliono dare a Baghdad la possibilità di dimostrare la sua buona fede, né agli ispettori l'opportunità di portare a termine la loro missione. Sin dall'inizio della crisi, Washington e Londra hanno circoscritto il dibattito a poche categoriche affermazioni: sulla base dei rapporti dei servizi segreti, le cui fonti per loro natura non possono essere rivelate, l'Iraq sarebbe in possesso di un arsenale spaventoso. Non sono riusciti a portare le prove per queste accuse, ma hanno comunque raggiunto il loro obiettivo: mobilitare l'opinione pubblica dei loro Paesi a favore di un intervento armato.

A me sembra sempre più chiaro che la storia di questo arsenale di morte era necessaria all'amministrazione Bush per suscitare un terrore tale da mettere a tacere le voci della ragione e da far dimenticare a un popolo traumatizzato dagli attentati dell'11 settembre ogni cautela per sostenere il partito della guerra. Senza quella formidabile campagna di demonizzazione di Saddam Hussein, la Camera dei deputati e il Senato americani avrebbero forse votato con minore entusiasmo il via libera al conflitto l'11 ottobre 2002. I parlamentari americani avrebbero forse convenuto che il regime di stretto controllo messo a punto dall'Onu, assieme alle ispezioni e alla mobilitazione diplomatica internazionale, si sarebbe dimostrato più efficace di una guerra. Guerra che, come insegna la Storia, è più facile cominciare che finire.

Era anche indispensabile dare al governo Blair una specie di copertura giuridica, di giustificazione morale per il suo sostegno al conflitto. Se gli americani non hanno mai avuto bisogno di un quadro legale internazionale, dal momento che il presidente lo aveva deciso e il Congresso lo aveva approvato, non era così per i britannici, molto più scettici. I deputati inglesi hanno infatti aspettato il 18 marzo 2003 per dare carta bianca a Blair. Per il primo ministro era assolutamente necessario dimostrare che Saddam Hussein aveva violato gravemente le risoluzioni dell'Onu sul disarmo. È anche per aiutare Londra che gli Stati Uniti hanno accettato di rimettersi al Consiglio di sicurezza nel settembre 2002. Questa concessione era indispensabile a Bush, che aveva a sua volta bisogno di un alleato al suo fianco per dimostrare di non essere solo in quell'avventura.

Così, proprio quando l'amministrazione si trovava d'accordo sul fatto che le armi di distruzione di massa sarebbero state un buon argomento per «vendere» la guerra, i servizi segreti facevano fatica ad apportare alla Casa Bianca e al governo Blair gli elementi probanti necessari.

Il 16 marzo, come faccio spesso, leggo on-line nell'internet café del Rashid il «Washington Post», che scrive tra l'altro: «Nonostante le affermazioni di Bush sulle armi di distruzione di massa, le agenzie di intelligence americane non sono state in grado di fornire al Congresso o al Pentagono informazioni specifiche sulla quantità delle armi e su dove potrebbero essere nascoste... Gli analisti più esperti dichiarano di avvertire la pressione della Casa Bianca, del Pentagono e degli altri *decision-makers* del governo, affinché forniscano informazioni in grado di consolidare il dossier dell'amministrazione». Con inquietudine penso che tutti questi dubbi sulla sincerità del presidente ancor prima che la guerra inizi la dicono lunga su quello che ci aspetta.

Di fronte a questa determinazione che non tollera critiche, gli iracheni sono in crescente difficoltà. Continuano a ripetere di aver distrutto tutto ciò che restava del loro arsenale di morte dopo la guerra del 1991, che ormai non c'è più nulla e che «dimostrare l'assenza», pur essendo un'affascinante questione filosofica, è una sfida impossibile nel mondo reale. Con Ángela ogni volta che sentiamo le loro dichiarazioni commentiamo che, se anche dicessero la verità, hanno mentito così tanto in passato da non risultare più credibili oggi.

Il rais continua comunque a inviare in prima linea, come «avvocato difensore», un ingegnere sulla sessantina, educato a Oxford e sposato con una tedesca, Helma. Il generale Amir al-Saadi, laureato in chimica all'Università di Amburgo e consigliere presidenziale per le armi di distruzione di massa, diventa per noi un volto familiare. Per settimane quest'uomo dal viso aperto, intelligente, con gli occhi color nocciola chiaro, che con la sua figura imponente sfoggia abiti dall'eleganza sobria, tiene banco col suo perfetto inglese sugli schermi televisivi di tutto il mondo. Cercherà di smontare punto per punto le accuse di Washington e di Londra, e di dimostrare la buona fede del suo governo. Il suo fascino fa indubbiamente colpo sulle mie amiche giornaliste, ma nemmeno lui riuscirà a bloccare il meccanismo innescato da Bush. Nemmeno al-Saadi può cancellare il passato del suo Paese.

Per circa vent'anni, l'Iraq ha speso miliardi di dollari e mobilitato migliaia di scienziati per dotarsi di un arsenale nucleare, chimico e batteriologico, nonché dei sistemi d'arma per lanciarli. Ha costruito anche armi quasi fantascientifiche, tra le quali un super-cannone capace di sparare a centinaia di chilometri di distanza. L'obiettivo dichiarato era di creare una potenza militare araba dotata di armi di dissuasione, comprese quelle atomiche, in grado sia di contrastare la minaccia iraniana, sia di controbilanciare l'arsenale nucleare israeliano. Secondo lo Stato ebraico e alcuni Paesi occidentali, il progetto iracheno metteva in pericolo tutta la regione. Così, nel 1981 Israele bombardò il reattore nucleare Oziraq, vicino a Baghdad. E all'indomani della guerra del Golfo, la comunità internazionale intraprese l'opera di smantellamento dell'arsenale iracheno.

Alla partenza degli ispettori nel 1998, molte questioni cruciali sono però rimaste in sospeso. Un voluminoso rapporto, pubblicato nel gennaio 1999, ha stilato la lista di quelle considerate prioritarie che saranno riprese da Blix nel marzo 2003. Nel dossier si sottolineava che il programma nucleare iracheno era stato quasi completamente smantellato e che, a eccezione di alcuni missili Scud mai ritrovati, anche la questione dei sistemi di lancio era praticamente risolta. Viceversa, rimanevano zone d'ombra nei settori più preoccupanti: quelli delle armi chimiche e, peggio ancora, delle armi biologiche. Sono giocattoli terribili, dal potenziale distruttivo inimmaginabile. Si tratta di almeno 30.000 litri di sostanze di cui anche solo poche gocce sono letali; circa 20.000 litri di tossina botulinica, 8500 litri di bacilli del carbonchio e 2200 litri di aflatossina. Nel dicembre 2002, gli iracheni hanno ripetuto di non essere in grado di stabilire con certezza che fine avessero fatto tutti quei prodotti tossici. Erano forse ancora pericolosi, anche se è accertato che col tempo la loro virulenza si riduce notevolmente.

Ricordo bene quando l'8 dicembre Baghdad ha presentato il mega-dossier sul suo presunto arsenale di morte. C'era una ressa terribile di giornalisti che voleva vedere, filmare, toccare quelle tanto attese e annunciate dodicimila pagine di documenti sulle armi proibite. Esse non contenevano però alcuna rivelazione. «Non esistono altri documenti» ci ha assicurato al-Saadi durante una conferenza stampa. «La nostra preoccupazione attuale è di fornire prove sullo stato del programma di armi biologiche» ha riconosciuto. «Ma distruggendolo, abbiamo cancellato ogni traccia della sua esistenza: a posteriori, possiamo dire che si è trattato di un errore.»

Blix e i suoi detective però non si scoraggiano: fino all'ultimo cercano di capire se gli iracheni hanno effettivamente distrutto quel che resta del loro arsenale proibito. Per il diplomatico svedese si tratta anche di una sfida personale, vista la sfiducia e l'impazienza ostentate dagli americani nei confronti dei suoi sforzi continui e rigorosi. È irritato dalla malafede di Washington che assicura di possedere informazioni segrete, ma si rifiuta di fornirle all'Onu. E dimostrerà tutto il suo disappunto, quando apertamente si lamenterà per questo atteggiamento: «Ritengono di avere informazioni segrete. Ma noi non abbiamo mai ricevuto una documentazione sull'argomento».

In assenza di documenti, gli ispettori pensano di poter ricostruire la logica dei programmi di distruzione di massa interrogando le migliaia di scienziati iracheni che hanno collaborato al progetto. Una figura di spicco è senz'altro la dottoressa Rihab Rashida Taha, per sette anni fino al '95 responsabile del programma di armamenti biologici, ribattezzata dagli esperti dell'Onu «dottoressa Germe». È questa giovane scienziata di quarantasei anni, sposata con l'ex ministro del Petrolio Amir Rashid e madre di due figli, che ha studiato, concepito e prodotto per il regime le armi batteriologiche. Ho tentato varie volte di intervistarla, ma sia lei sia il Direttorato nazionale di controllo in cui lavora sono assolutamente *off-limits*. È una donna esile, minuta, il viso incorniciato da un caschetto di capelli rossi. Laureatasi in biologia negli anni Ottanta in Inghilterra, è tornata in patria per sviluppare germi letali. Secondo i servizi segreti israeliani, Rihab ha testato personalmente l'antrace su prigionieri politici nella base militare di Salaam, osservando attraverso un vetro l'agonia delle cavie e cronometrando quanto tempo passava prima della loro morte.

Viene descritta come una donna nervosa, talvolta collerica, con repentini sbalzi d'umore. Interrogata durante la prima missione degli esperti Onu, fra le lacrime ha ammesso i suoi esperimenti, ma in un successivo interrogatorio ha scelto di non parlare. Oggi rappresenta uno degli scienziati più «ambìti» dagli ispettori di questa nuova delegazione. La vogliono intervistare, ovviamente sola, ma lei dirà sempre di no: «Non mi fido, meglio avere testimoni». Powell, citando fonti dei servizi segreti, spiega che gli scienziati iracheni sono stati minacciati addirittura di morte qualora accettassero di parlare con gli ispettori in assenza dei rappresentanti del regime.

Per anni la dottoressa Taha ha affermato che la sua attività al laboratorio di al-Hakim era di tipo veterinario con finalità civili. Oggi dice di lavorare come consulente del governo, e di occuparsi di questioni amministrative e della revisione di vecchi progetti di ricerca. Ha comunque collaborato alla stesura del mega-dossier iracheno presentato agli ispettori dell'Onu, per la parte degli armamenti biologici. La «dottoressa Germe» si consegnerà agli americani il 12 maggio.

Il ricorso alle testimonianze ha assunto un'importanza cruciale agli occhi del mondo occidentale, tanto da spingere l'Onu a sollecitarne la collaborazione tramite un sofisticato meccanismo. La risoluzione 1441 prevede infatti che gli ispettori, «a loro discrezione», possano condurre i colloqui all'estero e «agevolare gli spostamenti delle persone interrogate e dei loro familiari». Ma per il regime, una soluzione simile presenta un rischio enorme, grave quasi quanto un conflitto armato: la fuga di cervelli all'estero. Il direttore dell'Agenzia internazionale per l'energia atomica (Aiea), l'egiziano Muhammad el-Baradei, cerca tuttavia di tranquillizzare Baghdad, affermando che lo scopo è assicurare che l'Iraq non possieda armi di distruzione di massa.

Ai primi di marzo del 2003, con il loro aiuto, gli iracheni fanno un ulteriore sforzo. In una base aerea isolata, al-Aziziya, un centinaio di chilometri a ovest di Baghdad, osserviamo da lontano i bulldozer che cominciano a scavare alla ricerca di frammenti di bombe caricate con agenti biologici mortali, distrutte e lì sepolte, secondo le autorità irachene, nel 1991. I tecnici iracheni cercheranno di misurare la concentrazione di sostanze tossiche nel terreno, per valutare le quantità smantellate o interrate dodici anni prima. E si cercano anche le prove sulla distruzione di massicce quantità di gas nervino e di antrace. Intanto, a Baghdad uno scienziato iracheno protetto dall'anonimato viene interrogato dagli specialisti dell'Onu nel primo incontro senza scomodi testimoni del regime.

Ma queste iniziative dell'ultimo minuto sono inutili. La logica delle ispezioni e del negoziato nulla può contro la logica della guerra. Gli Stati Uniti e la Gran Bretagna non hanno intenzione di aspettare le sospirate prove. Tanto più che cominciano i primi segnali di dissenso a Londra e a Washington, con i servizi americani che attraverso fughe di notizie fanno sapere di nutrire forti dubbi sull'esistenza in Iraq di armi o stock di sostanze letali. Nella capitale britannica, intanto, il 17 marzo il ministro degli Esteri Robin Cook presenta le sue dimissioni per protestare contro la guerra e spiega: «L'Iraq non ha sicuramente armi di distruzione di massa nel senso più comune del termine: non possiede cioè ordigni che possano essere lanciati contro un bersaglio urbano importante».

Anche la stampa comincia a interessarsi alle famose «fonti» della Casa Bianca e del Pentagono, che basano le loro accuse contro il regime sulle testimonianze di funzionari iracheni. Alcuni di loro, tra il 1991 e il 1998, hanno scelto di fuggire all'estero e di entrare in contatto con i servizi segreti occidentali. L'episodio più eclatante è sicuramente la spettacolare fuga ad Amman nel 1995 del generale Hussein Kamel, genero di Saddam Hussein e responsabile dei programmi sulle armi di distruzione di massa. È lui che ha permesso di capire meglio la vastità del progetto di armi chimiche dell'Iraq, ma soprattutto ha consentito di confermare l'esistenza di un programma di armi biologiche, sempre negato da Baghdad.

Ma, come nota Seymour Hersh, lo stimato giornalista del «New Yorker» sempre ben informato sui servizi americani, i dirigenti americani hanno fatto un uso piuttosto selettivo delle informazioni rivelate da Kamel all'Occidente. Bush le ha ampiamente citate nel suo discorso di Cincinnati del 7 ottobre, a sostegno delle denunce sull'arsenale di morte del rais. Ma secondo Hersh, che ha avuto accesso alla trascrizione completa dell'interrogatorio, il generale riporta affermazioni categoriche sull'eliminazione delle armi proibite. «Tutte le armi sono state distrutte. Io stesso ho ordinato la distruzione di tutte le armi chimiche» ha ripetuto Hussein Kamel il 22 agosto 1995 davanti a Rolf Ekéus, capo dell'Unscom.

Ma nessuno, nelle stanze del potere di Washington, è pronto ad ammettere che anche in quella parte delle sue confessioni Kamel abbia detto la verità.

CAPITOLO 10

WASHINGTON PERDE LA PAZIENZA

LONTANO DALL'IRAQ e dal lavoro minuzioso degli ispettori, gli Stati Uniti stanno perdendo la pazienza. Seguo il *forcing* americano sulle reti televisive d'informazione non-stop che riceviamo a Baghdad: Cnn, Bbc, al-Jazeera. Sono onnipresenti nel centro stampa e offrono grandi momenti di diretta con le sedute del Consiglio di sicurezza dell'Onu, le conferenze stampa dei principali protagonisti, i briefing della Casa Bianca e quelli di Rumsfeld, che si è appassionato a questo tipo di esercizio dopo la guerra in Afghanistan. La minima frase, la minima iniziativa a Washington o a New York viene ampiamente commentata a Baghdad. Alcuni interpretano tali elementi come un segno di attacco imminente, altri invece pensano che la guerra si stia allontanando.

Ho la netta sensazione che gli eventi di metà febbraio indurranno l'amministrazione Bush ad accelerare la Storia, per evitare che l'opinione pubblica cominci a farsi troppe domande. Gli applausi che il 14 febbraio hanno salutato al Consiglio di sicurezza il discorso del ministro francese degli Esteri de Villepin, che sollecitava una soluzione pacifica della crisi, e le decine di milioni di manifestanti scesi in piazza l'indomani in tutto il mondo per protestare contro la guerra, sono segnali chiari per i fautori delle maniere forti.

Anche dall'Italia arrivano immagini di centinaia di migliaia di pacifisti contrari alla politica filo-Bush del governo Berlusconi, che decide di concedere spazio e basi aeree alle forze militari statunitensi.

Bisogna dunque agire in fretta, prima che i dubbi sulla fondatezza dell'azione militare si facciano strada nella società americana e – peggio ancora – nella mente delle decine di migliaia di soldati ammassati da settimane nel deserto del Kuwait, in attesa dell'ordine di marciare su Baghdad.

Ai primi di febbraio Jacques mi porta un dispaccio di uno dei giornalisti dell'Afp accampati con le truppe statunitensi al campo Udairi, nel nord dell'emirato. «Qual è la soluzione giusta: la guerra o la pace?» si chiede un soldato che ha espresso i suoi dubbi sotto forma di graffiti in una delle toilette mobili usate dai marine. Compare anche un'espressione usata dai soldati durante la guerra in Vietnam: «Fta», acronimo della frase «Fuck the army», «Vaffanculo l'esercito».

Un'altra grande preoccupazione di Washington riguarda l'atteggiamento di uno dei suoi alleati: la Turchia. Il Parlamento turco, controllato dagli islamici moderati, rifiuta lo spiegamento di truppe americane nel Paese che dovrebbe aprire il famoso «fronte nord». Il consenso dei turchi, membri della Nato, candidati all'Unione europea con il sostegno quasi imbarazzante degli americani, era considerato talmente certo che attrezzature e truppe mobilitate per l'operazione erano già sui treni e sugli aerei adibiti al trasporto. E poi, come potrebbe Ankara resistere ai miliardi di dollari promessi dall'amministrazione Bush per comprare la sua collaborazione? Come potrebbero i deputati, liberamente eletti, opporsi al volere dell'esercito turco, tradizionalmente filo-americano e in grado di fare il bello e il cattivo tempo nel proprio Paese? Calcolo sbagliato e brutta sorpresa per Bush: la Turchia dice no.

A questo punto, il presidente sente il bisogno di ricordare ai suoi compatrioti gli elementi fondamentali del problema: «Saddam Hussein è un pericolo e per questo motivo dev'essere disarmato, in un modo o nell'altro» dichiara alcune ore dopo la riunione del Consiglio di sicurezza del 14 febbraio. «Quando parlo della guerra contro il terrorismo, non parlo solo di al-Qaida, ma anche dell'Iraq, poiché dopotutto Saddam Hussein ha mentito a tutti e continua a farlo; Saddam Hussein ha legami con le organizzazioni terroriste, Saddam Hussein è un pericolo» è l'ossessivo ritornello di Bush.

Londra aggiunge una dimensione etica all'offensiva contro il dittatore iracheno, denunciando il trattamento inflitto in passato al suo popolo e i rischi che gli farebbe ancora correre. «Se lasciamo Saddam Hussein a capo dell'Iraq con le sue armi di distruzione di massa, noi abbandoniamo il popolo iracheno» spiega il primo ministro britannico Tony Blair, insistendo sulla «repressione» perpetrata in Iraq.

L'amministrazione Bush decide dunque di ignorare completamente ciò che Blix, e altri con lui, considerano come progressi nel campo delle ispezioni e di forzare la mano alla comunità internazionale. Il 24 febbraio, senza attendere né la risposta irachena sui Samud 2, né il rapporto degli ispettori previsto per il 28, gli Stati Uniti depositano un progetto di risoluzione che suona come una dichiarazione di guerra. Il testo è laconico: «L'Iraq non ha colto l'ultima opportunità che gli era stata offerta nella risoluzione 1441».

Parigi, che guida l'opposizione al diktat americano, non intende assolutamente lasciar passare una simile risoluzione. Per de Villepin, tale progetto «apre chiaramente la strada a un intervento militare». La Francia, in accordo con Russia e Germania, deposita al Consiglio di sicurezza un memorandum che propone una serie di misure pratiche per migliorare le ispezioni, renderle più efficaci e giungere in tempi brevi alla ratifica della dichiarazione di disarmo dell'Iraq. Il documento sottolinea in particolare: «Benché permangano dei sospetti, non è emersa alcuna prova che l'Iraq abbia ancora armi di distruzione di massa o possibilità in tale ambito».

Il Vaticano, dal canto suo, diffonde un commento durissimo sulle intenzioni americane, sottolineando la disapprovazione della Chiesa più volte espressa dallo stesso papa Giovanni Paolo II. «Una guerra di aggressione costituirebbe un crimine contro la pace» assicura monsignor Jean-Louis Tauran, nei fatti l'incaricato degli Affari esteri della Santa Sede. «Ogni eventuale azione contro l'Iraq dev'essere intrapresa e decisa nell'ambito delle Nazioni Unite.» Il messaggio non potrebbe essere più chiaro.

Nei giorni successivi, all'interno del Consiglio di sicurezza si assiste ancora una volta a un formidabile braccio di ferro diplomatico tra Stati Uniti e Gran Bretagna da una parte, Francia, Russia, Germania e Cina dall'altra, sulla sorte della risoluzione. Poiché la guerra è necessaria, tanto vale che sia approvata dalla comunità internazionale, affermano Washington e Londra. Poiché siete voi che la rendete inevitabile, assumetevi le vostre responsabilità senza il beneplacito dell'Onu, rispondono gli altri Stati.

Questo scontro, tuttavia, va ben oltre la crisi irachena, l'esistenza del presunto arsenale e la sorte di Saddam Hussein. Si confrontano infatti due visioni del mondo. Gli Stati Uniti sono un impero in divenire che ha deciso di rifiutare i vincoli di quel sistema internazionale alla cui costruzione ha dato in passato un contributo decisivo. I loro partner nella «gestione collettiva» del pianeta si ribellano a tale atteggiamento, pronti a compromettere anche legami di amicizia pazientemente intessuti nel tempo. Temono che l'impero americano, come tutti gli imperi, cada vittima di un delirio di onnipotenza e trascini con sé nella caduta chi l'ha seguito. Il dibattito oppone dunque da un lato i fautori di un mondo multipolare, dall'altro gli ambienti neoconservatori americani, che difendono il diritto del loro Paese a usare la forza per tutelare i propri interessi. Per i seguaci di questa scuola di pensiero, salita al potere sull'onda della vittoria elettorale di Bush, la bontà delle intenzioni statunitensi non è assolutamente in discussione. Accusano i loro detrattori di essere nemici della democrazia e della giustizia. Loro credono in un'umanità manichea di stampo protestante, divisa in buoni e cattivi, in contrapposizione a chi tende a pensare che il bene e il male siano nell'uomo due pulsioni inscindibili. Dunque, a un'Europa che continua a difendere la laicità dello Stato, viene contrapposta una società americana religiosa che metta d'accordo Dio e Patria. Me lo ha spiegato bene quando ero al Sais di Washington uno dei firmatari del Manifesto dei *neo-conservatives*, il professor Eliot Cohen. Autore di uno dei libri prediletti di Bush, *Supreme Command*, e docente di moderna strategia bellica, ha sostenuto convinto: «Il pregio più grande e più autentico del presidente è la sua fede». E per fede, in questo caso, si intende quella religiosa.

Dopo gli attentati dell'11 settembre 2001, l'amministrazione Bush si è lanciata in una strategia mondiale battezzata «guerra contro il terrorismo», di cui rifiuta di discutere non solo la reale fondatezza, ma anche le modalità. Convinta che la sua forza le dia ragione, la superpotenza militare vuole decidere da sola e agire con partner che la sostengano senza troppo discutere. Incapaci di autocritica, Bush e i suoi consiglieri rifiutano di ascoltare perfino quei loro compatrioti che li hanno messi in guardia contro le scelte sbagliate, soprattutto nell'ambito della difesa del territorio nazionale, la cui vulnerabilità è rimasta alta dopo gli attentati contro New York e Washington. Rifiutano di ascoltare le voci di coloro che, nei circoli politici e nelle comunità di esperti, li sconsigliano di lanciarsi in una guerra contro l'Iraq, che non ha nulla a che vedere con il terrorismo: dall'ex consigliere per la Sicurezza nazionale, Brent Scowcroft, al segretario di Stato di Bush padre, James Baker, fino a Henry Kissinger, che molti *neo-conservatives* ritengono ormai sorpassato, figlio dell'establishment della guerra fredda. Conservatore doc e per anni stretto collaboratore di presidenti repubblicani come Nixon e Ford, Kissinger difende la politica di Bush junior sull'Iraq, ma ne critica l'unilateralismo e lo scarso sforzo diplomatico, soprattutto nei confronti degli alleati europei. Mi ha espresso le sue perplessità, quando l'ho incontrato alla fine di settembre del 2002 al Lingotto di Torino per l'inaugurazione della pinacoteca di Gianni e Marella Agnelli. Kissinger, ottant'anni portati quasi come un giovanotto, memore degli orrori della guerra che in gioventù lo costrinsero a fuggire dal furore antisemita, ha analizzato lucidamente l'attuale crisi e ha azzardato due previsioni, una giusta, la seconda sbagliata: l'antiamericanismo è destinato a crescere e Bush non andrà da solo contro Baghdad. Che abbiano ragione i suoi critici neo-conservatori e che sia ormai un po' superato? Forse no. Intanto, nel post-Saddam l'amministrazione Bush dovrà ricorrere alla Kissinger Associates – la sua società di consulenza internazionale – per chiederle in prestito un collaboratore. Sarà l'ex ambasciatore Paul Bremer, chiamato in tutta fretta a rimpiazzare il primo «governatore» Jay Garner che, chiaramente non all'altezza dell'arduo compito della ricostruzione, deve capitolare dopo meno di un mese di lavoro.

Niente può quindi distogliere Bush dal suo progetto: eliminare Saddam Hussein è un'idea fissa. «La minaccia è reale. Saddam Hussein e le sue armi sono una minaccia concreta per il nostro Paese, per il nostro popolo e per tutti i popoli liberi» dichiara il 6 marzo. La sua retorica fa colpo sulla maggior parte degli americani, convinti che in tempo di guerra occorra fare quadrato intorno al presidente, che è anche capo dell'esercito, senza porsi troppe domande sulla profondità delle sue analisi. Dopo l'11 settembre dubitano di tutto e sospettano anche dei propri vicini.

L'indomani, tuttavia, Bush è nuovamente smentito dal capo dell'Unmovic, Hans Blix, e dal direttore generale dell'Agenzia internazionale per l'energia atomica, Muhammad el-Baradei. «Fino a questo momento non sono state scoperte né prove di attività proibite, né installazioni sotterranee per la produzione o la conservazione di prodotti chimici o batteriologici» assicura Blix. El-Baradei rincara ulteriormente la dose: davanti al Consiglio di sicurezza dell'Onu, afferma che gli ispettori «non hanno trovato nei siti sospetti nessuna traccia di attività proibite legate al nucleare». Per quanto riguarda i documenti «esibiti da un certo numero di Stati membri, in base ai quali sarebbe stato firmato un accordo tra Iraq e Niger per la vendita di uranio tra il 1999 e il 2001», ne contesta l'autenticità. I documenti in questione erano stati presentati dai servizi segreti americani e britannici. Bush utilizzerà queste false informazioni nel suo discorso sullo stato dell'Unione del 2003: sedici parole che più tardi gli saranno aspramente rimproverate. A luglio, la Casa Bianca ha dovuto ammettere che il presidente non avrebbe dovuto utilizzare quell'accusa nel suo discorso.

De Villepin, sempre in prima fila, mai rassegnato, lancia un ultimo appello alla ragione: «Una guerra è sempre l'ammissione di un fallimento. Non rassegniamoci all'irreparabile» esorta il ministro francese, che i suoi detrattori accusano di essere ispirato da una visione obsoleta della *grandeur* francese e da bassi interessi economici e petroliferi.

Gli Stati Uniti, dal canto loro, mostrano sino a che punto se ne infischiano dell'opinione degli esperti o delle perplessità dei loro alleati. Il 7 marzo presentano un nuovo progetto di risoluzione che questa volta contiene una data limite, il 17 marzo.

A Parigi, Chirac dichiara: «Dal mio punto di vista, questa risoluzione, poiché comporta un ultimatum e dunque il via libera internazionale alla guerra, stasera non avrà la maggioranza di nove voti». Il presidente francese ha ragione: la risoluzione-ultimatum sarà ritirata dagli Stati Uniti il 17 marzo.

Ormai la guerra è inevitabile, ma il «campo della pace» ha perlomeno la – magra – soddisfazione di constatare che l'operazione partirà senza il via libera dell'Onu, senza il consenso politico e morale della comunità internazionale.

Per capire il motivo per cui gli Stati Uniti vogliono a tutti i costi sbarazzarsi di Saddam Hussein, bisogna fare un breve excursus storico.

Adottando l'antico adagio in base al quale «il nemico del mio nemico è il mio amico», Washington ha coltivato, nell'ambito della guerra Iran-Iraq, durata dal 1980 al 1988, strette relazioni con Baghdad in settori a volte assai delicati.

L'amministrazione Bush non ama ricordare questa alleanza, che oggi appare contro natura.

All'inizio degli anni Ottanta, la prospettiva di una vittoria dell'Iran sciita dell'ayatollah Khomeini contro l'Iraq, militarmente in difficoltà dopo essersi lanciato in un'impresa considerata facile, è vissuta molto male a Washington. Gli Stati Uniti optano quindi per un prudente riavvicinamento al regime iracheno, malgrado questo sia legato all'Unione Sovietica da un accordo di cooperazione datato 1972. A dimostrazione delle sue buone intenzioni, nel febbraio 1982 l'amministrazione Reagan decide di cancellare l'Iraq dalla lista nera degli Stati terroristi, scatenando le vivaci proteste del Congresso. Il 20 dicembre 1983, Ronald Reagan invia nella capitale irachena uno dei suoi consiglieri, Donald Rumsfeld, per incontrare Saddam Hussein, promosso al rango di partner strategico e diga contro l'onda d'integralismo islamico che sommerge l'Iran, minacciando anche l'Arabia Saudita e le monarchie della regione. Per un certo periodo, il rais di Baghdad è considerato il gendarme del Golfo.

Nel 1983, gli Stati Uniti gli forniscono un aiuto economico di centinaia di milioni di dollari, sotto forma di garanzie per acquistare i prodotti agricoli americani. Questi sussidi permettono a Baghdad di investire il denaro risparmiato nell'acquisto di armi, creando un enorme complesso militar-industriale. Washington consente anche la vendita di elicotteri civili, che l'Iraq adatta subito a un uso militare. Nel marzo 1985, gli Stati Uniti iniziano a concedere le autorizzazioni necessarie per l'acquisto di prodotti di alta tecnologia, che permetteranno a Baghdad di potenziare il suo programma di armi di distruzione di massa. Il «Washington Post», alla fine del 2002, sottolinea persino come la cooperazione tra Baghdad e Washington sia stata caratterizzata dallo scambio di informazioni militari, dalla consegna di bombe a frammentazione (tramite una compagnia ombra cilena), veleni chimici e prodotti batteriologici mortali (carbonchio e peste bubbonica).

L'invasione del Kuwait cambia radicalmente questo scenario. Saddam Hussein appare improvvisamente come un partner non più affidabile, troppo impulsivo, troppo brutale. Attaccando il piccolo emirato, il rais ha creato una situazione tale per cui i suoi vecchi amici americani non possono fare nulla per aiutarlo. L'Iraq vuole dominare i Paesi arabi, imporre la sua volontà nel Golfo, dettare magari le condizioni per risolvere il problema palestinese... no, un Iraq troppo forte rappresenta un pericolo che gli Stati Uniti non possono accettare. L'avventura in Kuwait si rivela il disastro che sappiamo per Saddam Hussein e per il suo Paese.

Malgrado la tutela internazionale dell'Onu, per molti negli Stati Uniti il rais resta una minaccia. Già prima dell'arrivo di Bush al potere, nel gennaio 2001, o degli attentati dell'11 settembre, una larga parte dell'amministrazione americana ha reclamato a gran voce un cambio di governo forzato in Iraq. Questo progetto è da anni al centro delle riflessioni di molti alti dirigenti americani, delusi per la mancata marcia dell'esercito statunitense su Baghdad dopo la liberazione del Kuwait nel 1991. I moderati dell'epoca, tra cui l'allora capo di stato maggiore interforze Colin Powell, avevano convinto il presidente George Bush padre ad attenersi al progetto iniziale – cacciare l'Iraq dal Kuwait –, senza spingere oltre il vantaggio militare ottenuto.

L'elezione del democratico Bill Clinton priva per otto anni i «falchi» degli strumenti necessari per attuare una politica attiva anti-Saddam Hussein, capace di arrivare fino alla guerra. Il progetto, tuttavia, continua a essere oggetto di riflessione nei circoli neoconservatori americani, oggi ben rappresentati nell'entourage di Bush figlio. Il 26 gennaio 1998, diciotto esponenti repubblicani, metà dei quali occupa oggi alte cariche, scrivono al presidente Clinton una lettera che anticipa il loro atteggiamento attuale nei confronti dell'Iraq. Raccomandano in particolare «una strategia che, più di ogni altra cosa, miri a cacciare Saddam Hussein», sottolineando che la sua caduta permetterà «di garantire gli interessi americani e dei nostri amici e alleati in tutto il mondo».

«La sicurezza mondiale nei primi anni del XXI secolo sarà in gran parte determinata dal modo in cui affronteremo questa minaccia» aggiungono i repubblicani, tre anni prima dell'arrivo di Bush junior al potere. I firmatari si raccomandano inoltre che la guerra prenda il sopravvento sugli sforzi dell'Onu. «A breve termine, ciò implica la volontà di intraprendere un'azione militare, vista l'inutilità degli interventi diplomatici» si legge nel documento. Tra i firmatari, all'epoca all'opposizione, troviamo Donald Rumsfeld, Paul Wolfowitz, Richard Perle (consigliere del Pentagono), Richard Armitage (numero due del dipartimento di Stato), John Bolton e Paula Dobriansky (sottosegretari di Stato), Zalmay Khalilzad (emissario del presidente Bush per l'opposizione irachena), Elliot Abrams (consigliere presidenziale per il Medio Oriente) e Robert Zoellick (rappresentante per il Commercio).

Questa determinazione dei neoconservatori di Washington di sbarazzarsi di Saddam Hussein va comunque di pari passo con la loro convinzione che l'Iraq è centrale per la stabilità del Medio Oriente. Vedono ormai in una Baghdad sotto il controllo americano, il sostituto ideale del loro partner privilegiato nell'area, l'Arabia Saudita. Gli eventi del settembre 2001 hanno dimostrato ciò che molti già intuivano: la fragilità del regno dei Saud. Quindici dei diciannove terroristi che hanno attaccato le Torri gemelle e il Pentagono sono infatti sauditi. I profitti della vendita del petrolio di Riyad sono reinvestiti nel terrorismo. Osama bin Laden è un eroe nazionale. L'alleato di punta degli Stati Uniti nella regione da oltre un quarto di secolo, il principale fornitore di petrolio, la base militare avanzata, rischia l'implosione. Il fondamentalismo mina un sistema politico arcaico, come già era accaduto nell'Iran di Reza Pahlevi: le immagini della caduta dello scià continuano a scorrere davanti agli occhi dei dirigenti americani...

Inoltre, per i neoconservatori che appoggiano incondizionatamente la destra israeliana, istituire un governo moderato in Iraq rappresenterebbe uno straordinario vantaggio per lo Stato ebraico. Israele spera infatti che il crollo del regime iracheno acceleri l'estromissione di Arafat e favorisca la nascita di un governo palestinese più malleabile. La fine di Saddam sarebbe un duro colpo per i palestinesi, che lo considerano il loro miglior alleato. Arriverebbero inoltre meno fondi dall'Iraq per i movimenti estremisti come Hamas e la Jihad islamica. Dall'inizio dell'Intifada nel 2000, il regime iracheno ha versato milioni di dollari alle famiglie dei palestinesi uccisi, a cominciare da quelle degli attentatori suicidi.

Per di più, due nazioni ferocemente ostili a Tel Aviv si ritroverebbero in grossa difficoltà: la Siria, circondata dai governi alleati con gli Stati Uniti – Iraq, Turchia, Israele, Giordania e Arabia Saudita –, nonché dall'opposizione antisiriana di stanza in Libano; e l'Iran, posto sotto stretta sorveglianza, circondato da Iraq, Afghanistan, Turchia, Stati del Golfo, Pakistan e Tagikistan.

Infine, controllando l'Iraq, gli Stati Uniti vogliono creare un vero e proprio «regno del petrolio», in cui la loro influenza sarà preponderante nei Paesi intorno al Mar Caspio e nel Golfo.

Il piano ha preso forma sulla scia delle preoccupazioni energetiche dello staff del presidente Bush. «Sul limitare del XXI secolo, il settore mondiale dell'energia è in crisi» avverte all'inizio del 2000 un gruppo di ricerca guidato dall'ex segretario di Stato americano James Baker, in un documento intitolato *Le sfide energetiche per il XXI secolo*. «Il mondo è pericolosamente vicino allo sfruttamento massimo delle sue risorse petrolifere» rileva lo studio. Le previsioni a lungo termine non sono affatto rassicuranti. L'Agenzia internazionale per l'energia si aspetta un consumo mondiale di petrolio quasi raddoppiato prima del 2025, e una dipendenza sempre più forte dal greggio dei Paesi arabi.

Né i giacimenti scoperti nel Mar Caspio, né la crescita delle capacità produttive russe, né le trivellazioni nel Golfo di Guinea rappresentano un'alternativa all'oro nero del Golfo, perlomeno nel prossimo quarto di secolo. Per un mondo affamato di energia, l'Iraq rappresenta un elemento fondamentale per la soluzione del problema.

Con centododici miliardi di barili, il Paese si colloca subito dopo l'Arabia Saudita per quanto riguarda le riserve accertate. Ma «il suo potenziale è sicuramente maggiore, nella misura in cui il 90 per cento delle risorse rimane ancora inesplorato a causa delle guerre e delle sanzioni» afferma l'Agenzia americana d'informazione sull'energia nel suo rapporto del febbraio 2003. Inoltre il greggio iracheno è uno dei meno cari al mondo da raffinare.

Ma non si può fare nulla senza la revoca delle sanzioni, ipotesi sempre scartata dagli Stati Uniti, almeno finché Saddam Hussein sarà al comando.

Come a molti, anche a me il nuovo corso di Washington appare rischioso. E sono d'accordo con il presidente Chirac, quando il 10 marzo lo sento profetizzare: «È certo che, se scoppia la guerra, i primi vincitori saranno coloro che desiderano uno scontro tra civiltà, culture, religioni».

Capitolo II

SOPRAVVIVENZA A TUTTI I COSTI

Mentre la minaccia di una guerra si va facendo sempre più concreta, gli abitanti di Baghdad paiono ben lontani dalle preoccupazioni del presidente Chirac. Si tratta, per loro, di sopravvivere, trovare il cibo per le proprie famiglie, combattere quotidianamente contro gli effetti dell'eccezionale impoverimento. Basti pensare che circa un quarto dei bambini iracheni non va più a scuola e lavora per aiutare i genitori. In questa nazione, che una volta era leader nel mondo arabo per numero di diplomati e laureati, c'è il rischio di perdere intere generazioni.

Il traffico della capitale è sempre allucinante, come se niente potesse fermarlo. Mahdi fa lo slalom attraverso gli ingorghi aiutandosi con decisi colpi di clacson. Incunea il muso possente della Gmc bianca fra le auto incolonnate, come un timoniere guiderebbe la prua della nave tra i flutti in tempesta. Ogni tanto qualche passante con tendenze suicide attraversa i viali della città prestando scarsa attenzione al traffico che lo circonda, e Mahdi sembra del tutto indifferente all'idea che potrebbe investirlo. È convinto che non rischiamo nulla entrando a più di cento all'ora in una delle rotatorie della città, dove non esiste il concetto di precedenza. Ogni mattina Mahdi parte all'assalto delle strade al grido di «attenzione battaglione», due parole italiane che scherzando gli ho subito insegnato per dare ritmo alla giornata. In risposta lui mi chiama «habibte», che in arabo vuol dire «cara». Nutre molto rispetto per «Monsieur Jacques», in particolare quando questi gli fa l'onore di salire sulla sua macchina. E ha un nuovo amico: Enrico Bellano, l'operatore arrivato ai primi di marzo da Roma per sostituire Marco Sanga, costretto al rientro da una dolorosa lombosciatalgia. Viene soprannominato da Luay «Enrico bin Laden» per via del suo soggiorno in Afghanistan. Non ho mai lavorato con Enrico, ma troverò presto in lui un compagno di squadra insostituibile. Nelle difficili settimane che verranno, la sua calma, la sua resistenza e la sua affettuosa collaborazione saranno per me un'importante fonte di sicurezza e di conforto.

In un primo tour, Enrico resta colpito dal numero di cantieri aperti in una città probabilmente prossima a ricevere un diluvio di bombe. In effetti, all'impressione che ho avuto di un'eccezionale stanchezza del popolo si aggiunge la sensazione che gli iracheni siano pronti a raddoppiare gli sforzi per ricostruire la loro società. Sempre che venga data loro l'occasione di farlo. Non lontano dai colpi di martello dei muratori che stanno ampliando il ministero dell'Informazione, alcune gru si stagliano contro il cielo azzurro, mentre le pale meccaniche scavano le fondamenta di grandi e piccoli progetti.

Saddam Hussein ha sponsorizzato la costruzione di tutta una serie di nuove moschee nella capitale. Saranno il simbolo della sua devozione. Ma Salah, un contabile diventato assistente per una televisione straniera, mi dà un'altra spiegazione. «Sono gli unici edifici con il suo nome o la sua effigie che non verranno distrutti dopo la sua cacciata» mi dice sottovoce con aria sicura. Per il momento, si continuano a versare tonnellate di cemento sul cantiere della moschea al-Rahman, la cui costruzione è cominciata nel settembre 1997. È un progetto grandioso: l'edificio sarà sormontato da settantotto cupole di varie dimensioni e potrà accogliere fino a quarantacinquemila fedeli.

Mi faccio portare un po' più lontano, nel parco di divertimenti di al-Zawra. Si estende su 60 ettari di terreno nell'elegante quartiere di al-Mansur. Accoglierà nuovi ristoranti, spazi verdi, laghi artificiali e maneggi. «Costruiremo fontane, un museo di aerei antichi e giardini pensili» spiega il direttore tecnico Falah al-Ani. Decine di operai sono al lavoro affinché tutto sia pronto per il 28 aprile, giorno del sessantaseiesimo compleanno di Saddam Hussein. «Non ci curiamo delle minacce americane e ognuno fa la sua parte per finire in tempo il progetto» dice il signor Ani. Accanto a una delle entrate del parco, spicca su un piedistallo di marmo un'enorme statua in bronzo del capo di Stato, con la pistola alla cintola. Dal cartellone metallico che domina l'incrocio, uno dei «comandamenti» del rais invita il popolo a «mangiare e bere con moderazione».

Nel quartiere chic di Zayuna, più a est, gli operai sulle impalcature lavorano alacremente per completare alcune ville. In uno dei cantieri, l'architetto Mekki Ghazi mi spiega che la compagnia Cordoba, per la quale lavora, non è stata coinvolta dalle minacce di guerra. «Abbiamo perfino aumentato il numero dei nostri dipendenti per fare fronte alla domanda.» Ha la supervisione di trenta operai, che stanno finendo di costruire una lussuosa villa da 600 metri quadrati per un ufficiale dell'esercito. La casa è composta da sette camere da letto, altrettante toilette, molti soggiorni e innumerevoli balconi. «Costa circa 100.000 dollari», una somma astronomica per l'Iraq, mi rivela l'architetto. «È dal 1991 che gli iracheni si sono abituati alle minacce» dice. «L'America può distruggere ponti e fabbriche, ma non ci fa paura.» Più prudente, il proprietario della lussuosa abitazione ha voluto anche un bunker sotterraneo.

In queste settimane, a Baghdad ci sono scarsi segni di preparativi militari. Nell'immensa città tagliata dalle strade a scorrimento veloce, l'esercito ha collocato sacchi di sabbia vicino agli incroci strategici e nei pressi degli edifici che ospitano le istituzioni del governo. Davanti ai ministeri, qualche sparuto soldato con il kalashnikov a tracolla prende il sole, o si affretta ad alzare la barriera d'entrata per far passare le fiammanti automobili degli esponenti del regime. Agli incroci, i vigili urbani cercano di domare il traffico infernale, mentre gli agenti – con giubbotto, stivali di cuoio e berretto – osservano pazienti in sella alle loro nuovissime Suzuki. Le uniche concentrazioni militari visibili sono quelle dei soldati assegnati al ministero della Difesa che aspettano l'autobus alla fine dell'orario d'ufficio.

La preoccupazione più immediata degli abitanti di Baghdad è stata di fare scorta di prodotti alimentari di base, confezioni di medicinali e soprattutto bottiglie d'acqua. Per non stipare il suo cucinotto, Umm Adnan ha preferito far scavare un pozzo in fondo al giardino, nel caso in cui la guerra privasse d'acqua il suo quartiere. Mi mostra con fierezza un tubo di plastica che spunta da un'aiuola di gerani. L'operazione le è costata 75.000 dinari – 35 dollari –, l'equivalente di un buono stipendio mensile, ma il suo pozzo profondo nove metri dovrebbe assicurarle un approvvigionamento regolare. «Dobbiamo ancora far analizzare l'acqua» osserva questa vedova a capo di una famiglia di sette persone. In fondo a una via del modesto quartiere di Yarmuk, c'è un edificio blu, basso e senza finestre, che da tempo è stato abbandonato. È un rifugio che, si dice, può resistere a una bomba atomica. Ma per il momento gli iracheni non sono ansiosi né di visitarlo, né di fuggire in uno degli Stati vicini come la Giordania o la Siria. «È la mia casa. È il mio Paese. Preferisco morire qui» mi spiega Umm, con il viso sorridente incorniciato da uno scialle colorato.

In risposta a un appello di Saddam Hussein, Muhammad Jawad ha fatto scavare una trincea di fortuna nel giardino di casa sua per mettere al riparo i figli. «Dopo l'appello del presidente, ho fatto venire gli operai che hanno scavato la trincea in tre ore» dice, indicando una fossa poco profonda protetta con mattoni e sacchi di sabbia. Muhammad abita in una casa a due piani nel quartiere di al-Qadissiya, a sud di Baghdad. La fossa è abbastanza grande per ospitare i figli, Mustafa, il maschio, e le tre sorelline Farah, Rand e Haya, di età compresa fra i dieci e i tredici anni, «ma non per noi genitori» si lamenta Jawad, ex capitano di petroliere diventato autista di taxi. «Non c'è posto per me e per mia moglie. Ma la vita dei bambini è più importante della nostra» si lascia sfuggire. La moglie annuisce. I bambini, indossando a turno una vecchia maschera antigas, giocano alla guerra in giardino facendo finta di rifugiarsi nella fossa buia.

In questa città dove le piccole battaglie quotidiane sembrano lasciare poco spazio alle paure per il domani, scopro isole d'indifferenza, parentesi di nostalgia per una ricchezza scomparsa, piccoli angoli di sogno. Ogni volta mi aprono nuove prospettive sull'umanità e la tenacia di un popolo condotto in un quarto di secolo dalla ricchezza alla miseria dalle brame del suo dittatore, vittima ancora una volta di un gioco più grande di lui.

Al Honey Market, chi vuole – e può – dimenticare la durezza di dodici anni di embargo trova di tutto: tortellini italiani, camembert francese, corn-flakes americani. È la drogheria di lusso di Baghdad, il regno dei gourmet. Un lusso che attualmente rappresenta l'eccezione, quando invece era la regola prima dell'avventura kuwaitiana in cui Saddam ha trascinato il suo Paese. «È il nostro modo di combattere l'embargo ingiusto che colpisce l'Iraq» spiega Ziad Tareq, ventisette anni, figlio del proprietario. Sui due piani del negozio si trovano prodotti provenienti da tutto il mondo: gelati, acque minerali, succhi di frutta, sigari cubani... Nel divisorio, venti qualità di whisky, dodici marche di gin e altrettante di vodka, *arak*, aperitivi, una varietà incredibile di birre in lattina, vini italiani e champagne francese. «Abbiamo tre autisti che si recano regolarmente in Libano, in Siria e in Giordania per acquistare ciò di cui abbiamo bisogno» spiega il signor Tareq. I prezzi, tuttavia, restano inaccessibili per la maggior parte della popolazione. Lo shampoo e l'aceto balsamico costano 6 dollari, una bottiglia di acqua minerale francese 3,5 dollari, la pasta italiana circa 3 dollari e i biscotti 2,5 dollari.

Inarrivabili sembrano essere anche le prestazioni del dottor Abdel Bakhi al-Katib, il più famoso chirurgo estetico di Baghdad. Ma quando vado nel suo studio nel cuore della capitale per intervistarlo, constato con sorpresa che la sala d'attesa è piena di gente. A parte Adnan, che vuole rifarsi il naso aquilino, sono quasi tutte donne. Adra, un'avvenente studentessa di chimica che lavora per mantenersi agli studi, ha un unico problema che ha deciso di risolvere: la dimensione del suo naso. «Invece di pensare alla guerra, penso a farmi bella!» mi spiega decisa nei suoi jeans e nella sua t-shirt un po' troppo attillati per un corpo così formoso. Ecco dunque un modo per far fronte alle inquietudini di una nuova minaccia bellica: pensare ad altro. I giovani della generazione di Adra hanno conosciuto solo apprensione e sacrifici. Nati negli anni Ottanta durante la guerra contro l'Iran, sono cresciuti nell'isolamento intellettuale e nelle privazioni dell'embargo. Hanno imparato rapidamente l'arte di arrangiarsi e quella di accontentarsi. «Alla guerra siamo abituati e nulla ci impedirà di vivere» mi spiega il dottor al-Katib in un perfetto francese, appreso grazie alla specializzazione presa a Parigi, e insiste garbato: «La minaccia di un conflitto non impedisce alle donne irachene di voler essere ancora più belle». Ammette tuttavia che solo i clienti degli strati sociali più elevati possono permettersi uno dei suoi trattamenti, che «costano comunque molto meno che in Occidente» precisa. Trecento dollari per un naso rifatto, seicento per un lifting, stesso prezzo per un seno nuovo. Le tecniche utilizzate sarebbero considerate da noi obsolete e troppo invasive, ma per quelle più «morbide» al-Katib non ha mai potuto importare i prodotti e le attrezzature necessari, a causa delle sanzioni. Tra questi il laser (vietato perché considerato a doppio uso, civile e militare) e il Botox, nuova sostanza-miracolo per eliminare le rughe. Ironia della sorte, il composto – l'acido botulinico – che in America e in Europa serve alle donne per tornare giovani e belle, in Iraq è stato prodotto per anni per costruire armi di distruzione di massa.

E forse questa sostanza si trova ancora nascosta da qualche parte negli arsenali proibiti di Saddam.

In un grande edificio di mattoni tradizionali, nel cuore della capitale irachena, una signora elegante mi riceve seduta sull'ampio divano del suo ufficio. Siamo a Dar al-Zyy, la Casa della moda, e Feryal al-Kilidar sorride facendo scivolare le dita perfettamente curate sui tessuti pregiati usati nel suo atelier. I suoi meravigliosi vestiti, cappe e veli realizzati con tecniche tradizionali e materiali preziosi, raccontano i fasti dell'antica Mesopotamia. Qui Feryal inventa i motivi per illustrare la storia dei popoli che si sono succeduti nella regione fra il Tigri e l'Eufrate. «L'Iraq è la culla delle civiltà» spiega, prima di aggiungere: «Nessun'altra nazione al mondo ha visto il passaggio di cinque grandi popoli: dagli assiri ai sumeri, dai babilonesi alla conquista islamica, vogliamo rendere omaggio alla loro genialità attraverso la moda». A volte servono più di otto mesi di duro lavoro perché gli stilisti e i sarti della Casa della moda completino un solo modello. Questa eccezionale collezione non è in vendita e la signora al-Kilidar ripensa con nostalgia all'epoca in cui organizzava sfilate a New York, Londra, Parigi e Roma per far ammirare la bellezza delle sue creazioni. La guerra del Golfo nel 1991 e le sanzioni hanno reso questi viaggi più difficili, e l'ultima sfilata ha avuto luogo nel 2001 al Palazzo dell'Unesco di Parigi. Nel 1998, durante i quattro giorni di bombardamenti americani, il suo atelier è stato colpito da una bomba. Madame ha raccolto i frammenti di vetro e li ha usati per costruire una grande statua che accoglie i visitatori sulla porta: rappresenta una donna che canta al suono dell'*uud*, il tradizionale liuto arabo. «Le donne irachene sono brave e tenaci» mi spiega Feryal «e Saddam Hussein le ha liberate dai ruoli tradizionali più umili.» Guarda con soddisfazione verso il tavolo con l'immancabile ritratto del rais che «ha promosso una donna nuova in un Iraq laico, varando le leggi più avanzate nel mondo arabo. Noi siamo stati sempre orgogliosi di rimarcare la differenza con l'Iran di Khomeini, che ha fatto sparire le donne sotto il velo nero del chador» sostiene fiera madame. Nel 1980 una norma ha stabilito il diritto delle donne a votare per il Parlamento. Già nel '68, con l'ascesa del partito Baath, avevano ottenuto la possibilità di essere elette e di rivestire cariche importanti, come quella di giudice. Nel '69 è stata nominata la prima donna ministro. Ma il modello di donna istruita e moderna è patrimonio solo di una minoranza: per le altre continuano a valere gli usi e i costumi tribali, che contemplano la poligamia e il delitto d'onore. Le donne sono anche le prime a perdere il lavoro sotto la grave crisi economica. Il tasso di analfabetismo, che era del 36 per cento negli anni Ottanta, è salito oggi al 55 per cento. Con i salari da fame e l'inflazione alle stelle, l'istruzione è un lusso e le famiglie spesso preferiscono mandare a scuola solo i maschi. Povertà, segregazione culturale e crescente islamizzazione hanno portato le donne delle giovani generazioni a sentire meno il bisogno di emancipazione, e a scegliere invece un ritorno all'Islam più tradizionale. Questo diventa molto visibile nelle università di Baghdad, dove la stragrande maggioranza delle ragazze porta il velo, cosa impensabile fino a pochi anni fa.

Nelle gallerie d'arte di Abu Nawas Street, dove palme ed eucalipti costeggiano il lento fluire del Tigri, i pittori dilettanti e quelli più affermati combattono le difficoltà del momento a colpi di pennello. Malgrado le guerre e le sanzioni, non sembrano ridotti alla disperazione. «Guardi, non si vedono colori scuri. Ma non si tratta di un rifiuto della realtà, è una sfida alla durezza della vita e alla guerra» spiega Said Moussaoui nella sua galleria Akad. I quadri sono prevalentemente astratti e surrealisti, animati da colori vivi e caldi. I bronzi hanno linee essenziali che ricordano Giacometti. Nel quartiere di Karrada Dakhel, gli appassionati si danno appuntamento in un vero e proprio «supermercato dell'arte», un labirinto di bancarelle, negozi, corridoi e scale. È il regno delle «copie», dove per pochi dollari il cliente può portarsi via un capolavoro di Picasso, Rembrandt, Van Gogh, Monet, Renoir e altri artisti leggendari, il cui talento è resuscitato da abili pennellate. *Guernica* di Picasso qui è considerato un classico. Anche Van Gogh ha i suoi irriducibili: le copie dei *Girasoli* riproducono alla perfezione il suo stile pittorico. La galleria al-Hiwar, che in arabo significa «la conversazione», è il punto di ritrovo di artisti e intellettuali che si danno appuntamento per sorseggiare un tè zuccherato, mangiare pesce alla griglia seduti in giardino, discutere delle ultime tendenze e leggere poesie. «Abbiamo grandi pittori perché siamo un mosaico di popoli con una grande storia» spiega Qassem al-Sabti, un artista dai lunghi capelli grigi. «Siamo anche una nazione che ha sofferto molto, ma non abbiamo paura di rialzarci. E lo facciamo a colori e con stile.»

Mentre Baghdad cerca di mantenere il più possibile le sue normali abitudini, i pacifisti giunti dai quattro angoli del mondo sembra si siano dati appuntamento tutti qui. Sfilano nelle strade, cantano e ballano nei giardini, pregano nelle chiese e nelle moschee, ed esprimono sui siti internet il loro rifiuto a una nuova guerra. Al centro di una crisi in cui c'è poco spazio per i sentimenti, devono difendersi dall'accusa di essere manipolati da Saddam Hussein. I membri più attivi di questi commando della pace sono semplici cittadini preoccupati per un mondo che, dicono, non ha bisogno di una nuova guerra. Sono medici, avvocati, studenti, agricoltori o disoccupati, che hanno lasciato tutto in Europa, negli Stati Uniti o in Giappone per fare da «scudi umani» a migliaia di chilometri di distanza. Aspettando la guerra, un gruppo folcloristico di Okinawa, che ospita la più grande base militare americana in Giappone, suona il tamburo e balla nei teatri e nelle strade con i tradizionali abiti color rosso e arancione, davanti agli occhi sbigottiti degli abitanti di Baghdad. Due autobus rossi e un taxi, scaturiti direttamente dal traffico londinese, hanno finito la loro corsa davanti all'Hotel Andalous, nel centro della città, dopo un viaggio di 4800 chilometri. I curiosi che si fermano a guardare scorgono nell'atrio dell'hotel giovani dai capelli lunghi o dal cranio rasato, con orecchini, t-shirt sbiadite e pantaloni in tessuto africano.

«Non abbiamo un piano. Non abbiamo una struttura. Non abbiamo un capo» spiega Ben, un americano venticinquenne. In una sala dell'Andalous immersa nel fumo, presiede il primo consiglio di guerra degli «scudi umani». La *kefiah* palestinese è portata come una sciarpa. Alcune ragazze arrivate dalla Turchia indossano foulard in tessuto mimetico. Sono una trentina, seduti in cerchio, e pianificano seriamente il sistema migliore per bloccare la macchina da guerra americana. «Dobbiamo decidere dove, come e quando, vogliamo essere scudi umani» dice Ben, al primo piano dell'hotel. John Ross fa il giro della sala con il suo unico occhio: questo veterano di tutte le contestazioni ha perso l'altro in un incidente e nasconde la cicatrice sotto una benda nera. Tiene i lunghi capelli bianchi legati sulla nuca e, a sessantacinque anni, è pronto per una nuova battaglia. «Siamo qui per proteggere la popolazione irachena» spiega. È un giornalista, poeta e scrittore che vive in Messico dopo aver rinunciato alla nazionalità americana. Questa sfida non gli fa paura, gli ricorda anzi la guerra del Vietnam. «Sono stato il primo obiettore di coscienza ad andare in prigione» racconta. «Sono entrato in cella il 4 agosto 1964. Lo stesso giorno il Congresso ha approvato la risoluzione sul Golfo del Tonchino che ha dato inizio alla guerra.»

In una installazione per il trattamento e la distribuzione dell'acqua a nord di Baghdad, il primo spiegamento dei pacifisti è stato un successo. «A parte il mal di schiena, va tutto bene» afferma con una smorfia il turco Murad Kalayci, appoggiando le mani sulle reni. È tornato a riposarsi all'Hotel Andalous. «Uno scudo umano italiano e io siamo stati costretti a dormire sulle sedie, poiché mancavano i letti. E anche chi aveva un letto non ha dormito bene» spiega, affrettandosi ad aggiungere: «Ma questo ci renderà più forti». Kalayci, che normalmente fa il cuoco in un hotel a cinque stelle sulla costa sud-orientale della Turchia, è uno dei settanta pacifisti che si sono recati in questa installazione. «Siamo stati veramente felici di riceverli. È molto generoso da parte loro fare tutto ciò che fanno» dice Hussein Ali, un impiegato del centro informazioni della fabbrica. Prima di andarsene, i pacifisti hanno appeso un manifesto sulla porta dell'edificio, su cui c'è scritto: «Bombardare questo sito è un crimine di guerra. No all'aggressione contro l'Iraq».

Ma la buona volontà non basterà a fermare la macchina della guerra. E la maggioranza degli scudi umani partirà prima dell'inizio dei bombardamenti.

Capitolo 12

LA GUERRA È DECISA

La Casa Bianca sa ormai che la sua risoluzione-ultimatum non sarà votata dal Consiglio di sicurezza dell'Onu. Bisogna quindi passare all'azione: il presidente Bush si è spinto troppo avanti. I sondaggi mostrano come gli americani diano per scontato il ricorso alla forza. Quasi tre americani su quattro (71 per cento) sono a favore di una guerra in Iraq. Un sondaggio «Washington Post»/Abc News rivela che il 72 per cento ritiene sufficienti gli sforzi compiuti dal governo per ottenere il sostegno di altri Paesi all'intervento militare. Ma i consiglieri di Bush temono l'affievolirsi dell'appoggio dell'opinione pubblica, e incalzano.

Negli ultimi giorni il presidente americano ha trascorso molte ore al telefono con Blair e Aznar; li convoca per un ultimo consiglio di guerra, che avrà luogo il 16 marzo in mezzo all'Atlantico, nell'arcipelago delle Azzorre. Tre abbracci sulla pista dell'aeroporto, due dichiarazioni comuni e una conferenza stampa con quattro domande: è un vertice-lampo che dura meno di tre ore alla base militare di Lajes, sull'isola di Terceira. Attraversando l'Atlantico, il presidente Bush vuole sottolineare il suo appoggio agli alleati europei, attaccati dall'opinione pubblica dei rispettivi Paesi.

Ma tutti si accorgono che non vede l'ora di risalire sull'Air Force One per rientrare a Washington e annunciare agli americani la decisione che ha già preso. Ángela cerca di mettersi in contatto con uno dei più fidati consiglieri di Aznar, e quando finalmente riesce a parlargli le conferma i nostri peggiori timori: la guerra ci sarà.

Lunedì 17 marzo, a New York, gli Stati Uniti mettono fine all'agonia dell'Onu ritirando il loro progetto di risoluzione. Dovranno dunque dichiarare guerra senza il via libera della comunità internazionale.

Poco dopo, a Washington, il portavoce della Casa Bianca Ari Fleischer riunisce i giornalisti: «Le Nazioni Unite si sono rivelate incapaci di far applicare le loro stesse risoluzioni per il disarmo immediato di Saddam Hussein. Di conseguenza, la finestra diplomatica si è ormai chiusa». «Baghdad non è un luogo sicuro in questo momento» aggiunge. La battuta non fa ridere nessuno.

Sono le otto di sera sulla costa orientale degli Stati Uniti quando il presidente prende la parola e lancia il suo ultimatum. «I decenni di inganni e crudeltà sono arrivati al termine. Saddam Hussein e i suoi figli devono lasciare l'Iraq entro quarantott'ore. Un loro rifiuto a obbedire scatenerà un conflitto militare» annuncia Bush.

Il solenne discorso dura tredici minuti. «Le informazioni in nostro possesso non lasciano dubbi sul fatto che il regime iracheno continui a possedere e a nascondere armi terribili, le più letali mai concepite. Il pericolo è chiaro: usando armi chimiche, biologiche e, un giorno, nucleari ottenute con l'aiuto dell'Iraq, i terroristi potrebbero raggiungere il loro obiettivo dichiarato e uccidere migliaia o centinaia di migliaia di persone nel nostro Paese o in altri. Prima che un simile orrore possa verificarsi, prima che sia troppo tardi per agire, estirperemo il pericolo alla radice.»

Bush, inoltre, rivolge un invito ai militari iracheni a non combattere per difendere il rais.

Il presidente americano chiede anche agli ispettori delle Nazioni Unite e ai giornalisti presenti in Iraq di abbandonare il Paese. Lascia trasparire una certa amarezza per il fallimento delle iniziative dell'Onu, dichiarando che «il Consiglio di sicurezza delle Nazioni Unite non ha affrontato le proprie responsabilità, e perciò noi affronteremo le nostre».

Sono le quattro del mattino del 18 marzo a Baghdad, e pochissimi iracheni hanno potuto ascoltare in diretta il presidente americano. I dirigenti del regime, in ogni caso, ne avevano anticipato le mosse. «C'è un'unica soluzione per evitare il conflitto: che se ne vada via il fautore della guerra numero uno nel mondo, Bush» aveva infatti dichiarato il capo della diplomazia irachena Naji Sabri, in risposta a una domanda sull'ultimatum americano. In seguito, sempre il 18, Saddam Hussein presiederà il supremo organo del regime, il Consiglio del comando della rivoluzione (Ccr), che respingerà l'ultimatum. «La riunione ha proclamato la condanna decisa e definitiva dello spregevole ultimatum del presidente americano George W. Bush» recita la televisione di Stato. «Questa sarà l'ultima battaglia dell'Iraq contro i tiranni e l'ultima aggressione dell'America contro gli arabi» assicura il presidente.

Nel corso della giornata, gli ispettori delle Nazioni Unite lasciano l'Iraq, seguiti a ruota dai diplomatici; nella capitale irachena rimane solo un pugno di rappresentanti stranieri. Anche gli altri membri del personale Onu in Iraq, in particolare quelli del programma di coordinamento degli aiuti umanitari, abbandonano il Paese. Gli esperti di disarmo sono volati a Larnaca, sull'isola di Cipro, dove dal novembre scorso hanno stabilito una base distaccata. Se ne sono andati dopo centododici giorni: la loro missione non ha potuto evitare la guerra. Prima di partire, il portavoce Hiro Ueki ha intonato il *De profundis* della missione. «Abbiamo compiuto il nostro lavoro. È un peccato dover partire adesso» dichiara ai giornalisti all'aeroporto di Baghdad.

I primi commenti della stampa americana, che posso ancora seguire su internet, sono abbastanza prudenti. «Gli Stati Uniti, pressoché isolati, si apprestano a muovere guerra in nome della comunità internazionale che vi si oppone» rileva il «New York Times» in un editoriale. Colin Powell cerca di dissipare la sensazione di isolamento. Spiega che Washington ha il sostegno di una coalizione composta da quarantacinque Paesi: trenta hanno accettato di veder citato il proprio nome, gli altri quindici preferiscono restare anonimi. I Paesi che possono essere nominati, secondo la lista fornita dal dipartimento di Stato, sono: Afghanistan, Albania, Australia, Azerbaigian, Bulgaria, Colombia, Corea del Sud, Danimarca, El Salvador, Eritrea, Estonia, Etiopia, Filippine, Georgia, Giappone, Gran Bretagna, Italia, Lettonia, Lituania, Macedonia, Nicaragua, Paesi Bassi, Polonia, Repubblica Ceca, Romania, Slovacchia, Spagna, Turchia, Ungheria e Uzbekistan. Nella lista non compare nessun Paese arabo. Ne fa parte un unico Stato confinante con l'Iraq, la Turchia, benché Ankara abbia rifiutato di ospitare sul suo territorio le truppe americane destinate ad aprire il cosiddetto «fronte nord».

Gli Stati Uniti, forse isolati a livello diplomatico, sono sicuramente pronti a livello militare.

Circa 255.000 soldati americani e 45.000 militari inglesi sono stati mobilitati da mesi per sferrare l'attacco. Hanno il sostegno di unità navali, di centinaia di aerei ed elicotteri, di migliaia di veicoli militari e carri armati.

Nel deserto del Kuwait, vicino alla frontiera, sono concentrati circa 150.000 soldati americani. Le truppe appartengono alla 3ª divisione di fanteria, alla 1ª forza di spedizione dei marine e all'82ª divisione aviotrasportata. Dispongono di carri armati Abrams ed elicotteri d'attacco Apache. Nell'emirato si trovano anche 25.000 britannici pronti all'azione. Il quartier generale dell'operazione che sarà chiamata «Libertà per l'Iraq» è stabilito in Qatar, alla base di al-Saliyah.

In Arabia Saudita, in Oman e a Diego Garcia, nell'Oceano Indiano, gli Stati Uniti hanno schierato centinaia di aerei da combattimento.

In mare, sia nelle acque del Golfo sia nel Mediterraneo, hanno mobilitato un centinaio di navi da guerra, tra cui cinque portaerei e tre sottomarini, tutti lanciamissili. Reparti americani sono schierati inoltre nel Bahrein, negli Emirati Arabi Uniti, in Turchia, in Giordania e a Gibuti.

Dodici anni dopo la prima guerra del Golfo, una delle maggiori preoccupazioni del Pentagono riguarda la minaccia di armi chimiche e biologiche. I vertici militari di Washington assicurano che le truppe americane sono perfettamente equipaggiate per affrontare un attacco del genere. I soldati della coalizione sono stati tutti vaccinati contro il bacillo del carbonchio e contro il vaiolo. In compenso, mancano le dosi di vaccino contro la tossina botulinica, ancora a uno stadio sperimentale. Per quanto riguarda l'equipaggiamento, il Pentagono si è procurato nuove e più sofisticate apparecchiature per il rilevamento di sostanze chimiche e biologiche, per evitare i continui falsi allarmi verificatisi nella prima guerra del Golfo del 1991. Tutti i soldati hanno ricevuto una nuova generazione di tute, dette Jslist: si possono portare per quarantacinque giorni ma, una volta contaminate, devono essere sostituite. I militari ne hanno perciò stoccato due di ricambio per ogni soldato nella regione.

Al confronto, l'Iraq fa una ben magra figura.

Sulla carta, alcune cifre spesso utilizzate dalla stampa e dagli esperti fanno credere che il regime disponga ancora di un'efficiente macchina da guerra. Secondo le stime contenute in un rapporto del Centro di studi strategici e internazionali (Csis) a Washington, il numero di effettivi dell'esercito iracheno ammonterebbe a 424.000 uomini, a cui bisogna aggiungere circa 650.000 riservisti. L'Iraq possiederebbe ancora 2200 carri armati, tra cui 700 T-72 di fabbricazione sovietica, 3700 veicoli blindati e 2400 pezzi di artiglieria. L'aviazione (30.000 uomini) disporrebbe di 316 aerei da combattimento, di cui tuttavia solo il 50-60 per cento sarebbe operativo. Alcuni analisti si spingono addirittura a presentare la Guardia repubblicana e la Guardia repubblicana speciale come corpi in grado di competere con le truppe d'élite degli eserciti occidentali.

Ma la realtà è ben diversa. A Baghdad, i diplomatici avvisano che le forze irachene, dodici anni dopo la prima fallimentare esperienza, rischiano di dover fronteggiare un'offensiva statunitense nelle stesse condizioni di allora. L'esercito regolare è composto da circa 400.000 uomini, scarsamente motivati a combattere: la stanchezza diffusa nella società irachena, dovuta alla disastrosa situazione economica, si ripercuote infatti sul morale delle unità di base che formano il grosso delle truppe. I corpi d'élite, in totale 100.000 unità, hanno uno status privilegiato, ma il loro compito è principalmente quello di difendere il regime da una minaccia interna: di fronte a una forza esterna potentissima e ben coordinata, la loro reazione sarebbe pressoché nulla.

L'apparato militare iracheno non si è mai ripreso dai quarantatré giorni di bombardamenti del gennaio-febbraio 1991, né dalle cento ore di combattimenti terrestri che hanno distrutto un'enorme quantità di materiale bellico. Benché non sia mai stato il «quarto esercito al mondo», come sosteneva la propaganda americana nel 1991, in quell'occasione ha perso lo status di forza militare regionale conquistato durante la difficile guerra con l'Iran.

In seguito, gli ispettori dell'Onu per il disarmo hanno sistematicamente smantellato il potenziale di produzione di armi nucleari, biologiche e batteriologiche, che avrebbero consentito all'Iraq di riconquistare il rango di prima potenza tra i Paesi arabi. I limiti imposti all'arsenale iracheno nel settore balistico hanno inoltre impedito a Saddam di ricostruire i missili a media gittata (gli Scud B), elemento fondamentale di quella forza militare che oggi a Baghdad manca completamente.

Infine, a causa dell'embargo non ha più potuto importare strumenti a tecnologia elevata, soprattutto nei settori radar, comunicazioni e ricognizione, senza i quali un esercito è cieco e sordo. Contemporaneamente, Stati Uniti e Gran Bretagna hanno mantenuto una stretta sorveglianza aerea e satellitare su ampie zone del territorio iracheno, soprattutto nel Sud, dove le postazioni di difesa contraerea sono state sistematicamente eliminate. «Tra pattuglie aeree, satelliti spia e ispezioni, gli americani hanno un livello di conoscenza di tutto il dispositivo difensivo iracheno non paragonabile alla situazione della scorsa guerra del Golfo» mi assicura un diplomatico.

Di fronte a una così evidente sproporzione di forze, di cui i generali iracheni sono coscienti, il regime ha fatto sapere che le zone privilegiate di scontro con l'esercito americano saranno le città. Tuttavia, affinché la tattica dei combattimenti casa per casa sia efficace, bisogna disporre del sostegno popolare, di una forma di resistenza nazionale sulla quale nessuno se la sente di scommettere. E le recenti esibizioni militari dei volontari o gli impegni al martirio dei cittadini non sembrano gesti spontanei, bensì pilotati dal partito al potere, il Baath.

Inoltre, le frequenti apparizioni televisive del presidente Saddam Hussein nell'atto di ricevere il giuramento di fedeltà da parte dei comandanti regionali, hanno rivelato che gli handicap dell'esercito iracheno non sono sanabili. «La struttura dell'esercito, la sua gerarchia, l'abitudine al comando dall'alto e la rigidità del sistema politico destano seri dubbi sul proseguimento della guerra nel caso in cui i collegamenti e le comunicazioni fossero allentati» sottolinea lo stesso diplomatico.

«Il nostro piano è di assorbire la prima onda d'urto, e poi di attirare gli americani nelle città» mi spiega invece convinto un colonnello delle forze speciali in un centro di addestramento vicino a Baghdad, dove gli iracheni hanno invitato i giornalisti. «Il loro punto debole è il combattimento nelle strade» assicura l'uomo, un quarantenne atletico dai baffetti sottili che parla protetto dall'anonimato. «Il popolo è lo spazio vitale dell'esercito [...]. Ci auguriamo che la battaglia si svolga sul terreno» dice, aggiungendo poi: «In una vera battaglia sono i fanti ad avere l'ultima parola, la tecnologia non conta». Ed è a questo genere di combattimento che l'ufficiale iracheno sta preparando i suoi uomini. «Gli americani saranno sorpresi dalla tenacia con cui combattono gli iracheni» garantisce. «Qui non siamo né in Somalia, né in Afghanistan, siamo in Iraq. Venderemo caro ogni centimetro di territorio.»

Il ministro dell'Interno Mahmud Diab al-Ahmad pronuncia le stesse decise parole, mentre passa in rassegna i battaglioni di volontari nelle vie di Baghdad: «Se ce ne sarà bisogno, combatteremo gli aggressori con mani, denti, pugni e bastoni». Le unità del ministero dell'Interno sfilano davanti alla tribuna in cui hanno preso posto gli ufficiali e il ministro. Ma ci sono anche decine di kamikaze iracheni che marciano a passo cadenzato. Tra loro c'è anche Khaldun, il viso nascosto da una sciarpa, kalashnikov a tracolla e cartucciera appesa al petto, che si dichiara pronto al sacrificio: «Morirò difendendo l'Iraq, Saddam Hussein, il Tigri e l'Eufrate». Ha ventitré anni e porta un sudario bianco, simbolo della sua volontà di martirio. Si presenta come «un kamikaze per la patria». «Facciamo come i palestinesi. Abbiamo portato i sudari e speriamo di tornare a casa in una bara, morti come martiri» mi confida il ragazzo, alludendo agli attentati suicidi compiuti dai gruppi radicali palestinesi contro Israele.

A Baghdad e in molte altre località irachene, i volontari arabi, in maggioranza giovani, si addestrano alla guerriglia e alle imboscate. Provengono dal Nordafrica e dal Medio Oriente, hanno cominciato ad affluire nella capitale a fine gennaio. Sono alcune migliaia, secondo le autorità irachene. Molti di loro hanno lasciato moglie e figli in Marocco, Algeria, Libia, Egitto, Siria, Giordania e Libano, per rispondere alla richiesta d'aiuto. Altri vivevano in Europa prima di recarsi a Baghdad. «Ho lasciato moglie e tre figli ad Amburgo, in Germania, dove ho studiato architettura per tre anni. È stata dura per lei, ma ha capito che avevo una missione da compiere» dice il marocchino Abu Elias, trentun anni. Il libanese Saadeddin Ghiyé ha chiesto un visto per l'Iraq, ma ha anche depositato una «domanda di martirio» presso l'ambasciata irachena a Beirut. È stata accettata. La maggior parte di questi ragazzi non ha nessuna esperienza militare, ma anche chi è stato addestrato nel proprio Paese è disposto a imparare nuove tecniche, soprattutto nel campo degli esplosivi. «Quando l'addestramento dei volontari arabi pronti a morire per l'Iraq sarà terminato, ognuno di loro sarà una bomba umana» afferma il responsabile di uno dei campi.

Per dare prova ulteriore di compattezza e potenza, il regime organizza in queste settimane un po' ovunque sfilate paramilitari, a cui partecipano migliaia di donne e uomini in divisa verde che si dicono pronti a morire per Saddam. Fanno parte delle milizie di al-Quds, chiamate così in onore dei luoghi santi dell'Islam a Gerusalemme che un giorno dovrebbero liberare dall'occupazione israeliana. Tra giovani e vecchi, maschi e femmine, sarebbero sette milioni di volontari in tutto l'Iraq. Per seguirli nelle loro manifestazioni proregime veniamo portati fino a Mosul, nel Kurdistan, e persino a Tikrit, città natale del rais in genere *off-limits*. È da qui, da questo centro a meno di 200 chilometri da Baghdad, che provengono i fedelissimi di Saddam, fratelli, fratellastri, zii, cugini, generi, tutti appartenenti al suo clan dei Tikriti. Gli servono per governare il Paese col pugno di ferro, ma anche per placare l'ossessione per la sua sicurezza e incolumità.

Mentre vedo sfilare queste brigate di volontari mal addestrati e mal equipaggiati, mi riesce sempre più difficile pensare che possano rappresentare una minaccia per la potente armata angloamericana. Assomigliano piuttosto a un'Armata Brancaleone, consapevoli che questa potrà essere solo un'altra marcia verso l'inferno.

Capitolo 13

PRIMA DELLA TEMPESTA

Martedì 18 marzo. Dunque ci siamo. Ne abbiamo parlato tanto, abbiamo versato fiumi d'inchiostro, abbiamo spiato ogni minimo indizio del suo arrivo. Adesso stiamo per viverla: la guerra ci sta aspettando. Nei piccoli uffici del centro stampa è l'ora degli interrogativi. Restare o andarsene? Questo è il problema. È un viavai ininterrotto di colleghi che chiedono, si chiedono, mi chiedono: «Tu che fai? Resti?». Chi ha deciso di rimanere ha un gran desiderio di essere rassicurato; chi invece ha scelto di andarsene sente piuttosto il bisogno di giustificarsi.

Qualcuno non ha alternativa. Alcune redazioni, in particolare le televisioni americane, ordinano ai propri corrispondenti di approfittare degli ultimi convogli e di prendere la via di Amman. Tra i giornalisti in partenza, alcuni piangono, altri sono contenti. Ma per la maggior parte degli inviati, si tratterà di una decisione esclusivamente personale. Per quanto riguarda la Rai, l'équipe del Tg2 se ne va, insieme al mio montatore, arrivato solo dieci giorni fa per sostituire Ventrone, e a quello del Tg3. Parlo più volte con il mio direttore Clemente Mimun e con il nuovo presidente della Rai, Lucia Annunziata, che conosce bene l'Iraq. Mi chiedono il da farsi. Rispondo, dopo essermi consultata con il mio operatore Enrico, che secondo me si può continuare a lavorare; a quel punto, mi garantiscono il loro appoggio, raccomandandomi la massima prudenza.

Le notizie riferite dagli americani non sono rassicuranti. Per le autorità di Washington, i giornalisti che scelgono di restare lo fanno a loro rischio e pericolo. L'Hotel Rashid, dove risiede la maggior parte di noi, e il ministero dell'Informazione sono considerati bersagli, precisa il Pentagono. A Washington vengono delineati scenari terribili: gli iracheni prenderanno in ostaggio i giornalisti e li useranno come scudi umani, e gli Stati Uniti impiegheranno la misteriosa E-bomb che metterà fuori uso tutti i nostri sistemi di comunicazione...

Non bisogna poi dimenticare le famose armi chimiche e biologiche. E se gli iracheni decidessero di utilizzarle come estremo gesto di difesa? Molti corrispondenti a Baghdad hanno già vissuto e raccontato una guerra. Conoscono il brontolio sordo dei cannoni, il fischio delle pallottole. Hanno sentito lo spostamento d'aria provocato dalle esplosioni, hanno visto gli edifici distrutti dalle bombe e i corpi insanguinati delle vittime. Ma la minaccia del veleno e del gas li fa riflettere. Si prospetta una morte atroce e l'idea fa tremare anche i più coraggiosi.

Bisogna riconoscere che questa fobia è stata insidiosamente alimentata dagli stessi giornalisti, che hanno speculato a lungo sull'arsenale di morte del regime iracheno. Ed è stata favorita dagli organi di stampa, che hanno organizzato per i loro inviati corsi di addestramento in cui insegnavano a usare la maschera antigas, a iniettarsi un antidoto o a infilarsi un indumento protettivo Nbc (Nucleare, biologico, chimico). I più organizzati tra di noi si sono procurati gli ultimi modelli. Il business della sopravvivenza è stato molto fiorente prima della guerra. Ma oggi tutto ciò potrà davvero servire a qualcuno?

A pensarci bene, queste precauzioni a cui quasi nessuna testata giornalistica ha potuto sottrarsi, hanno contribuito ad accreditare la tesi secondo cui l'Iraq possiede realmente armi di distruzione di massa, ed è disposto a servirsene. I giornalisti non hanno potuto attendere le conclusioni dell'Onu per decidere che il pericolo è tanto reale e concreto da richiedere seri provvedimenti.

Per quanto mi riguarda, non so cosa pensare. L'equipaggiamento di protezione inviato dalla Rai ha fatto sorridere i miei colleghi. Quello più efficace si trova all'ambasciata italiana, difficilmente raggiungibile in caso di attacco. Non ho la sicurezza di Jacques: lui è convinto che gli esperti dell'Onu, se ci fosse stato qualcosa, l'avrebbero trovato. E che gli americani, che da tempo sorvegliano il Paese fin nei suoi angoli più remoti, avrebbero senz'altro distrutto ogni possibile fonte di pericolo se ne avessero localizzata una.

Continuo a fare le mie dirette e i miei servizi dal tetto del centro stampa, dove si assiepano i tendoni dei giornalisti. Ma guardo con occhi più curiosi questo villaggio di tela che nel giro di poche ore, come tutta Baghdad, sarà stretto nella morsa della guerra.

Jack e Jill, due tortorelle dalle piume verdi e gialle, tubano in una gabbia accanto alla postazione dell'European Broadcasting Union (Ebu), il consorzio delle televisioni pubbliche europee. «Mi hanno appena chiesto se gli uccelli servono a dare l'allarme, poiché pare che muoiano per primi in caso di attacco biochimico» scherza il produttore Bruno Beeckman. I due pennuti introducono una nota lieta in un panorama fatto di cemento, cavi elettrici, generatori e antenne paraboliche orientate in ogni direzione. È un villaggio che non dorme mai: i suoi abitanti, provenienti dai quattro angoli della Terra, lavorano tutti su fusi orari diversi. E, quando si rilassano, prendono il sole, giocano a backgammon, sorseggiano una birra, mangiano o parlano di guerra e di pace. Il tutto in un unico mélange: da una parte uno spezzone degli U2, dall'altra una diretta in giapponese. La cucina e gli arredi evidenziano il carattere cosmopolita della cittadella. Gli scaffali di ogni tenda traboccano di prodotti provenienti da tutti i Paesi e ciascuna è decorata secondo i gusti del proprietario. I giornalisti arabi prediligono i tappeti orientali, gli americani gli arredi da spiaggia in stile Florida, i cinesi appendono calendari con motivi tradizionali. «Alcuni mesi fa la nostra tenda era piccola, ma l'abbiamo costantemente ingrandita e tutti ci hanno imitato, tanto che adesso sembriamo un campo profughi» ridacchia il produttore palestinese Ahmed Seif. «Non serviranno a proteggerci dai missili, ma sul tetto della tenda abbiamo installato piastre di ferro per ripararci dalle pallottole» aggiunge.

Sullo sfondo si staglia la cupola blu della piccola moschea Sheikh Ahmad Mazhar al-Shawi, inaugurata nel 1953 da re Faysal II e sperduta in mezzo a una selva di edifici moderni. È diventata una delle costruzioni più osservate del mondo. Da settimane, infatti, senza che l'imam della moschea sceicco Nuh abbia potuto obiettare nulla, il minareto e la cupola compaiono alle spalle degli inviati speciali delle reti televisive di tutto il mondo. Per renderla ancora più fotogenica, quattro mesi fa un gruppo di giornalisti ha offerto allo sceicco i fondi necessari per migliorarne l'illuminazione esterna. Il religioso ha accettato. «Sono sicura che nessuno di noi l'ha mai visitata» osserva la mia amica Marine Jacquemin, inviata speciale della rete francese Tf1.

La sera Jacques e io parliamo a lungo nella quiete della nostra stanza all'Hotel Rashid. Ragioniamo a voce bassa, seduti nelle poltrone di cuoio sbiadito del palazzo silenzioso. Fuori è scesa la notte. La città è illuminata, ma completamente vuota. Non una sola automobile transita sulla strada a sei corsie che costeggia il giardino del Rashid. La paura è un sentimento normale e non bisogna vergognarsene, dice Jacques. Ma se diventa incontrollabile, è meglio andarsene, perché è una cattiva consigliera. Secondo lui, al di là di questa considerazione, i giornalisti inviati a Baghdad sono venuti per raccontare un conflitto: partire proprio quando questo sta per scoppiare gli sembra una decisione totalmente illogica.

Da quando è chiaro che la guerra ci sarà, sappiamo che

stiamo per vivere un momento di Storia eccezionale, una pietra miliare nei grandi sconvolgimenti che da decenni interessano il Medio Oriente. L'esito del conflitto armato tra Stati Uniti e Iraq è scontato, ma è del tutto evidente che non siamo qui solo per documentare l'ennesima operazione militare condotta dall'esercito più forte della Terra. Siamo qui per osservarne l'impatto su una delle più antiche società del mondo; per assistere alla fine di un regime e di un uomo che hanno svolto un ruolo centrale nella storia della regione. Quale inviato interessato alle vicende dell'area più esplosiva del mondo vorrebbe essere in un altro luogo se non qui?

Uno degli scenari più discussi tra noi giornalisti riguarda senz'altro la guerra civile che potrebbe scoppiare dopo la caduta del regime di Saddam Hussein. Nel vuoto politico e istituzionale che si creerà quando gli agenti del regime capiranno di non avere più alcun ruolo e alcun futuro, le forze che essi hanno controllato per anni si potrebbero scatenare in un'orgia di violenza. Bande armate di sciiti, provenienti dalle periferie più degradate, potrebbero uscire dai loro quartieri per vendicarsi di trentacinque anni di oppressione. Se la prenderanno con le vestigia del potere, ma anche con qualsiasi cosa possa essere preda della loro fame di vendetta e della loro brama di distruzione e saccheggio. E noi inviati, pieni di denaro contante e facilmente identificabili, saremmo un obiettivo perfetto.

Un possibile rifugio è l'ambasciata italiana. È composta da vari edifici protetti da alte mura e dispone di scorte di acqua, medicinali, carburante e cibo: sarebbe il riparo ideale in caso di necessità. La visitiamo più volte in compagnia del dottor Imad al-Timimi, medico della comunità italiana a Baghdad a cui i diplomatici hanno passato le consegne prima di partire. È un ottimo padrone di casa e ci mostra anche il bunker scavato in uno dei viali interni del complesso. Fa onore ai tecnici italiani che l'hanno costruito e può sicuramente resistere alle forti esplosioni che nel giro di pochi giorni, o poche ore, sconvolgeranno la città. Tutti i giornalisti italiani sanno di poter trovare riparo nella sede diplomatica e alcuni, per precauzione, hanno già scelto una camera, «prenotata» affiggendo il proprio nome sulla porta.

Ma l'ambasciata è lontana dal centro, e può diventare anch'essa un bersaglio per vandali e banditi, attirati dalla prospettiva di trovarvi giornalisti con preziosi telefoni satellitari e decine di migliaia di dollari. Il dottor Timimi è ben cosciente del pericolo, ed è un uomo prudente e organizzato. Proviene da una potente famiglia sciita che ha vissuto il suo momento di gloria e di potenza all'ombra di Nuri Said, l'ultimo primo ministro di re Faysal II. I suoi fratelli sono emigrati in Gran Bretagna, dove esercitano tutti la professione medica. Lui è rimasto in Iraq per occuparsi del patrimonio di famiglia, ma anche per svolgere la sua professione di medico fra i concittadini che hanno bisogno di lui. Ci porta in una delle sue ville, non lontano dall'Hotel Rashid, dove vivono i genitori. Il quartiere è tranquillo, le case sono eleganti ma discrete. Potremmo stabilirci qui se le cose si mettessero male e non facessimo in tempo a raggiungere l'ambasciata. Jacques sale sul tetto e verifica che ci sia posto per le antenne dei telefoni satellitari. Il dottor Timimi gli darà le chiavi del «rifugio» alcuni giorni dopo, ma non avremo bisogno di utilizzarlo. Ci mostra anche la sua abitazione nei pressi del quartiere chic di Arasat, trasformata in un autentico bunker con finestre murate, rifugi sotterranei, attrezzature per decontaminare cose e persone colpite da bombe biochimiche. Un armamentario impressionante, che non può che allarmarci ancora di più. Il dottore si dice certo che Saddam userà le armi chimiche contro il nemico e contro la sua stessa gente. Mi invita per l'ultima volta a partire, date anche le mie condizioni fisiche non eccezionali. Sono reduce da una cura massiccia di antibiotici per combattere una forte tonsillite. Ho avuto anche un incidente stradale qualche giorno prima. Sulla circonvallazione di Baghdad, in un traffico infernale, siamo stati tamponati da un vecchio autobus: un gran botto, per fortuna senza gravi conseguenze. Solo un colpo di frusta che mi costringe a portare un collare. Ma ormai la decisione è presa.

L'Agence France-Presse, con la quale conto di collaborare ancora nelle settimane difficili che ci attendono, ha adottato nuove misure per restare operativa in qualsiasi circostanza. È ormai diffusa la convinzione che né il centro stampa né l'Hotel Rashid siano luoghi sicuri. Dal momento che ospitano anche alcuni uffici della televisione di Stato e fungono da rifugio, secondo gli americani, di alti funzionari del regime, potrebbero costituire un obiettivo militare. Già da alcuni giorni Patrick Baz, responsabile del settore fotografico del Medio Oriente, ha prenotato una serie di camere all'Hotel Palestine. In poche ore i giornalisti dell'agenzia hanno trasformato una suite dell'albergo in ufficio di emergenza: hanno spostato i mobili, collegato i computer, predisposto i cavi elettrici e stabilito le connessioni dei telefoni satellitari. Per un giornalista o per un fotografo, non c'è nulla di più frustrante di non poter trasmettere: l'Afp lo sa bene e si è subito attivata per scongiurare questa eventualità. Nei giorni successivi all'inizio delle operazioni, la situazione migliorerà con l'arrivo di un grosso generatore. Quattro baldi giovani lo hanno portato dapprima al quindicesimo piano, poi di nuovo al pianterreno: era l'unico luogo autorizzato dalla direzione dell'albergo.

Nel quartier generale dell'Afp, con sede nelle camere 1520 e 1522, si trova di tutto: razioni dell'esercito dotate di un dispositivo autoriscaldante; caschi e giubbotti antiproiettile; lattine di birra fresca; telefoni che squillano; acqua; anche, e soprattutto, amici e bravi giornalisti. Tra questi c'è Nayla, una giovane libanese dagli occhi color nocciola: ha un sorriso smagliante che incanta più di un collega. Rimane calma nei momenti peggiori, è rapida, coraggiosa e ricca di talento. Viene dalla sede di Beirut e non sarà una guerra in più a impressionarla. L'unica cosa che le dà veramente fastidio è la sporcizia, che combatte in tutti i modi. Quando ha un attimo di respiro, anziché riposarsi, si trasforma in perfetta padrona di casa per offrire il tè o preparare da mangiare. Ezzedine viene da Dubai. Anche lui è giovane, ma negli ultimi dieci anni ha visitato tutti i fronti della regione, con il suo cranio rasato, gli occhi vivaci e la risata contagiosa che scoppia come una granata. È di volta in volta palestinese o francese a seconda del bisogno. Scrive bene e velocemente, e conosce le vicende irachene meglio di chiunque altro. Senza questi due ragazzi, mi spiega Jacques, non si potrebbe fare niente. Anche Samy Ketz è venuto a dare man forte da Parigi. È un esperto della regione: da Beirut a Gerusalemme, dal Cairo a Nicosia, dal 1982 in poi ha trascorso qui lunghi anni, diventando uno dei più profondi conoscitori del Medio Oriente. Ha i modi di uno studente in vacanza, con gli occhialini tondi e la camicia che esce dai pantaloni, ma quando parla lo ascoltano tutti. Il suo giudizio è sicuro, il suo occhio infallibile: nessuno meglio di lui saprà trovare nella giungla di Baghdad il personaggio, la storia, la vicenda per illustrare ciò che sta succedendo. Il gruppo dei fotografi è altrettanto brillante e comprende alcuni veterani del Libano: sono tutti sufficientemente vaccinati da scontri e violenze per non lasciarsi ammaliare dall'inconfessabile fascino che la guerra può esercitare.

Mentre la stampa si prepara e si organizza, il 18 marzo gli ultimi diplomatici lasciano Baghdad. Hanno atteso la partenza degli ispettori dell'Onu, avvenuta il giorno prima. L'ambasciatore tedesco Claude Robert Ellner è partito con un convoglio di quattro veicoli, e il centralino della cancelleria non risponde più. Poco dopo è stato imitato dal collega cinese. I diplomatici italiani, portoghesi e giapponesi erano già partiti alcuni giorni prima. Hanno fatto i bagagli anche il rappresentante francese, André Janier, che ha svolto un ruolo importante nel cercare una soluzione diplomatica della crisi, e quello della Grecia, Paese che detiene la presidenza di turno europea, Nikolas Garilidis. L'ambasciatore russo, Vladimir Titorenko, lascerà la capitale irachena durante la guerra e il suo convoglio verrà colpito da alcune pallottole.

Soltanto il nunzio apostolico, monsignor Fernando Filoni, rimarrà per tutta la durata del conflitto. Questo prelato dalla voce dolce è un uomo di straordinario coraggio. È consapevole del difficile compito che lo attende: la protezione della piccola comunità cristiana che rischia di diventare un bersaglio nei disordini post-bellici. Alla vigilia della scadenza dell'ultimatum americano, mi ha ricevuto a cena con Jacques per salutare Janier, in partenza. Abbiamo trascorso una piacevole serata nella sua bella casa nella centrale Saadun Street. La rappresentanza vaticana è una palazzina su due piani con un piccolo giardino, dove due suore coltivano erbe e ortaggi per preparare ottimi piatti italiani. Sembra una delle tante villette della capitale, se non fosse per quella bandiera giallobianca che sventola sul tetto. I giudizi dei commensali sono pessimistici: nessuno pensa che la guerra sia il miglior modo per abbattere la dittatura di Saddam Hussein. Viceversa, provocherà instabilità e violenza in tutta la regione.

All'Hotel Canal, che ha ospitato per anni gli organismi dell'Onu e, dalla fine di novembre, anche gli ispettori, serpeggia una certa tristezza tra gli impiegati locali che hanno visto partire il personale internazionale. «Finché erano qui, ero sicuro che non sarebbe successo nulla» commenta il guardiano del parcheggio. «Oggi, so che la guerra è alle porte» sospira quest'uomo sulla quarantina. Ai vari piani, gli uffici sono vuoti. Alla caffetteria gli stranieri rimasti bevono qualcosa, in attesa di partire per Amman; ai loro piedi, borse di plastica con gli ultimi acquisti. Il televisore non trasmette più la Cnn, ma il canale d'informazione arabo al-Jazeera dal Qatar. I dipendenti dietro al bancone sono rassegnati. «Siamo molto tristi. *Insciallah*, torneranno» afferma uno di loro, alzando le braccia in segno di resa. Un alto dirigente locale dell'Unicef, Hathem George, è stato incaricato della gestione della sua agenzia e del programma «Oil for Food». Gli ordini sono chiari: durante i bombardamenti, il personale deve restare a casa e tornare solo se la situazione migliora. Tutti hanno ricevuto la paga del mese di marzo e tre mesi di stipendio anticipato.

Gli stranieri e i pochi iracheni in procinto di lasciare Baghdad devono pagare oltre 1000 dollari per il tragitto via terra verso Amman. «Il prezzo del noleggio di un'automobile è passato da 250 a 1200 dollari» spiega Ezz Abul Ezz, che dirige una compagnia di taxi. Pochissimi iracheni possono sborsare una cifra così esorbitante, e le autorità giordane accettano soltanto coloro che dispongono di un permesso di soggiorno o del visto per un Paese terzo. Moltissimi hanno dovuto fare marcia indietro una volta giunti alla frontiera giordana. «Questa volta gli abitanti di Baghdad sono rimasti» riconosce Kazem Khalil, un medico che ricorda bene l'esodo precedente all'operazione «Desert Storm» nel gennaio 1991. La maggior parte di loro non può più permetterselo. Con l'inarrestabile svalutazione del dinaro, i funzionari non incassano più nemmeno le loro pensioni, versate ogni tre mesi: ormai sono solo carta straccia.

«Dicono che saremo colpiti da migliaia di bombe, ma noi cosa possiamo farci?» si chiede Abu Qassem, che fa asciugare un vecchio tappeto sulle rive del Tigri. «Gli iracheni sono orgogliosi, ma abbiamo patito così tante guerre e affrontato così tante prove da essere ormai paralizzati» aggiunge, con un senso d'impotenza comune a milioni di concittadini posti di fronte a una situazione incontrollabile. «Sappiamo che affronteremo il Paese più forte del mondo, pronto a scatenarsi come un toro infuriato» conclude Abu Qassem, con un misto di timore e fascinazione per gli Stati Uniti, l'unico Paese capace di radunare decine di migliaia di soldati, migliaia di blindati e centinaia di aerei per abbattere il regime del rais. Ma gli abitanti di Baghdad, rassegnati all'idea di affrontare un destino in cui hanno poca voce in capitolo, si pongono anche un altro interrogativo. «Chi verrà dopo?» si chiede il tassista Majid, osando prospettare ad alta voce uno scenario finora proibito: quello di un Iraq senza Saddam Hussein.

Nell'immediato, la popolazione pensa solo a proteggersi, poiché sa che la guerra scoppierà domani. Le vie sono deserte, a eccezione di alcuni rari assembramenti qua e là. I giornalisti si fermano e le cineprese cominciano a filmare. Sono le ultime immagini prima della tempesta.

Una folla di persone si accalca contro la saracinesca del negozio Abu Ayman Plastique, in Khuleifa Street, una delle principali arterie commerciali della città. Attraverso gli interstizi volano i dollari, le mani si agitano per attirare l'attenzione del commesso che pesa dei sacchetti di nylon destinati a contenere l'acqua. Il proprietario di questo negozio, Zuhair Yassin, ha avuto una grande idea: ha riempito d'acqua un sacchetto di plastica che normalmente serve a imballare i datteri destinati all'esportazione, e l'ha esposto in vetrina. Gli abitanti di Baghdad sono subito accorsi e lui ha dovuto abbassare la serranda. «Da tre giorni, ne vendo quotidianamente mezza tonnellata e, ogni sera, mi rifornisco in fabbrica» spiega con voce ilare il commerciante. All'esterno, un uomo è riuscito ad acquistare con un dollaro ottanta sacchetti, ognuno dei quali può contenere fino a dieci litri d'acqua. «La temperatura comincia a salire, la guerra si avvicina. Non ho i mezzi per comprare una cisterna, questi sacchetti sono il sistema più pratico per conservare l'acqua» spiega Kazem, un funzionario.

Sono prese d'assalto anche le stazioni di servizio. «La gente si è precipitata a fare il pieno e, da allora, è un fiume ininterrotto» afferma Ahmad, benzinaio della stazione di servizio Abu Khalil, nel quartiere di Hay al-Adel. Gli affari vanno a gonfie vele anche in Sayyed Sultan Ali Street, dove si trovano i negozi di generatori. Moayed afferma che, a partire dallo scorso week-end, ne ha venduti quattro al giorno. Eppure non sono alla portata di tutti, in un Paese dove il salario medio è di 30 dollari al mese. «Il generatore da 3 kW costa 350 dollari, e quello da 8 kW 500 dollari. In genere, membri della stessa famiglia o gruppi di condòmini fanno una colletta per acquistarne uno» spiega Moayed.

Prima di andare a dormire, la mia amica di Tf1, Marine, mi chiama in camera sua per dirmi che dopo tante titubanze ha deciso di partire. «Passo domattina a salutarti» promette. Quando le chiedo come mai un'inviata di guerra esperta come lei non vuol restare, dice solo: «*Je ne la sens pas cette guerre*», questa guerra non è per me. Da giorni mi parla delle sue inquietudini, di un sesto senso che le dice di andarsene. Quanto a me, la notte che mi attende sarà insonne.

Capitolo 14

LE ULTIME ORE DI PACE

Il 19 marzo mi alzo con la certezza che Baghdad sta vivendo le ultime ore di pace. Le strade sono avvolte da un sottile velo di polvere, sollevata dal vento che ha soffiato per tutta la notte. È una specie di lugubre sudario per una città che attende l'ennesimo castigo. Abbiamo deciso di trasferirci all'Hotel Palestine. Non c'è altra scelta. Faccio colazione per l'ultima volta al Rashid: Nescafé e pane tostato con marmellata di albicocche, sempre la stessa da due mesi a questa parte, servita in un piattino insieme a pezzetti di burro non sempre fresco. Ancora non so che ben presto rimpiangerò questo monotono menù e lo spettacolo offerto dal prato del Rashid, su cui ogni mattina giardinieri solerti e pazienti cercano di salvare dalla siccità l'erba e gli arbusti.

Come ogni mattina, Mahdi mi attende al volante della Gmc. Enrico è già lì, insieme alla sua telecamera. Ci dirigiamo verso il centro stampa, dove incontriamo l'impassibile Luay. Non riesce a capacitarsi che stia per scoppiare la guerra. Non vuole crederci. Per chi ne ha già vissuta una è impossibile ammettere che questo evento possa ripetersi. Non è la paura il sentimento dominante, bensì una sensazione di assurdità totale, di un pasticcio terribile, di una fondamentale sconfitta dell'intelligenza. E per la maggior parte degli iracheni, che affrontano il terzo conflitto in meno di venticinque anni, è una tragedia.

Nei grandi viali deserti, nei vicoli vuoti, nei quartieri abbandonati la vita sembra sospesa. Senza la folla che l'animava fino a poco tempo fa, la capitale irachena appare in tutto il suo squallore: gli edifici fatiscenti, i vetri rotti, i marciapiedi dissestati e i canali di scolo pieni di fango. Pare aver inghiottito i suoi abitanti. Amano definirla la «città della pace», ma ormai non è altro che una città fantasma.

Quasi tutti sono barricati nelle proprie case, in attesa di quelli che la stampa internazionale ha previsto saranno i primi, intensi bombardamenti. I network di Stato trasmettono programmi di carattere militare. Il canale del primogenito del presidente, Uday, manda in onda le telefonate dei cittadini iracheni che denunciano l'offensiva statunitense contro il loro Paese e si affidano alla clemenza di Allah. Alcuni operatori sono scesi nelle strade a interrogare i passanti, che dichiarano di volersi battere in difesa del loro Paese. La televisione trasmette non-stop le immagini delle manifestazioni svoltesi negli ultimi giorni a sostegno di Saddam Hussein.

Là dove ingorghi inestricabili paralizzavano la circolazione, ora c'è il vuoto. Là dove decine di botteghe offrivano merce di ogni genere – frutta, attrezzature elettroniche o jeans alla moda – le serrande sono abbassate. Moltissimi negozianti hanno messo al sicuro le loro merci per evitare i saccheggi; i più prudenti hanno murato le vetrine per proteggerle dalle bombe e dai ladri. Gli spiedi che dalla mattina alla sera cuocevano polli dalla pelle croccante lungo tutta Saadun Street sono fermi. Le scuole e le università hanno chiuso i battenti; i funzionari si sono affrettati a portar via dai loro uffici i computer e i dossier di cui avranno bisogno per ricominciare a lavorare dopo la guerra.

La presenza di truppe paramilitari si è fatta più evidente, ma nel centro della capitale non vi è alcuna traccia dei soldati dell'esercito o della Guardia repubblicana. I miliziani del partito Baath hanno occupato i punti strategici della città (incroci stradali, palazzi ufficiali), appostandosi dietro ridotte di sacchi di sabbia. Armati di fucili d'assalto, fumano, chiacchierano e scherzano tra di loro, apparentemente molto tranquilli. I vigili urbani, inoperosi davanti ai grandi viali deserti, hanno ricevuto caschi protettivi e armi. Perfino i pompieri sono stati mobilitati: nelle loro caserme hanno cominciato a riempire i sacchi di sabbia.

Il Parlamento, alla presenza di una schiacciante maggioranza di duecentocinquanta deputati, la mattina vota a mani alzate un testo che respinge per l'ennesima volta l'ultimatum degli Stati Uniti, affermando che «i libri di storia riporteranno la lezione inflitta agli empi dal popolo iracheno, sotto la guida del creatore della sua gloria Saddam Hussein». Parlando alla stampa in occasione di questa sessione straordinaria, il presidente del Parlamento Saadun Hammadi ha affermato che Saddam Hussein non se ne andrà *mai* dall'Iraq. Il ministro dell'Informazione Muhammad Said al-Sahhaf ha rivolto invece un monito agli Stati Uniti, affermando che i loro soldati sono destinati a «morte certa». «Essi mentono a soldati e ufficiali quando dicono che l'aggressione all'Iraq sarà una passeggiata.»

Saddam Hussein ha trascorso la vigilia a studiare i piani di guerra insieme ai suoi generali. Dirigerà personalmente le operazioni o sceglierà di nascondersi? Nessuno è in grado di rispondere a questa domanda, se non l'uomo che ha dichiarato di voler morire nel proprio Paese. Solo i suoi più intimi collaboratori sono a conoscenza delle mosse del «grande leader»: ha l'abitudine di spostarsi spesso, e durante la guerra del Golfo del 1991 è comparso nei luoghi più inattesi, per esempio nelle case di semplici cittadini a Baghdad. La capitale irachena, un vasto labirinto di nascondigli e passaggi sotterranei, ampliato nel corso degli anni, può garantirgli protezione e rifugio.

Il vice primo ministro Tareq Aziz si presenta alla stampa: «Gli Stati Uniti» dice «sono una nazione forte, ma ciò che conta è la volontà nazionale». Aggiunge anche: «La guerra sarà sanguinosa, durerà a lungo e non sarà uno scherzo».

A New York, Dominique de Villepin dichiara che «il rispetto del diritto dev'essere applicato in ogni circostanza, ma a maggior ragione quando si tratta di prendere la decisione più grave: il ricorso alle armi. Non c'è legittimità nell'azione americana». Il ministro tedesco degli Affari esteri, Joschka Fischer, afferma che «rimanevano ancora margini per una soluzione pacifica [...]. Per questo motivo, la Germania condanna solennemente la guerra». Il suo collega russo, Sergei Ivanov, sottolinea come «nessuna decisione autorizzi il ricorso alla forza contro l'Iraq al di fuori della carta delle Nazioni Unite». Il segretario generale dell'Onu Kofi Annan aggiunge: «È un giorno triste per l'Onu e per la comunità internazionale».

Tutti gli ospedali di Baghdad sono in stato di allerta; vado in quello di Naaman, nel quartiere di Adamiya. «Oggi è stata mobilitata metà del personale ospedaliero e le équipe fanno turni di dodici ore» spiega il dottor Abdel Jabar Ali. Aggiunge che, all'inizio dei bombardamenti, tutti i medici dovranno trovarsi al loro posto, così da poter curare i feriti ventiquattr'ore su ventiquattro. «Abbiamo generatori, medicine e acqua potabile» precisa. Nel quartiere di Attafiyah, il centro di smistamento delle ambulanze è anch'esso in stato di allerta: il centralino telefonico è in funzione e una cinquantina di veicoli sono pronti nel parcheggio.

Per la stampa internazionale a Baghdad è arrivato il momento di mettersi in «assetto di guerra». Per lavorare ci organizzeremo tra il ministero dell'Informazione (che diventerà un luogo sempre più pericoloso) e l'Hotel Palestine, dove alla fine sistemeremo tutte le nostre attrezzature tecniche. Per Ángela e me questo trasloco segnerà la fine dello squallido ma a suo tempo indispensabile ufficio Rai1/Tve. Sul fronte vitto e alloggio, nel cambio tra Rashid e Palestine abbiamo sicuramente perso in termini di «lusso»!

Il Palestine è un edificio di diciassette piani color sabbia, costruito all'inizio degli anni Ottanta sulla riva est del Tigri. È disposto in posizione perpendicolare al fiume, le cui acque inquinate scorrono lentamente a un centinaio di metri di distanza. Tutte le camere hanno un piccolo balcone protetto da una parete finestrata con vista sulla sponda occidentale, dove sorge l'immenso complesso presidenziale che comprende anche il palazzo della Repubblica. La piscina è piena di acqua verdognola, che non viene cambiata da secoli. I campi da tennis da tempo non vedono giocatori.

Ho l'impressione che tutta la vita di Baghdad si sia concentrata nella hall di questo albergo, non certo famoso per le sue comodità. Gli impiegati della reception sono assediati da decine di giornalisti in cerca di una stanza. I facchini spingono carrelli carichi di computer, valigie e bottiglie d'acqua, aprendosi un varco tra la folla verso quattro ascensori di cui solo due sembrano funzionanti. I «contatti» locali inviati in avanscoperta cercano di far cambiare idea ai dirigenti dell'hotel, che hanno ricevuto l'ordine di non affittare camere agli stranieri. I responsabili del ministero dell'Informazione hanno cercato di impedire l'esodo massiccio dei giornalisti dal Rashid, per paura di perdere il controllo sulla stampa internazionale. Così come hanno tentato di ostacolare il trasferimento delle attrezzature per le trasmissioni televisive dal centro stampa al giardino del Palestine. Ma sarà fatica sprecata: a forza di *bakhshish* (mance) e bugie più o meno fantasiose, gli inviati finiscono per invadere l'albergo. In seguito, quando il centro stampa ministeriale sarà colpito dalle bombe americane, i dirigenti del ministero lo dichiareranno ufficialmente sostituito da quello dell'Hotel Palestine.

Nelle poltrone sfondate, che da anni non sperimentano un simile viavai, siede un gruppo eterogeneo di persone: agenti dei servizi di sicurezza iracheni, autisti in cerca di clienti, aspiranti traduttori che masticano qualche parola d'inglese, factotum che per pochi dinari portano le valigie, procurano cibo o setacciano la città alla ricerca di sigarette. Un negozio di souvenir con le vetrine sulla strada, accanto alle porte scorrevoli dell'hotel, serve caffè arabo ai giornalisti che camminano sui tappeti dopo essersi tolti le scarpe. Alcuni provano il narghilè, altri acquistano cartoline risalenti all'epoca – lontana – in cui Baghdad era ancora una meta turistica. Nella hall, un mercante di tappeti e abiti tradizionali intravede nuove possibilità di affari. Nel ristorante, immerso in un'atmosfera sepolcrale, i cuochi cucinano piatti di pasta immangiabili, fatti pagare a peso d'oro. L'albergo, impreparato ad affrontare una situazione di questo genere, si trasforma ben presto in una pattumiera: avanzi di cibo, lattine vuote, carte bisunte si accumulano sulle scale di emergenza. Mi chiedo ancora oggi come mai i topi non siano venuti a sloggiare i giornalisti: probabilmente c'è troppa puzza persino per i loro gusti.

Nel caos straordinario di quest'ultima giornata di pace, strapazzo il povero Mahdi che deve nell'ordine: guidarci attraverso la città deserta, trovarmi due camere, trasferirvi i bagagli recuperati al Rashid e riempirle con tutto l'occorrente, in particolare decine di bottiglie d'acqua. Dal Palestine mi riporta al centro stampa del ministero dell'Informazione, dove regna un'atmosfera da veglia d'armi.

Dopo la diretta per il telegiornale delle 20, scendo nell'ufficio dell'Afp. In Italia sono già passate le 22. Chiamo mia madre Herlinde per rassicurarla: si trova a Egna, nella nostra casa di famiglia, ed è molto preoccupata. Jacques fa lo stesso con Georgette, che vive a Parigi. La domanda che tutti si pongono è: come riusciremo a lavorare nei prossimi giorni? La paura è bandita dai nostri discorsi. Sono circondata da corrispondenti per i quali la guerra è prima di tutto una «storia» da raccontare. Non è né un'avventura personale né una prova di coraggio o di virilità. Bisogna pensare a organizzarsi. A come muoversi. A come trasmettere. Se abbiamo abbastanza benzina, acqua. A dove sono i generatori e i telefoni di emergenza. È come se le infinite questioni di ordine pratico non lasciassero più spazio all'inquietudine e alla paura. Nascosta da qualche parte nella testa, resta però la consapevolezza che le bombe non fanno distinzioni tra militari, civili, iracheni, stranieri, giornalisti e non giornalisti.

Quando scende la notte, la città risplende ancora di tutte le sue luci. I grandi viali sono deserti, ma lunghe file di lampioni color arancione ne delineano il profilo rettilineo. Il complesso presidenziale, i ministeri, i ponti sono illuminati a giorno. I muri di alcuni palazzi ufficiali sono perfino decorati con ghirlande colorate. Agli incroci, i semafori ripetono instancabili la loro sequenza tricolore. Nessun coprifuoco è stato annunciato, ma le autorità irachene si sono dette pronte a qualsiasi evenienza. Il silenzio è interrotto soltanto dall'abbaiare dei cani randagi e dalle sirene antifurto delle automobili che sembrano annunciare un pericolo imminente.

CAPITOLO 15

SOTTO LE BOMBE

LE SIRENE D'ALLARME mi hanno buttato giù dal letto. Scuoto Jacques che dorme accanto a me. Sento la mia voce dire in francese, in tono neutro: «*Voilà, on y est!*». Comincio a vestirmi senza coordinare bene i movimenti. Cerco le scarpe a tastoni. È buio in camera, così buio che fatico a credere di avere gli occhi aperti. Il mio cervello lavora con una lentezza esasperante, mentre passa in rassegna le precauzioni da prendere. Devo ricordarmi la borsa. Il quaderno a spirale. La penna, ovviamente. Jacques mi grida di prendere la torcia. Ho l'impressione che anche i miei gesti abbiano una pesantezza incredibile. Eppure so bene che non sto sognando: la guerra è cominciata e le urla che lacerano la notte me lo annunciano.

Nel corridoio debolmente illuminato, si aprono alcune porte. I volti sono lividi sotto i neon bianchi che squarciano l'oscurità. Alcune figure si precipitano verso le scale di sicurezza che, da una parte, scendono fino al pianoterra e al rifugio dell'hotel e, dall'altra, salgono verso le stanze trasformate in uffici, i balconi dei piani superiori e persino il tetto dell'edificio, che all'epoca della sua inaugurazione era stato presentato con orgoglio come il più alto di Baghdad. Incrocio colleghi con l'elmetto in testa e il giubbotto antiproiettile sulle spalle.

Istintivamente scelgo di fiancheggiare il lato sinistro della rampa. Potrei sempre appoggiarmici in caso di necessità. Quelli che scendono dovranno procedere rasente il muro. La tromba delle scale risuona dei passi di decine di persone in movimento. Giornalisti, cameraman, fotografi, assistenti. Come se ci fossimo passati parola. I respiri sono pesanti, irregolari. Nessuno parla. Mentre mi accingo alla scalata, penso ad alcune scene di film di guerra, per esempio a quella di una nave che viene attaccata. I corridoi si riempiono di marinai che corrono in tutte le direzioni. All'inizio il viavai è ordinato; poi, man mano che la situazione precipita, si diffonde rapidamente il panico. Un regista di Hollywood non avrebbe nulla da ridire. Per il momento, corriamo disciplinatamente. Come tante comparse scrupolose. La nave è in pericolo, ma non affonda.

Ho il fiato corto e anche Jacques, davanti a me, procede con fatica. Nove piani di corsa non sono una passeggiata. Soprattutto dopo due mesi a Baghdad. Non sono certo in piena forma. Ho l'impressione che mi cedano le gambe, ma anche mezza addormentata cerco di avanzare spedita.

Sono andata a letto poco prima delle cinque del mattino. Ero esausta. Ho atteso come la maggior parte dei miei colleghi lo scadere dell'ultimatum americano fissato dal presidente Bush alle quattro, ora di Baghdad. A Roma erano le due e, sulla costa orientale degli Stati Uniti, le otto di sera del 19 marzo. Sono intervenuta durante un'edizione straordinaria del Tg1 nel corso della quale abbiamo riepilogato le tappe principali della crisi irachena. L'ora fatidica è passata senza che la notte silenziosa di Baghdad sia stata turbata dal tuono della guerra. Ero distrutta, ma sentivo che la tensione mi avrebbe impedito di dormire e di beneficiare di qualche ora di sonno prima di una giornata che sarebbe stata sicuramente ricca di emozioni forti. Ho allora deciso, prima di posare la testa sul cuscino, di fare una cosa di cui mi pentirò amaramente: ho preso mezza pastiglia di sonnifero. Meno di mezz'ora dopo, ogni gradino delle scale del Palestine mi farà rimpiangere quel momento di debolezza!

Faccio tappa al quattordicesimo piano, dove sveglio Enrico, che mi aiuterà a installare il telefono satellitare sul balcone dell'Afp. Jacques mi ha preceduto e ha dovuto scuotere Ezzedine, sdraiato su un divano, distrutto dalla stanchezza. Passo nella stanza accanto, dove i fotografi dell'agenzia hanno installato le loro attrezzature. Patrick dorme, tutto vestito, disteso di traverso sul letto. Sono costretta a strapparlo ai suoi sogni. Barcollando, installa un corpo di macchina fotografica munito di un grosso teleobiettivo sul treppiedi già sistemato su uno dei balconi della suite. Poi ci appostiamo tutti come vedette in una fortezza assediata. Le sirene hanno smesso di ululare. Il tempo si è fermato.

Tutt'a un tratto l'orizzonte si illumina. Sono le 5,35, ora di Baghdad, e un'alba incerta comincia a rischiarare il cielo. Le sagome degli edifici sembrano già uscire dall'oscurità. Un velo di nebbia si staglia sopra le acque ancora scure del Tigri. L'alone dei lampioni arancioni si fa meno netto. In lontananza, un'enorme palla di fuoco si leva nel cielo. E udiamo il fragore dell'esplosione.

Patrick immortala l'istante in cui ha inizio la guerra che cambierà il destino dell'Iraq e del Medio Oriente. La sua foto di una nuvola enorme, dal cuore rosseggiante, farà il giro del mondo. È uno dei pochi a essersi appostato su questo lato dell'hotel. La maggior parte dei fotografi ha installato le proprie attrezzature sull'altra facciata, da cui si domina il più importante palazzo presidenziale. Per lui è uno scoop formidabile. Ma non abbiamo il tempo di soffermarci sul significato di ciò che abbiamo appena visto. Bisogna mettersi al lavoro.

Sono in uno stato assolutamente pietoso, avendo preso quella maledetta mezza pastiglia. Ma devo andare in onda: chiamo subito il Tg1. A Roma sono da poco passate le tre e mezza di notte e comincia una lunga straordinaria fino alle sette e mezza della mattina. Non so come sono riuscita a farcela, con la testa ovattata e il fisico così spossato, ma grazie all'adrenalina e all'amorevole aiuto degli amici dell'Afp, che mi offrono Coca-Cola e caffè, arrivo dignitosamente lucida fino alla fine della lunga diretta.

La prima ondata di raid con successive deflagrazioni colpisce obiettivi che non riusciamo a distinguere. Trenta minuti più tardi ha luogo un secondo attacco aereo, che colpisce la parte sud-orientale della capitale, e ancora una volta vediamo un'enorme bolla di fuoco alzarsi verso il cielo con un minaccioso fungo nero. Infine, un terzo raid colpisce la stessa zona. Scopriremo più tardi che questa prima serie di missili da crociera, sganciati dai bombardieri strategici B-52, ha come obiettivo una zona meridionale di Baghdad dove, secondo fonti dei servizi segreti americani, si troverebbero Saddam Hussein e i massimi dirigenti del regime. Ma l'informazione si rivelerà falsa.

Mentre sono in onda, ascolto i collegamenti con gli Stati Uniti. Poco dopo il primo assalto, George W. Bush annuncia in un discorso di quattro minuti dalla Casa Bianca l'inizio ufficiale delle operazioni contro l'Iraq. «In questo momento le forze della coalizione si trovano nella prima fase delle operazioni militari per disarmare l'Iraq» dichiara il presidente americano. Afferma anche che l'intenzione è di colpire in modo molto violento, sin dall'inizio, per limitare la durata del conflitto. «Vi assicuro che questa non sarà una campagna di mezze misure.» Tutto questo non è molto rassicurante, ma del resto è bene o male quello che ci aspettavamo.

Quando cadono le prime bombe, su Baghdad è l'alba e una luna piena rischiara la capitale, peraltro illuminata a giorno come se non ci fosse stato un ultimatum. Sin dal tramonto della sera prima, pareva una città abbandonata. Ora, la avvolge un silenzio di tomba. Durante la diretta, riesco nelle pause a chiamare il mio traduttore Luay perché i telefoni funzionano ancora: mi racconta che tutta la famiglia è in piedi, eccetto i bambini, di sei e otto anni. Per il resto, spiega che alle sei della mattina sono in molti ad andare nella vicina moschea a pregare. E poiché casa sua è poco lontana dalla linea ferroviaria, mi dice che sente passare il treno proveniente da Bassora, puntuale come sempre.

Poco dopo la fine del terzo attacco, alla televisione dei giovani appare il presidente iracheno: in tono di sfida nei confronti degli Stati Uniti muove un appello al suo popolo e a tutti gli arabi affinché resistano, promettendo loro la vittoria. «Il diavolo sarà sconfitto, noi resisteremo agli invasori» sono le sue parole. Pensiamo subito che il rais non sia andato in onda in diretta, ma non abbiamo elementi sufficienti per provarlo. Saddam veste in tenuta militare, porta il basco nero sulla fronte e, eccezionalmente, anche gli occhiali da vista: gli servono per leggere, con tono calmo, il testo infarcito di retorici riferimenti all'antica gloria degli arabi. Il discorso dura una decina di minuti e si conclude con il tradizionale «*Allah al-Akbar*», «Dio è il più grande», e con un «Viva l'Iraq e viva la Palestina!».

Questa prima notte di guerra mi ha comunque insegnato un paio di cose fondamentali. Innanzitutto non prenderò mai più neanche l'ombra di un sonnifero. Inoltre, dormirò d'ora in avanti praticamente vestita, con accanto a me le scarpe da ginnastica, la borsa con tutti i soldi e il gilet dalle mille tasche con tutto l'occorrente: *press pass*, taccuino e penne, sigarette, sacchetti di zucchero per la pressione bassa e una piccola pila. In un taschino porto sempre con me anche una seconda pila frontale, che sarà comodissima quando dovrò scrivere al buio. Il mio zaino, con lo stretto indispensabile in caso di fuga repentina, l'ho già preparato giorni fa. Insomma, tutto dev'essere organizzato per scappare se necessario, ma anche per andare in onda a qualsiasi ora del giorno e della notte.

Verso le dieci della mattina, chiuso il collegamento con l'Italia, ho un po' di tempo per discutere con i colleghi dell'Afp di quanto è successo. Con l'aria vagamente stravolta, Ezzedine, detto «Ezz», si sorprende che l'annunciato diluvio di fuoco, di missili e di esplosioni non ci sia stato. In realtà, quelli che abbiamo visto e sentito sono stati attacchi molto limitati. Cerchiamo allora di capire qual è il vero obiettivo degli americani: se lo scopo è quello di provocare una rottura tra la popolazione e i suoi dirigenti, o una frattura all'interno della leadership irachena, oppure se si è trattato solo del preludio a bombardamenti massicci che ci dobbiamo aspettare nelle prossime ore. «Sicuramente gli americani avevano fretta di fare questa guerra, e avranno sicuramente anche fretta di finirla» commenta Samy, al quale ricordo che all'inizio di marzo il generale Richard Myers, capo di stato maggiore americano, ha parlato di «elettroshock». Questo elettroshock per il momento non c'è stato. Per noi è certo un motivo di sollievo, ma siamo consapevoli di essere solo all'inizio di un conflitto di cui nessuno conosce la durata, l'intensità e la pericolosità.

Come constateremo poco più tardi nel corso della mattinata, andando a fare un giro per la città, anche la stragrande maggioranza della popolazione è stupita dell'inizio «morbido» del conflitto, e si aspetta il peggio per le prossime ore. Nella centrale Saadun Street, incontro un signore molto anziano ma dalla memoria ancora ferrea, che ricorda nei minimi dettagli i bombardamenti del '91. Dice: «Quello che abbiamo visto questa mattina non è niente. Vedrete presto di cosa sono capaci gli americani».

Alcuni negozi cominciano piano piano a riaprire e le strade si rianimano lentamente, anche se in giro c'è pochissima gente. Chi può cerca ancora di fare provviste di tutti i generi, dalle bombole del gas ai viveri, ai medicinali. Un farmacista del centro, che mi spiega di aver aperto perché vuole assistere i più bisognosi, precisa di aver venduto soprattutto farmaci contro la diarrea, l'emicrania e gli spasmi, tutti sintomi tipici dell'ansia.

Passo dalla stazione degli autobus, a poche centinaia di metri dal ministero dell'Informazione, dove chi può cerca ancora di scappare. Una donna velata di nero con sei bambini mi dice: «Porto i miei bambini nella nostra casa di famiglia, che si trova al Sud. Non voglio che passino la notte in città». La capitale continua a essere pattugliata dai miliziani del partito Baath, mentre transitano anche veicoli militari equipaggiati con lanciamissili controcarri. Sul ponte al-Rashid, distrutto durante la guerra del Golfo, continua a sventolare una bandiera semistrappata. È stata issata dai pacifisti e si può ancora leggere «No alla guerra».

Andiamo nel suq di al-Ghazal, dove si comprano animali domestici, soprattutto uccellini e pesci per l'acquario. Qui Muhammad Latif, che sorregge una piccola gabbia con tre colombe, ci spiega che soprattutto in tempo di guerra la gente ama avere accanto a sé animali che tengano loro compagnia. Sono però esauriti i canarini, acquistati in massa dagli abitanti nei giorni precedenti. Il collega della Ebu non è stato dunque il solo a essere convinto che questi uccelli fossero in grado di segnalare eventuali attacchi chimici: pare infatti che muoiano qualche minuto prima dell'uomo. È invece completamente deserto il tradizionale mercato dei libri di al-Mutanabbi Street, dove di solito gli abitanti della capitale acquistano volumi usati a basso prezzo. Gli iracheni sono noti per essere grandi consumatori di libri: in passato ne ho trovati di interessanti sulla storia del Paese e sull'occupazione britannica, oltre a romanzi scritti e tradotti in varie lingue. A conferma dell'isolamento internazionale che l'Iraq sta vivendo ormai dal '91, la pubblicazione più recente in cui mi sono imbattuta risaliva, appunto, a dieci anni fa. Con l'eccezione di alcuni testi su al-Qaida e Osama bin Laden. Che lo sceicco del terrore stia facendo proseliti anche in questo Paese tradizionalmente laico?

Entro in uno dei caffè più famosi di Baghdad, che porta il nome della grande diva della canzone araba Umm Kulthum. Il proprietario Tahksin al-Maiah mi dice orgoglioso: «Io mi rifiuto di chiudere. Non ho chiuso durante la guerra del '91 e non chiuderò neanche questa volta. Vivere una vita normale per il popolo iracheno è una forma di resistenza». C'è chi beve il tè e chi si distrae col tric-trac. Cercano così, con abitudini quotidiane, di far finta che la guerra non sia ancora cominciata. Il proprietario a un certo punto mette una canzone d'amore, cantata proprio da Umm Kulthum e composta in occasione della rivoluzione del 1958 che ha cacciato i monarchi. S'intitola *Baghdad, la fortezza dei leoni.*

Riattraverso il ponte e rientro al Palestine per preparare il servizio del Tg delle 20. Siamo tutti stanchi morti, visto che la notte scorsa non abbiamo praticamente chiuso occhio. Ho da poco cominciato a scrivere nella mia stanza, quando a un tratto, verso le 20,45 ora di Baghdad, sento suonare le sirene d'allarme. Corro al quattordicesimo piano da Enrico, che, rapido come sempre, sta già mettendo in funzione il videotelefono. Chiamo subito Roma per avvertire che l'allarme è scattato e che stavolta ci siamo. Chiedo di aprire subito il collegamento con il Tg1 per una straordinaria. In Italia mancano pochi minuti alle 19. Sempre più spazientita per una risposta secondo me scontata che però si fa attendere, resto in attesa pregando che la linea del mio satellitare non si interrompa. Ma dopo un quarto d'ora arriva la sorprendente decisione: il programma di Amadeus «L'eredità», che precede il telegiornale, è preregistrato e non può essere interrotto. Sbigottita, chiedo alzando la voce se sono impazziti, se si rendono conto che in ogni momento può partire l'annunciato diluvio di bombe, e che stavolta la guerra comincia sul serio. Ma è tutto inutile: queste sono le direttive aziendali. Pochi minuti prima delle 21 (le 19 italiane) devo lasciare la linea del videotelefono al Tg3.

Alle 21,03 (le 19,03 in Italia), il cielo di Baghdad si illumina di rosso e comincia sotto le nostre finestre uno spettacolo drammatico, con bombardamenti che colpiscono il complesso presidenziale di Saddam Hussein di fronte a noi, dall'altra parte del fiume, a poco più di trecento metri dal Palestine. Enrico e io ci infiliamo di corsa il giubbotto antiproiettile e usciamo sul balcone. Per una ventina di minuti siamo testimoni di un attacco violentissimo al cuore della capitale. Il distretto governativo sulla riva occidentale del Tigri viene messo a ferro e fuoco: tra esplosioni di potenza straordinaria, si alzano enormi funghi neri di fumo. La contraerea irachena risponde al fuoco, ma si ha l'impressione che la reazione sia piuttosto debole.

Lo spostamento d'aria è micidiale. Tutto l'hotel trema come attraversato da una devastante scossa di terremoto. Enrico riprende con la telecamera del videotelefono immagini che faranno il giro del mondo.

Abbiamo paura? Sicuramente siamo spaventati, ma anche strabiliati dalla potenza di fuoco statunitense. I missili esplodono a pochissimi secondi l'uno dall'altro, e devo ammettere che la mia prima impressione è surreale: mi sembra di assistere a uno di quei film di guerra americani pieni di effetti speciali.

Non pensiamo neanche per un istante di scendere nel rifugio antiaereo, ma Mahdi, che dorme nel nostro hotel, è terrorizzato e continua a dirci: «Presto, presto, bisogna scendere subito nel bunker! Forse colpiranno anche l'albergo! Miss Lilli, please, andiamo, andiamo». Cerco invano di rassicurarlo (è così in questi casi: c'è sempre qualcuno che ha più paura di te) e gli spiego che noi restiamo ma che ovviamente, nel caso lui preferisca andare nello *shelter*, è libero di farlo. Lo farà, e non lo vedrò più fino all'indomani mattina.

Questa volta la guerra è davanti ai nostri occhi, la sentiamo anche fisicamente attraverso la costruzione che vacilla sotto i nostri piedi. È legittimo il timore che una bomba possa essere meno «intelligente» delle altre, oppure che, semplicemente, la struttura dell'albergo non regga alla potenza delle esplosioni. Ma continuiamo a stare lì, a girare le nostre immagini e ad andare in onda fino a notte fonda.

Difficile capire in queste prime ore di bombardamenti che cosa esattamente venga colpito. Sicuramente viene centrato il ministero della Pianificazione, che si trova accanto al complesso presidenziale. È da lì che si levano alte le fiamme che nessuno verrà a domare. Verso le 22 le sirene annunciano il cessato allarme, e la televisione irachena fa la conta di quelli che definisce «i martiri dell'aggressione americana»: quattro i civili uccisi in questo secondo giorno di raid. Sarebbe stato bombardato anche il palazzo della famiglia di Saddam Hussein, dove vivono la moglie Sajida e le tre figlie, rimaste probabilmente illese. Poco prima di questi attacchi, la televisione di Stato ha mostrato il rais mentre presiedeva una riunione con gli alti esponenti del regime, tutti in uniforme militare.

I bombardamenti si accaniscono soprattutto sui campi militari di al-Rashid e al-Tuwaitha, a sud-est della capitale, dove sono concentrate alcune unità della Guardia repubblicana. Sembra che gli americani stiano preparando il terreno a una penetrazione in quel settore, una volta che le loro truppe saranno arrivate alle porte di Baghdad. È una zona *off-limits* per la stampa, ma una settimana dopo l'inizio degli attacchi decido di andare a vedere cosa succede laggiù, senza telecamera e senza Mahdi, la cui enorme Gmc dà troppo nell'occhio. Mi rivolgo quindi a Salah, uno degli autisti dell'Afp, che guida una vecchia Chevrolet nera talmente scalcinata che nessun soldato iracheno, nessun agente dei servizi di sicurezza potrà mai credere che porti un giornalista a bordo. Mi copro i capelli con un foulard e partiamo. Concedo a Salah la piena autonomia: «Fai marcia indietro appena avverti un pericolo. Sei tu che guidi e sei tu che decidi». Non voglio discussioni su cosa fare, se girare a destra o a sinistra, se avvicinarci a uno sbarramento o evitarlo. Nelle situazioni rischiose la cosa peggiore è l'indecisione. Quindi qualcuno deve dirigere l'operazione. In questo caso è l'autista la persona più adatta. In altre circostanze potrei essere costretta a prendere le redini, ma non oggi.

Le grandi arterie che percorriamo sono vuote. Sui marciapiedi si vede qualche iracheno sulla soglia di casa. Gli americani hanno intrapreso la distruzione sistematica delle centrali telefoniche, e gli edifici sono stati completamente spazzati via dalle potenti bombe che li hanno colpiti. I negozi intorno non hanno più vetrine, i vetri degli appartamenti sono tutti infranti. Giriamo per la capitale abbandonata, dove il vento solleva turbini di polvere nelle strade vuote. È una città allo stremo, sul punto di crollare, quella che attraverso insieme a Salah. Qua e là, passiamo in mezzo a dense colonne di fumo nero che salgono dalle trincee di petrolio alle quali gli iracheni hanno appiccato il fuoco. Credono così di poter ostacolare i lanci dei missili o delle bombe guidate. Ma alla vista delle basi di al-Rashid e, un po' più lontano, di al-Tuwaitha, mi verrebbe da consigliare agli iracheni di lasciar perdere. Dalla strada che costeggia i due campi, lo spettacolo è quello di edifici fulminati, di hangar rasi al suolo, di grandi distese devastate dalle bombe, di parcheggi pieni degli scheletri anneriti di veicoli militari. Mi chiedo chi possa resistere a una tale forza distruttiva.

Sotto le bombe, seguiamo l'avanzata delle truppe americane verso Baghdad attraverso i dispacci d'agenzia e, finché abbiamo accesso al centro stampa, attraverso network d'informazione come la Cnn, al-Jazeera o la Bbc: i marine hanno preso la strada che passa per al-Kut e l'esercito quella che passa per Najaf. La loro avanzata è rallentata da tutta una serie di ostacoli: le tempeste di sabbia, i problemi logistici, ma anche una resistenza più forte del previsto, soprattutto intorno alla città di Nasiriya. Nessuno però nutre dubbi sul risultato della campagna angloamericana. I combattenti iracheni, che si tratti delle divisioni blindate della Guardia repubblicana o dei volontari dei Fedaiyyn di Saddam, dei miliziani del partito Baath o dell'esercito regolare, non possono opporsi alla macchina da guerra alleata. La questione non è sapere *se* i marine giungeranno a Baghdad, ma *quando*. E, ovviamente, cosa faranno una volta lì.

Eppure due episodi attirano la mia attenzione e mi fanno capire che, nonostante la vittoria assicurata, gli Usa dovranno affrontare il problema che tutti gli eserciti del mondo hanno incontrato senza mai riuscire a risolvere, sia i francesi in Algeria sia gli israeliani in Libano sia i russi in Cecenia. Ci sono iracheni disposti a morire per uccidere soldati americani. E i soldati americani non sono in grado di distinguere fra un civile innocuo e un altro mosso da cattive intenzioni. È un enorme dilemma militare ma anche una trappola politica: come convincere un popolo che si è lì per aiutarlo se i propri soldati, per proteggersi, uccidono indiscriminatamente bambini, madri di famiglia e incolpevoli passanti?

Il 29 marzo un uomo si fa esplodere a uno sbarramento americano vicino alla città santa di Najaf, che si trova a circa 150 chilometri a sud di Baghdad. È il primo kamikaze della guerra. Oltre a se stesso uccide quattro soldati della 3ª divisione di fanteria. Si è avvicinato a bordo di un taxi e ha fatto cenno di aver bisogno di aiuto. La pattuglia si è fatta avanti e l'uomo si è fatto esplodere quando i soldati erano abbastanza vicini. Il vicepresidente iracheno Taha Yassin Ramadan ha salutato subito il gesto nel corso di una conferenza stampa: «Verranno utilizzati tutti i mezzi in grado di fermare o uccidere il nemico» ha assicurato. Più tardi il presidente Saddam Hussein conferirà un'onorificenza alla memoria di quel volontario della morte che la televisione irachena ha presentato come un militare di nome Ali Hammad al-Namani. Per il comando centrale Usa è stato un gesto di disperazione che testimonia lo stato pietoso dell'esercito iracheno. Il generale Victor Renuart assicura: «Questo tipo di azione è rappresentativo di un'organizzazione sempre più allo sbando». Forse. Quel che è certo, invece, è che questo attacco ha inviato un messaggio poco rassicurante alle decine di migliaia di giovani soldati americani venuti in Iraq per «liberare» il Paese, e che si aspettavano di essere accolti come salvatori. Si innervosiscono, come dimostra il 1° aprile un errore che sarà seguito da molti altri. Sempre nella regione di Najaf, un automezzo si avvicina a uno sbarramento americano. Quando il veicolo è ancora in movimento, un mezzo blindato apre il fuoco. I soldati estrarranno dai resti del veicolo i corpi senza vita di sette persone tra donne e bambini. Degli altri sei passeggeri ancora vivi, due sono feriti. I militari americani forniscono alle famiglie disperate sacchi di plastica, in cui mettere le spoglie dei loro cari. Gli ufficiali statunitensi tentano di spiegare l'incidente: assicurano che i loro soldati hanno sparato colpi di avvertimento quando il veicolo non si è fermato, e che hanno mirato al motore per cercare di arrestarlo. «Hanno fatto quello che dovevano fare» dichiara il vicecapo di stato maggiore, il generale Peter Pace. «I nostri soldati hanno il diritto assoluto di difendersi.» Ma si dà il caso che William Branigin, un giornalista del «Washington Post», si trovasse sul luogo della tragedia e che il suo racconto sia ben diverso dalla versione ufficiale. Innanzitutto, il bilancio delle vittime è più pesante: ha contato dieci corpi senza vita, di cui cinque bambini; inoltre i primi colpi sono stati sparati con un cannone da 25 millimetri direttamente sui sedili anteriori della camionetta. Il giornalista del «Post» racconta anche di aver udito il capitano Ronny Johnson, comandante della postazione, urlare a uno dei suoi sottufficiali: «Hai ucciso un'intera famiglia perché non hai sparato un colpo d'intimazione in tempo!». Ma le conclusioni dello stato maggiore americano non cambieranno: «Il sangue delle vittime di questo incidente sporca le mani del regime» assicura il capitano Frank Thorp, portavoce del comando americano.

Nel frattempo, il 29 marzo, il ministero dell'Informazione viene colpito per la seconda volta da un missile Tomahawk, e stavolta non vengono distrutti solo i piani alti dell'edificio ma anche molti uffici, tra i quali il nostro piccolo loculo e diverse antenne satellitari: a questo punto finalmente le autorità irachene ci permettono di trasferire tutte le nostre attrezzature tecniche all'Hotel Palestine, ponendo fine alla nostra avventura in quel centro stampa.

Per sfuggire temporaneamente alla violenza scatenatasi su Baghdad, non mi rimane che un rifugio: la mia stanza. Il mio piccolo regno al sesto piano del Palestine. La stanza è, come tutte le altre, inguardabile. Alle pareti marroni sono appese *appliques* che si reggono per miracolo, mentre la moquette, giallognola e consunta, è talmente sporca che non oso camminare a piedi nudi. I due piccoli letti hanno, inutile dirlo, i materassi completamente sfondati. Le pareti del bagno sono scrostate, i rubinetti arrugginiti, le piastrelle scheggiate. Sul comodino sbilenco ho appoggiato un accessorio indispensabile: i tappi per le orecchie. È ancora il modo più sicuro per riuscire a dormire qualche ora. Rifugiarsi nel silenzio. Isolarsi dal mondo. Dell'arredamento della stanza fa parte anche un lungo tavolo accostato al muro, che si è trasformato in una specie di deposito delle mie riserve alimentari, pieno di scatolette di tonno, di sardine, di carne, di pollo, crackers, bottiglie d'acqua, latte a lunga conservazione... La prima colazione è peraltro il pasto migliore della giornata, visto che ho un bollitore col quale, elettricità permettendo, posso preparare uno splendido caffellatte, con biscotti e gallette di müsli che spalmo di miele... Descritta così, forse non è particolarmente invitante, ma è senz'altro una bella dose di energia per cominciare queste giornate difficili. Sopra al tavolo, lungo il muro dall'intonaco sgretolato, ho sistemato l'antenna della mia radiolina. E le voci nasali degli speaker della Bbc fanno da sottofondo alle mie colazioni.

Per terra ci sono l'elmetto e il giubbotto antiproiettile, che però nella migliore delle ipotesi può servire a proteggermi da una coltellata. Nei momenti in cui me ne servirà davvero uno, avrò in prestito quello della mia amica Nayla che ha all'incirca la mia taglia; e sarà un giubbotto dal peso di oltre dodici chili e con una protezione per il collo e per una parte delle gambe. Peraltro la Rai mi ha inviato una valigia con una serie di accessori per le emergenze, tra cui una lunga fune utile per calarsi da un edificio in caso di incendio, cosa che ho imparato a fare durante il corso di sopravvivenza. Nella valigia ci sono anche farmaci di tutti i tipi, oltre a una maschera e a una tuta per proteggersi dal fumo e dalle fiamme. Contrariamente a quasi tutte le altre aziende, la Rai non ci ha dotati delle attrezzature, invero costosissime, necessarie in caso di attacco biochimico. Sappiamo, comunque, che in caso di emergenza sarà molto difficile rispettare i tempi richiesti: basti pensare che se la maschera antigas non viene indossata entro nove secondi non c'è scampo. Fortunatamente non credo alle bombe chimiche e biologiche, perché altrimenti me ne sarei andata prima.

Nessuno ormai può più lasciare la capitale, intrappolata sotto un diluvio di bombe. E gli abitanti di questa immensa città cominciano a pagare col sangue il prezzo di una guerra che non è la loro.

Capitolo 16

«AFIEH!»

Più Baghdad viene martoriata dai bombardamenti, più gli iracheni rimuovono la verità. Sul terreno, l'esercito di Saddam Hussein non può quasi nulla contro l'invincibile armata angloamericana. Meglio allora concentrarsi su un'altra battaglia, altrettanto importante: la guerra di propaganda, combattuta su entrambi i fronti con tutti i mezzi a disposizione. Anche qui la supremazia americana è indubbia: dal messaggio ripetuto all'infinito sull'invasione come campagna di liberazione, alle continue notizie di una probabile morte del rais sotto le bombe, al presunto ritrovamento di un impianto di armi chimiche, ai milioni di volantini lanciati sull'Iraq per invitare i soldati ad arrendersi.

Ma anche gli esperti della comunicazione di Saddam se la cavano bene. E rispondono colpo su colpo, pur rasentando spesso il ridicolo nella loro martellante battaglia mediatica. Impareggiabile primattore su questa scena è il ministro dell'Informazione, Muhammad Said al-Sahhaf, che organizza briefing quotidiani per aggiornarci sulla situazione. In realtà, ha un solo compito: quello di smentire sistematicamente ogni notizia riguardante l'avanzata militare del nemico, anche quando i media di tutto il mondo, spesso con il conforto delle immagini, raccontano l'esatto contrario. È talmente grottesco nel negare l'evidenza più evidente, che diventerà ben presto un personaggio cult planetario.

Imperturbabile, in divisa verde oliva, basco nero appoggiato sulla fronte, pistola alla cintura, al-Sahhaf utilizza un linguaggio a dir poco colorito, ricco di epiteti e invettive contro l'invasore yankee. Nell'ordine, gli americani sono chiamati «mercenari», «fuorilegge», «animali del deserto», «ghenga di assassini», «boss mafiosi», «ratti del deserto»; la Casa Bianca viene definita «un bordello».

Il sessantatreenne Muhammad è uno dei rari sciiti in un regime dominato dal clan sunnita di Tikrit di Saddam Hussein. Militante del partito Baath sin dal lontano '63, è stato ambasciatore in India, alle Nazioni Unite e per due anni anche in Italia. Nel 2001 viene nominato ministro dell'Informazione.

Anch'io, come altri miei colleghi, ogni tanto ho il piacere di duettare con lui durante le sue conferenze stampa. La mattina del 4 aprile, quando i media annunciano l'arrivo delle truppe statunitensi all'aeroporto della capitale, a una quindicina di chilometri dal Palestine, al-Sahhaf nega con ostinazione e invita a non credere alle menzogne dei «criminali» angloamericani. Mentre sta per andarsene, lo sfido chiedendogli il permesso – che da ventiquattr'ore ci viene negato – di andare all'aeroporto. Lui risponde con prontezza: «Andate a verificare di persona se non ci credete». Ma bastano pochi minuti per scoprire che ancora una volta ha mentito, e all'uscita dalla sala il direttore del ministero, Uday al-Tai, si può anche permettere dell'ironia di dubbio gusto. Rivolgendosi ai miei colleghi, dice: «Benissimo, adesso porto Lilli Gruber all'aeroporto; se non torna più, sapete che cosa è successo». Tutte le promesse di al-Sahhaf resteranno lettera morta: l'autorizzazione per recarci all'aeroporto non la otterremo mai.

C'è di buono che il ministro, pur essendo un gran bugiardo, è piuttosto simpatico. Per esempio, quando lo contattiamo per risolvere la questione di sette giornalisti italiani arrestati vicino a Bassora, dopo essere entrati clandestinamente in Iraq dal Kuwait, al-Sahhaf, con estrema gentilezza e solerzia, si occupa della loro sorte in un continuo braccio di ferro con le direttive del ministero degli Interni e dei servizi segreti, che vogliono tenere i colleghi segregati nel nostro albergo. E quando la televisione araba mostra la resa dei soldati di Saddam, al-Sahhaf afferma ironico: «Quelli non sono iracheni, da dove li hanno importati?». In un crescendo quotidiano di dichiarazioni trionfalistiche, più il cerchio si stringe attorno a Baghdad, più il ministro spiega al mondo intero che l'Iraq uscirà vittorioso da questa guerra, che all'aeroporto sono stati fatti 650 prigionieri, «che gli infedeli si stanno suicidando a centinaia alle porte della città».

È difficile dire se sia una figura più tragica o più buffa in questa sua sinistra comicità, sicuramente involontaria. Supera se stesso quando, martedì 8 aprile, con i marine ormai in città, monta sul tetto del Palestine per affermare davanti alle televisioni internazionali che le forze americane si stanno arrendendo. Afferma risoluto: «Si arrenderanno, altrimenti saranno bruciati nei loro carri armati. Noi ce ne occuperemo e li distruggeremo». Queste strabilianti dichiarazioni vengono fatte proprio mentre il nostro hotel è colpito da un carro armato statunitense appostato sul ponte al-Jumhuriyya (il ponte della Repubblica), a poche centinaia di metri da noi.

Forse solo una volta lo prendiamo sul serio, durante una conferenza stampa in cui annuncia «azioni non convenzionali» per combattere il nemico. Alla domanda se questo significa che l'Iraq utilizzerà armi chimiche o biologiche, si affretta però a smentire: si riferisce piuttosto ad azioni di uomini-bomba, e in uno dei suoi frequenti riferimenti storici evoca la battaglia di Dien Bien Phu del 1954, che decretò la sconfitta della Francia nella guerra d'Indocina.

Per gli Stati Uniti diventerà una sorta di eroe comico; gli saranno dedicati diversi siti internet e una ditta del Connecticut realizzerà un pupazzo parlante con le sembianze del ministro, che viene venduto a 36 dollari. Di al-Sahhaf si perdono le tracce il 9 aprile. Il 25 giugno si arrenderà «ai ratti del deserto».

L'altra grande protagonista della propaganda irachena è la televisione. Il 26 marzo, dopo il bombardamento di una centrale delle telecomunicazioni, la seconda rete nazionale cessa le sue trasmissioni, mentre continuano ad andare in onda i programmi del primo canale. All'Afp il televisore è acceso tutto il giorno per monitorare minuto per minuto le mosse del regime. Dall'inizio della guerra, assistiamo soprattutto a una serie di arrembanti comunicati letti da ufficiali dell'esercito, mentre i telegiornali tradizionali vengono presentati da conduttori in uniforme militare, con tanto di spilla raffigurante il rais.

Non vengono mai mostrati i morti, i feriti, le ambulanze. Nulla viene trasmesso della realtà del conflitto. Ma durante la guerra mediatica, nei primi giorni della battaglia passano i drammatici servizi di al-Jazeera, la Cnn araba, con lunghe sequenze che indugiano sui corpi senza vita di alcuni soldati americani. Hanno il volto ricoperto di sangue e alcuni presentano evidenti ferite di arma da fuoco alla testa. Altre immagini si riferiscono invece ai cinque militari americani fatti prigionieri: tra di loro c'è anche una giovane soldatessa dall'aria smarrita e terrorizzata. Dal canto suo, la televisione irachena mostra un uomo che calpesta il cadavere di uno dei marine, ne solleva la testa e la gira verso la telecamera.

La reazione degli angloamericani è immediata: il segretario di Stato americano alla Difesa Donald Rumsfeld, insieme al premier britannico Tony Blair, afferma che immagini di questo genere non possono essere trasmesse, perché in aperto contrasto con la Convenzione di Ginevra che tutela i diritti dei prigionieri di guerra. In generale, dietro richiesta del governo, i network americani non trasmetteranno il filmato dei loro soldati uccisi, mentre alcune emittenti manderanno in onda quello dei cinque ormai celebri prigionieri.

I telegiornali iracheni si aprono sempre mostrando le attività del capo dello Stato. Per Saddam Hussein apparire in televisione in questa fase è fondamentale, dal momento che gli americani continuano a sostenere che è rimasto ucciso o ferito durante i bombardamenti. Dall'estero vengono mostrate soprattutto le manifestazioni contro la guerra, e largo spazio è concesso ai Paesi e ai leader politici che appartengono allo schieramento per la pace.

Di volta in volta, si vede il rais sorridente, severo, riunito con i suoi fedelissimi, con i figli, con gli alti ufficiali dell'esercito o con il comando del partito Baath. In questi vertici è presente un'unica donna: Huda Salih Mahdi Ammash, una scienziata considerata la custode di importanti segreti militari, e accusata di aver sviluppato le armi batteriologiche dopo la guerra del Golfo. Ribattezzata dalla Cia «Miss Antrace», appare in televisione il 27 marzo, seduta a tre posti dal leader iracheno. Veste una giacca verde militare completa di spalline e sul capo porta un fazzoletto che le incornicia i lineamenti eleganti e i grandi occhi neri. Il comando militare statunitense quel giorno teme il peggio: che l'Iraq possa ricorrere ad armi non convenzionali per fermare l'avanzata angloamericana. Secondo alcuni iracheni in esilio, tuttavia, questa biologa cinquantenne, con un master in Microbiologia conseguito al Texas Women's College di Denton, non ha mai ricoperto un ruolo determinante nei programmi batteriologici. Oggi è comunque la donna che occupa la carica più influente nel regime e diventerà il Cinque di Cuori nel mazzo di carte dei super-ricercati del Pentagono. Ho cercato di intervistarla prima della guerra ma, dopo aver ottenuto il suo assenso, il giorno dell'appuntamento ho appreso che la dottoressa aveva l'influenza. L'incontro è stato rinviato *sine die*. Huda Ammash si arrenderà agli americani il 5 maggio.

La programmazione della televisione irachena è una specie di delirio propagandistico incentrato su Saddam, le cui immagini vengono riproposte in tutte le situazioni: il rais combattente, il rais che prega in moschea, il rais che parla all'esercito, che partecipa alle grandi ricorrenze in cui gli sfilano davanti tutte le forze armate. In alcuni casi si tratta di immagini di repertorio un po' datate: Saddam sembra avere almeno vent'anni in meno.

Un altro appuntamento televisivo fisso è quello con le canzoni e le poesie. Il brano più popolare del momento è interpretato da Reda al-Hayad e s'intitola *Afieh!*, che significa «bravo». *Afieh* è anche la parola spesso usata da Saddam quando si rivolge ai suoi ufficiali durante i consigli di guerra. La canzone piuttosto ritmata e orecchiabile che dopo un po' canticchiamo tutti, celebra l'Iraq come terra di Dio ed esalta il coraggio dei combattenti per la patria. Una delle strofe recita «*Afieh*, *afieh*, bravo agli uomini che difenderanno il diritto e la fede / Bravo quando cadranno le teste di Bush e Blair e quelle di tutti i criminali che hanno sostenuto l'aggressione / Bravo alle spade che semineranno il terrore presso il nemico». In alcuni orari è possibile vedere poeti che declamano i loro versi più recenti, come la poetessa Nashma al-Fartusi: «Non voglio nessun profumo, voglio solamente sentire la polvere da sparo». Il regime si premura di tenere aggiornato il nutrito repertorio di canzoni patriottiche anche durante la guerra, registrando nuovi videoclip in piazza del Paradiso davanti al nostro albergo: una cinquantina di uomini, donne, giovani, vestiti sia in abiti tradizionali arabi sia di foggia occidentale, si esibiscono in un nuovo brano che, tanto per cambiare, inneggerà al loro leader massimo. Uno di loro, Hassan, un artista poco più che ventenne, mi spiega convinto: «Queste canzoni possono risollevare il morale della popolazione irachena, che si batterà compatta al fianco del rais fino all'ultima pallottola».

Il palinsesto prevede anche una serie di reportage in giro per il Paese, accompagnati da filmati musicali. Il ritornello di una canzone dice: «Giuro su Dio e Ali che con tutto l'oro del mondo il presidente Bush non cambierà gli iracheni, perché Saddam Hussein è con noi». In un servizio girato ad Amara, una città a 400 chilometri a sud di Baghdad, un intervistatore dall'aria fintamente naïf entra in un caffè e lancia una provocazione: «Sembra che gli iracheni vogliano ricevere gli invasori con dei fiori...». Prontamente un avventore che sta giocando a domino risponde: «Li accoglieremo con i nostri fucili e con i nostri coltelli». I reportage immortalano anche i capitribù, che imbracciano le armi con cui gli iracheni affrontarono l'esercito britannico durante la rivolta del 1920, e non trascurano neppure le donne, velate o pettinate all'occidentale, che scandiscono a passo di danza: «A chi tenterà di penetrare nella nostra terra, taglieremo le mani». Le telecamere si spostano poi nelle due città sante sciite di Karbala e Najaf, dove gli abitanti giurano fedeltà alla patria e all'uomo forte del Paese.

Infine, nella tarda serata vengono trasmesse fiction eroiche che ruotano attorno alla figura di Saladino che caccia i crociati da Gerusalemme, oppure film che mettono in risalto le qualità guerriere degli arabi. Per noi, che guardiamo la televisione praticamente ventiquattr'ore su ventiquattro, è una sorta di ossessione con un unico primattore: il rais Saddam Hussein.

La televisione rappresenta senza alcun dubbio un formidabile strumento di propaganda, che serve anche a galvanizzare le truppe e mostrare che in nessuna parte del Paese c'è il minimo segno di defezione da parte dei militari.

Emblematico, in proposito, il secondo discorso di Saddam dall'inizio delle ostilità. Facendo riferimenti piuttosto precisi alle battaglie delle ore precedenti, il rais lancia appelli come: «Tagliate la gola ai vostri nemici, colpiteli con forza e precisione»; quindi elogia il coraggio e l'efficienza delle sue truppe che combattono nel Sud e sentenzia: «La fierezza che mi ispirate è senza limiti»; e ancora, lancia un appello alle milizie dei Fedaiyyn di Saddam, le truppe speciali guidate dal primogenito Uday, esortandole a colpire il nemico in tutto il Paese; infine, incita tutti i capitribù locali a combattere immediatamente gli invasori senza attendere ulteriori ordini dall'alto.

Le tribù, oltre a rappresentare la colonna vertebrale della società rurale irachena, sono i più importanti alleati del rais, anche perché dispongono di centinaia di migliaia di uomini armati. Si contano nel Paese oltre centocinquanta tribù principali e poco più di duemila clan minori, e Saddam li conosce più di ogni altro. Negli ultimi anni li ha legati sempre di più al suo potere, regalando loro denaro, territori, automobili e armi, e decidendo di nominare alcuni di loro leader del partito Baath. Saddam si serve della televisione anche per ricordare ai capitribù che si occupa del suo popolo e che in fondo lui è uno di loro. Il rais rievoca spesso la gioventù trascorsa in campagna, in un villaggio vicino a Tikrit, e non dimentica di dare consigli su come ci si comporta sul campo di battaglia: «Quando il nemico avanza, attaccatelo in testa e in coda, così sarà incapace di procedere e diventerà una facile preda, un facile obiettivo per i colpi delle vostre armi. Se il nemico risponde, colpitelo giorno e notte». Dieci giorni prima dell'inizio del conflitto, sono arrivati a Baghdad decine di capitribù per fare con Saddam il punto della situazione, soprattutto nel sud del Paese dove effettivamente combatteranno accanto ai militari iracheni con grande coraggio.

I massicci bombardamenti hanno come prima conseguenza una reazione sempre più tesa e nervosa degli agenti dei servizi di sicurezza, che organizzano veri e propri «commando» per scovare i disobbedienti. Fanno irruzione nelle nostre stanze e sequestrano tutto quello che trovano di sospetto, dai satellitari alle macchine fotografiche. Comincia così il «satalert», anche se grazie ai walkie-talkie molti di noi riescono a dare l'allarme in tempo per evitare il peggio.

Me la vedo brutta una sera in cui decido di rischiare ancora una volta, andando in onda col videotelefono dal balcone della stanza di Enrico. I colpi alla porta cominciano durante il collegamento con Roma. Mentre racconto delle bombe che esplodono davanti alle nostre finestre, spero che Enrico non vada ad aprire, ma quando il bussare si fa sempre più forte lui abbandona la videocamera e lascia entrare un funzionario furibondo che urlando e gesticolando mi ordina di interrompere subito. Non so come, ma riesco a finire la diretta con un occhio sempre vigile sul mio sgradito ospite.

Più arrabbiata di lui ma anche molto preoccupata, avvio le faticose trattative per evitare le solite gravi conseguenze come l'espulsione dal Paese e il sequestro del materiale. Cerco di tranquillizzarlo, mentre Enrico fa rapidamente sparire l'apparecchio proibito. Ma tra le mie poche parole di arabo e il suo inglese approssimativo non riusciamo a comprenderci. Fortunatamente arriva in nostro aiuto Nayla, che lascia per un attimo il suo computer all'Afp e scende nella mia stanza per placare le ire dell'agente, che scopro chiamarsi Ali. «*Marhaban, kayf al-haluk?*» («Salve, come va?») lo saluta entrando con un gran sorriso. Con charme e diplomazia lo imbottisce di chiacchiere per un buon quarto d'ora sull'importanza del nostro lavoro di giornalisti che raccontano al mondo la tragedia irachena, e alla fine lo convince a desistere dai suoi propositi bellicosi. Ci lasciamo con tanti «*shukran, shukran*» (grazie) e da quel momento almeno Ali, quando potrà, tenterà di aiutarci.

I giornalisti cercano costantemente di sfuggire alle maglie del controllo del regime. Per uscire dall'albergo inosservati, per esempio, adottiamo una tecnica che funziona: sgattaioliamo fuori uno a uno dandoci appuntamento con l'autista di Jacques a un incrocio non lontano dall'hotel. Così, senza telecamere e con la guida decisa ma prudente di Salah, riusciamo a girare la città per tastare il polso della situazione. Un giorno arriviamo nei pressi dell'aeroporto dove da ore infuria la battaglia, ma facciamo rapidamente marcia indietro. È davvero troppo pericoloso.

La tensione con le autorità irachene si allenta quando, dopo il secondo intenso bombardamento del ministero dell'Informazione e il conseguente trasferimento di tutte le attrezzature al Palestine, anche i responsabili del centro stampa decidono di traslocare qui insieme alle famiglie. Quale posto più sicuro dell'albergo dei giornalisti?

La terrazza al secondo piano e il giardino diventano il nuovo villaggio dei media, con decine di tende, parabole e generatori di corrente che col loro rumore assordante ci accompagnano giorno e notte. Per raggiungere la postazione delle dirette ho due possibilità: prendere l'ascensore di servizio – quando funziona –, certo meno affollato degli altri ma dove in compenso i due portacenere sono stati trasformati in due puzzolenti pattumiere, oppure salire a piedi dalla lobby dell'hotel due piani al buio rischiando ogni volta di svenire per l'insopportabile fetore di urina. Qualcuno ha chiaramente scambiato gli angoli delle scale per toilette.

Ma *à la guerre comme à la guerre*, è proprio il caso di dirlo. Non siamo venuti fin qui per lamentarci. Tanto vale adattarsi subito alle condizioni del nostro nuovo «regno». Nell'atmosfera vagamente claustrofobica del Palestine si fa tutto: si mangia, si dorme, si lavora, si ride, si litiga. E si intrecciano relazioni più o meno importanti, che possono durare lo spazio di una notte o anche tutta la vita.

Dopo la prima settimana di guerra, e per dieci giorni, Luay non si presenterà più perché Mahdi si rifiuta di andare a prenderlo dall'altra parte del ponte, nel quartiere di Yarmuk dove abita. Dice che è troppo pericoloso. Questo sarà per me un problema in più, ma la sicurezza viene prima di tutto il resto. I ritmi di lavoro sono estenuanti: comincio in genere con le ultime edizioni del Tg1 mattina, proseguo con il giornale delle 13,30, quello delle 17 e delle 20, le edizioni straordinarie, i programmi del pomeriggio come «La vita in diretta», il giornale di mezza sera, «Porta a Porta», «Tv7», gli speciali e «Domenica In». Vado a dormire sempre molto tardi, in genere mai prima delle due, due e mezza di notte, sempre assistita da Enrico fino all'ultima diretta con affettuosa solidarietà. Quando raggiungo finalmente la mia stanza sono in genere così stanca che, pur essendo tendenzialmente un'insonne, crollo sul letto esausta.

I bombardamenti spesso sono ancora in corso, oppure ricominciano all'alba. L'unica cosa che faccio è svegliarmi, cercare di comprendere la vicinanza e l'intensità degli attacchi, capire se «vale la pena» di salire al quindicesimo piano per fare una diretta telefonica oppure se posso continuare a dormire. In quest'ultimo caso mi rimetto i tappi nelle orecchie e mi riaddormento; impresa che diventa però quasi impossibile quando le esplosioni sono tanto violente da scuotere in continuazione l'intero albergo. Ma col tempo mi abituo. Sembra incredibile ma ci si adatta a tutto, anche a una situazione così pericolosa e disagiata. Credo si chiami istinto di sopravvivenza. Quando cominciano a mancare luce e acqua – che avremo solo per qualche ora a intermittenza durante il giorno – mi arrangio come tutti gli altri. Ho pur sempre la mia scorta di bottiglie e di fazzolettini disinfettanti. Cerco comunque di mantenermi sempre in ordine, presentabile, con un leggero trucco quando vado in onda per evitare il più possibile quello che Ángela e io chiamiamo il «look del profugo». Lo faccio per me stessa e soprattutto per il mio pubblico. Vivere in questo luogo, che trasuda sporcizia e tensione, è così faticoso che bisogna fare di tutto per non abbrutirsi. Capisco l'ostentazione di normalità da parte degli iracheni.

Per il resto, anche nei momenti più drammatici, con le bombe che cadono sempre più vicine a noi, tento sempre di mantenere un tono calmo e controllato. Non amo i racconti inutilmente concitati. Ho sempre pensato che la televisione sia già di per sé un mezzo altamente emotivo, in cui immagini e suoni parlano spesso da soli, soprattutto quando sono particolarmente drammatici: non c'è alcun bisogno di enfatizzare. In questo i miei colleghi anglosassoni sono in genere un esempio da seguire. Solo in una circostanza rischierò di perdere il mio aplomb austro-ungarico, e sarà quando gli americani bombarderanno l'albergo dei giornalisti, l'Hotel Palestine.

Capitolo 17

«NOI BOMBARDIAMO, LORO SOFFRONO»

Sapevo che questo momento sarebbe arrivato, perché arriva in tutte le guerre. Il momento in cui i bombardamenti avrebbero smesso di essere soltanto il rumore di tuoni, i lampi all'orizzonte e le nubi di polvere che si levano verso il cielo.

È il momento dei morti e delle scene di distruzione. Delle case sventrate, delle automobili che bruciano, dei rottami disseminati per terra. Delle famiglie che urlano la loro disperazione e dei vicini che gridano vendetta. Ed è il momento dei feriti. Quelli che i giornalisti vanno a trovare negli ospedali per riprenderli, fotografarli, intervistarli. I corpi distesi, privi di forza. I bendaggi macchiati di sangue. Gli occhi velati dal dolore e dai calmanti. Le gambe, i piedi, le mani che si intuiscono amputati sotto le lenzuola sporche. E l'odore che aleggia nei corridoi. È quello dei disinfettanti, delle carni che incancreniscono. E noi a chiedere: «Come si chiama? Quanti anni ha? Dov'era quando la bomba è caduta?». Prendere appunti ai piedi di un letto. I cameraman e i fotografi si spintonano per conquistare l'angolazione migliore. Per non lasciarsi sfuggire l'enorme tristezza che si legge su quei volti. Siamo arrivati senza fiori, senza biscotti, senza regali. Come dei ladri. Per carpire una parola, un sospiro, una lacrima. Poi ce ne andiamo, cercando di dimenticare il più in fretta possibile le domande che i loro occhi ci rivolgono: «Perché io? Che cosa sarà della mia vita? Chi si prenderà cura di me?». Un mio amico, il giornalista inglese Robert Fisk che copre da anni il Medio Oriente, ha riassunto perfettamente la situazione: «Noi bombardiamo. Loro soffrono».

Sono arrivata tardi nella via 602, nel tranquillo quartiere di Qadissiyya nel sud di Baghdad. Sulla soglia e nei giardini di queste basse casette non restano che uomini in pigiama e donne in vestaglia. È domenica 23 marzo, l'aria è mite e il sole comincia a riscaldarci. Chi potrebbe dire che la guerra è iniziata? E che è giunta fino a questo quartiere senza storia? I soccorritori hanno già terminato il loro lavoro. Le ambulanze sono partite da tempo. Non mi rimane che guardare il cratere di dieci metri di profondità e venti di diametro nel punto in cui si trovava la casa di un ufficiale di cui ho appreso il nome parlando con i vicini: Abdel Chamel Samarrai, un ex generale che peraltro ha lasciato Baghdad trovando rifugio nella città di Samara. La casa era vuota quando è stata colpita, ma due vicine sono rimaste ferite, la piccola Rafael e sua nonna Halima. «Hanno avuto fortuna» dice Ahmed Muhammad, un ristoratore di quarant'anni che vive dall'altro lato e afferma di essere ancora sotto shock. Sono state ricoverate nel vicino ospedale di Yarmuk, il più grande della capitale.

«È successo appena prima dell'ultima preghiera» ricorda Faysal Saadi, un economista in pensione. Sotto i capelli bianchi perfettamente pettinati il volto è disfatto e nei suoi occhi si legge ancora la paura. «È stato un inferno. Una cosa incredibile. Sono volate pietre in tutte le direzioni, e anche schegge di vetri e pezzi di tubi» racconta. Tre case intorno al cratere sono state letteralmente spaccate in due. I mobili sembrano intatti e al muro c'è ancora appeso uno specchio. I ventilatori sono rimasti agganciati al soffitto. Una palma è stata abbattuta e giace su un lato mezza sepolta dai calcinacci e dai mattoni.

Poche ore prima questa via, con i vicini che si conoscono tutti e la rassicurante presenza di una scuola e di un ospedale, si è trasformata in un incubo. Anche Ahmed Hamid al-Saadi, sessantasette anni, era là: «Una salva di missili è esplosa nel quartiere. Il tutto è durato sessanta secondi». Dietro il suo aspetto bonario, questo responsabile di una fabbrica di pezzi di ricambio fa fatica a trattenere la collera. «Bush è un animale» aggiunge.

Prima di andarmene, fra le rovine della casa noto uno strano accostamento che simboleggia la traversie di questo Paese: alcune pagine strappate da un Corano, il libro sacro dell'Islam, sono finite accanto ad alcuni numeri in arabo delle avventure di Superman, l'eroe del fumetto americano che salva il mondo col suo mantello rosso e la sua tuta blu.

Alcuni giorni dopo l'inizio dei bombardamenti, Baghdad è battuta da una gigantesca tempesta di sabbia che ne cambia completamente il volto e i colori. Il vento misto a pioggia, la sabbia impregnata del fumo sprigionato dalle trincee di petrolio in fiamme, danno all'aria un sapore acre, pungente, che quasi toglie il respiro. La capitale è di colore giallo. Quasi buia in pieno giorno, ha l'aspetto di una città apocalittica. La gente ci dice che la bufera è un dono di Allah perché fermerà gli americani. Ma è solo un'illusione. La tempesta di sabbia rallenterà l'avanzata delle truppe di terra statunitensi verso Baghdad, ma non impedirà i bombardamenti sulla capitale, diventati ancora più intensi dopo che la televisione irachena ha mostrato le drammatiche immagini dei marine uccisi in un agguato nel sud del Paese.

E se gli abitanti del quartiere al-Shaab (che significa popolo) hanno sperato per un attimo che il cielo si fosse schierato dalla loro parte, i loro auspici sono stati delusi il 26 marzo alle 11,30 del mattino.

Quando arrivo in questo quartiere popolare di edifici fatiscenti, garage e piccole botteghe, incrocio le ambulanze a sirene spiegate e vedo ancora i corpi dilaniati sul marciapiede. Il direttore della Difesa civile, Hamad Abdallah al-Dulaimi, parla di 14 morti e 30 feriti. Due missili americani hanno scavato altrettanti crateri ai piedi di un caseggiato. Conto una quarantina di negozi e una dozzina di case distrutti o danneggiati dalle deflagrazioni. Una ventina di auto sono state colpite e alcune bruciano ancora.

E la «città del popolo» è furente. «Dicono di voler colpire solo obiettivi militari, e invece lanciano le bombe sulle nostre donne e sui nostri bambini» grida Ali Sami, che non nasconde la sua appartenenza al partito Baath. Un'anziana donna curva e vestita di nero avanza lentamente nel fango sul marciapiede sventrato. «L'Iraq vincerà, l'Iraq vincerà» mormora.

La notizia della tragedia si è sparsa con la rapidità di un fulmine e centinaia di abitanti si sono riuniti in questa via devastata. Alcuni consolano le famiglie delle vittime o le aiutano a portare via i mobili che sono stati risparmiati. Altri, armati di fucile, calpestano le macerie urlando il loro sostegno a Saddam Hussein e la loro riprovazione verso il presidente Bush. Slogan come «Sacrifichiamo il nostro sangue e la nostra anima per Saddam» e «Apri le orecchie, Bush, noi siamo tutti per Saddam Hussein», si levano nel cielo carico di una coltre di sabbia arancione.

Abdel Jabar Ali mi mostra il braccio contuso e ringrazia Dio di essersela cavata con una ferita lieve. Suo figlio Kadhem ha l'orecchio bendato. «Mia moglie e mia nuora sono rimaste ferite al volto e ora sono in ospedale. Siamo vivi per miracolo, perché sono crollati interi blocchi di muro e le porte e le finestre sono andate in mille pezzi» spiega. Il suo garage, separato dalla casa da una parete divisoria, è stato completamente distrutto.

Più in là, in piedi fra una bombola di gas, un fornello, un televisore e una foto di famiglia estratta dalle macerie di casa sua, un uomo si lancia davanti alle telecamere in violente accuse contro il presidente americano. «Lo schiacceremo come un insetto» tuona.

Veniamo subito circondati da un gruppo di persone che

cominciano a urlare: «Cosa volete da noi? Cosa vogliono gli americani? Vogliono uccidere le nostre donne? I nostri bambini? Questa non è una guerra, è un massacro di civili». Poi chiedono vendetta.

Nel Qatar un portavoce del comando centrale americano annuncia che verrà aperta un'inchiesta. «Non sappiamo se i missili erano nostri» dichiara il generale americano Vincent Brooks. Interrogato su che cosa possa aver causato tanta rovina, risponde: «Non lo so».

A Baghdad i giornalisti non hanno modo di stabilire un bilancio delle vittime civili dei bombardamenti americani e britannici. L'unica cosa di cui siamo certi è che incidenti come quello di al-Shaab sono frequenti, e che nella maggior parte dei casi non ne siamo informati. Accade infatti spesso che una troupe televisiva, fotografi o giornalisti, scoprano nell'attraversare un quartiere della città che è stato colpito e informino i responsabili del ministero dell'Informazione. Ma man mano che la città sprofonda nella guerra, le autorità irachene sembrano però sempre meno capaci di dirci cosa succede.

Secondo il ministro della Sanità, Umid Medhat Mubarak, gli attacchi hanno causato 350 morti e 3650 feriti nel corso della prima settimana. Ovviamente non abbiamo modo di confermare queste cifre, ma i nostri occhi non mentono quando si aprono su nuovi drammi.

Nella tarda serata del 28 marzo ascolto il collega della Bbc Rageh Omar, mentre fa un collegamento dalla terrazza del Palestine. «È una guerra fatta in loro nome, per liberarli dal governo iracheno, ma comincia a costargli caro» dice il giornalista britannico, mentre commenta le immagini di corpi allineati su un marciapiede nel quartiere di al-Shula, nella parte nord-occidentale di Baghdad. Stavolta, verso le 18, è stato colpito un mercato. Tra le bancarelle di frutta e verdura c'era molta gente, e il bilancio è quindi pesante: almeno 30 morti e 47 feriti, secondo il direttore dell'ospedale al-Nur,

Hakki Razuki. «La maggior parte delle vittime sono donne, bambini e anziani.» Altri medici dell'ospedale parlano di 52 morti: secondo la tradizione musulmana, le famiglie portano i loro defunti a casa invece che all'obitorio.

Enrico è partito da solo con Ezzedine. Io ho dovuto restare in albergo per garantire le dirette con Roma. Vedrò più tardi le immagini che ha girato di questa nuova tragedia. Ascolterò le testimonianze che ha raccolto. E sentirò crescere in me un'incredibile stanchezza di fronte a questa sofferenza che si ripete, che non ha mai fine, e i cui episodi si somigliano così tanto che finiscono col lasciarti indifferente. Quella sera, nei panni della spettatrice, capisco una volta di più come l'infelicità altrui possa annoiare coloro che si limitano a osservarla. Capisco una volta di più perché il pubblico, in Italia come in ogni altra parte del mondo, si stanchi del martirio di un popolo. E mi rendo conto di quanto sia importante che noi giornalisti facciamo il possibile per vincere l'oblio.

Al mercato di al-Shula, un quartiere popolato da sciiti (gli stessi che gli americani vorrebbero mobilitare contro la minoranza sunnita cui appartiene Saddam), centinaia di persone si sono radunate intorno al cratere scavato dal missile. Alcune bancarelle sono capovolte e numerose vetrine di negozi sventrate.

In ospedale Enrico ha incontrato un ragazzo di vent'anni che ha perso un braccio nell'esplosione. Si chiama... Saddam Hussein, Saddam Hussein Jassem. I genitori gli hanno dato il nome del presidente iracheno, perché il figlio è nato come lui il 28 aprile. «Molti miei amici sono morti e altri sono rimasti feriti» racconta a Ezzedine. All'altezza della spalla, nel punto in cui il braccio gli è stato strappato, ha una fasciatura macchiata di sangue. Ma, imbottito di calmanti, sorride e con la mano intatta fa il segno della vittoria. «Siamo pronti a sacrificarci per Abu Uday», il padre di Uday, come viene anche chiamato il capo di Stato iracheno. «Vogliamo dire agli americani che faremo delle mura di Baghdad il loro cimitero.»

Poco lontano da lui siede Laila Yassem, una giovane donna che tiene in braccio la figlia Saya, di sedici mesi. Laila racconta che altri due suoi figli sono rimasti uccisi nell'esplosione e un quarto è stato ferito; i bambini stavano giocando dentro casa quando le schegge del missile, esploso poco lontano dall'abitazione, li hanno colpiti. La giovane madre è stoica, dura, non versa una sola lacrima. «Io non piango, perché noi siamo un popolo forte grazie a Dio e grazie al nostro presidente. Chiedo a Bush perché uccide degli innocenti, quando noi non abbiamo fatto assolutamente nulla.»

Accanto all'ospedale, nella moschea sciita Mussa al-Kazem, si procede al lavaggio rituale di alcuni corpi di «martiri» prima della sepoltura. Sul pavimento, una accanto all'altra, ci sono una decina di bare costruite con assi di legno. Circondato dai fedeli, Hanun Kassem Hammad, un sessantenne che ha perso cinque membri della sua famiglia, è in lacrime. Il corpicino senza vita di uno dei suoi figli, Qarar Hussein, una testa di capelli rossi e nove anni di età, è disteso in un feretro della sua misura mentre il suo fratellino gli è seduto accanto.

Anche in questo caso la gente assicura che non c'erano installazioni militari nei paraggi, mentre secondo i comandi militari americani il regime avrebbe collocato la contraerea e i lanciamissili nelle aree residenziali, qualche volta anche solo a un centinaio di metri dalle case.

Bisognerà aspettare la strage di Hilla, il 1° aprile, perché i bombardamenti americani vengano riconosciuti per ciò che sono: «È un vero orrore» afferma il portavoce del Comitato internazionale della Croce Rossa a Baghdad, Roland Huguenin-Benjamin, commentando l'ultimo episodio della lunga lista dei «danni collaterali». Hilla è una cittadina nei pressi di Babilonia, e si trova a un'ottantina di chilometri a sud di Baghdad dove la battaglia impazza ormai da giorni. Durante un bombardamento con bombe a frammentazione, il cui utilizzo è proibito dalle leggi internazionali, ci sono stati almeno 33 morti (di cui 9 bambini) tra la popolazione civile e oltre 450 feriti. Huguenin-Benjamin è appena tornato dall'ospedale della città. «Ci sono decine di corpi a brandelli, braccia e gambe strappate» racconta. «L'ospedale è strapieno. Ci sono morti e feriti dappertutto, sui letti, sul pavimento. È una cosa inimmaginabile.» E aggiunge: «Ci stiamo seriamente interrogando sul tipo di armi e di bombe utilizzate».

Nel tragitto verso Hilla, durante il quale è vietato riprendere con le telecamere, vediamo chiari i segni della battaglia: ci sono camion bruciati, blindati sventrati. Questa è una fiorente zona agricola, ma ora è invasa dai mezzi pesanti dell'esercito iracheno sotto i ponti e lungo i terrapieni della strada.

Lungo il percorso le truppe sembrano muoversi in ordine sparso. Poco lontano si sentono ancora esplosioni e bombardamenti.

Quando arriviamo all'ospedale di Hilla, lo scenario è drammatico, devastante. Ci sono bambini, anche neonati, uccisi. Alcuni di loro sono rimasti mutilati dalle deflagrazioni provocate, come ci conferma uno dei medici dell'ospedale, da ordigni a grappolo paracadutati sull'area colpita in cui decine di case sono state rase al suolo. Più tardi le forze americane ammetteranno di aver utilizzato sei bombe a frammentazione, ma sosterranno di averle sganciate nella zona centrale dell'Iraq e solo contro una colonna di carri. A Hilla, però, non si è trattato di una colonna di carri.

Continuano ad accorrere gli abitanti del luogo per donare sangue, nella speranza di salvare almeno una parte dei feriti: sono così tanti che devono essere sistemati per terra, avvolti in lenzuola. La gente è inconsolabile, piange le sue vittime, continua a chiedersi perché gli angloamericani insistano nel bombardare la popolazione civile. Le scene sono strazianti ed è difficile riuscire a capire come si possa sopportare tanto dolore.

Tra le persone che incontriamo serpeggia molta rabbia. La madre di Nader, un bambino di cinque anni che toccando inavvertitamente una delle piccole bombe a frammentazione è rimasto ferito al volto e ha perso un occhio, ci mostra altri sei bambini che riportano contusioni e fasciature su tutto il corpo. Anche lei ci chiede: «Che cosa hanno fatto questi bambini agli americani?». Poi aggiunge: «Che Dio li vendichi mandando a Bush una bomba a frammentazione». Poco lontano c'è anche Hussein Ali Abed, due anni, lo sguardo fisso nel vuoto. Il papà racconta che il piccolo si trova in questo stato dopo i bombardamenti; racconta che sua moglie, la madre del bambino, è morta e lui, trovatosi all'improvviso solo con il piccolo, non sa come scuoterlo dallo shock. Il dottor Hussein Gazai sostiene che tutte le ferite che sta curando da ore sono state causate da piccole bombe, che esplodono camminandoci sopra o quando vengono raccolte dai bambini che le scambiano per giocattoli.

Quando rientro al Palestine, Ramzi Haidar, fotografo libanese dell'Agence France-Presse, mi mostra le fotografie terribili di un altro bombardamento devastante, nella stessa zona. È stata sterminata un'intera famiglia di quindici persone, di cui facevano parte anche sei bambini. L'unico sopravvissuto si chiama Razek al-Kafaji e ha raccontato di aver perduto la moglie, i sei figli, la madre, il padre, e tre dei suoi fratelli con le mogli. Gli ha indicato le bare ancora aperte di bambini piccolissimi, i corpi dilaniati. Razek racconta del loro tentativo di fuga da Nasiriya, la città a 350 chilometri a sud di Baghdad dove infuriava la battaglia, e di come siano stati centrati da una bomba, forse sganciata da un elicottero Apache.

Nessuno saprà mai quanti civili iracheni sono morti durante i bombardamenti, nella battaglia di Baghdad e nelle altre grandi città del Paese. Prima di cadere il regime iracheno parlerà di 1254 morti, cifra aggiornata al 3 aprile. In seguito, un'inchiesta dell'Associated Press stilerà un bilancio dei civili uccisi che parla di almeno 3240 vittime, di cui 1896 a Baghdad. Ma l'autore dell'inchiesta, un giornalista che conosco bene, Niko Price, avverte che centinaia, addirittura migliaia di vittime non sono mai state registrate. La loro morte non è stata segnalata né a un ospedale né a un obitorio, e neppure i giornalisti dell'Associated Press hanno potuto stabilire con certezza se le vittime denunciate fossero effettivamente civili. Anche un gruppo di professori americani e britannici ha condotto un'inchiesta, secondo la quale il numero di vittime tra la popolazione civile è compreso fra 5000 e 7000.

I responsabili americani e britannici hanno spesso sostenuto la tesi secondo la quale questa guerra, necessaria per liberare l'Iraq dalla dittatura di Saddam Hussein, avrebbe causato meno morti di quelli provocati dai crimini perpetrati dal rais. Proteggere gli iracheni è un pensiero che fa onore a coloro che lo hanno formulato. Solo che avrebbero dovuto farlo nel 1963, quando Saddam ha cominciato a sterminare i suoi oppositori, o nel 1988, quando ha gasato i curdi a Halabja, o nel 1991, quando ha massacrato gli sciiti. L'Occidente, che aveva i mezzi per fermarlo, si è sempre rifiutato di farlo in nome di una *Realpolitik* per la quale il destino degli iracheni contava poco. Nel 1991, quando la Guardia repubblicana soffocò nel sangue le rivolte di Bassora, Najaf e Karbala, mezzo milione di soldati della più potente coalizione internazionale della Storia era accampato alle porte dell'Iraq. Versare oggi lacrime di coccodrillo sulla sorte di quelle vittime sfiora l'indecenza.

E questa tardiva compassione non può giustificare le nuove tragedie che sono venute a ricordarci, una dopo l'altra, che la guerra è sempre una sconfitta.

Dopo la fine del conflitto, il governo di Washington dichiarerà comunque di non voler condurre alcuna indagine sul numero di civili rimasti uccisi. Eppure, come sempre nella grande democrazia americana, numerose voci esprimeranno il loro dissenso contro quella che considerano una grave mancanza di compassione da parte dell'amministrazione Bush. E, peggio ancora, un errore politico. Il senatore Patrick Leahy, un democratico dello Stato del Vermont, ha recentemente lanciato un appello alla solidarietà con le famiglie delle vittime, «per dimostrare che non eravamo in guerra contro di loro e che gli Stati Uniti non si disinteressano di loro. È la cosa giusta da fare, ed è anche nel nostro interesse». Per il momento la voce del senatore Leahy non ha avuto alcuna eco nei corridoi del Pentagono, dove il bilancio delle vittime civili irachene è l'ultima delle preoccupazioni degli strateghi della guerra preventiva.

Ma la coscienza del popolo americano è spesso più forte dell'indifferenza dei suoi dirigenti. Non conosco Derrick Z. Jackson, ma ha scritto un monito sul «Chicago Tribune» che fa riflettere: «Noi americani siamo rimasti sconvolti quando 3000 persone sono rimaste uccise negli attacchi terroristici dell'11 settembre 2001. Da allora, tra l'Afghanistan e l'Iraq, la nostra vendetta ne ha uccise molte di più. Allora avevamo giustamente reclamato la compassione del mondo intero per i nostri morti innocenti. Oggi ignoriamo quelli che abbiamo ucciso noi. Non abbiamo bombardato solo civili innocenti, ma anche la nostra innocenza».

I bombardamenti su Baghdad dureranno tre settimane. Eppure, molti giorni dopo quel famoso 9 aprile che vedrà i carri americani giungere nel cuore della capitale irachena, sulla città aleggerà ancora l'odore della morte.

Per le strade, alcune squadre di volontari con un camice, i guanti per proteggere le mani e una mascherina sul viso, assolvono un macabro compito: estrarre dalle carcasse delle auto, colpite da raffiche di mitragliatrice, esplose o danneggiate, corpi carbonizzati o già in putrefazione.

Malgrado la nausea, mi fermo a parlare con uno di quelli che il mio amico Samy Ketz dell'Afp ha ribattezzato, in uno dei suoi articoli, i «volontari della morte». Hachem Kazem è un ingegnere di trentaquattro anni che oggi, 13 aprile, fruga tra i rottami di un'auto carbonizzata vicino allo zoo di Baghdad estraendone ossa annerite. Trova anche una fototessera di un uomo robusto con i baffi rossicci che è miracolosamente sfuggita alle fiamme. Posa le ossa su una barella e le copre con una bandiera irachena.

Poco più in là, altri volontari estraggono da un furgoncino i corpi carbonizzati di una donna e del figlio abbracciati. Cercano di estrarre alcuni arti saldati alla carcassa del veicolo.

Salah Jassem è un ingegnere di ventidue anni. Salah Muhammad è un sarto di trentasei. Proprio come Hachem Kazem, si sono improvvisati becchini per cercare di dare una sepoltura dignitosa a decine di persone rimaste uccise nelle strade, lontano da casa, senza che nessuno potesse fornire alle famiglie qualsivoglia indicazione sulla loro sorte.

«Li portiamo all'ospedale Karama. Là viene compilato un registro con i nomi delle vittime, sempre che troviamo un documento per identificarle» mi spiega Salah Jassem.

Dopo che i resti di una vittima sono stati sistemati su una barella, il gruppo parte scandendo con l'indice levato verso il cielo: «Non esiste altro dio all'infuori di Allah e Maometto è il suo messaggero. Allah ama il martire». Per la strada, i passanti si fermano e si mettono la mano destra sul cuore. Le donne piangono o gridano. Anche a me viene da piangere.

Capitolo 18

LA VITA CONTINUA

In questi giorni a Baghdad ho bisogno ogni tanto di fare qualcosa di normale. Bere un tè caldo seduta con Nayla. Parlare di vacanze al mare. Lavarmi i capelli senza preoccuparmi di come verranno una volta asciutti. Condividere uno scoppio d'ilarità con Ángela, che ha preferito alloggiare allo Sheraton, di fronte al Palestine, pensando che sarebbe stato più comodo. È rilassante persino fare un po' di bucato nel lavabo del mio bagno e stendere la biancheria su un filo tirato sul balcone, di fronte al palazzo di Saddam Hussein tartassato ogni giorno dalle bombe americane. Abbiamo tutti bisogno di questi gesti, che fanno dimenticare la guerra.

Sono nella capitale irachena da più di due mesi e non mi sono concessa un solo giorno di riposo. È semplicemente impossibile, data la situazione. Non tanto per le pressioni di Roma, che mi vorrebbe giustamente sempre in onda, quanto per l'incalzare degli eventi. Temo che una pausa mi possa far perdere il filo della storia. Ho spesso constatato che fermarsi per un giorno è il modo migliore per dire o fare una stupidaggine il giorno successivo.

Ma ovviamente mi mancano alcuni momenti di svago semplici e banali come fermarmi a un'edicola, comprare un giornale, sedermi in un caffè e bere un cappuccino. Qui, sono costantemente accompagnata: ho bisogno di Mahdi per spostarmi, di Luay per tradurre, di Enrico per lavorare. A Baghdad la solitudine diventa un bene prezioso. Ma anche la spensieratezza.

Le cose sono peggiorate con la nostra partenza dall'Hotel Rashid. Là, almeno, potevo scendere in piscina, rubare una mezz'ora in una giornata senza soste. Ora che ci siamo trasferiti al Palestine, questo è impossibile: qui l'unica attività fisica è salire e scendere le scale mentre suonano le sirene d'allarme e si scatenano i bombardamenti, o quando manca la corrente agli ascensori. Per il mio amico del «Corriere della Sera», Lorenzo Cremonesi, questi saliscendi sono una manna. Provetto montanaro, non vuole perdere l'occasione di mantenersi in allenamento. E lo incontrerò spesso mentre dà la scalata – zaino in spalla e a passo di corsa – agli scivolosi gradini del Palestine, ripetendo più volte l'esercizio finché non gli sembra di aver fatto un buon lavoro!

Da quando abbiamo abbandonato il ministero dell'Informazione, colpito il 29 marzo da un Tomahawk, il Palestine è divenuto la nostra unica sede di vita e di lavoro. Io trascorro il mio tempo tra la mia stanza, in cui dormo per poche ore, la camera di Enrico per le dirette col videotelefono, l'ufficio dell'Afp in cui lavoro, mangio, discuto all'infinito con i colleghi, ormai divenuti amici, e la terrazza del secondo piano dove, una volta trasferite tutte le attrezzature, faccio ogni giorno le mie dirette.

Nella suite dell'Afp, nel disordine organizzato dei computer, dei telefoni satellitari, dei cavi elettrici, ho il mio angolino. Una sedia. Una semplice sedia vicino al balcone, sul quale è installata l'antenna del mio Inmarsat. Lavoro incastrata tra un frigorifero vuoto e il televisore, costantemente acceso. Qui consulto le agenzie, scrivo i miei testi, coordino il lavoro di Enrico e Luay. Loro vengono spesso a sedersi sul divano dell'ufficio dell'agenzia per tirare un po' il fiato. Appoggio la borsa per terra, vicino ai piedi, apro sulle ginocchia il quaderno a spirale sul quale ho preso gli appunti della giornata e tento di concentrare in poche frasi chiare la straordinaria complessità della situazione irachena. Quando gli attacchi si fanno più vicini, mi precipito al balcone per vedere dove cadono le bombe. Ecco il mio punto d'osservazione, il mio spazio di riflessione, la mia tavoletta di scriba. E anche la base da cui parto ogni giorno alla scoperta di Baghdad.

In questo clima, a mezza via tra il collegio e la prigione, qualunque diversivo diventa un momento prezioso. A volte mi unisco all'équipe dell'Afp per la prima colazione. Ogni mattina Samy Ketz e il suo autista vanno a prendere panini caldi e succo d'arancia appena spremuto. I panini (*samun*), di forma allungata, sono deliziosi: perfetti per un sandwich con il formaggio da spalmare o per accompagnare tonno e sardine. Quando la città resterà senza energia elettrica, il 3 aprile, la maggior parte dei fornai, sprovvista di generatori, dovrà smettere di lavorare. La caccia ai panini diventerà difficile e uno degli autisti dell'Afp, il devoto Majid, riceverà l'incarico di procurarne. Majid, capelli neri e carnagione olivastra, ha un passato militare piuttosto considerevole: è stato arruolato per sette anni nella Guardia repubblicana e si è battuto sul fronte iraniano e in Kuwait. Ha l'intelligenza di un bambinone, il che la dice lunga sulla reale efficienza bellica delle unità che vengono rappresentate come la punta di diamante del regime. È assolutamente incapace di prendere una decisione da solo e abbandonarlo a se stesso è un errore. D'altro canto, obbedisce senza batter ciglio: probabilmente è l'unica cosa che abbia imparato in vita sua. Chi ha saputo meglio comprendere questo aspetto del carattere di Majid è naturalmente la nostra Nayla che, con la sua voce dolce e ferma, riesce a impartirgli istruzioni chiare e precise. Jacques ha dovuto abituarsi: non è il tipo d'uomo che dà ordini senza cercare di ottenere il consenso di chi li riceve. Errore: per Majid un ordine deve essere eseguito, non c'è bisogno di comprenderlo. Così porta a termine in maniera impeccabile la sua missione e torna, dopo diverse ore, con una borsa di plastica contenente oltre cento panini: la prima colazione sarà assicurata fino alla fine della guerra.

Pane a parte, trovare da mangiare diventa sempre più

problematico. Solo l'approvvigionamento di polli è assicurato fino all'ultimo. E non c'è da stupirsi: l'uomo che ne controlla il commercio altri non è che il figlio del presidente, Uday Saddam Hussein. In tre mesi di soggiorno in Iraq mangerò pollo in tutte le salse: alla griglia, allo spiedo, con contorno di riso, di pomodori, di *hummus* – la deliziosa purea di ceci e olio d'oliva –; lo consumerò seduta per terra, sul sedile posteriore di un'auto, in piatti di carta, con coltello e forchetta oppure avvolto in una galletta di pane arabo. Credo che per parecchi anni risentirò degli effetti di questa cura intensiva. Un altro piatto d'elezione dei giornalisti è la pizza di un piccolo ristorante, il Reef. Niente a che vedere, naturalmente, con i capolavori dei pizzaioli napoletani ma, anche se è un po' pesante, ci arriva un po' fredda e ha lo stesso sapore in tutte le varietà, costituisce pur sempre una provvidenziale alternativa al pollo.

Quanto all'alcol, in un Paese in cui, ufficialmente, ne è vietato il commercio, abbiamo scoperto la grotta di Ali Baba nel negozietto di Abu Tony, a qualche isolato dal Palestine. Ci si trova di tutto: vino libanese, birra, whisky, gin, vodka... Dietro una porta anonima, munita di un grosso catenaccio, Abu Tony, cristiano, conserva uno stock destinato esclusivamente ai clienti di fiducia. Quando si appresta ad aprire la porta, questo ex medico riconvertito al contrabbando, baffuto e grassoccio, getta uno sguardo diffidente al marciapiede. Il carico merci si effettua con rapidità, facendo passare direttamente le cassette dal suo deposito al bagagliaio dell'auto. Non tanto per timore della polizia o dei miliziani, quanto piuttosto dei ladri, che sarebbero felici di alleggerire noi del nostro acquisto e Abu Tony del denaro che gli abbiamo lasciato.

In tarda serata si aprono le bottiglie e si cerca negli armadi, trasformati in dispense, quel che può costituire una buona cena. Le razioni militari autoriscaldanti ci hanno fatti felici per alcuni giorni, ma si sono esaurite in fretta. Abbiamo una scorta inesauribile di barattoli di conserva, ma quelli stancano subito. Fortunatamente, come per miracolo, interviene il fotografo Ramzi Haidar: ed ecco del *labne*, un formaggio fresco appena arrivato da Beirut in taxi, cetrioli, uova sode, pane tostato. La festa ha inizio! Sfortunatamente per me, non potrò mai approfittare appieno di questi momenti di distensione. E non andrò mai al di là di un bicchiere di vino, per evitare di farfugliare in diretta da Baghdad!

Jacques si siede sempre nello stesso angolo, la schiena appoggiata al muro. Ezz mangia per lo più in piedi. Samy crolla sul vecchio divano. Nayla si dà da fare nella stanza da bagno, imprecando contro la sporcizia che sembra prossima a riportare una vittoria schiacciante nella battaglia impari che la bella libanese le ha dichiarato. Patrick emerge dalle sue macchine fotografiche e accende un sigaro persino prima di mettersi a mangiare. Attorno al tavolo dell'Afp, i francesi la fanno da padrone. C'è il prestigioso quotidiano «Le Monde», naturalmente, con Patrice Claude, profondo conoscitore della regione; «Paris Match» con Patrick Forestier, anche lui vecchia volpe di tutte le guerre; e il «Journal du Dimanche» con Gilles Delafon, che si è fatto le ossa a Beirut e da allora non ha più smesso. Le radio sono rappresentate in particolare dall'ineffabile Roger Auque, con quella sua aria da playboy inoffensivo. Eppure era stato preso in ostaggio a Beirut nel 1987. La televisione, infine, è rappresentata dalla coraggiosa corrispondente del terzo canale, Fr3, Caroline Sinz e da me. Io sono un'ospite permanente, proprio come Enrico. L'Afp con la sua équipe agguerrita svolge il lavoro migliore delle tre agenzie internazionali: l'inglese Reuters ha perso molto con la partenza forzata di Nadim e l'americana Associated Press si è ridotta a una sola persona: l'abile Hamza Hendawi. Per un'équipe televisiva come la nostra, la possibilità di associarsi a giornalisti come quelli dell'Afp ha un valore inestimabile. In questo luogo, in cui regna la serietà ma anche il buonumore, è tutto un viavai di colleghi stranieri. Tra questi Ulli Tilgner, della televisione pubblica tedesca Zdf, ma anche inviati speciali di Paesi lontani, come l'Indonesia o le Filippine, che trasmettono i loro servizi grazie alle apparecchiature dell'agenzia. I colleghi italiani, che per la maggior parte, soprattutto nella fase iniziale, si sono rifugiati all'ambasciata del nostro Paese, li incontro di solito la mattina al coffee shop del Palestine per fare un rapido punto della situazione.

Le riunioni serali all'Afp sono anche il momento migliore per uno scambio di idee sul lavoro che ci attende l'indomani. Siamo lontani, qui, dall'immagine marziale della guerra. L'avanzata delle truppe americane nel deserto la lasciamo ai nostri colleghi *embedded*. Noi cerchiamo di illustrare le sofferenze della città, ma non renderemmo un buon servizio a Baghdad e ai suoi abitanti se li mostrassimo solamente come vittime. Abbiamo bisogno di scoprire come resiste questa grande metropoli, la cui storia è scandita da guerre e invasioni.

Ricordo di aver letto sul settimanale in lingua inglese del quotidiano egiziano «al-Ahram» il lungo articolo di un poeta iracheno, Sinan Antun, in esilio dal 1991. Fuggiva Saddam, come pure il naufragio del suo Paese dopo una guerra di troppo e sanzioni internazionali che lo avrebbero messo in ginocchio. Pur deplorando il modo in cui l'iconografia ufficiale e il culto di Saddam avevano snaturato la vera essenza della capitale, scriveva: «Per quanti conoscono Baghdad e l'hanno a cuore, vi è sempre uno squarcio attraverso il quale è possibile sgattaiolare, per dialogare con lei, rubandole qualche bacio al riparo dal suo sguardo inquisitore».

E sono, in un certo senso, questi «baci» che tutti noi cerchiamo, quando partiamo alla scoperta di una Baghdad che rifiuta di inchinarsi. Poi mettiamo insieme i nostri racconti, i ricordi della città che sopravvive e dei suoi abitanti, ai quali cerchiamo di rendere omaggio.

Baghdad si risveglia il mattino al richiamo dei muezzin. Il canto della preghiera la smuove da un sonno agitato, segnato dai bombardamenti, dal pianto dei bambini, dall'ululato delle sirene delle ambulanze. I camion della nettezza urbana cominciano il loro giro, e gli autobus rossi con imperiale entrano in servizio. I taxi partono alla ricerca di clienti diventati sempre più rari. Davanti alle panetterie si fa la coda per comprare i *samun*. Alcuni fruttivendoli ritirano i teloni dalle loro bancarelle e i negozietti di alimentari si animano. Nei quartieri, nelle piazze, davanti agli edifici pubblici, i miliziani del partito Baath, che hanno passato la notte nelle trincee o dietro alle ridotte di sacchi di sabbia, si precipitano verso i venditori di tè, in attesa del cambio.

In pieno giorno le grandi arterie sono intasate dal traffico ed è tutto un risuonare di clacson. Le boutique della città sono nella maggioranza chiuse, ma sui marciapiedi vengono offerti ai clienti i prodotti più inusitati. Scuole, collegi ed edifici pubblici sono fermi: le famiglie cercano di ingannare il tempo. Al suq al-Ghazal, in Jumhuriya Street, hanno appena comprato uccelli o pesciolini, gabbiette o acquari. Nel quartiere di cartolai del suq al-Saray, il più antico mercato della città, i negozi vendono ai bambini pennarelli per il disegno.

Quando il sole tramonta la città offre gli ultimi sprazzi di vita. I negozi rimangono aperti ancora per qualche ora, alcuni ristoranti servono gli ultimi clienti, i parrucchieri sono al lavoro, mentre gruppi di giovani iniziano l'ultima partita nelle sale da biliardo. Qualche automobile si avventura ancora per le strade.

Poi la città si addormenta sotto il rumore sordo dei bombardamenti.

«La notte scorsa, mentre bombardavano, mi è venuta una voglia improvvisa di piantare nuovi fiori nel mio giardinetto. Adoro le piante, perché sono il simbolo della vita» racconta Umm Muhammad, in chador nero. Ha appena comprato quattro vasi di rose da un fiorista del quartiere di Sayadiya, lungo la circonvallazione che circonda Baghdad.

Kazem Muhammad Hussein, il vivaista, spiega che il lavoro non manca, anche se il numero dei suoi clienti è certamente diminuito dall'inizio della guerra. «Ho tra i cinque e i dieci acquirenti al giorno, perché è il momento di piantare e gli iracheni non vogliono perderlo per niente al mondo.»

L'Iraq vanta una lunga tradizione di floricultura. I giardini pensili di Babilonia furono una delle sette meraviglie del mondo. Vennero approntati sotto il regno di Nabucodonosor (nel VI secolo a.C.) per compiacere la sua sposa Amitis, figlia del re dei Medi. Secondo la leggenda, il parco a gradinate, irrigato da un acquedotto, raccoglieva i fiori più belli del pianeta.

Nella strada dei fioristi si fermano parecchie automobili: alcune signore scendono mentre i mariti restano a bordo con i bambini. «Da quando è iniziata questa guerra, ho una voglia ancora più grande di piantare, di potare i miei rosai, di coccolarli, perché questa è la nostra terra e anche se gli americani la bruceranno, noi la faremo rifiorire. Noi siamo il bene e loro sono il male» proclama Umm Uday, un'elegante borghese sulla quarantina. Contrariamente a quanto si osserva in molte altre capitali arabe, la maggioranza delle abitazioni di Baghdad è costituita da villini con giardinetto privato che i proprietari tengono con cura. In un'altra parte della città, il quartiere di Washash, il vivaio del XIV Ramadan è un'oasi di pace. «Nel momento in cui oltrepassano il cancello, i clienti non parlano più di guerra. Qui è un paradiso. Ammirando questa bellezza, dimenticano per qualche minuto le loro angosce» assicura il proprietario Haidar Aziz.

Tuttavia, fiori e uccelli – anche di questi i cittadini di Baghdad sono appassionati – non bastano, com'è ovvio, a far loro dimenticare l'incubo che stanno vivendo. Le farmacie sono prese d'assalto: in città non si trovano più tranquillanti. I genitori somministrano ai loro bambini perfino del Valium perché riescano finalmente ad addormentarsi.

Nella notte del 27 marzo, gli attacchi sono stati particolarmente intensi. La città è stata scossa da forti deflagrazioni e il cielo si è illuminato di lampi e del riflesso rossastro delle esplosioni. Gli aerei della coalizione hanno impiegato bombe ad alto potenziale, che hanno fatto tremare anche gli edifici più solidi. «Per i bambini è stato un incubo totale» è la testimonianza di Fahd Alawi, un falegname di trentotto anni che ho incontrato l'indomani mattina. Il volto affaticato, gli occhi cerchiati da pesanti borse, spiega che ha dovuto dare delle compresse ai suoi figli per calmarne la paura e il pianto.

I muezzin cercano ugualmente di placare il terrore dei loro fedeli. Quando hanno inizio gli attacchi, dalle centinaia di minareti che dominano l'immensa città si levano litanie. «Allah è il più grande, Allah è il più grande, Allah è il più grande. Non vi sono altri dèi all'infuori di Allah. Allah è il più grande e a Lui solo può andare il nostro ringraziamento» recita Murtada Muhammad Salah, che officia nella piccola moschea vicino al Palestine. Non appena sente le prime detonazioni, si piazza davanti al microfono, regola l'amplificatore e intona, con voce dolce e calda, le *takbirat* – le lodi alla grandezza di Dio – normalmente pronunciate durante il pellegrinaggio alla Mecca, primo luogo santo dell'Islam.

Alla vigilia della guerra, il ministero dei Waqfs (beni religiosi) ha chiesto a tutte le moschee irachene di salmodiare le *takbirat* durante i bombardamenti notturni. «È per rassicurare la gente con parole familiari. Nei momenti d'angoscia, sono più efficaci di un calmante» assicura Murtada Salah. Quando passeggia per le strade vicino alla moschea, racconta, i passanti lo salutano. «Che Dio ti protegga», «La tua voce ci fa sentire al sicuro», oppure gli dicono semplicemente «grazie».

Gli abitanti devono ringraziare anche gli autisti dei camion, stracolmi di frutta e verdura, che provengono dalle grandi regioni agricole dell'Iraq e sfidano ogni giorno i pericoli del viaggio per sfamare la capitale.

Un mattino parlo con Mehdi Adi: ha percorso in otto ore i 600 chilometri che separano Zubair, vicino al confine con il Kuwait, da Baghdad a bordo del suo camion carico di dieci tonnellate di pomodori. Sorveglia con attenzione lo scarico della merce sull'immensa area dei mercati generali al-Rashid del quartiere di Dora, a sud di Baghdad. Teme che i missili raggiungano i convogli e che le schegge d'acciaio, disseminate lungo la strada, facciano scoppiare le gomme. Ma ci sono anche i check-point mobili dell'esercito americano. «Dipende dall'umore dei soldati. A volte ci lasciano passare con un segno della mano, ma quando sono tesi, ci ordinano di scendere, ci perquisiscono, poi esaminano il carico al metal-detector per controllare che non ci siano armi» racconta Sajaj Murteij, anch'egli proveniente da Zubair.

Davanti all'ufficio di Adel Amine Hussein, uno dei cinquantaquattro grossisti di questi mercati generali, i commessi scaricano le cassette, le pesano, poi effettuano le transazioni con i commercianti della città. «Prima della guerra i camion portavano ad al-Rashid circa 600-700 tonnellate di pomodori, contro le 400-450 di oggi. I prezzi sono aumentati, passando da una media di 275 dinari (0,09 dollari) a 400 dinari (0,13 dollari) al chilo» spiega. Questo aumento è dovuto in primo luogo al fatto che i proprietari dei camion hanno quintuplicato il prezzo del trasporto, che è passato da 100.000 dinari (33 dollari) a 500.000 (155 dollari).

In compenso, il prezzo delle patate, che era balzato da 300 a 1000 dinari al chilo all'inizio della guerra, è ripiombato a 200 dinari. «Ce ne sono troppe sul mercato» afferma Daud Suleimane. Le patate vengono da Nassafiyé, l'aglio da al-Kut, i grandi fagioli verdi da Yussofiyé, nel sud del Paese.

I mercati generali della frutta, vale a dire il suq al-Jamila, si trovano nella parte nord della città. Abbondano di arance, mandarini, mele, datteri. Tutto arriva dalla provincia di Diyala, il frutteto dell'Iraq, da Balad, da Samara e da altre città del Sud.

«Posso garantirle una cosa. Baghdad non morirà mai di fame. Nulla ci può fermare. Che ci siano tempeste di sabbia, guerre o bombardamenti, noi facciamo le nostre consegne. È nostro dovere nutrire la capitale» mi confida Sajaj.

I camionisti non sono i soli a sfidare la morte per svolgere il loro lavoro. Gli autisti d'autobus di Baghdad non si sono mai fermati, trasformando i loro enormi veicoli rossi a due piani in taxi, ambulanze o carri funebri. «Noi siamo il sangue di questa città e senza di noi non ci sarebbe più vita» spiega Haidar Abdel Hadi, trent'anni, che gestisce il più grande deposito di Baghdad nel quartiere Wazariyah. La Società generale dei trasporti pubblici è presente in tutto l'Iraq e si occupa dei collegamenti urbani ed extraurbani. A Baghdad possedeva, prima della guerra, quattrocento autobus con imperiale.

Mentre tutti gli uffici pubblici hanno chiuso e i negozi hanno abbassato le serrande, imperturbabili, ogni mattina alle sette, i primi autobus cominciano ad attraversare la città. «Un giorno mi sono ritrovato in piena zona di bombardamenti. I trenta passeggeri erano terrorizzati, e anch'io, ma ho continuato e siamo arrivati tutti salvi» racconta Muhammad Abbas Hassan, quarant'anni, che dorme al deposito dove è posteggiato il suo autobus.

A ogni autista è capitato di sfiorare la morte per portare a destinazione i suoi passeggeri. Ma, a volte, la morte è stata più rapida. «Alcuni passanti mi hanno fermato dopo un bombardamento e hanno caricato sull'autobus una famiglia di cinque persone coperte di sangue. Durante il tragitto, i tre bambini sono deceduti. Ho lasciato i figli all'obitorio dell'Ospedale Zarhawi e i genitori al pronto soccorso» racconta Mussa Mazeel, cinquantun anni, di cui ventotto di servizio nella compagnia.

Neo-disoccupati, gli uomini si riversano nei caffè. All'ingresso del Zahawi, in Rashid Street, il proprietario di questo locale dall'arredamento antiquato, aperto nel 1894, non si lamenta. «Restiamo aperti dalle sette del mattino alle nove di sera ed è sempre pieno» mi assicura Kais Abdul Gabbar. E per tutti quelli costretti dalla guerra all'inazione, il gioco resta la migliore valvola di sfogo. Tric-trac, domino, scacchi e biliardo permettono loro di dimenticare le bombe. Al Zahawi incontro Yasser al-Assasi, un tassista di cinquantanove anni, e il suo amico Ibrahim Rashid, un funzionario di cinquant'anni, impegnati in una partita di tric-trac. Dopo un tiro di narghilè, gettano i dadi e fanno avanzare i loro pedoni sulla plancia di legno a due compartimenti. In questo caffè con le pareti ingiallite, il tabacco e i bollitori fumanti di tè, il mobilio è costituito da panche e piccoli tavoli.

«Visto che, dall'inizio della guerra, i clienti sono rari, faccio in modo dopo qualche corsa di passare di qui alle otto e mezza del mattino. Sono sicuro di trovare dei compagni di gioco» racconta Yasser.

Prima del conflitto, veniva solo una volta alla settimana, in genere il venerdì, ma da quindici giorni ci trascorre quotidianamente tre ore di vera beatitudine. «Qui parliamo della guerra, certo, ma di fatto dimentico tutto: le bombe, il pianto dei bambini, la difficoltà attuale di guadagnare soldi» aggiunge.

Due tavoli più in là, Salah Abdel Hassan, commerciante di quarant'anni a Kathamiyeh, un quartiere nel sud della città spesso colpito dai bombardamenti, batte rumorosamente la tessera del domino sul tavolo di fòrmica rossa. Per trascorrere quattro ore piacevoli, deve compiere un tragitto di quasi mezz'ora. «La tradizione, in Oriente, vuole che sia la donna a restare a casa. Dato che il mio negozio è chiuso, bisogna pur trovare un'occupazione, e se rimanessi a casa, mia moglie mi butterebbe fuori perché le starei tra i piedi» si giustifica. Il suo avversario Kader Ahmad, sessant'anni, fa il cameriere in un caffè in Atanabi Street, il quartiere dei librai che ha chiuso fin dall'inizio delle ostilità. «Sono vedovo e detesto restare solo. Perciò arrivo qui all'apertura e gioco a domino fino alla chiusura, in serata» confida.

A tre isolati, il Caffè Umm Kulthum è il punto d'incontro obbligato dei giocatori di scacchi. La sala è stata ingrandita, le decorazioni rinfrescate, non sempre con il gusto migliore, ed è qui che si ritrovano gli appassionati di questo gioco e i fan della diva egiziana cui è dedicato il locale. «Le persone di una certa età, come me, non vogliono permettere che il cataclisma attuale cambi la loro esistenza, perché altrimenti si ammalerebbero. Perciò facciamo di tutto per condurre una vita normale» annuncia Jalil Ibrahim, funzionario di cinquantadue anni al ministero della Sanità.

I più giovani si ritrovano nelle circa settecento sale biliardo di Baghdad. Al Garage Club, in Sanaha Street, l'aria è fumosa e l'età media non supera i venticinque anni. Ai sei tavoli i giocatori aggiustano il tiro mentre altri, in fila contro una parete, attendono il loro turno. «Dal momento che le scuole e i negozi sono chiusi, e le linee telefoniche interrotte, tutti i pomeriggi questo è il nostro punto di ritrovo» spiega Naswan Nabil, vent'anni. I suoi amici sono studenti o collegiali e l'atmosfera è alla mano. Nessuno sobbalza allo scoppio di una bomba a pochissima distanza. «Che cosa vuole che facciamo tutto il giorno? Qui almeno ci divertiamo.»

I giovani giocano anche a calcio, come in tutte le città del mondo. Il presidente della federazione, Uday Saddam Hussein, ha persino ordinato che il campionato di serie A prosegua regolarmente.

A una settimana dall'inizio del conflitto, lo stadio del Popolo ospita l'incontro tra una squadra locale, lo Zawra, e quella di Samara, città situata a un centinaio di chilometri a nord della capitale. Circa cinquemila persone sono venute ad assistervi, e siedono su gradinate che possono accoglierne cinquantamila. Tutto si svolge come in una normalissima partita di calcio, a parte qualche dettaglio. I tifosi incoraggiano le loro squadre a suon di slogan politici: «Abbasso Israele, gli americani e i loro antenati», «Hello, hello, Saddam è ancora forte», «Bush, hai i giorni contati».

Sul risultato di due a zero a favore dello Zawra, terzo in classifica nel campionato, il suo centravanti Hossam Fawzi entra nell'area di rigore del Samara. D'improvviso l'esplosione di un missile nelle vicinanze fa tremare lo stadio. La difesa del Samara ne viene distratta per un breve istante, e Fawzi ne approfitta per siglare la terza rete. Né le bombe, né le sirene sembrano impressionare il pubblico. La settimana precedente, lo Zawra aveva giocato in trasferta a Bassora proprio mentre i britannici bombardavano la città per impadronirsene. La partita si era conclusa con un pareggio.

La sera gli abitanti di Baghdad restano rintanati in casa: quelli che possiedono un generatore o hanno la fortuna di ricevere la corrente elettrica, guardano film di guerra e d'azione. Oltre che ai videoregistratori, hanno collegato i loro televisori, spesso obsoleti, ai lettori di dvd. Se nelle videoteche gli scaffali sono vuoti perché i proprietari hanno preferito depositare la merce nelle loro case, al suq Bal al-Shorjah, nel cuore della città, alcuni venditori offrono sulle loro bancarelle di legno copie di dvd ai rari clienti. L'interprete preferito, qui, è... l'americano Steven Seagal, e il suo film *Ticker* va per la maggiore. Seagal, campione di arti marziali, recita spesso la parte di un agente segreto americano che riesce a sconfiggere i suoi nemici grazie a una potenza di fuoco eccezionale e a una straordinaria audacia. Dopo *Ticker*, *Il patriota* con Mel Gibson è il film più venduto. Ironia della storia, l'attore interpreta un ex ufficiale che combatte l'esercito inglese nel corso della guerra d'indipendenza americana.

Baghdad è altrettanto fanatica di Jet Li, una leggenda del kung-fu, di Wesley Snipes, soprattutto nella parte di un ufficiale delle forze speciali americane le cui unità combattono oggi in Iraq, e di James Bond, la spia al servizio di Sua Maestà, il cui Paese fa parte della coalizione nata per rovesciare il regime di Saddam Hussein. Tra gli altri film in cima alle preferenze degli iracheni, *Maximum Risk*, con Jean-Claude Van Damme, e tutte le pellicole che hanno per protagonista Sylvester Stallone.

Ma anche questa ostinazione a fare come se la guerra non li riguardasse ha i suoi limiti. La sera del 3 aprile, l'erogazione di energia elettrica viene interrotta. Le conseguenze non si limitano alla mancanza di luce: i frigoriferi smettono di funzionare, i panettieri chiudono, l'acqua non viene più distribuita.

Faccio il mio tour della città alle quattro del mattino. La

coda si va già allungando davanti alla panetteria di Jabar al-Helfi, nel quartiere commerciale di Karadda, nel cuore della capitale. Sul retro del negozio, Jabar pompa l'acqua da un pozzo e riempie un secchio che passa al suo garzone per preparare la pasta. «Senza elettricità, l'acqua scarseggia. Senz'acqua, non c'è pane. Vede come la gente comincia a spazientirsi?» dice mettendosi al lavoro.

Il governo ha promesso di fornire cisterne d'acqua, ma per il momento nelle strade non ve n'è traccia. D'altra parte, i venditori di taniche fanno fortuna e a quanti hanno potuto scavare un pozzo nel loro giardino vengono offerte in vendita pompe manuali in ferro.

I vecchi venditori di blocchi di ghiaccio hanno ritrovato inaspettatamente una clientela. Vicino al suq al-Arabi, Muhammad Ibrahim spinge un carretto carico della sua preziosa merce. «Solitamente, rifornivo solo i venditori ambulanti di bibite gassate, ma oggi tutti mi prendono d'assalto perché i frigoriferi non funzionano e i cibi vanno a male» dice.

Da Zafer Abdel Saade vanno a ruba le lampade a petrolio. Il piccolo commerciante è stracarico di lavoro. Monta serbatoio, stoppino, manicotto e vetro da lume per il suo prossimo cliente. «Credo che a metà pomeriggio non ce ne resterà nemmeno una» dice. In tutta la città risuonano i generatori e gli ultimi ancora disponibili sono venduti a giornalisti stranieri per 750 dollari. Davanti alle stazioni di servizio si formano lunghe code, ma molte non dispongono di un generatore e non possono più servire i clienti.

Le truppe stanno avanzando verso la capitale, e i suoi abitanti lo avvertono. Attendono questa nuova invasione con fatalismo, confidando nel tempo, nella loro perseveranza e nella fama perpetua della loro città. Affiorano alla mente le parole di Sinan Antun, il poeta: «Nelle *Mille e una notte*, questa grande opera che sarà sempre sinonimo di Baghdad, quando arriva il mattino, Shahrazad, la madre di tutti i narratori, tace e lascia che il lettore si interroghi su ciò che lo attende. Per me è arrivato il tempo del lutto, e Baghdad è avvolta da una lunga e crudele notte senza stelle. Come ha saputo fare in passato, si risveglierà e tenterà di dimenticare. Ma io devo occuparmi delle sue ferite, allontanare i suoi prossimi incubi e coprirla da lontano di baci e d'amore».

Capitolo 19

ARRIVANO I NOSTRI!

Quando mi sveglio, il 4 aprile, so già che gli americani hanno raggiunto le porte di Baghdad. Sono arrivati all'aeroporto. Non ho alcun dubbio: per il regime di Saddam Hussein è la fine. Da giorni i bombardieri B-52 martellano senza tregua la periferia sud della città, colpendo le postazioni della Guardia repubblicana. Anche a 30 chilometri di distanza avvertiamo le vibrazioni provocate dalle potenti deflagrazioni dei *bunker buster*, grosse bombe contenenti due tonnellate di esplosivo. Il rais invita ripetutamente il suo popolo al *jihad*, alla guerra santa, e con toni di sfida verso gli Stati Uniti dichiara: «Entrate a Baghdad, se ne avete il coraggio. Vi stiamo aspettando». Ma chi è pronto a combattere? In un clima quasi surreale la capitale sembra preoccuparsi poco del nemico pronto a espugnare la città. Nulla fa pensare a una grande mobilitazione di uomini e mezzi. Ai miliziani del partito Baath, che da sempre pattugliano gli incroci, si aggiungono solo i Fedaiyyn di Saddam, vestiti con giubbotti di pelle nera e armati di kalashnikov. Sotto i ponti è disposta l'artiglieria pesante, ma anziché verso l'esterno i cannoni sono puntati il più delle volte verso l'interno della città, forse per fronteggiare un'eventuale rivolta. Si vede qualche carro armato, civili con pistole o fucili, di tanto in tanto volontari arabi che sfrecciano a bordo dei loro camioncini. Troppo poco per prepararsi alla tanto annunciata guerra casa per casa, che dovrebbe costringere l'avversario a combattimenti lunghi e cruenti. Della Guardia repubblicana non c'è neppure l'ombra. Nei «consigli di guerra» serali all'Afp, i colleghi si chiedono dove siano finiti i tanto temuti combattenti di Saddam. Forse sono già stati massacrati dagli americani, che in effetti affermano di aver sbaragliato due delle sei divisioni (ciascuna di 8000 uomini) delle truppe d'élite. O forse si stanno organizzando per la battaglia finale. Hamza Hendawi, fascinoso e brillante collega della Associated Press, azzarda la tesi della fuga. «Demoralizzati e sconfitti, probabilmente si sono dileguati nel nulla.» Speriamo. Lo spettro di un assedio di Baghdad non piace a nessuno. Patrice Claude, l'inviato di «Le Monde», ricorda che se effettivamente le forze della coalizione passeranno all'assalto di Baghdad, si scriverà un nuovo capitolo della storia della guerra urbana, che annovera tristi precedenti: città completamente distrutte e ingenti perdite umane, come è accaduto a Grozny in Cecenia, a Hue in Vietnam, a Berlino e a Stalingrado.

Le truppe americane – seguite nella loro avanzata dagli *embedded* – conquistano l'aeroporto in poche ore. Solo il giorno prima, gli iracheni ci hanno voluto dimostrare di controllarlo ancora. Vi hanno finalmente portato i giornalisti con un autobus nel tardo pomeriggio. Nessuna traccia di soldati nemici, di bombardamenti o dei combattimenti di cui hanno parlato gli americani. Alcuni aeromobili della Iraqi Airways stazionavano sulla pista di atterraggio. Fino a ieri erano state colpite solo postazioni radar e alcune installazioni: secondo gli iracheni, questo è accaduto durante i primi giorni del conflitto. Gli impiegati dell'aeroporto sembravano lavorare regolarmente, nonostante non ci fosse traccia di passeggeri. Nemmeno lungo il percorso si vedevano presenze militari particolari: la strada per l'aerostazione era ancora sotto il controllo iracheno.

L'ultimo aereo, che proveniva da Damasco, era atterrato il 19 marzo scorso; il giorno prima, un Boeing 727 dell'Onu era invece decollato con destinazione Cipro e poi New York con a bordo gli ispettori delle Nazioni Unite.

Nelle sale vuote c'erano sparuti gruppi di soldati armati, mentre un'insegna pubblicitaria esaltava i comfort dell'Hotel Rashid, il cui muro di cinta è stato danneggiato da un missile americano nei giorni scorsi.

Lungo il tragitto del rientro, hanno incrociato centinaia di abitanti intenti a lasciare la città. Se ne andavano con qualsiasi mezzo – carretti tirati da un cavallo, autobus, piccoli camioncini, taxi, auto private – portando con sé tutto il necessario per sopravvivere: dal mobilio ai televisori, dai materassi alle pentole ai cuscini. Destinazione: le campagne a nord e a ovest della capitale.

Dopo questa visita guidata, il 3 sera, mi ritrovo al Palestine dove Uday al-Tai mi conferma che alle 19,30 potrò finalmente incontrare Tareq Aziz, vice primo ministro, nei fatti numero due di Saddam Hussein. «Verrà lui qui» mi spiega. «Tu tieniti pronta nella saletta degli ospiti e non dire niente ai colleghi. È un'esclusiva per il Tg1.» Solo più tardi saprò di essere stata l'ultima giornalista a intervistare uno degli uomini più potenti del regime.

Nel '91, da ministro degli Esteri, Aziz era stato la voce e il volto del rais; poco più di un anno fa lo davano per spacciato, scalzato dai potenti figli del presidente, ma in realtà è ricomparso puntuale non appena hanno rullato i tamburi di guerra. Resta per il regime un grande e raffinato diplomatico da inviare nelle Cancellerie di tutto il mondo; un mese prima del conflitto è stato ricevuto anche dal papa. È un uomo colto e poliglotta che non disdegna le seduzioni occidentali, ama stare in società e ha amici un po' ovunque, in Russia, in Cina, in Francia, in Germania. Sa trattare con i media e ogni tanto è persino capace di scherzare su qualche eccesso del suo capo. Sessantasettenne, cristiano caldeo, tre figli, giornalista di formazione, è curioso e ironico. Quando arriva con un leggero ritardo passando da un'entrata secondaria, non ha però tanta voglia di scherzare: dovevamo vederci la sera precedente ma, come mi dirà subito scusandosi, ha dovuto rinviare l'intervista a causa di un incontro urgente con il rais e i massimi vertici militari. Mi annuncia che – contrariamente a ciò che afferma «la propaganda americana» – Saddam sta bene, ha il morale alto ed è nel pieno controllo della situazione.

È come me lo ricordavo: capelli bianchi, basso di statura, un paio di occhiali con una grossa montatura e le lenti spesse su un volto teso, gli occhi cerchiati da profonde occhiaie. Ovviamente indossa la divisa militare col baschetto appoggiato sulla fronte. Nel complesso ha un'aria stanca e preoccupata.

Il nostro colloquio di oltre mezz'ora, sotto i continui bombardamenti, sarà interrotto da un'improvvisa mancanza di corrente: pensiamo si tratti di un problema dell'albergo, visto che abbiamo acceso le luci molto potenti del set televisivo. Più tardi scopriamo che in realtà da quel momento Baghdad non avrà più elettricità. Evidentemente sono state colpite le centrali elettriche.

La mia prima domanda non può che riguardare l'aeroporto. Tareq Aziz nega che gli americani siano arrivati lì, alla periferia di Baghdad, ma ammette che si trovano a una sessantina di chilometri a sud della capitale, dove però, mi spiega, si sta combattendo molto duramente. «Infliggiamo agli americani pesanti perdite, li combattiamo aspramente ovunque.» E su Baghdad, insiste: «Resterà imprendibile... è una grande città dove tutti sono armati e pronti alla difesa», e minaccia: «Sarà una battaglia lunga e cruenta». Conferma che i kamikaze arabi sono migliaia, si trovano tra i combattenti iracheni nell'esercito, e promette che li vedremo in azione molto presto.

L'intervista prosegue anche durante il black-out, grazie alla piccola luce a batteria posizionata sulla telecamera di Enrico. Cerco di capire quanto quest'uomo, da decenni braccio destro di un dittatore sanguinario, creda ancora fino in fondo a quello che dice. Ma è difficilissimo scalfire il muro impenetrabile che Tareq Aziz oppone ai suoi interlocutori. Quando gli chiedo se si sente provato da queste settimane di stress, ancora una volta mi risponde con la propaganda: «Gli iracheni sono un popolo forte, pronto per una dura battaglia». Il suo sguardo è sempre più affaticato, anche un po' sconsolato. Gli domando quali sono le possibilità per l'esercito iracheno di sconfiggere la prima potenza militare del mondo. Evade parzialmente la domanda, affermando che comunque gli americani dovranno lasciare l'Iraq. «E allora il Paese ricomincerà una faticosa ricostruzione sotto la guida illuminata di Saddam Hussein.» Non c'è niente da fare. Solo con i suoi occhi riesce a comunicarmi paura. La paura di essere davvero arrivato al capolinea. Sono sicura che è consapevole della fine imminente del regime, al quale ha dedicato tutto il suo talento, tutta la sua vita.

Il 24 aprile Tareq Aziz sarà arrestato dagli americani.

Già dalla sera della nostra visita guidata pomeridiana all'aeroporto, il 3 aprile, gli iracheni non controllano più la strada che conduce all'aerostazione. Nessuno di noi ci può andare, ma un operatore televisivo di Baghdad riesce ad avvicinarsi riprendendo immagini terrificanti, che mostrano decine di morti e feriti, tra i soldati e i civili rimasti intrappolati negli aspri combattimenti. Ormai sono coinvolte pienamente anche le truppe speciali dei Fedaiyyn di Saddam. Li vediamo stipati sugli autobus mentre si dirigono verso l'aeroporto.

Mahdi mi sussurra all'orecchio che la popolazione non vede l'ora che arrivino gli americani. Mi assicura che nelle case sono già pronte le bandiere a stelle e strisce, da sventolare appena entreranno in città. Ma di militari statunitensi a Baghdad non c'è traccia, nonostante il duro assedio dell'aeroporto. Gli americani dichiarano che il numero complessivo dei soldati iracheni morti è di almeno un migliaio. L'avanzata a terra viene appoggiata da continui attacchi di aerei ed elicotteri. A notte fonda arriva la notizia dello sfondamento: un *embedded* scrive che il Saddam International Airport è stato invaso dalle forze della coalizione con carri armati e blindati. Un reporter della televisione americana Abc riferisce di avere trasmesso il suo servizio dalla pista di atterraggio dell'aeroporto. Per averne il controllo totale ci vorranno però ancora ventiquattr'ore. Ma ormai sembra fatta. In città l'atmosfera è quella di un preludio alla tempesta, la calma è del tutto apparente. Ora la paura non risparmia più nessuno, e la gente se ne sta rinchiusa nelle proprie case perché non sa che cosa l'aspetta nelle prossime ore.

La presa dell'aeroporto è solo uno degli episodi del faccia a faccia impari al quale da giorni assistiamo: la lotta tra una superpotenza militare e un esercito che vedremo fuggire in mutande davanti ai carri armati del nemico. L'incursione nel quartiere di Yarmuk illustra bene questa straordinaria disparità di forze. Tutto comincia all'alba del 5 aprile, con una colonna di carri armati americani scortati da aerei ed elicotteri da combattimento, che si apre un varco verso il cuore della capitale in un blitz che dura tre ore. Si spingerà fino a dieci chilometri dal centro dopo combattimenti durissimi. Uno dei giornalisti *embedded* dell'Afp scrive in un dispaccio che gli iracheni, sia in abiti civili sia militari, sparavano ovunque, dai tetti, dai ponti, dai negozi, dalle loro protezioni di sacchetti di sabbia. Aggiunge anche: «Però non avevano nessuna chance di resistere a lungo e poco tempo dopo ho visto ai lati della strada solo corpi senza vita. Erano dappertutto. Non posso dire quanti fossero, so solo che saranno immagini che non riuscirò a dimenticare mai più».

Il frastuono insopportabile di armi leggere e di pesanti cannoneggiamenti ci raggiunge senza che riusciamo a capire subito cosa sta accadendo. Ululano le sirene delle automobili della polizia, delle ambulanze, dei vigili del fuoco; si sentono ovunque spari di kalashnikov e di lanciarazzi. Alle troupe televisive è severamente proibito uscire dall'albergo. Nayla, armata del suo taccuino, riesce a raggiungere per prima la zona occupata, e al suo ritorno ci conferma il racconto del collega al seguito delle truppe statunitensi. È lo scenario di un vero e proprio campo di battaglia, con centinaia di morti e feriti e decine di carri armati e veicoli militari iracheni distrutti. La gente del posto parla di tre ore d'inferno, dopo le quali gli americani si ritirano e indietreggiano verso l'aeroporto. Il messaggio alla popolazione e al regime è chiaro: siamo qui e andiamo dove vogliamo.

Luay è visibilmente provato. Abita proprio in quella zona della città e, ritornato al lavoro, mi racconta concitato della terribile incursione: «Ci siamo svegliati per via dei colpi di cannone, con la casa scossa dalla forza d'urto di esplosioni violentissime. Mia moglie e i bambini erano spaventati a morte e sono scappati in cantina perché lì si sentivano più sicuri». Solo dopo essersi sintonizzato con la sua radio a onde corte sulla Bbc in lingua araba, ha capito che i primi blindati statunitensi erano partiti alla conquista di Baghdad. «Se tu avessi visto la potenza di fuoco degli americani... incredibile! Hanno sparato ininterrottamente per tre ore, lasciando dietro di sé terra bruciata.» Gli chiedo come si è comportato con i bambini. «Hanno pianto tutto il tempo,» racconta «avevano paura di morire investiti da una grande palla di fuoco. È questa l'idea che si sono fatti delle bombe: che provocano un botto e poi un incendio in cui si muore arsi vivi. Ho cercato di tranquillizzarli, ma è stato impossibile. Alla fine mia moglie ha dato loro qualche goccia di Valium e stremati si sono addormentati.» A scorreria finita, Luay è uscito per vedere i carri armati iracheni ancora in fiamme, i feriti e i morti tra la popolazione civile, i soldati di Saddam che piangevano seduti sul marciapiede del largo vialone che porta verso il cuore della capitale. «Uno spettacolo straziante» commenta, mentre vede svanire con sorprendente rapidità le ultime speranze che al suo torturato Paese sia risparmiata una occupazione occidentale.

Dopo le consuete dirette con il Tg1, decido di portare la mia troupe su quest'ultimo fronte della guerra andando all'ospedale di Yarmuk. Con i suoi oltre 990 letti è il più grande ospedale della capitale. Sorge sul ciglio di un vialone che conduce al Saddam International Airport, a una quindicina di chilometri di distanza.

Il pronto soccorso si trova subito dopo la sbarra dell'entrata. Ci sono decine di barelle appoggiate contro il muro. Il clima è teso, continuano ad arrivare macchine, furgoni e camioncini. I feriti e i cadaveri che trasportano vengono condotti all'interno dell'ospedale.

Noi evidentemente entriamo nel reparto sbagliato, perché troviamo solo militari. Mi avvicino subito a uno di loro: si chiama Abed, è seduto su una sedia e ha una gamba ferita. Cerco di intervistarlo con l'aiuto di Luay, ha un'aria sconvolta. Racconta di essere stato colpito durante la battaglia dell'aeroporto e ci conferma che in quella zona i combattimenti sono durissimi. Non fa nemmeno in tempo a finire la frase che improvvisamente scoppia il finimondo, si sentono urla e minacce. Alcuni militari si avvicinano e cominciano a provocarci. A un certo punto uno estrae addirittura un coltello... Allarmato, Luay mi dice che dobbiamo andarcene perché quella gente non vuole avere testimoni, né vedere alcun giornalista occidentale da quelle parti.

So per esperienza che queste situazioni sono estremamente rischiose e si possono trasformare rapidamente in tragedie. Abbandoniamo subito il reparto in cui siamo capitati e andiamo alla ricerca dei medici; l'afflusso di feriti, però, è incontenibile e il personale ha ben altro a cui pensare. Mentre lasciamo l'ospedale, al cancello incontriamo alcuni rappresentanti della Croce Rossa Internazionale che ci confermano l'alto numero di morti e feriti. Il giorno dopo, quando tenteremo di tornare all'ospedale di Yarmuk, non potremo nemmeno avvicinarci. Tutta la struttura è stata dichiarata zona militare.

Con la città piombata nel buio, senza luce né acqua e le linee telefoniche interrotte, l'atmosfera di assedio è tangibile. Sensazione rafforzata dalla decisione delle autorità irachene di decretare una sorta di coprifuoco dalle 18 alle 6, che vieta agli abitanti di entrare o uscire dalla capitale. I combattimenti si stanno inesorabilmente avvicinando, e il nostro albergo rischia di trovarsi intrappolato nel campo di battaglia. Le truppe di terra americane stanno infatti accerchiando la città da sud, da est e da ovest.

Come sempre, attingo le notizie sull'Iraq e sul resto del mondo attraverso l'Afp, preziosissima fonte d'informazione ventiquattr'ore su ventiquattro. La sera del 5 aprile, leggo che dal comando centrale Usa nel Qatar il colonnello Frank Thorp dichiara: «Le forze della coalizione hanno già lasciato l'aeroporto di Baghdad, pronte a ingaggiare la battaglia quando lo riterremo opportuno». Commento con Jacques: «Si stanno preparando all'assalto finale», quando sentiamo una deflagrazione potentissima che fa vacillare tutto l'albergo. Dal nostro balcone vediamo alzarsi nella zona sud della città un grande fungo di fumo nero. Il fotografo iracheno Karim dice che è stata colpita la sede del Comitato olimpico, guidato da Uday Saddam Hussein. L'edificio di nove piani viene bersagliato ripetutamente dagli aerei americani e da missili che ne danneggiano soprattutto i piani inferiori, dove scoppia un violento incendio.

Karim, un uomo alto di bell'aspetto e dotato di grande talento, lavora da anni per l'Afp e fa parte del sindacato dei giornalisti iracheni, uno dei ventinove organismi controllati da Uday. Conosce quindi il figlio degenere del rais, ma ha sempre evitato di fare commenti su di lui. Adesso mi racconta quello che negli anni le organizzazioni per i diritti umani hanno sempre denunciato: Uday faceva imprigionare e sottoporre a torture atroci gli atleti che non tornavano vittoriosi dalle competizioni internazionali. Alcuni sportivi iracheni ora in esilio e alcuni rapporti delle Nazioni Unite hanno raccontato che nel sottosuolo del Comitato olimpico si nascondono prigioni e camere di tortura: verranno effettivamente ritrovate dopo la liberazione di Baghdad. Hanno anche descritto le torture inflitte a un gruppo di giovani campioni di atletica leggera, costretti a strisciare sotto le percosse sul bitume bollente di una strada appena asfaltata. Un altro gruppo di sportivi è stato semplicemente scaraventato giù da un ponte. «Un pazzo squilibrato, un criminale che andava rinchiuso in manicomio» borbotta Karim, mentre se ne va con le sue tre macchine fotografiche a tracolla per recarsi sul luogo del bombardamento.

Torno davanti al computer e leggo un dispaccio di un altro collega *embedded*, al seguito della 3ª divisione di fanteria, che si trova ormai a sud di Baghdad. Parla di «massima allerta per il rischio di un attacco chimico. Portiamo le tute di protezione da quando siamo partiti dal Kuwait, ma da ieri il comandante ha chiesto a ognuno di noi di tenere le maschere antigas a portata di mano». Maschere che né io né Enrico abbiamo. Mi dico ancora una volta che non servirebbero a nulla. Non ci sarebbe il tempo di infilarsi tutto l'armamentario e non ci sarebbero ospedali in grado di effettuare la decontaminazione. E poi cosa farei? Lascerei morire accanto a me Luay e Mahdi? E non ho sempre sostenuto di non credere alla possibilità di un attacco biochimico? La questione viene quindi archiviata rapidamente.

Scorro ancora le agenzie. Secondo il comando militare, Bassora sarebbe caduta nelle mani degli inglesi. Dall'inizio delle operazioni belliche questa è almeno la sesta volta che lo dicono. La resistenza irachena è in realtà più dura del previsto e le truppe paramilitari sono ancora in grado di terrorizzare la popolazione. Negli aggiornamenti sull'avanzata statunitense, apprendo che al Nord è stata praticamente conquistata Mosul e al Sud sono sotto controllo Nasiriya, Najaf, Karbala. Non c'è stata l'auspicata ribellione della popolazione contro il regime, nemmeno da parte degli sciiti che si sono ben guardati dall'intervenire nella battaglia. Un mese e mezzo fa mi sono recata nella città santa di Najaf, a 190 chilometri dalla capitale, in occasione di un grande pellegrinaggio che attira ogni anno folle immense di sciiti, anche dall'Iran. Quando sono arrivata si stava celebrando un funerale: essere sepolti vicino al mausoleo di

Ali, genero del profeta Maometto, è il più grande desiderio di ogni buon fedele. All'ombra della splendida moschea dalla grande cupola dorata, ho parlato con Ahmed, un pellegrino poco più che cinquantenne arrivato da Nasiriya, che non ha dimenticato la tragedia di dodici anni fa, quando gli sciiti imbracciarono le armi contro Saddam Hussein. Gli ho chiesto se loro si ribelleranno di nuovo per combattere a fianco degli americani. Lapidaria la sua risposta: «Abbiamo imparato la lezione del '91. Questa volta ci penseremo bene prima di impugnare le armi». L'insurrezione contro i soldati iracheni in ritirata, dopo il cessate il fuoco del 28 gennaio 1991, portò i rivoltosi a controllare in pochi giorni quindici delle diciotto province del Paese. Nelle regioni meridionali a maggioranza sciita, la sommossa si trasformò in una spietata vendetta contro gli uomini del partito Baath. Ma la sollevazione finì in carneficina: nonostante gli Alleati li avessero incitati alla ribellione contro il rais, convincendoli che li avrebbero sostenuti, gli sciiti furono abbandonati a se stessi e alla brutale repressione di Saddam Hussein. Nei fatti fu autorizzato dal comando americano a ricorrere alla Guardia repubblicana, agli elicotteri e all'artiglieria pesante. Quando andai subito dopo il massacro nella seconda città santa sciita, Karbala, 120 chilometri a sud di Baghdad, il quadro che mi si presentò fu terribile. Sembrava fosse stata bombardata da un'armata potente, che senza pietà aveva raso al suolo tutto ciò che circondava la moschea di Hussein. Questo luogo così sacro era occupato da militari iracheni armati fino ai denti, che vi bivaccavano come se si trovassero in una delle loro putride caserme. Nella città che aveva conosciuto orrore, distruzione e morte, non s'incontrava anima viva, e le poche persone con cui ero riuscita a parlare ripetevano tutte lo stesso slogan del regime: non c'era stata nessuna repressione di alcuna rivolta, erano stati gli iraniani che avevano varcato il confine per venire a fomentare disordini in quella parte dell'Iraq.

Alla luce degli insegnamenti del passato, si capisce dunque che in questa fase gli sciiti non si schierino con gli americani, né combattendo al loro fianco né tantomeno organizzando un'altra ribellione contro il rais; stanno alla finestra e aspettano di vedere che cosa succederà.

Dopo l'incursione di Yarmuk, i bombardamenti continuano incessanti e ormai sempre più vicini. Il fuoco di sbarramento iracheno si intensifica anche nella zona dell'aeroporto, ormai presidiato da migliaia di uomini delle truppe della coalizione. Si parla di novemila soldati. Saddam Hussein, che continua a mostrarsi in televisione con i figli e con i suoi fedelissimi, invita il suo popolo a colpire il nemico ovunque si trovi per alleggerire l'assedio, affermando che la città può sopportare prove ben più dure di quelle di questi giorni. È la prima volta che dedica un suo messaggio alla difesa di Baghdad. La popolazione intanto sembra vivere al rallentatore, i negozi sono quasi tutti chiusi, il traffico automobilistico inesistente. Alcuni fortunati che risiedono sulla riva orientale del Tigri dispongono ora di luce e acqua a intermittenza mentre, dall'altra parte del fiume, il quartiere dei palazzi presidenziali e degli edifici del regime è al buio, e sembra parte di una città fantasma.

La maggioranza degli iracheni con cui parlo in queste ore sembra aspettare la fine di una partita di cui non sono i protagonisti. Ancora una volta assisto a una rassegnazione mista a fatalismo. Gli appelli alla resistenza e alla battaglia ripetuti dal rais vengono ascoltati dai partigiani più fedeli al regime, ma nulla suggerisce l'emergere di una resistenza nazionale attiva. Dove sono i sette milioni di volontari delle milizie di al-Quds che nei mesi scorsi marciavano fieri promettendo di morire per Saddam Hussein?

Il cerchio si stringe e la linea del fronte è davanti a noi, nel complesso presidenziale sulla riva occidentale del Tigri. All'alba del 7 aprile, verso le sei della mattina, dal balcone della stanza di Enrico vediamo i soldati iracheni prendere posizione. Poco dopo compaiono due carri armati americani, contro i quali si dirigono subito i colpi dell'artiglieria irachena. Molti proiettili finiscono nelle acque del fiume, mentre i due cingolati statunitensi arretrano leggermente quando esplode davanti a loro un deposito di carburante. Si levano alte le fiamme verso il cielo di Baghdad, quando sul palazzo di Saddam Hussein sventola ancora la bandiera irachena. Quando i soldati statunitensi scendono dai carri è il panico tra i militari iracheni, che fuggono lungo la riva. Li vediamo correre da una trincea all'altra. Alcuni si gettano nel fiume, altri nella fretta non hanno fatto in tempo a vestirsi. Scappano mezzi nudi, con addosso solo le mutande. Tutto attorno infuria la battaglia, ci sono spari ovunque, in tutte le direzioni. A un tratto due combattenti di Saddam si arrendono al nemico: li vediamo, con le braccia alzate, dirigersi verso i carri armati e sdraiarsi per terra. Poi si sente un primo sparo, uno di loro si muove; dopo una quindicina di secondi si sente un altro colpo. Il corpo del militare iracheno ha una breve convulsione e poi non si muove più: probabilmente è stato ucciso.

Nel pomeriggio la battaglia si sposta qualche centinaio di metri più in là, attorno all'Hotel Rashid, dove si trovano anche il ministero della Pianificazione, più volte bombardato, e il ministero dell'Informazione. È in quella zona che gruppi di combattenti iracheni continuano a tenere le posizioni; gli americani con i loro blindati restano comunque fino a tarda notte davanti ai palazzi di Saddam Hussein, dopo aver fatto esplodere i mitici bunker nei sotterranei dell'enorme tenuta presidenziale.

La tensione è altissima. I funzionari del ministero si aggirano nervosi nella hall dell'albergo, intimando a tutti i giornalisti di non muoversi dall'hotel, che si è trasformato definitivamente in un'enorme pattumiera. Dall'inizio della guerra tutti gli inservienti sono scomparsi nel nulla.

Come ho fatto altre volte, esco da sola dandomi appuntamento non molto lontano dal Palestine con Salah, l'autista di Jacques. Da lì, attraversando uno dei ponti non presidiati, riusciamo a passare. I militari iracheni, che si trovano a poche centinaia di metri dagli americani, non ci fermano. Tutta la zona è invasa dal fumo e dalle fiamme. Gli iracheni cercano di proteggersi come possono, dietro parapetti, edifici o sacchi di sabbia. Su un marciapiede giace riverso nel suo sangue un miliziano, senza che nessuno abbia evidentemente avuto la possibilità di portarlo via. Tre dei suoi commilitoni fanno cenno alla nostra automobile di fare inversione e allontanarsi, perché è troppo pericoloso. Ci avviciniamo alla stazione delle corriere di al-Alawi, che è deserta. Da qui partono gli autobus diretti a sud, verso Najaf e Bassora. Fino a poche ore fa, centinaia di civili cercavano ancora di lasciare la città. Adesso vediamo solo camion militari che portano i soldati verso destinazioni sconosciute.

Quando rientriamo, scopriamo che gli americani hanno occupato alcuni palazzi di Saddam Hussein e che i marine che si stanno dirigendo verso Baghdad sono stati autorizzati a togliersi le tute di protezione contro le armi chimiche: i loro superiori escludono una seria minaccia in questo senso. In una giornata come questa, il ministro dell'Informazione al-Sahhaf è ancora capace di sostenere che non c'è alcun soldato americano nella capitale, mentre sui computer dell'Agence France-Presse arrivano le corrispondenze dei giornalisti al seguito delle truppe americane. Luke Hunt descrive i palazzi di Saddam Hussein occupati: il lusso dell'interno di questi edifici fa a pugni con la realtà quotidiana dell'iracheno medio, fatta di fame e miseria. Il dipartimento americano della Difesa conferma che la 3ª divisione di fanteria ha preso possesso dei palazzi di Saddam Hussein a Baghdad. Avevo visitato una di queste residenze nel dicembre scorso, al seguito degli ispettori dell'Onu. Fu la prima e unica ispezione condotta in uno dei palazzi del rais. La collaborazione del regime in quella circostanza era stata particolarmente apprezzata, dal momento che il rifiuto iracheno di autorizzare le ispezioni negli alloggi presidenziali era stato uno dei motivi per i quali nel '98 gli esperti avevano dovuto lasciare l'Iraq. Del palazzo di al-Sayud avevamo potuto visitare solo l'ala destinata a ospitare capi di Stato e dignitari in visita. Abbastanza per apprezzarne lo splendore: sale enormi arredate con mobili pregiati, marmi italiani preziosissimi e tappeti persiani di straordinaria bellezza.

In albergo cerco Enrico, che però è appena uscito con la sua telecamera, perché un altro violentissimo bombardamento ha avuto luogo su al-Mansur. Sul quartiere residenziale sono stati sganciati quattro potenti ordigni antibunker. È l'ennesima strage di civili: 14 morti, 9 dei quali appartenenti alla stessa famiglia. L'esplosione distrugge quattro case, e produce un cratere largo 15 metri e profondo 8. Nelle immagini di Enrico vedo ancora una volta la disperazione e la rabbia dei parenti, che sotto le macerie fumanti sperano di trovare i loro cari ancora in vita. Su indicazione dei loro servizi segreti, gli americani pensavano che il rais si trovasse in riunione con i figli Uday e Qusay in una villetta dietro al-Saha, un ristorante in cui anche noi abbiamo spesso pranzato e la cui specialità è carne alla griglia mista allo *hummus*. Di Saddam però non c'è traccia.

Quasi a farsi beffa del nemico, lo vediamo invece passare alla televisione davanti a quello stesso ristorante e passeggiare in quella zona della città. Un Saddam Hussein in versione inedita, che in segno di sfida fa addirittura un tour a bordo di una piccola utilitaria nei quartieri centrali di Baghdad. Uno dei fotografi dell'Afp lo ha addirittura visto in carne e ossa, ma non ha potuto avvicinarsi. Le immagini televisive ci mostrano un rais raggiante, sicuro di sé, circondato da poche guardie del corpo e dal suo segretario personale, il fedelissimo Abed Hamid Mahmud. Molta gente lo osanna e urla come sempre: «Saddam, con il nostro sangue e la nostra anima ci sacrificheremo per te». Poi la folla in tripudio grida: «Bush, Bush, ascoltaci bene! Noi tutti amiamo Saddam Hussein!». Vediamo in successione il rais salire su un'automobile per sovrastare la folla, salutare i suoi concittadini e sorridere tranquillo, prendere in braccio un bambino e baciarlo. Tutto questo mentre a poche centinaia di metri di distanza stazionano già le truppe americane, che hanno occupato i suoi più bei palazzi. Ci chiediamo se questo colpo di propaganda non sia indirizzato più all'esterno che all'interno del Paese, visto che a Baghdad e nel resto dell'Iraq non c'è più elettricità, e solo chi dispone di un generatore di corrente può guardare la televisione. Anche queste immagini faranno il giro del mondo.

Durante la passeggiata di Saddam è chiaramente riconoscibile il quartiere di al-Mansur, e sullo sfondo si vedono non solo le trincee di petrolio in fumo, ma anche alle spalle del rais il ristorante al-Saha. Il leader iracheno è talmente ossessionato dalla propria sicurezza personale che solo pochissime persone sono informate dei suoi movimenti. Mantiene in funzione decine di residenze, e pare che utilizzi anche dei sosia per confondere la gente, soprattutto per evitare di essere vittima di un attentato da parte dei suoi oppositori, sia in Iraq sia all'estero. Un dissidente in esilio ha raccontato che solo due persone sanno sempre dove si trovi: il secondogenito Qusay, responsabile della Guardia repubblicana e capo dei servizi di sicurezza del presidente, e il suo segretario privato, Mahmud, membro del clan di Tikrit. Nemmeno il primogenito Uday pare essere al corrente dei movimenti del padre, che lo considera troppo inaffidabile.

Sarà lui o una sua controfigura? Mentre inserisco rapidamente la notizia che sarà ovviamente l'apertura del giornale delle 20, è quello che ci chiediamo. Ma è ormai solo una nota a piè di pagina, poiché è chiaro a tutti che il regime ha le ore contate.

Capitolo 20

HOTEL PALESTINE

Capisco che stiamo assistendo agli ultimi sussulti della battaglia di Baghdad quando, all'alba dell'8 aprile, si apre davanti ai miei occhi un balletto mortale nel cielo della città. Mentre mi sposto dal balcone di Enrico a quello dell'Afp, non so ancora che quella giornata avrà esiti tragici per la comunità dei giornalisti. Ma sento crescere in me un immenso desiderio di vedere la fine di questa sanguinosa avventura.

I combattimenti riprendono alle sei del mattino sulla riva occidentale del fiume. Il complesso presidenziale risuona degli scambi di armi automatiche e dei colpi più sordi dei cannoni e dei mortai. Gli edifici sono avvolti in nubi di fumo, mentre alcuni soldati iracheni risalgono la riva del Tigri. Non sappiamo se si tratta di un loro disperato contrattacco per cercare di ricacciare indietro l'esercito americano penetrato il giorno prima nella recinzione presidenziale, o se siamo di fronte a una nuova avanzata dei tank Usa all'interno del complesso per ultimarne la conquista.

Quel che è certo è che gli americani questa mattina non vanno per il sottile. Anche loro vogliono farla finita il più presto possibile. All'orizzonte, carico della polvere dei combattimenti, appare uno strano velivolo che procede a una quota molto bassa. Non ne so niente di aeroplani e intorno a me si apre un dibattito tra esperti: «È un aereo senza pilota» dicono alcuni; «No, è un A-10» chiariscono altri. La risposta viene dal cielo. In un fragore di tuono, l'apparecchio piomba sul grande edificio del ministero della Pianificazione, che sbarra l'entrata nord del complesso presidenziale, e apre il fuoco. Il suo cannone a tiro rapido, dotato di munizioni in grado di perforare le blindature più resistenti, trasforma la facciata del ministero in un colabrodo. Dai piani colpiti si levano le fiamme e dalle finestre fuoriescono colonne di fumo nero. L'A-10 riprende rapidamente quota volteggiando per evitare la contraerea. Il velivolo farà diversi passaggi in un rombo assordante, lasciando dietro di sé rovine fumanti e nessuna chance di sopravvivenza a chiunque abbia avuto la malaugurata idea di nascondersi in quegli edifici.

Ma il cielo sta per riservare anche ai giornalisti una prima, brutta sorpresa. Poco dopo il passaggio dell'A-10, mentre la battaglia a terra continua con intensità, un caccia americano volteggia a bassa quota sopra il Tigri. Dal balcone dell'Afp non ho alcuna difficoltà a seguire le sue manovre. Sempre secondo i miei esperti colleghi, si tratta di un F-15. Dopo una virata, torna verso di noi con una sorta di grazia inquietante: la bellezza delle sue evoluzioni fa quasi dimenticare che si tratta di una macchina di morte. Ma il suo pilota ce lo ricorda subito, lanciando due missili proprio davanti a noi.

Non so chi abbia gridato per primo. Forse uno dei fotografi, che seguono con il teleobiettivo tutto ciò che accade sulla riva opposta. O forse Ezz, che conosce bene la topografia dei luoghi. «Hanno colpito al-Jazeera!» Quando il fumo dell'esplosione comincia a dissiparsi, vediamo distintamente la sagoma della costruzione occupata dalla televisione araba più famosa del mondo, che vi ha installato i propri uffici proprio come l'emittente di Abu Dhabi. Al-Jazeera è la bestia nera degli americani. Ha usato le loro stesse armi fornendo ventiquattr'ore su ventiquattro un'informazione alternativa o complementare a quella di canali come la Cnn e la Fox, che sono diventati la cassa di risonanza della posizione ufficiale dell'amministrazione americana. Al-Jazeera offre una visione araba degli avvenimenti e ha un impatto enorme nei Paesi della regione. Già nel 2001, gli Stati Uniti avevano lanciato un missile da crociera sui suoi uffici di Kabul. Basandosi su questi fatti, è facile alimentare la tesi del complotto contro una voce indipendente che racconta le guerre americane da un altro punto di vista, e molti commentatori del mondo arabo lo faranno senza remore. Conoscevo gli edifici che ospitavano al-Jazeera e Abu Dhabi Tv, e so che ostentavano due enormi striscioni sui quali persino un pilota cieco poteva leggere il nome delle due emittenti scritto in inglese.

Sono le 7,45 del mattino a Baghdad e, come sapremo più tardi, in quel bombardamento è morto uno dei nostri colleghi, Tareq Ayub. Zuheir, un cameraman iracheno che era con lui, è rimasto ferito. Erano sul tetto dell'ufficio e stavano filmando le scene di guerra intorno a loro quando il missile è esploso. «L'aereo volava così basso che abbiamo pensato che ci sarebbe finito addosso» ci racconterà alcuni giorni dopo Maher Abdullah, un collega di Tareq. «Abbiamo sentito il missile. Ci ha preso in pieno. Ha colpito il nostro generatore. Tareq è morto sul colpo.» I responsabili di al-Jazeera dichiareranno poi di aver fornito da tempo al Pentagono le coordinate dei loro uffici. Il giorno prima della tragedia un portavoce del comando statunitense in Qatar, un arabo americano di nome Nabil Khuri, si era presentato negli uffici della televisione per rassicurarli che era stata presa ogni precauzione al fine di evitare incidenti.

Tareq Ayub era un giordano di origine palestinese. Aveva poco più di trent'anni, una moglie di ventinove e una bimba di quattordici mesi. La moglie Dima, affranta ma anche furibonda con gli americani, dedicherà la morte del marito alla causa palestinese, e aggiungerà: «Che Dio faccia della morte di Tareq una maledizione per tutti coloro che aiutano gli americani, gli ebrei e gli inglesi nel colpire la nostra gente in Iraq e in Palestina».

Nell'ufficio dell'Afp regna ovviamente la tristezza. Viviamo gomito a gomito con la morte da settimane, ma non mi sono ancora indurita abbastanza da rimanere insensibile di fronte ai terribili costi umani di questa guerra. Per me i bilanci dei morti e dei feriti sono qualcosa di più di un macabro computo. So che dietro a quelle cifre si cela una sofferenza irreparabile. Un fortissimo sentimento di impotenza, di abbandono e di ingiustizia. La morte di un collega ci fa sentire più vicini all'orrore. È stato ucciso qualcuno della famiglia, e all'improvviso capisco il desiderio di vendetta che pervade coloro che nella violenza perdono una persona cara.

La città è in preda al panico. Centinaia di uomini, donne e bambini fuggono verso est, l'unica direzione che sembra offrire ancora un po' di sicurezza. Stipati nelle auto, nelle camionette, nei minibus, gli abitanti della capitale cercano di raggiungere l'autostrada che conduce verso la provincia di Diyala. Portano con sé quel che possono: materassi, utensili da cucina e cibo. Si lasciano alle spalle le ultime speranze.

Il ministro dell'Informazione al-Sahhaf fa una breve apparizione al Palestine: l'ultima, per dire le sue ultime menzogne. «Gli americani dovranno arrendersi o saranno bruciati vivi nei loro carri armati. Sono certo che quei farabutti non vinceranno.»

Nel frattempo, nei cieli di Baghdad prosegue la battaglia: due elicotteri Apache sorvolano per la prima volta la città e aprono il fuoco su obiettivi che non riusciamo a distinguere, nella zona sud-orientale. Sulla riva occidentale del fiume, tuttavia, l'intensità dei combattimenti si attenua e, come per confermare la supremazia delle truppe americane, due carri armati Abrams avanzano sul ponte al-Jumhuriyya, che vediamo distintamente sulla nostra destra, a poco più di un chilometro di distanza. I mezzi corazzati cominciano a sparare verso la riva orientale e colpiscono un alto edificio che ospita un centro di telecomunicazioni.

Ci chiediamo quali intenzioni abbiano: attraversare il ponte? Controllarne l'accesso? Mantenere semplicemente le posizioni in attesa dell'arrivo dei rinforzi, che avanzano verso di loro dal settore orientale dove ci troviamo noi? Io propendo per questa ipotesi. È la più probabile. Dai giornalisti che accompagnano le diverse unità abbiamo appreso che l'esercito, i cui carri sono in posizione sulla riva occidentale del Tigri, è stato più veloce dei marine, che sono a malapena penetrati nella periferia di Baghdad, lungo la riva est del fiume. I carri armati della 3ª divisione dovranno dunque pazientare. Ma noi avremmo preferito che andassero ad aspettare altrove.

Mentre ci interroghiamo su tempi e fattibilità di questa operazione, sentiamo un'esplosione violentissima che fa tremare tutto l'albergo. Dico subito: «Stavolta hanno colpito molto vicino a noi». In queste settimane siamo stati testimoni di deflagrazioni sempre più potenti.

Usciti nel corridoio del quindicesimo piano, capiamo subito che è successo qualcosa di gravissimo: urla, panico, giornalisti, alcuni imbrattati di sangue, che corrono terrorizzati in tutte le direzioni, finché una voce grida: «Hanno colpito la suite della Reuters! È lì, è lì che hanno bombardato l'albergo!». Gli uffici dell'Afp si trovano a cinque stanze da quelle dei colleghi dell'agenzia britannica, verso le quali mi precipito quando vedo uscire, insanguinata sul volto e sulle mani, Samia Nahul, di origine libanese, con la quale siamo diventati amici. Per fortuna riesce a camminare sulle sue gambe. L'accompagno verso l'ascensore, preceduta da un fotografo iracheno, Faleh Kheiber, anch'egli ferito alla testa. Scendono e cercano di raggiungere un ospedale. Poi entro nella suite della Reuters insieme a Jacques e a Patrick Baz. Lo spettacolo è agghiacciante: tutto è per aria, pieno di vetri e schegge, telecamere spaccate, schizzi di sangue ovunque. L'esplosione è stata così violenta che entrambi i balconi sono semidistrutti. Sdraiato in mezzo a un lago di sangue, tra la parete e il letto, riconosco Paul Pasquale, il giovane tecnico addetto alle trasmissioni satellitari. È lui che da settimane mi manda in onda più volte al giorno. Riesce solo a dire: «Fammi uscire di qui, fammi uscire di qui!». Chiamo Jacques, mentre altri due colleghi stanno soccorrendo un telecineoperatore: ha il petto e il ventre squarciati. È ancora vivo, ma le sue condizioni appaiono disperate. Si chiama Taras Protsyuk, ucraino, trentacinque anni, lavora negli uffici della Reuters a Varsavia.

Nel terrore e nella disperazione generale continuano ad accorrere verso il quindicesimo piano altri giornalisti che, spaventati e disorientati, contribuiscono solo ad aumentare la confusione. A un tratto Jacques, con tono imperioso, caccia tutti dalla suite e insieme a Patrick stende Paul sul letto, lo avvolge in un lenzuolo e lo porta verso l'ascensore, che anche in questa circostanza è di una lentezza intollerabile. Paul è ferito al volto e, sembra piuttosto seriamente, alla gamba. È comunque ancora cosciente.

L'ascensore si ferma al quattordicesimo piano, e lì ci si presenta una scena ancora più agghiacciante: adagiato su una coperta, un altro operatore con la gamba sinistra quasi amputata e la mascella così devastata dalle schegge da essere completamente fuori asse rispetto al volto. Dopo scopriremo che si tratta dello spagnolo José Couso, cameraman di Tele Cinco.

I feriti vengono portati subito in ospedale, ma per Taras non ci sarà niente da fare: morirà durante il trasporto. Paul verrà operato da due medici iracheni e da un medico francese, e solo verso sera sapremo che è fuori pericolo. Perderà comunque un occhio. Samia sarà sottoposta a un intervento chirurgico alla testa, perché ha una scheggia vicino al cervello. Per entrambi abbiamo tentato invano di organizzare un trasporto dall'altra parte del fiume, affinché gli americani potessero portarli con un elicottero in un luogo più sicuro e più attrezzato. Gli ospedali di Baghdad sono sovraffollati di feriti, sia civili sia militari. Per due volte l'ambulanza della Croce Rossa Internazionale ha tentato di trasportarli verso la riva occidentale, ma è stata bersagliata da colpi di arma da fuoco ed è stata costretta al rientro alla sede centrale.

Nella concitazione cerco di tranquillizzare due giornaliste disperate, una greca e una sudcoreana, che continuano a urlare: «Moriremo tutti, moriremo tutti!». Anch'io, per la prima volta, ho forse davvero paura. Ma mi è chiaro che va evitato a tutti i costi il panico.

Jacques torna al quindicesimo piano tutto insanguinato. Ha l'aria stravolta, ma come sempre sembra essere nel pieno controllo di emozioni e paure, soprattutto dei suoi gesti. Si dirige subito nel suo ufficio e chiama il quartier generale dell'Agence France-Presse, mentre Ezz ha già inviato il dispaccio «urgente» sull'attacco americano all'Hotel Palestine. Io chiamo subito il caporedattore degli esteri, Alberto Romagnoli, e il direttore Clemente Mimun, per rassicurarli. Poi cerco di raggiungere qualcuno della mia famiglia. Per fortuna rintraccio rapidamente mia sorella Micki al cellulare, sollevata nell'apprendere che a noi non è successo fortunatamente nulla. Infine, comincia la prima di una lunga serie di dirette della giornata, quella con «Uno Mattina».

Per il momento abbiamo una sola certezza: che uno dei due Abrams americani posizionati sul ponte al-Jumhuriyya ha sparato una cannonata contro il nostro albergo. Rapidamente, però, i contorni di questo drammatico episodio si fanno più chiari: nell'ufficio dell'Afp arriva il cameraman di Fr3, la terza rete pubblica francese, che dice di aver registrato tutto ciò che è successo minuto per minuto. Guardiamo le sue immagini che in effetti sono impressionanti. Si vedono i due tank sul ponte, si sentono sparatorie provenire dall'altra parte del fiume e poi d'un tratto un silenzio di tomba: il carro armato americano dirige lentamente il cannone verso l'Hotel Palestine, prende la mira e poi altri due minuti di silenzio totale. Infine lo sparo.

Le vittime saranno due. Oltre a Taras Protsyuk, anche José Couso morirà per le gravissime ferite riportate. Nelle ultime settimane, José era diventato amico del collega Ferdinando Pellegrini, del giornale radio Rai: hanno condiviso non solo la stessa stanza, ma anche le stesse incertezze e gli stessi timori. Ferdinando è sotto shock. Qualche istante prima del bombardamento, era uscito per andare a prepararsi un tè. Pochi secondi dopo, la violenta deflagrazione. Tornato nella stanza ha trovato l'amico straziato dall'esplosione. Come mi dirà più tardi, aveva capito subito che non ce l'avrebbe fatta.

Nel volgere di qualche minuto, la notizia che l'albergo dei giornalisti a Baghdad è stato colpito dagli americani fa il giro del mondo. Da parte loro, i militari statunitensi cominciano a inanellare una serie di dichiarazioni arroganti e contraddittorie che non faranno che aggravare la loro posizione. Dal comando centrale americano di Doha, nel Qatar, dichiarano di essere stati colpiti da fuoco nemico proveniente dall'Hotel Palestine. Peccato però che nessuno di noi abbia mai visto né sentito sparare franchi tiratori: nulla fa pensare che dall'albergo siano partiti colpi diretti verso le forze americane di stanza sul ponte al-Jumhuriyya. Da Washington, interviene il generale Stanley McChrystal, vicedirettore delle operazioni congiunte: «Siamo in guerra, le nostre forze sono state colpite da fuoco nemico, hanno semplicemente esercitato il loro diritto all'autodifesa». La portavoce del Pentagono Victoria Clark ricorda di aver ripetutamente sconsigliato ai giornalisti di restare a Baghdad. «Abbiamo sempre detto che Baghdad non è un posto sicuro, voi non dovreste essere lì.» Per tutto il giorno gli americani continueranno a dire che i tank avevano avvistato sui balconi del Palestine dei cecchini muniti di fucili a cannocchiale.

In realtà, se fossero vere le spiegazioni di Washington, i tank americani avrebbero dovuto sparare su decine di bersagli al Palestine, dal momento che tutti ci trovavamo sui balconi quella mattina, con macchine fotografiche e telecamere munite di teleobiettivi. In quest'ottica, tutti avremmo potuto essere franchi tiratori con armi ad alta precisione. Da Londra, il direttore editoriale della Reuters, Geert Linnebank, emette un duro comunicato: «Questo incidente solleva seri interrogativi sulla capacità di giudicare un pericolo reale da parte delle truppe americane che stanno avanzando verso la capitale irachena: gli americani sanno da sempre che questo albergo è la base principale per la maggior parte dei giornalisti stranieri a Baghdad». Il Pentagono, pur definendo «tragica» la morte dei giornalisti addossa la responsabilità al regime iracheno, e in una nota afferma: «Noi non abbiamo preso di mira i giornalisti ma, come stiamo vedendo ormai da molti giorni, il regime iracheno mette in pericolo la vita dei civili. Baghdad resta un posto molto pericoloso».

Da Bruxelles, la Federazione internazionale dei giornalisti parla di «crimine di guerra»: «Il bombardamento dell'hotel in cui risiedono i giornalisti e la presa di mira di media arabi costituisce un fatto particolarmente scioccante per una guerra lanciata in nome della democrazia. I responsabili dovranno rendere conto davanti alla giustizia». L'organizzazione a difesa della stampa, «Reporter senza frontiere», si dice atterrita e indignata, ricordando che in venti giorni di guerra sono morti dodici giornalisti. E scrive una lettera al segretario americano alla Difesa, Donald Rumsfeld, per protestare contro quello che appare come un atto deliberato dell'esercito americano. Da parte sua, la Federazione nazionale della stampa a Roma chiede al capo del governo Silvio Berlusconi di intervenire a Washington e Londra per fare cessare immediatamente i bombardamenti di luoghi in cui si trovano gli inviati della stampa internazionale.

I giornalisti che incrocio in albergo sono prostrati. E infuriati. Sotto la tenda che ospita, sul tetto del Palestine, le attrezzature di trasmissione della Reuters, Ahmad Bahado, un amico di Taras Protsyuk, piange. Pulisce con fazzolettini di carta il sangue che macchia la telecamera impugnata da Taras. Le lacrime gli scorrono sulle guance e il dolore lo ammutolisce. Un collega del cameraman sbatte il casco contro la parete dell'ascensore: «Quand'è che gli americani la smetteranno di fare cazzate?» chiede, bianco dalla rabbia. «Anche se c'era un franco tiratore, dovevano colpire un intero edificio pieno di giornalisti?» mi dice Thomas Alcoverro, trentacinque anni di mestiere, inviato speciale del quotidiano catalano «La Vanguardia». Roger Auque commenta furioso: «Gli americani sono indisciplinati e i giornalisti vengono assimilati a combattenti. Ci sparano addosso come se fossimo conigli».

Anche durante il mio collegamento con «La vita in diretta», un ospite presentato come esperto militare continua a sostenere la tesi del franco tiratore. Un'analoga versione viene riproposta a notte fonda, quando sono in onda con «Porta a Porta». Bruno Vespa apre la trasmissione spiegando che «ci occupiamo della morte dei colleghi, perché i giornalisti sono dei testimoni e allora bisogna capire se sono morti per caso o se qualcuno, magari con eccessiva disinvoltura, ha mirato a quell'albergo proprio per colpirli». In studio il dibattito si fa subito molto acceso tra il generale Luigi Ramponi, esponente di Alleanza Nazionale, l'ex ambasciatore americano Reginald Bartholomew e l'onorevole Alfonso Pecoraro Scanio dei Verdi. Io tento per l'ennesima volta di raccontare con dovizia di dettagli l'accaduto, Bruno mostra più volte le eloquenti immagini di Fr3. Sottolineo che i giornalisti sono neutrali rispetto alla battaglia, e non possono essere considerati una delle parti in conflitto. Cerco di mantenere la calma in un clima surriscaldato. Interviene il generale Mario Arpino: con la sua competenza e la sua calma è il primo a ipotizzare un errore: «È stato un tiro consapevole, il carrista ha sparato perché ha creduto di aver visto qualcosa». Spiega che il tank ha bombardato con il colpo che era in canna, per fortuna un colpo «perforante» e non «esplodente»: meno male, altrimenti ci sarebbe stata una deflagrazione molto più potente. Il deputato verde rammenta che l'hotel non era un campo di battaglia. «Il Pentagono dovrebbe scusarsi e ammettere che ha fatto un tragico errore» afferma concitato. Bartholomew conviene che sarebbe stato più saggio riconoscere subito lo sbaglio. Purtroppo il dipartimento della Difesa, in un'ennesima goffa dichiarazione giunta in serata e più tardi smentita, precisa che i franchi tiratori erano all'entrata dell'albergo, che però si trova esattamente dalla parte opposta, sia rispetto ai carri armati sul ponte che alla suite della Reuters. Viene presa in considerazione anche la possibilità che nessuno abbia avvertito i carristi dell'esatta ubicazione dell'hotel, e che comunque abbiano scambiato le telecamere per un'arma da fuoco.

Alle due e un quarto di notte torno avvilita ed esausta negli uffici dell'Afp. Tutti i colleghi sono ancora svegli, e a tenere banco naturalmente è ancora l'attacco al Palestine, e in particolare «l'insopportabile arroganza» degli americani. Nel frattempo, arriva la notizia che camion carichi di soldati iracheni e di volontari arabi vengono trasportati verso la linea del fronte, che ormai è sempre più pericolosamente vicina a noi. Ci chiediamo se questo sia l'inizio di un lungo assedio della capitale, e se non sia il caso di pensare a un luogo sicuro dove rifugiarci qualora la situazione precipiti nel caos, nella guerra civile e nei combattimenti casa per casa. Vengono prese in considerazione l'ambasciata italiana, che però è troppo lontana, e quindi richiederebbe un percorso troppo pericoloso, e l'ambasciata di Francia che si trova a pochi metri dal nostro albergo ed è difesa da dieci uomini delle forze speciali francesi.

Quando finalmente decidiamo di andare a dormire, uscendo dagli uffici dell'Afp guardo ancora una volta verso la suite della Reuters. Le porte sono chiuse. Mi torna in mente il volto straziato di Ahmad, il suo pianto silenzioso sulla mia spalla.

Improvvisamente mi prende un nodo alla gola. Per la prima volta in questa lunga terribile giornata vorrei piangere, ma non ci riesco. Ho paura di lasciarmi andare, di perdere il controllo. Nessuno se lo può permettere in questo momento. «I nostri amici sono morti, non ci sono più» dico rivolta a Jacques. Mi guarda con gli occhi verdi arrossati dalla stanchezza, mi abbraccia e mi dice: «Vieni, andiamo a dormire». Ma non riesco a liberarmi dal pensiero che, in fondo, sarebbe potuto accadere a ognuno di noi.

Alla fine di maggio il Comitato per la protezione dei giornalisti (Cpj) pubblica i risultati dell'inchiesta che ha condotto sull'incidente. Ne risulta che le autorità americane hanno avuto difficoltà a mettersi d'accordo su cosa dovevano dire per spiegare l'accaduto.

Inizialmente, hanno dichiarato che i carri Abrams erano stati prescelti come bersaglio da tiratori installati nella lobby dell'hotel, poi appostati nell'hotel o nelle sue vicinanze, e infine che una vedetta nascosta dirigeva il tiro contro i carri armati. Decine di giornalisti hanno testimoniato che dal Palestine non era partito alcun colpo, e la teoria della vedetta non è convincente: è risaputo che i giornalisti erano appostati in gran numero sui balconi. Non è dunque una vedetta quella che i carristi americani hanno creduto di individuare attraverso i loro potenti binocoli, ma decine di sagome armate di telecamere e di teleobiettivi.

«Non ci sono prove che corroborino la posizione ufficiale americana, secondo la quale le truppe americane hanno risposto a spari ostili provenienti dall'hotel» sottolinea il rapporto del Cpj.

I soldati americani direttamente coinvolti nell'attacco all'hotel hanno anche spiegato che non sapevano che il Palestine fosse pieno di giornalisti. Di fronte a quello che sembra un argomento insostenibile, i vertici militari di Washington hanno assicurato che quell'informazione non era stata largamente diffusa lungo la catena di comando, cioè dallo stato maggiore fino alle truppe sul campo. I soldati hanno anche lasciato intendere di aver avuto difficoltà a localizzare il Palestine. Anche qui, si fa fatica a credere a quanto affermano, visto che in quella zona, perfettamente visibile dal luogo in cui si trovavano i carri, ci sono solo due edifici di una certa altezza e i nomi degli hotel campeggiano sulla loro cima.

Anche le spiegazioni di Philip Wolford, il comandante del carro che ha sparato, sono state piuttosto nebulose. Inizialmente, ha affermato che il suo carro era stato colpito da razzi e missili e che lui aveva immediatamente risposto al fuoco. Poi ha dichiarato di aver cercato di localizzare la famosa vedetta. Infine, il sergente Gibson, che ha sparato il colpo, ha affermato di aver atteso dieci minuti prima che il comandante rispondesse alla sua richiesta di autorizzazione a colpire l'hotel.

Come sottolinea il Cpj, questo incidente richiede «un'inchiesta completa e pubblica». Ma non dobbiamo farci troppe illusioni. Qualcuno da qualche parte ha qualcosa da nascondere. E l'inchiesta interna del Pentagono, resa pubblica a metà agosto, non dà alcun contributo alla ricerca della verità. Peggio, ripete la linea ufficiale dei franchi tiratori e dei carristi che non sapevano di sparare sull'albergo dei giornalisti.

Per quanto mi riguarda, propendo per una spiegazione più semplice. L'esercito americano è una formidabile macchina da guerra, dotata di una potenza di fuoco senza pari. È tuttavia formato per lo più da adolescenti cresciuti troppo in fretta che non sembrano aver ancora imparato a controllare i potenti mezzi messi a loro disposizione. E forse sanno anche che verranno assolti da una società accecata dalla paura, disposta a molte concessioni non appena viene identificato un ipotetico rischio. La paura è una cattiva consigliera, dice il proverbio. E questo è tanto più vero per un esercito. E per una nazione.

Capitolo 21

LA CADUTA DI BAGHDAD

È BELLO COME UN ATTORE di *Top Gun*. Alto, biondo, occhi azzurri, capelli quasi completamente rasati sul volto abbronzato segnato da ventidue giorni di cavalcata nel deserto. Un sorriso gentile e accattivante per comunicare una determinazione implacabile. Quando alle 16,40 del 9 aprile mi trovo di fronte al tenente colonnello Brian McCoy, appena uscito dalla botola del suo carro armato, so di avere davanti colui che sarà ricordato nei libri di storia come il simbolo dell'avanzata finale dell'armata americana nel cuore di Baghdad.

Li abbiamo cercati tanto e ora, dopo aver attraversato piazza del Paradiso, sono qui davanti al nostro albergo: gli yankee che per la prima volta nella Storia si impadroniscono di una capitale araba. Erano andati in Libano, a Beirut, ma la forza internazionale dispiegata nella città nel 1982 aveva lo scopo di interporsi fra israeliani e palestinesi, non di occupare il Paese, che lascerà peraltro nel 1984 dopo una campagna fallimentare.

C'è una gran ressa. Sento dietro di me una schiera di giornalisti precipitarsi verso i militari che ci si sono materializzati davanti all'improvviso. I corrispondenti urlano nei telefoni per annunciare in diretta quell'avvenimento senza precedenti. «Sono arrivati gli americani. Hanno conquistato

Baghdad.» Io sono furiosa perché non ho a disposizione una telecamera e un collegamento satellitare per far vivere in diretta ai telespettatori della Rai questo momento storico. Gli operatori della Cnn, di al-Jazeera e di Abu Dhabi Tv sono al mio fianco e sono loro a filmare le mie prime parole con McCoy. «*Welcome*», Benvenuto. Mi è sfuggito come una battuta. Non vorrei però indurre il bel colonnello in errore. Tutto ciò che so della storia di questa regione, delle sue convulsioni, della sua enorme riserva di violenza mi invita alla cautela.

Decine di iracheni si sono uniti ai giornalisti nel caldo e nella polvere per vedere i nuovi venuti. Agli abitanti di Baghdad accorsi quel pomeriggio si pone già l'interrogativo se si trovino di fronte a «liberatori» o a «conquistatori». È forte il contrasto fra quei soldati, il petto difeso dai giubbotti antiproiettile, la testa coperta da un pesante elmetto, gli occhi nascosti dagli occhiali, protezioni ai gomiti e alle ginocchia come assi dei rollerblade, e quegli uomini che indossano camiciole e canottiere sporche, con la barba lunga, stremati da tre settimane di guerra e trent'anni di paura, che le circostanze hanno riunito su quella piazza. Sento già fra di loro una barriera invalicabile. Poco dopo, gli americani srotoleranno intorno all'Hotel Palestine centinaia di metri di filo spinato, che non faranno che confermare la mia intuizione.

Li avevamo tanto cercati, quegli americani... Sin dalle prime ore dell'alba, quando dopo una notte stranamente tranquilla la battaglia sul ponte al-Jumhuriyya ha ripreso a infuriare, con intensi scambi di artiglieria tra la riva occidentale del Tigri, dove erano schierati i carri armati americani, e quella orientale, dove le forze militari irachene rispondevano al fuoco. Sappiamo che le truppe statunitensi stanno avanzando anche nella parte orientale di Baghdad, cercando di chiudere a tenaglia la capitale per congiungersi ai loro commilitoni, bloccati sul ponte. Con Enrico decidiamo di andare verso Saddam City, l'enorme bidonville sciita a nord-est della città. Man mano che procediamo, le strade inizialmente semideserte si riempiono vieppiù di gente. Davanti ad alcuni ministeri si sta già consumando un primo grande saccheggio, che vedremo poi dilagare soprattutto negli edifici pubblici e nei centri del potere del regime. La gente arriva con camioncini per accaparrarsi quello che trova. Non crediamo ai nostri occhi. Alcuni iracheni hanno sfondato i cancelli dei ministeri armati di martelli, coltelli e cacciavite, «armi» che serviranno anche a distruggere i ritratti di colui che per un quarto di secolo li ha governati con il pugno di ferro. È la fine inequivocabile di un regime sanguinario, di un despota che ha tappezzato tutta la città delle sue immagini. E proprio a Saddam City la gioia è esplosa prima che altrove, con una scena assolutamente inimmaginabile fino a poche ore prima: un uomo con in mano un pacco rubato in una sede del partito Baath, che urla «Saddam è finito, Saddam è finito!». Evidentemente gli americani sono già passati di lì, altrimenti nessuno avrebbe il coraggio di uscire per le strade inneggiando alla fine del dittatore. Ma dei soldati statunitensi non c'è neppure l'ombra.

Racconto tutto questo nella mia diretta del Tg1 delle 13,30. Finito il giornale, alle 16 ora di Baghdad, salgo all'ufficio dell'Afp e incontro Samy, che mi racconta di aver visto gli americani in un altro quartiere a circa tre chilometri, sul vialone di Habibia: i blindati statunitensi passano tra le case e per le strade, e molti iracheni fanno il segno della vittoria, gridando «*Good, good Bush, good America!*» tra la meraviglia degli stessi marine, sorpresi dalla calorosa accoglienza. Nell'esultanza per il crollo del regime, gli ex sudditi del rais chiedono ai giornalisti: «Voi sapete dov'è? È morto?». Per aggiungere subito dopo: «Ma chi se ne importa, che vada all'inferno!».

A me, al momento, interessa sapere dove sono gli americani. Sono lì, da qualche parte, in quell'immensa città dalle strade deserte, e non riesco ancora a trovarli. Quei marine sembrano fantasmi. E quella che ho in quel pomeriggio d'aprile nella hall dell'Hotel Palestine è come una visione. Attraverso i vetri sporchi delle porte d'ingresso, vedo avanzare un enorme blindato. Come in una perfetta allucinazione, viene a fermarsi a pochi metri da me. La sua presenza è naturale quanto quella dell'automobile di un nuovo cliente in attesa di un facchino che venga a prendere le valigie. Mi scuoto da quell'attimo di stupore e mi precipito fuori.

Ed è lì che incontro McCoy. Il tenente colonnello ha l'aria visibilmente soddisfatta, quando mi spiega che «l'accoglienza è stata fantastica, abbiamo incontrato solo persone che inneggiavano all'America e a Bush, che ci ringraziavano per averle liberate dal regime. Ci hanno accolti lungo le strade con fiori e canti di giubilo». Per la verità, più tardi, in una conversazione con un giovane marine dall'aria un po' sperduta, la versione sarà un po' meno edulcorata: «Non è che tutti siano stati così gentili e calorosi,» mi dirà il combattente-ragazzino «ma forse devono ancora abituarsi alla nostra presenza». Gli auguro buona fortuna: ne avrà bisogno.

Ma l'ufficiale è abituato a trattare con la stampa e sa come «vendere» bene le imprese militari del suo Paese, soprattutto quando sono grandi successi. È molto abile a rispondere anche alle domande più scomode: quando gli chiedo se durante la loro avanzata le vittime sono state numerose, mi risponde con fermezza che una guerra non è mai una passeggiata, e parafrasando il famoso generale dell'indipendenza americana, Sherman, dice che la guerra è crudeltà. «Quindi, non ha senso cercare di abbellirla. Quanto più è dura, tanto più sarà veloce.» Per far capire meglio il concetto, aggiunge: «Gli iracheni non devono amarci per forza, non li possiamo obbligare. Ma possiamo farci rispettare e far capire loro che siamo qui per aiutarli».

Dietro il fascinoso sorriso di questo soldato c'è un carattere di ferro, che non gli concede il lusso di provare emozioni. «Potrebbero compromettere la lucidità delle mie decisioni,» aveva detto una volta al «New York Times» «devo guardare a tutte le cose in modo molto cinico.» McCoy, che ha già combattuto durante il primo conflitto del Golfo, nel 1991, proviene da una famiglia di militari: il padre era un ufficiale dell'esercito durante la guerra del Vietnam. Il figlio è alla guida di un battaglione, noto per la sua efficienza sul campo di battaglia, e lui stesso ha fama di essere un comandante particolarmente duro e determinato. E quando uno dei suoi soldati viene colpito a morte, la lapidaria annotazione è: «Loro hanno beccato uno dei nostri, ma noi abbiamo massacrato tutti i loro».

I suoi uomini d'élite, basati in California e specializzati nelle operazioni in zone desertiche, sono circa 1500, tutti ben equipaggiati e ben addestrati; dispongono di 30 carri armati Abrams e di 60 blindati. Nella loro avanzata verso Baghdad hanno preso l'aeroporto di Bassora, poi hanno proseguito per Nasiriya, attraversando il deserto e le tempeste di sabbia. Hanno combattuto ferocemente ad Affak, a Dihuanya, 200 chilometri a sud di Baghdad, e ad al-Kut, 30 chilometri più a nord. Poi, tre giorni fa, sono arrivati al ponte del fiume Diyala, che è la principale via d'accesso al settore sud-est della città. Superato quel passaggio, solo una quindicina di chilometri li divideva dal cuore di Baghdad. Ma quella tappa è costata due giorni di aspri combattimenti con la Guardia repubblicana e le forze irregolari. Duri scontri che le telecamere al seguito delle truppe non riusciranno mai a documentare. Come racconterà più tardi un cronista del «New York Times», Peter Maass, *embedded* con i marine, in quella zona non c'erano solo militari iracheni che cercavano di bloccare l'avanzata, ma anche molti civili che tentavano semplicemente di fuggire. Racconterà di aver visto civili uccisi uno a uno, incluso un anziano che camminava sorreggendosi a un bastone lungo il ciglio della strada. Gli americani sparavano su qualsiasi cosa si muovesse: «Meglio loro che noi» commenterà un caporale statunitense quando il collega gli farà notare che i civili non dovrebbero essere un bersaglio. Il Colonnello, come i marine chiamano il loro capo, spiegherà gli incidenti con la sua teoria della «supremazia violenta»: questa non è una guerra per conquistare le teste e i cuori degli iracheni, ma è una guerra con un solo obiettivo, uccidere chiunque voglia imbracciare le armi per difendere il regime di Saddam Hussein, anche se è in fuga.

Meno aggressivo, uno dei marine tenta di giustificarsi, ma la sostanza è la stessa. «Quando noi intimiamo loro di fermarsi, devono fermarsi. Noi dobbiamo preoccuparci innanzitutto della nostra sicurezza. Per settimane prima della guerra, con i nostri aerei abbiamo sorvolato queste zone, lasciando cadere decine di migliaia di volantini per invitare la popolazione ad abbandonare i luoghi che potevano diventare campi di battaglia. Adesso non possiamo essere noi i responsabili. Che cosa fanno qui in questo momento a bordo di un taxi o delle loro macchine nel bel mezzo di una zona di guerra?»

Forse un giorno qualcuno chiederà conto ai responsabili dei cosiddetti danni collaterali, ma intanto *the show must go on*: Baghdad, il simbolo del potere di Saddam Hussein, è stata conquistata e tutto il mondo lo deve vedere.

McCoy non è ancora pronto per la grande festa. Innanzitutto deve spiegare ai giornalisti, che solo poche ore prima hanno perduto due dei loro colleghi, che la priorità è garantire la sicurezza di chi alloggia e lavora al Palestine. Poi deve prendere possesso dell'albergo, non prima di avermi chiarito che delle razzie che stanno devastando la città non intende preoccuparsi: «Non ci importa che gli iracheni saccheggino i ministeri, gli edifici pubblici, i palazzi del potere e i luoghi del regime. In fondo, serve a dar loro un primo senso di giustizia».

Un saluto cordiale ma frettoloso, che precede l'incontro con il direttore dell'hotel, primo esempio concreto di voltagabbana in quest'alba di èra post-Saddam: per settimane lo abbiamo osservato eseguire gli ordini del regime con viscido ossequio. Ora lo vediamo accogliere a braccia aperte il Colonnello, come se per tutta la vita non avesse aspettato altro che vedere il suo albergo invaso dalle truppe americane.

I soldati controllano immediatamente ogni angolo dell'edificio, alla ricerca dei cecchini che non troveranno mai, e alla caccia dei famigerati kamikaze che invece entreranno in azione qualche giorno più tardi nella zona nord della capitale.

Fuori, lo spettacolo sta per cominciare. Come in una regia perfetta per organizzazione e tempismo, in piazza del Paradiso dove nel frattempo si è assembrata una piccola folla, un gruppo di giovani iracheni forti e ben palestrati prende una fune, ne ricava un cappio e cerca di infilarlo attorno al collo dell'enorme statua di Saddam Hussein. Obiettivo: abbattere il mostro di bronzo alto 12 metri. La gente li incita a perseverare nel loro intento, ma è evidente che da soli non riusciranno mai a rimuovere il rais dal suo piedistallo. L'intervento dei marine si rende indispensabile e con uno dei loro blindati, munito di una gru, cominciano a tirare la statua per il collo.

Inutile dirlo: è uno di quegli eventi di massimo valore simbolico e mediatico, trasmesso dalle televisioni di tutto il mondo. Anch'io sono in diretta col Tg1, che seguirà l'avvenimento fino alla fine. Osservo le poche donne uscite di casa con le facce segnate da una stanchezza inesprimibile, gli uomini che con l'aria un po' interdetta partecipano al «linciaggio», i bambini felici perché forse possono tornare a giocare, i vecchi con la memoria troppo lunga per poter credere in un radioso futuro. Molti di loro portano in dono fiori ai nuovi «inquilini» con grandi sorrisi e ringraziamenti. Cantano: «Iraq, noi sacrificheremo per te la nostra anima e il nostro sangue», laddove per anni avevamo sempre sentito: «Saddam, Saddam, noi sacrificheremo per te la nostra anima e il nostro sangue». A un tratto un marine scala letteralmente la statua e copre il volto del rais con una bandiera americana. Un gesto poco opportuno, commento subito con Paolo Di Giannantonio in studio a Roma, dopo tutti i proclami e gli sforzi per essere percepiti dalla popolazione non come una forza di occupazione, ma di liberazione. Nel volgere di pochi istanti dev'essere però accaduto qualcosa, perché subito sale sulla gru anche un iracheno con una bandiera dell'Iraq che viene issata accanto a quella a stelle e strisce. Viene così evitato uno sgradevole incidente diplomatico, ma la svista è un brutto segno premonitore.

La folla non smette di incitare i marine a portare rapidamente a termine l'operazione. Quando la statua finalmente cade, tutti si abbracciano, si stringono la mano, fanno il segno della vittoria. Gli iracheni cominciano a calpestare il colosso e a danzargli sul petto e sul viso, prima di cominciare a colpirlo ripetutamente con pesanti martellate.

Luay, ancora frastornato dalla rapidità degli eventi, mi fa notare che molti di coloro che ora inneggiano alla caduta del rais sono gli stessi che lo hanno osannato fino a poche ore prima. È un fenomeno che conosco bene, e che accomuna tutti i crolli di regimi. Ho assistito all'abbattimento di molte statue e molti simboli. Da Mosca a Varsavia a Berlino: per la popolazione è sempre un momento liberatorio ma non solo. La maggior parte della gente, complice militante o silenziosa della dittatura, in questi momenti si trova inevitabilmente a fare i conti con la propria connivenza, la propria vigliaccheria, la propria identità frantumata, la propria storia annullata. Nell'attesa di un futuro senza ruoli né certezze. Un trauma ancor più difficile da superare quando la «liberazione» è portata dallo straniero. In fondo, sia nell'Europa comunista sia nell'ex Unione Sovietica si erano formate, seppur a fatica, forze di opposizione organizzate. Non così in Iraq, dove non a caso gli oppositori sono praticamente tutti iracheni in esilio che hanno scelto di condurre la battaglia fuori dal loro Paese.

Ecco quello che forse manca in questa festa: i protagonisti di una resistenza. In Iraq, ogni opposizione è stata sterminata senza pietà quando si è fatta sentire; chi è riuscito a sopravvivere si è rifugiato nella clandestinità e non osa ancora uscire dal silenzio. Rispetto alla folle notte d'euforia a Berlino, con centinaia di migliaia di persone a festeggiare col freddo nelle strade della metropoli tedesca il crollo dell'orrendo muro, questa di Baghdad è un'allegria contenuta nei modi e nei numeri. Ci sono poco più di trecento persone e l'avvenimento ha tutta l'aria di essere stato organizzato per le televisioni.

Mi si stringe il cuore nel vedere sui volti di tanti iracheni il senso di gioia, ma anche di smarrimento. Se è vero che la stragrande maggioranza della popolazione ha atteso questo momento per anni, è altrettanto vero che ora si apre per loro una fase di incertezza e di instabilità. Democrazia e benessere non sono dietro l'angolo. E poi ci sono tutti quelli che, vuoi per convenienza, vuoi perché ci hanno creduto davvero, hanno collaborato con il regime: in un Paese in cui gran parte degli iracheni era membro del partito Baath, sarà difficile trovare qualcuno che in un modo o nell'altro non si sia compromesso con la dittatura. Sicuramente, almeno per quelli che ci hanno creduto, finisce un mondo, e quello che ci sarà domani è per loro molto più incerto che per tutti gli altri.

Gli umori che raccolgo tra la gente sono la conferma di un groviglio di sentimenti ambigui e contraddittori. Bushra Abeg, che porta in braccio il suo bambino di due anni, non nasconde la sua felicità. «Ecco, adesso per mio figlio c'è un futuro, c'è la possibilità di una vita migliore.» Una madre di quattro bambini, però, lo apostrofa severamente: «Non mi piace vedere qui in Iraq un esercito straniero, ma tutti quelli che hanno tentato di liberarsi di Saddam sono stati uccisi. Gli altri non avevano scelta: vivere in silenzio con la paura addosso». Kassim, che abita di fronte alla piazza, è ancora più drastico: «Questa è la distruzione dell'Islam. Dopotutto l'Iraq è il nostro Paese e Saddam era un musulmano. E che ne è stato di tutte le nostre donne e dei nostri bambini morti nei bombardamenti? Non permetteremo mai agli americani di stare nel nostro Paese».

Mahdi sprizza felicità da tutti i pori, mentre Fahdi, l'autista del mio collega inglese della Itn, John Irvine, quando incontra il primo marine gli stringe la mano e dice: «Sono contento di vedervi ma vi avrei voluto vedere nel 1991». Il soldato, un po' imbarazzato, cerca di scherzare e gli risponde: «Ha ragione, è stato un viaggio molto lungo per arrivare fino a qui». Salah, il fidato autista di Jacques, uomo solitamente molto controllato, scoppia in lacrime come un bambino. È tutto finito. Sono lacrime di rabbia e umiliazione più che di gioia. Lui, nazionalista sunnita che per anni ha servito nell'esercito del suo Paese, si ritrova occupato da una forza straniera. Jacques lo abbraccia e lo lascia piangere in pace.

La prima reazione del presidente americano alla caduta della statua di Saddam Hussein è di esultanza: «L'hanno fatto cadere. È un evento storico». L'indomani Bush decide di lanciare un appello televisivo assieme al suo alleato, Tony Blair, per annunciare al popolo iracheno la fine di Saddam Hussein e la prossima istituzione di un governo democratico. Peccato che nessuno possa vederli, perché la capitale è priva di elettricità e la televisione non trasmette più. All'ottimismo dei due più accaniti fautori di questa guerra si contrappone la cautela dei loro comandi militari, che precisano che la guerra non è ancora finita e la capitale è tutt'altro che una città sicura. Si aspettano ancora forme di resistenza, e si temono soprattutto attentati suicidi.

La sera del 9 aprile, un grande assente si profila nel nuovo paesaggio che si sta rapidamente disegnando nell'Iraq liberato: Saddam Hussein. Anche se gli americani minimizzano l'importanza della sua cattura, la vittoria di Washington non sarà completa finché il padrone dell'Iraq sarà in libertà. Ho la strana impressione che come in Afghanistan, come nella sua lotta contro al-Qaida, l'amministrazione Bush sia pronta ad accontentarsi di un mezzo successo. L'annuncio a effetto è diventato l'obiettivo primario del presidente e dei suoi principali consiglieri, in particolare del segretario alla Difesa Donald Rumsfeld. Eppure, la storia recente avrebbe dovuto insegnargli qualcosa: Osama bin Laden è ancora libero, e la minaccia che rappresenta è quanto mai reale. Dovrebbero diffidare anche di un uomo come Saddam Hussein. È sopravvissuto a bufere che avrebbero travolto chiunque altro: la guerra contro l'Iran, l'invasione del Kuwait, i molteplici tentativi di colpo di Stato contro di lui... Quarant'anni dopo il golpe appoggiato dalla Cia che ha segnato l'inizio dell'ascesa al potere del tiranno di Baghdad, Saddam è la bestia nera di Washington, e potrebbe diventare il suo incubo peggiore.

Ora che il furore della battaglia si è placato, sul prato di fronte all'Hotel Palestine, da dove molti giornalisti trasmettono, c'è una strana commistione di personaggi. Da una parte sono accampati i marine con i loro blindati e i loro sacchi a pelo; dall'altra, a pochi metri di distanza, bivaccano decine di volontari arabi arrivati in Iraq per battersi al fianco di Saddam Hussein, che si sono ritrovati in mezzo alla confusione dell'arrivo degli americani e non hanno più un posto dove andare. Non hanno fatto in tempo a combattere né a farsi esplodere, come molti di loro avevano promesso. Non sanno se verranno considerati prigionieri di guerra, oppure se verranno semplicemente rispediti nei loro Paesi d'origine: la Siria, la Giordania, il Sudan, il Libano. I soldi per partire in taxi in ogni caso non li hanno. I marine, anche loro un po' sperduti, sono ignari della presenza di questi strani compagni di ventura. Ma una notte gli aspiranti kamikaze scompariranno, ritornati da dove sono venuti o arruolati in nuove avventure. Nessuno lo sa.

I giovani soldati americani diventano invece i nostri nuovi «custodi». Hanno l'aria di non sapere bene dove si trovino, il che li rende protagonisti involontari di non poche gaffe. Un giorno assisto alla scena di due marine che entrano all'hotel e alla reception con tono tracotante chiedono a Muhammad dove sono i telefoni, perché hanno bisogno di chiamare casa. Il poveretto risponde, scusandosi, che non ci sono telefoni, che le linee non funzionano. Ma i due insistono e chiedono: «Come mai non funzionano? Come mai non possiamo telefonare?». Finché mi permetto di intervenire, spiegando che i telefoni non funzionano più perché loro hanno bombardato le centrali di telecomunicazione. A quel punto, leggermente imbarazzati, si scusano, pregandomi di autorizzarli a utilizzare i nostri satellitari, perché da tre settimane non comunicano più con le loro famiglie. Volentieri acconsento.

Un altro episodio, che indica nella sua stereotipata banalità quanto poco siano informati questi giovani guerrieri che arrivano da oltreoceano, avviene con Nayla mentre conversiamo con un gruppo di soldati. Uno di loro le chiede: «Da dove viene? È irachena?». «No, sono libanese» risponde lei. Commento del marine: «Ah, quindi viene dal Paese delle piramidi, dal Paese dei faraoni, è un bellissimo Paese! Complimenti, complimenti!». Replica un po' sconsolata di Nayla: «Be', più o meno». E così si chiude la conversazione culturale con i nostri marine.

In effetti, il 9 aprile a Baghdad si sono incontrati due mondi. Che però stentano a capirsi. Due mondi che da cinquant'anni a questa parte si sono giurati spesso amicizia e fedeltà, ma che si sono sempre fatti la guerra. Non è la prima volta che gli Stati Uniti dichiarano di avere un grande progetto «civilizzatore» per la regione. Avevano già promesso l'avvento di un'èra migliore nel 1982, dopo l'invasione israeliana del Libano e l'allontanamento di Yasser Arafat, il capo dell'Olp, e nel 1991, dopo la mobilitazione di una coalizione internazionale per cacciare Saddam Hussein dal Kuwait. Le loro promesse non sono state mantenute, ma sono state puntualmente rinnovate dal presidente Bush, prima di lanciare il suo Paese e il resto del mondo in una nuova e pericolosa avventura mediorientale.

CAPITOLO 22

LA GUERRA È FINITA?

LA GUERRA È DURATA tre settimane: il tempo per i carri armati americani di farsi strada nel deserto dal Kuwait fino a Baghdad. La conquista della capitale irachena è avvenuta in cinque giorni. Gli esperti militari potranno studiare questa campagna, «Libertà per l'Iraq», e trarne le conclusioni. Il primo esercito al mondo è stato incisivo come previsto? Le bombe intelligenti hanno colpito i bersagli con la precisione promessa? Qual è stato l'atteggiamento dell'esercito di Saddam? Si è battuto o si è semplicemente dissolto di fronte all'avanzata americana? Qual è stato il contributo dei volontari arabi, i kamikaze iracheni? Quanti soldati e quanti civili sono morti in questa nuova guerra del Golfo? Sono domande alle quali bisognerà dare una risposta. E gli specialisti sapranno sicuramente trovarla. Il bilancio del conflitto potrà essere fatto soltanto in seguito, a bocce ferme.

Ciò che mi colpisce di più, in questo primo giorno di calma del 10 aprile, è il fatto che non si sia verificato nessuno degli scenari apocalittici previsti prima della guerra: le armi chimiche e biologiche non sono state utilizzate, i giornalisti stranieri non sono stati presi in ostaggio dalle autorità irachene, la guerriglia urbana non ha avuto luogo, l'assedio che avrebbe dovuto affamare la città è stato evitato. Il popolo non si è né sollevato per sostenere gli americani né mobilitato per difendere Saddam Hussein. Si è trattato forse dell'ennesimo eccesso d'immaginazione da parte della stampa, condotta su una falsa pista dalle sue fonti? Oppure c'è un «dietro le quinte» che dev'essere ancora indagato?

L'unica certezza, all'indomani della vittoria statunitense, è questa presenza dei carri armati americani sotto le finestre della mia camera, nel parcheggio del Palestine, e davanti all'ingresso dell'hotel. I blindati si schierano anche nelle vie d'accesso al Palestine e allo Sheraton, in particolare lungo il Tigri, in Abu Nawas Street. I loro cannoni sono rivolti verso il centro, come se il pericolo potesse giungere proprio dalla città che hanno liberato. Gli imponenti mezzi dispiegati e le misure di sicurezza subito messe in atto mi appaiono come altrettanti ostacoli da superare. Ero abituata a eludere la sorveglianza via via sempre meno attenta dei nostri guardiani iracheni, ma ora mi rendo conto che far ragionare un soldato americano sarà un compito ben più arduo.

Improvvisamente ho voglia di andarmene, una sensazione strana condivisa da molti miei colleghi che stanno già lasciando la capitale irachena.

L'albergo è rapidamente invaso dai marine e dai colleghi *embedded* che li seguono sin dal Kuwait: e noi, giornalisti che abbiamo vissuto insieme a Baghdad questo eccezionale momento storico, ci sentiamo stranamente di troppo. Siamo travolti da corrispondenti in uniforme che s'identificano con i soldati che hanno accompagnato. E da giovanissimi soldati, armati e infagottati nei loro giubbotti antiproiettile, che sembrano così estranei a tutto ciò che succede qui. Si godono il riposo degli eroi, attraversano la hall del Palestine con il passo pesante dei guerrieri stanchi, cercano di assumere lo sguardo lontano di chi è giunto al limite delle forze umane ed è tornato vittorioso.

Senza dubbio, come molti altri giornalisti, ho visto troppo da vicino la sofferenza di una città e dei suoi abitanti, e il pensiero della caduta di Saddam Hussein non basta a cancellarne l'immagine. Negli iracheni con i quali ho vissuto negli ultimi tre mesi, il sentimento di aver subìto l'ennesima umiliazione sembra per il momento più forte della gioia per la sconfitta del dittatore che li ha portati nel baratro.

Alcuni miei colleghi che se n'erano andati prima dello scoppio della guerra sono tornati. Abbracciano tutti coloro che sono rimasti, precisando quanto è loro dispiaciuto dover partire. Cercano di spiegarsi, di giustificarsi; ma nessuno di noi ha chiesto nulla.

Sono stupita dalla giovane età dei soldati americani. Sembrano tutti appena usciti dalle cittadine di provincia in cui sono stati reclutati. Non mi piace leggere l'innocenza negli occhi di un uomo armato. Non mi piace leggere l'incertezza negli occhi di un soldato che ha il diritto di uccidere se si sente minacciato. Eppure è proprio ciò che accade quando capita di incrociarli in ascensore, nel corridoio o sulla porta dell'atrio mentre camminano col dito sul grilletto. Il mondo, per loro, si divide in amici e nemici e in questa situazione così indefinita non sono sicuri di saper cogliere la differenza. Nei giorni che seguiranno, saremo tutti testimoni di incidenti che rafforzeranno questa sensazione iniziale. I giovani marine si mostrano particolarmente nervosi, urlano ordini e contrordini ai giornalisti (peraltro sempre identificabili dal pass bene in vista) che cercano di entrare nell'hotel. Spianano il fucile contro le automobili che superano il perimetro di sicurezza del Palestine e procedono a perquisizioni sommarie all'interno delle vetture.

Nelle intenzioni degli americani, il Palestine dovrebbe diventare la sede della nuova, embrionale amministrazione provvisoria. Nei saloni dell'albergo, utilizzati durante la guerra dai funzionari del ministero dell'Informazione come uffici, si lanceranno nell'ambiziosa impresa di rimettere in piedi il Paese e, soprattutto, cercheranno di dare l'impressione di essere in grado di farlo. Una volta diffusa la notizia della loro presenza, l'hotel diventerà il punto d'incontro per tutti quegli iracheni che desiderano aiutare gli americani in questa impresa, nonché di coloro che vogliono vederli andar via il più rapidamente possibile. Piazza del Paradiso, teatro per qualche ora della demolizione altamente mediatica della statua del rais, diventerà il luogo privilegiato delle manifestazioni di scontento contro le forze di occupazione.

Il Palestine non è il Ritz di Parigi alla fine della Seconda guerra mondiale: l'atmosfera assomiglia piuttosto a quella dell'Hotel Rashid durante la prima guerra del Golfo, o a quella dell'Hotel Continental a Saigon durante la guerra del Vietnam. Ognuno cerca di farsi avanti. Consiglieri di ogni genere, capitribù circondati da guardie del corpo, cercano di farsi ascoltare. Muhammad Mohsen Zubeidi si autoproclama «governatore dell'Iraq», mentre il «generale» Jaudat Obeidi afferma di essere il nuovo sindaco di Baghdad. I due uomini tentano di far credere di avere l'appoggio degli americani, benché costoro smentiscano.

Una ventina d'impiegati, sui 450 normalmente presenti, è tornata al lavoro nell'hotel. Le vivande scarseggiano e gli ascensori si bloccano spesso, malgrado le promesse di un rapido ritorno dell'elettricità. Sui prati i marine hanno montato le loro tende, i bambini giocano ai cambiavalute offrendo dinari iracheni in cambio di bigliettoni verdi, mentre gli adulti si dedicano a ogni genere di piccolo traffico. Un orologio con il ritratto di Saddam Hussein viene trattato intorno ai 50 dollari, ma il volto dell'ex dittatore su un semplice distintivo non ne spunta più di 2 o 3. I portachiavi, sempre con la sua effigie, ne valgono 5.

L'uomo tuttavia resta introvabile. A Baghdad si sprecano le illazioni sulla sua sorte, soprattutto dopo la capitolazione della sua città natale, Tikrit, conquistata il 17 aprile senza che i suoi fedelissimi, che avrebbero dovuto difenderla «fino all'ultima pallottola», abbiano sparato un solo colpo. Come racconterà un comandante della Guardia repubblicana, Abu Mush, la sua unità si è dileguata nel nulla, passando in nove giorni da trecento uomini a uno solo, lui. Dal 9 mattina si sono interrotte le comunicazioni con il quartier generale e da allora, come per un tacito accordo, è cominciata la lenta emorragia: ogni giorno qualche combattente in meno. In gergo militare si chiama diserzione, ma nessuno dei commilitoni ne ha mai parlato. «Se avessero amato ancora Saddam, la guerra non sarebbe mai finita così in fretta, mai» si lamenterà Abu Mush. «Saremmo ancora tutti qui a combattere, per mesi.» Tutti però hanno preferito sparire, i soldati e il loro leader.

Nessun elemento avvalora la tesi che Saddam sia morto, oppure quella che sia nascosto in un'ambasciata o rifugiato in un Paese vicino. Occorrono però notizie certe affinché gli americani possano proclamare la vittoria definitiva della loro campagna. Secondo Ahmed Chalabi, presidente del principale movimento di opposizione iracheno, il Congresso nazionale, Saddam Hussein si nasconde a Baghdad. Dal Libano, il presidente del Parlamento Nabih Berri assicura che il rais si trova all'ambasciata russa della capitale irachena. Mosca definisce tali affermazioni «un delirio». Secondo un'altra voce diffusa, Saddam ha trovato rifugio nel vicino Iran, nemico giurato del rais iracheno fin dal 1980! Per completare il quadro, il segretario americano alla Difesa, Donald Rumsfeld, ha lasciato intendere che alcuni alti dirigenti iracheni sono fuggiti in un altro Stato della regione in rotta con Washington: la Siria.

Nelle ore successive all'arrivo delle truppe statunitensi, gli abitanti di Baghdad, pur dimostrandosi riconoscenti nei confronti degli americani per averli liberati dal despota, esprimono il desiderio che se ne vadano in fretta. «È un giorno felice e triste al tempo stesso. Felice, perché ci siamo sbarazzati di un tiranno sanguinario, ma triste perché un esercito straniero occupa il mio Paese» mi spiega Amjad Saad, il traduttore di Samy. «Spero che si ritireranno il più rapidamente possibile.» Questo sentimento, misto di gioia e preoccupazione, è diffuso ovunque. Le intenzioni dei militari Usa suscitano in molti diffidenza. «Mi sembra di rinascere. Siamo molto felici. Ringraziamo gli americani per averci liberati» spiega Abdallah Jelem, un operaio di trent'anni. «Ma adesso abbiamo bisogno di un governo esclusivamente iracheno che prenda al più presto il loro posto, perché oggi la città è nell'anarchia totale. Non c'è più polizia, soltanto furti» aggiunge, dopo essere stato rassicurato dai giornalisti sull'effettiva scomparsa di Saddam. Nella panetteria dove lavora, Haidar Abed, diciotto anni, si dichiara molto perplesso sul futuro dell'Iraq. «Se non se ne vanno via subito, il Paese precipiterà nella guerra civile, poiché senza un vero governo le persone si attaccheranno a vicenda. Basta guardare ciò che sta succedendo» dice alludendo ai saccheggi. «Gli americani non se ne andranno mai. Non hanno portato qui così tanti soldati solo per fare un pic-nic. È un'occupazione bella e buona» assicura Mander Muhammad, un uomo d'affari di sessantotto anni. Poi aggiunge: «È un giorno molto triste. Abbiamo perduto il nostro Paese: gli americani vogliono cancellarci dalle carte geografiche».

Con il mio amico Hamza dell'Associated Press commentiamo preoccupati il rapido calo della popolarità degli Usa, che pure hanno liquidato uno dei più brutali dittatori dell'intera regione. Hamza è appena tornato dal carcere di Abu Ghraib, centro di tortura ed esecuzioni di massa durante il regime, dove ha incontrato un ex detenuto, Falah Hassan. Condannato a quindici anni per aver rubato dei pantaloni in una tintoria, è stato liberato in occasione dell'amnistia generale e ora è alla ricerca di un generatore. Falah ha raccontato di essere stato torturato tutti i giorni durante i primi sei mesi di detenzione, e ha ricordato le esecuzioni dei prigionieri politici che avvenivano ogni mercoledì, il giorno dopo le visite dei parenti. «I loro fantasmi mi vengono a trovare ogni notte nei miei incubi. Nessuno conoscerà mai davvero i segreti di questa prigione» rivela.

Falah è oggi un operaio di ventisette anni che non mangia e non dorme, «l'unica cosa che faccio è fumare»: una vita spezzata, come quella di migliaia di altri iracheni oppressi da trent'anni di feroce tirannia. Nel corso dei decenni, organizzazioni per la difesa dei diritti umani come Amnesty International o Nessuno Tocchi Caino hanno ripetutamente cercato di far luce sulle atrocità commesse dal regime. Secondo i loro rapporti, i prigionieri venivano uccisi per impiccagione, fucilazione o decapitazione. In Iraq operava una serie di tribunali speciali amministrati dai vari servizi di sicurezza del Paese. Le loro decisioni erano inappellabili e agli imputati non era consentito di avvalersi di avvocati difensori. Molte misure di emergenza, inclusa la pena di morte, erano state stabilite in via transitoria, ma di fatto sono rimaste in vigore per anni. Anche perché l'Iraq, dal 1980, ha costantemente vissuto in stato d'allerta, prima per la guerra con l'Iran, poi per l'invasione del Kuwait e infine per la guerra del Golfo con relativo embargo. Il codice penale iracheno prevedeva la pena di morte per chi tentava di uccidere il presidente, per chi compiva azioni volte a sovvertire il regime, per chi cercava asilo all'estero, e dal 1980 anche per tutti i membri del partito islamico sciita al-Dawa, senza distinzione di età, quindi anche minori di diciotto anni o anziani. Inoltre, la pena capitale era prevista per crimini che andavano dall'omicidio al traffico di droga. Secondo Nessuno Tocchi Caino, nel 1994 il governo iracheno ha pubblicato una lista di decreti che stabilivano aspre punizioni come l'amputazione, la marchiatura e la morte per diciotto diversi reati, tra i quali la corruzione, la speculazione, la falsificazione di documenti, la prostituzione, la diserzione ripetuta per tre volte. I metodi di tortura più frequenti comprendevano scariche elettriche, estrazione delle unghie, violenze sessuali.

Il carcere dalla fama peggiore è sempre stato proprio quello di Abu Ghraib, che avevo visitato il 20 ottobre del 2002, in occasione dell'amnistia concessa da Saddam in segno di ringraziamento per il referendum-farsa che lo aveva incoronato presidente per altri sette anni, con il 100 per cento di voti e di votanti. Una sfida alle leggi della statistica! Più che un penitenziario sembrava un enorme campo di concentramento. Quando si sono aperte le sbarre, ho visto uscire una marea umana ridotta in condizioni spaventose. Ovviamente nessuno dei prigionieri intervistati ha avuto il coraggio di raccontare gli orrori del carcere, particolarmente disumani nei confronti degli oppositori politici, ovvero per chiunque osasse esprimere anche il minimo dissenso. Negli anni, lo ha fatto solo chi è riuscito a rifugiarsi all'estero. I detenuti venivano rinchiusi in piccolissime celle dove rimanevano anche più di un anno senza vedere un essere umano. C'erano prigioni sotterranee in cui i carcerati vivevano praticamente al buio e senz'aria, salvo una mezz'ora al giorno in cui potevano vedere qualche raggio di luce e respirare un po'. Secondo Nessuno Tocchi Caino, sono almeno duecentomila le persone arrestate e di cui poi si è persa ogni traccia. Si ritiene che migliaia di iracheni siano stati giustiziati e sepolti in luoghi segreti. Molti di loro saranno ritrovati nelle fosse comuni, scoperte nel sud del Paese poche settimane dopo l'arrivo degli americani. Sono gli sciiti vittime della sanguinosa repressione del '91.

Per il resto del mondo arabo, l'ingresso dell'esercito statunitense a Baghdad è uno shock: la capitale irachena era infatti considerata la roccaforte della resistenza all'egemonia americana nella regione. Con il sostegno di una massiccia propaganda, Saddam Hussein si era presentato a milioni di arabi come il futuro liberatore della Palestina, promettendo che avrebbe cacciato le truppe Usa di stanza nel Golfo. Perfino gli elementi più marginali del movimento palestinese erano ricevuti con tutti gli onori, spesso da Saddam in persona. In un Paese in cui la minima critica al capo poteva equivalere a morte certa, gli iracheni incensavano il rais per il sostegno finanziario che prestava all'Intifada palestinese, benché a loro mancasse tutto.

L'idea di un'amministrazione provvisoria americana in Iraq suscita l'ostilità immediata del mondo arabo; in particolare, attira serie critiche la personalità del «proconsole» scelto da Washington, Jay Garner. L'Egitto e molti altri alleati degli Usa nella regione hanno ripetuto, sin dalle prime notizie sulla caduta del regime, che doveva essere il popolo iracheno a scegliere da solo il proprio governo. L'Arabia Saudita, la Giordania, il Kuwait e il Bahrein hanno sottoscritto questa posizione. La scelta di Garner è apparsa subito come un passo falso: intrattiene stretti rapporti con Israele ed è un falco dell'amministrazione americana. Il suo nome è associato in particolare all'Istituto ebraico per la sicurezza nazionale (Jinsa), un gruppo di studio con sede a Washington, sostenitore di una politica di stretti legami tra Israele e Stati Uniti. Nell'ottobre del 2000, ha firmato una petizione del Jinsa che rendeva omaggio alla politica di fermezza dell'esercito israeliano nei confronti della rivolta palestinese. Questo episodio sarà rapidamente messo a tacere con la sostituzione di Garner. Scelto dal Pentagono, l'ex generale si è mostrato da subito incapace di gestire il caos post-bellico. Al suo posto è subentrato un uomo nuovo, che ha lavorato per il dipartimento di Stato: Paul Bremer. Ma Bremer, ex ambasciatore ed esperto di controterrorismo, ha esordito con due decisioni azzardate: il 16 maggio ha comunicato lo scioglimento del partito Baath e a seguire, il 22 maggio, quello dell'esercito iracheno.

Nella liquidazione del Baath – che nei suoi tempi migliori aveva incarnato le aspirazioni di milioni di arabi a un potere laico moderno e nazionalista – molti arabi vedranno un'altra dimostrazione di arroganza e la riprova della natura coloniale della presenza americana.

Il secondo passo falso è stato la dissoluzione dell'esercito, un'istituzione che era certo al servizio di Saddam Hussein, ma che è stata soprattutto vittima dei suoi errori e della sua megalomania. Gli è rimasto fedele finché è rimasto fedele alla nazione. L'esercito ha anche alle spalle una guerra sanguinosa contro l'Iran di Khomeini, sostenuta dalle monarchie del Golfo e dai Paesi occidentali. Come possono sentirsi ora i suoi capi e i suoi soldati semplici che hanno perduto centinaia di migliaia di commilitoni sul campo di battaglia? Sicuramente umiliati e soprattutto disoccupati: quattrocentomila di loro sono oggi a spasso e sono armati. Nell'estate del 2003, Bremer non è ancora riuscito a riportare in Iraq legge, ordine, acqua ed elettricità. E ancor meno a mettere in moto la ricostruzione politica, sociale ed economica del Paese. Un'impresa forse troppo ambiziosa anche per la nazione più potente del mondo.

Capitolo 23

NAUFRAGIO E CAOS

Il seguito degli avvenimenti non farà che rafforzare i timori di arabi e iracheni sul livello di autentico coinvolgimento degli Stati Uniti in un serio progetto di ricostruzione del Paese.

Il caos è scoppiato improvvisamente. Nella città, priva di acqua corrente, energia elettrica e linee telefoniche, i rifiuti non vengono raccolti da giorni e si accumulano lungo i marciapiedi in ammassi pestilenziali. La polizia è scomparsa e tutte le amministrazioni sono paralizzate. I saccheggi cominciano subito e dureranno per molti giorni. Il cielo è oscurato dal fumo degli incendi appiccati dai vandali che devastano la città. Sotto gli occhi dell'amministrazione provvisoria americana e delle sue truppe, si crea un nuovo paesaggio politico e sociale all'insegna della violenza e dell'anarchia.

Le prime avvisaglie del formidabile sisma che sconvolgerà il Paese e la regione provengono dalla periferia di Baghdad: Saddam City, ribattezzata al-Sadr City, dal nome dei due famosi ayatollah sciiti iracheni, padre e figlio, uccisi dal regime l'uno nel 1980, l'altro nel 1999. È un sobborgo di due milioni di abitanti, formidabile serbatoio di frustrazioni politiche ed economiche durante la dittatura di Saddam Hussein. Dopo l'ingresso degli americani in questo quartiere di disperati, le strutture del potere – come le sedi del partito Baath e le stazioni di polizia – vengono attaccate e devastate. In seguito, colonne di persone escono dai loro tuguri per saccheggiare le istituzioni del governo nel resto della città. I ministeri e le amministrazioni sono spogliati di tutto ciò che si può portare via. Gli edifici vengono dati alle fiamme, mentre le dimore dei potenti del vecchio regime vengono sistematicamente depredate.

La sera del 10 aprile, bruciano già i primi cinque ministeri nel centro di Baghdad: quelli dell'Informazione, del Commercio, dell'Educazione, dell'Educazione superiore e dell'Industria. Anche il vecchio mercato del centro commerciale della capitale, in al-Rashid Street, sta andando a fuoco. Non si vedono pompieri. Gli incendi arrossano il cielo notturno della città, mentre grosse nuvole di fumo salgono verso l'alto. Il ponte della Repubblica è ingombrato da carcasse di automobili in fiamme. La barriera è invalicabile e i rari pedoni si chiedono come attraversare il fiume.

Lungo la riva orientale del Tigri, le strade sono percorse da centinaia di bande di saccheggiatori completamente fuori controllo. Le forze di polizia, onnipresenti prima della caduta del regime, sono svanite nel nulla. Bambini cenciosi, adolescenti sovraeccitati e gruppi di adulti partecipano a questa devastazione sistematica. Alcuni luoghi che ispiravano terrore, come lo stato maggiore delle forze aeree o le sedi dei vari servizi di sicurezza, diventano per i ladri terreno di conquista. Ma la smania di saccheggio non ha limiti: colpisce anche gli ospedali e gli ambulatori della Croce Rossa irachena, da dove vengono sottratti letti, tavoli operatori e attrezzature scientifiche.

Gli abitanti terrorizzati si barricano in casa, e gli unici veicoli in circolazione sono quelli dei vandali, carichi di tutto ciò che può essere portato via. Nei quartieri abbandonati all'anarchia non c'è un solo soldato americano. Quando viene loro chiesto per quale motivo non intervengano per fermare le devastazioni, rispondono di non aver ricevuto disposizioni in tal senso.

Tuttavia, gli Stati Uniti vengono rapidamente messi in guardia, in particolare dalle organizzazioni internazionali: la

Quarta convenzione di Ginevra, che regolamenta la protezione della popolazione civile in tempo di guerra, prevede un certo numero di obblighi da parte della «potenza occupante», che ha il dovere di garantire i servizi essenziali. «L'autorità di occupazione» recita l'articolo 55 «ha l'obbligo di assicurare, nella misura massima consentita dai mezzi a sua disposizione, cibo e medicinali alla popolazione; è suo compito, in particolare, nel caso in cui le risorse del territorio occupato fossero inadeguate, introdurre nella misura necessaria generi alimentari, scorte di medicinali e altri articoli.» Secondo l'articolo 56, «l'autorità di occupazione ha l'obbligo di assicurare e conservare, con la cooperazione delle autorità nazionali e locali, le strutture e i servizi medici e ospedalieri, la salute pubblica e l'igiene nei territori occupati [...]». Tra gli altri doveri che spettano alla potenza occupante, si indica «il mantenimento dei servizi pubblici, il divieto di trasferimenti forzati e deportazioni di massa o individuali, e l'interdizione di distruggere beni mobili o immobili, a meno che non si tratti di operazioni militari "assolutamente indispensabili"».

Il 10 aprile vengono saccheggiati anche il centro culturale francese, l'ambasciata tedesca e le ville dei parenti di Saddam Hussein. Le dimore del primogenito del rais, Uday, e della sorella Hala Saddam Hussein, quelle del fratellastro Watban, del vicepremier Tareq Aziz e dei generali nei quartieri di Jadria e Hay Babel sulla riva est del Tigri sono devastate.

Verso le dieci del mattino, l'ospedale al-Kindi, uno dei principali edifici civili della capitale, viene assalito dai vandali, alcuni dei quali armati. Dell'esercito americano non c'è nemmeno l'ombra. Almeno due ambulanze e alcune casse di medicinali vengono portate via senza che il personale possa opporsi. I medici dell'ospedale, in preda al panico, chiedono alla stampa internazionale di intercedere presso i soldati statunitensi per ottenere la protezione dell'edificio. I giornalisti trasmettono il messaggio ad alcune squadre di militari di pattuglia nelle vicinanze, ma gli ufficiali rispondono di non avere l'ordine di intervenire. Da quarantott'ore i delegati del Comitato internazionale della Croce Rossa (Cicr) non possono più visitare gli ospedali della città: lo ha annunciato Roland Huguenin-Benjamin, portavoce dell'organizzazione a Baghdad.

Nella capitale si superano ormai i trenta gradi, e il sole picchia su una città sempre più violentata. Quando vado con Enrico al pronto soccorso del Saddam Hospital for Children (Shc), nel quartiere centrale di al-Mansur, vedo che i medici curano i pazienti con i fucili d'assalto in spalla. L'esercito di saccheggiatori che ha invaso le vie della città s'impadronisce di tutto: hanno rubato le medicine, gli stetoscopi, i condizionatori e perfino le incubatrici. Il personale sanitario è disperato, ma cerca di resistere perché in questa emergenza senza fine c'è chi sta peggio di loro, a cominciare dalle centinaia di feriti. Accompagnati da alcuni medici, ci dirigiamo verso i frigo-container parcheggiati nel giardino dell'ospedale. Quando si spalancano i cassoni metallici, veniamo subito travolti da un ripugnante odore di morte. Ammassati ci sono decine di cadaveri, tra cui anche molti bambini, vittime dei bombardamenti delle scorse settimane. Uno dei dottori, armato di mitra, mi spiega che i container sono stati l'unica bara per questi morti che per motivi di sicurezza non potevano essere portati al cimitero. Attorno a noi si forma improvvisamente una piccola folla di familiari alla disperata ricerca dei loro cari. Può succedere che li trovino in una delle fosse scavate nel prato da volonterosi infermieri che si sono improvvisati becchini. Un imam celebra i funerali, per dare almeno l'estremo saluto nel rispetto dei riti religiosi. In lontananza sentiamo ancora sparare, in un'enorme città dove il crepitio delle armi avrebbe dovuto lasciare il posto a un po' di pace e di silenzio.

Nella Saddam Medical City, il più grande centro sanitario della capitale, solo il 10 per cento dei medici e del personale continua a lavorare. «Gli ospedali di Baghdad sono in una situazione caotica e catastrofica» dichiara Peter Tarabula, coordinatore medico del Cicr. «Risentono della mancanza d'acqua, di elettricità e di carburante. Mancano sia i medici sia il personale. Non potranno resistere più di tre o quattro giorni.»

Il luogo più protetto di Baghdad diventa ben presto il ministero del Petrolio, l'unico edificio pubblico importante risparmiato dai saccheggi. Il ministero, un'imponente costruzione color mattone, è sorvegliato da una cinquantina di carri armati americani. Ogni ingresso è difeso da un blindato, e soldati in posizione di tiro sono appostati sui tetti e alle finestre. I curiosi non sono graditi e qualsiasi automobilista che si fermi a pochi metri dall'entrata principale riceve l'ordine di allontanarsi immediatamente. Quando chiedo a uno dei giovani marine come mai abbiano occupato subito questo ministero, mi risponde con un «non so signora, so solo che siamo qui dal primo giorno in cui siamo arrivati».

«Sono venuti dall'altro capo del mondo. Crede forse che l'abbiano fatto per me? L'hanno fatto per il petrolio» si lamenta Salam Muhammad Hassen, un medico che vive nelle vicinanze, indicando il dicastero dell'Irrigazione che è stato incendiato, a pochi metri da quello del Petrolio. Dai depositi fugge un gruppo di ragazzotti dall'aria poco raccomandabile, che non trovando più nient'altro hanno rubato pezzi di computer, convinti – come mi spiega uno di loro – di poterne estrarre le minuscole componenti in oro!

I marine si sono insediati anche nel quartier generale della polizia segreta, uno dei servizi di sicurezza più temuti del regime di Saddam Hussein. È un immenso labirinto da cui sono spariti tutti gli agenti e gran parte dei dossier. All'ingresso, il visitatore viene accolto da stralci del pensiero del presidente iracheno dipinti in oro sui muri. Uno di questi recita: «Governiamo con giustizia, puniamo i criminali». In questo immenso complesso cinto da solide mura di mattoni, sono rare le costruzioni che hanno resistito ai bombardamenti. I sei piani dell'edificio sono ridotti a mucchi di calcinacci. Altrove tutti i vetri sono andati in frantumi, mentre dai soffitti sfondati neon e ventilatori pendono mestamente nel vuoto. Al loro arrivo, i marine non hanno trovato nessuna traccia di vita. Come la maggior parte dei palazzi del potere, anche questi luoghi, che con i loro bei giardini e i muri intonacati sapevano di ricchezza, sono stati abbandonati prima della guerra. Gli uomini del regime tuttavia si sono concessi il tempo di portare via i dossier. Nella prigione, un lungo edificio al centro del complesso, il pavimento degli uffici è disseminato di carte, calendari, ritratti presidenziali strappati, uniformi nere dei Fedaiyyn di Saddam. Le decine di celle una in fila all'altra non sono che gabbie di pochi metri quadrati, «arredate» con una tazza e letti a castello in ferro. Tutte le porte sono aperte.

I giornalisti possono visitare i corridoi e le celle, le camere di tortura e le sale degli interrogatori. Ovunque in città gli abitanti di Baghdad esplorano le prigioni abbandonate, i tunnel, le sedi dell'intelligence o del partito Baath, alla ricerca dei parenti arrestati sotto il regime e di cui non hanno notizie da anni. Fermamente convinti che esistano prigioni segrete in cui languono i loro cari scomparsi, queste persone muovono cielo e terra, chiedendo agli americani di poter accedere ai registri e di aiutarli nelle loro ricerche. «Vorrei chiedere a George W. Bush di aiutarci nella ricerca dei nostri cari fatti prigionieri, di dirci dove possiamo trovarli, poiché ha sicuramente più informazioni di noi» supplica Latifa Daud, una donna di quarantacinque anni, che dal 1981 non ha più notizie dei suoi cinque fratelli. Il loro unico crimine fu «di essere sciiti e di sottomettersi all'obbligo di pregare Dio» aggiunge. Muhammad Ridda, un curdo di Suleymania, mi racconta che è venuto a Baghdad per cercare i suoi tre fratelli desaparecidos: il primo sequestrato dai servizi segreti nel 1980, gli altri due nel '91. Vorrebbe sapere se sono ancora vivi, o almeno vedere un certificato di morte per poter recuperare le salme e dare loro degna sepoltura.

Dopo una visita ai centri di detenzione e di tortura, la nostalgia dell'epoca di Saddam che comincia a farsi strada in molti iracheni appare come colpevole complicità con un pazzo sanguinario. Eppure, a partire dall'11 aprile, i commercianti del centro di Baghdad cominciano a usare le loro armi rimpiangendo apertamente il rais: i saccheggiatori non solo rubano la merce, ma danno anche fuoco ai negozi senza che l'esercito americano intervenga. «Sono dei ladri, dei vandali. Vengono tutti da Saddam City» afferma Muhammad al-Safa, cinquantatré anni, dal suo chiosco di cibi pronti. Dietro di lui si estende il suq al-Arabi, un mercato coperto in mattoni ocra, il cui interno è completamente carbonizzato. «Sono venuti giovedì, hanno rubato tutto e poi hanno appiccato il fuoco» grida disperato Kazem al-Fartissi, cinquantadue anni, che possedeva vari negozi in quest'area dove gli abitanti di Baghdad si recavano ad acquistare materiale elettrico, elettrodomestici e vestiti. «Certo che rimpiangiamo Saddam Hussein. Ai suoi tempi, questo non sarebbe mai successo. Non ci sarebbero stati saccheggi, la polizia li avrebbe impediti. Gli americani sono venuti qui solo per occuparci e portarci alla rovina» aggiunge. Sulla strada, davanti al suq al-Rassafi, un centro commerciale specializzato in abbigliamento, Muhammad al-Chamai, in *jalabiyya* bianca, spara in aria con una grossa pistola nel vedere una banda di saccheggiatori dirigersi verso di lui. Il centro commerciale è completamente devastato. I vetri di almeno duecento negozi sono in frantumi, il pavimento è ricoperto di carta, scarpe e vestiti. «Restiamo qui, perché tutto è infiammabile e se appiccano il fuoco, non rimarrà nulla» dichiara. Afferma inoltre che i commercianti costituiranno una milizia privata per proteggere i loro beni. «Se gli americani non fanno niente, contro i saccheggiatori ci batteremo noi. Non resteremo con le mani in mano mentre tutto viene distrutto. Perché non obbligano i poliziotti a riprendere servizio? Sotto Saddam non si sarebbe mai verificata un'anarchia simile.»

Nello stesso giorno, i ladri forzano i cancelli dell'albergo più famoso di Baghdad, il Rashid. Portano via tappeti, televisori e mobili caricandoli su una quindicina di auto sistemate nel parcheggio. Il pianterreno di un altro grande palazzo della città, il Mansur, vicino al Tigri, è in fiamme e un denso fumo nero s'innalza sopra i tetti dell'edificio. Non si salva neppure la memoria storica del Paese. La Biblioteca nazionale, che conservava documenti originali di eccezionale valore, è stata depredata e poi incendiata; stessa sorte ha subìto il Centro nazionale degli archivi. Il museo archeologico di Baghdad, il più grande del Medio Oriente, che raccoglie oltre 170.000 reperti risalenti sino a diecimila anni fa, è anch'esso preda dei saccheggiatori. Conserva la più importante collezione di opere del ricco patrimonio iracheno, testimonianza delle culture fiorite tra il Tigri e l'Eufrate. «La Mesopotamia è la culla della civiltà occidentale, il luogo in cui la fertilità del terreno rese possibile l'agricoltura, e quindi l'abbandono del nomadismo e la nascita dei primi nuclei urbani e delle prime strutture sociali complesse» ricorderà Piero Cordone, l'italiano che guiderà l'attività di recupero e ricostruzione del patrimonio artistico iracheno.

Quando arrivo nel sontuoso edificio, nelle grandi sale e negli uffici è ancora visibile il passaggio dei «barbari»: ceramiche e statue sono rovesciate a terra, documenti e carte sparpagliati ovunque sul pavimento. Due giovani stanno portando via un antico portale di legno intarsiato. Al volo riesco a chiedere a uno dei due che cosa se ne farà di quella porta. «È roba nostra, è tutta roba nostra» risponde con un sorriso impertinente. E se ne va in fretta e furia con il suo compare.

Per fortuna, più tardi si saprà che il disastro è stato evitato, perché a ridosso del conflitto le autorità irachene avevano fatto nascondere in un immenso deposito, poi murato, oltre 8000 reperti archeologici. Altre 1200 opere verranno invece recuperate ai confini con la Giordania e la Siria (prova che alcuni furti erano su commissione), oppure restituite dagli stessi saccheggiatori. Nella Banca centrale verrà ritrovata anche una delle maggiori scoperte archeologiche della

Storia: il tesoro delle principesse di Nimrod, ovvero circa 650 monili d'oro, un'inestimabile raccolta di gioielli di finissima fattura.

Come ho fatto altre volte decido di andare a trovare il nunzio apostolico. A otto giorni dall'arrivo degli americani, monsignor Fernando Filoni è molto preoccupato. «Ho parlato anche con i vescovi e i sacerdoti, che mi dicono tutti la stessa cosa: la gente si aspettava la libertà ma anche una nuova èra, invece sono minacciati dai saccheggiatori.» E punta il dito contro la superficialità degli Stati Uniti: «Già nel '91, quando presero Bassora, assistemmo a caos, anarchia e distruzioni. Quando si lancia un'operazione di questo genere, non si può arrivare qui senza avere una soluzione pronta. Questo sta creando problemi enormi». L'arcivescovo, che vanta una carriera diplomatica che lo ha portato in Iran e nello Sri Lanka, ma anche in Brasile e nelle Filippine, chiede di non fare di tutta l'erba un fascio: «Non era tutto cattivo. Bisogna distinguere tra un regime liberticida e la gente per bene. Esistevano anche strutture che cercavano di portare avanti gli interessi del Paese: penso al mondo della scuola, dell'università. Conosco professori che svolgevano coscienziosamente il loro lavoro. Ora non sappiamo se e quando saranno ancora in grado di farlo». Monsignor Filoni manifesta ancora una volta le sue inquietudini per il crescente fondamentalismo islamico. «Finora come minoranza cristiana abbiamo avuto certe garanzie, speriamo continui così...» Ancora più incerto appare sui tempi della ricostruzione del Paese: «Ci vogliono molti anni per ricostruire la coscienza di un popolo». Quest'uomo pieno di coraggio e di energia mi appare per la prima volta stanco e sfiduciato, anche se non ho dubbi che continuerà tenacemente a proteggere il suo «gregge» dall'incerto futuro.

Per quanto mi riguarda, il messaggio è chiaro. Gli iracheni devono capire che tutto ciò che Saddam Hussein rappresentava ora è destinato a sparire. Non soltanto l'orrore, ma anche l'ordine, la sicurezza, la disciplina, la memoria e la fierezza di un Paese arabo il cui orgoglio proveniva dal regno di Nabucodonosor o dall'epopea di Saladino. Sconfitti, l'Iraq e gli iracheni si sentono umiliati, ridotti all'impotenza, costretti a chiedere l'elemosina all'occupante.

Gli americani vogliono far capire agli iracheni che il loro sogno di grandezza è ormai finito. Con o senza Saddam Hussein. Possono restare orgogliosi del loro passato, ma dovranno avere una visione ridimensionata del loro futuro. Il petrolio sarà posto sotto controllo e verranno scelti i partner della ricostruzione. Paese sotto tutela dell'Onu da anni, l'Iraq deve passare sotto il controllo dei suoi nuovi occupanti.

Gli Stati Uniti e la Gran Bretagna, dal canto loro, negano di avere cattive intenzioni. Ma nella loro ansia di fare la guerra, di vincerla, di proclamare la vittoria e di concludere affari, hanno dimenticato alcune realtà fondamentali che si imporranno con forza già all'indomani della nuova èra iniziata il 9 aprile. Una di queste sono gli sciiti. Protagonisti indiscussi della scena mediorientale, gli americani li hanno già incontrati in Iran e in Libano e le cose non sono mai andate lisce.

Capitolo 24

SADDAM CITY

La maggior parte dei saccheggiatori scatenatisi nel centro di Baghdad proviene dunque dalla degradata periferia di Saddam City, ormai al-Sadr City. Qui la miseria regna sovrana. In questo immenso dedalo di vie dissestate, le fogne traboccano di melma fetida, i rifiuti si accumulano sotto le finestre, e bambini a piedi nudi disputano l'immondizia ai cani e alle capre. Tra i nuovi ospiti ci sono alcuni cavalli liberati dai palazzi del regime durante le razzie, che si sentono chiaramente fuori posto. I vessilli tricolori dell'Islam (verde, rosso e nero) sventolano sulla facciata delle case. Gli abitanti di questa bidonville per qualche giorno hanno dimostrato ciò che sono in grado di fare. Sono usciti a migliaia dalle loro case di mattoni, prive di comfort e servizi igienici, e hanno marciato verso il centro della città, lasciato sguarnito dai soldati americani. Hanno saccheggiato e bruciato senza ritegno gli edifici del potere da cui si sentivano esclusi, gli uffici dei servizi di sicurezza di cui temevano l'oppressione, gli ospedali e i mercati statali. Il loro esercito di diseredati ha bersagliato le strutture della dittatura, ma anche i luoghi della memoria di una nazione in cui non si riconoscevano.

I capi sciiti hanno bloccato l'ondata di violenza solo dopo aver dato una prova di forza: il potere della strada esiste ed è in mano loro.

La polizia politica di Saddam Hussein ha vietato ai giornalisti ogni contatto con Saddam City. Due giorni dopo l'arrivo degli americani a Baghdad, decido di andarci. Mahdi non è assolutamente d'accordo, teme che la sua bella Gmc bianca attiri l'attenzione dei ladri. Pur essendo sciita, non si ritrova nel messaggio fondamentalista diffuso in questi giorni dalle moschee del quartiere. Lo stesso Luay non è entusiasta all'idea di perdersi nel labirinto di stradine dell'ex Saddam City: è sunnita e il mondo degli sciiti è ai suoi occhi un mistero. Ma io non mi perdo d'animo. Le prime immagini che abbiamo del quartiere in fermento non sono rassicuranti: procediamo a zig-zag lungo grandi viali dall'asfalto rotto in più punti, superando ostacoli e barricate di fortuna disposti per rallentare la circolazione. Alcuni uomini armati osservano con attenzione l'interno dei veicoli. Sorvegliano a piccoli gruppi l'accesso alle vie e alle moschee. A un incrocio le macchine sembrano impazzite. Un gruppo di miliziani brandisce i kalashnikov, e qualcuno spara in aria. Faccio segno a Mahdi di fermarsi. Parcheggia ed Enrico scende, con la telecamera in spalla. Alcuni giovani armati ci spiegano, in un inglese stentato, che stanno dando la caccia ai Fedaiyyn di Saddam e agli «arabi», i volontari giunti dai Paesi vicini per difendere il vecchio regime. Uno di loro mi prende in disparte e mi assicura che tutto questo non c'entra nulla, sono solo due fazioni rivali sciite che si stanno affrontando per il controllo di una zona. Enrico continua a riprendere immagini forti, ma la nostra presenza diventa ben presto fonte di discordia tra i combattenti. Alcuni vogliono che ce ne andiamo il più presto possibile: non sono ancora abituati alla curiosità dei giornalisti televisivi. Altri preferirebbero che rimanessimo ancora un po': sanno che oggi senza la televisione non si fa nulla, né le guerre, né le rivoluzioni, né i cambiamenti di regime... Preferiamo andarcene prima che si mettano d'accordo o che perdano la pazienza.

Il messaggio di rabbia lanciato dai due milioni di sciiti che vivono in questa città senza speranza è rivolto innanzitutto agli Stati Uniti, al loro potente esercito entrato in

Iraq, patria dei luoghi più sacri della religione sciita: Najaf e Karbala. «Se vengono a liberarci devono aiutarci, e non siamo disposti a concedere loro molto tempo» spiega con voce calma lo sceicco Abdel Razzak al-Lami, che svolge la sua missione nella grande *husainiyya* (moschea sciita) al-Rahman, nel cuore di questa bidonville. Ciò che vogliono gli sciiti, aggiunge, sono acqua, elettricità, lavoro. E soprattutto libertà. «Siamo giovani. Davanti a lei c'è il popolo iracheno» aggiunge un ragazzo che dice di chiamarsi Abu Ali, indicando il centinaio di persone che si è radunato intorno a noi per seguire la discussione. «Sappiamo ciò che vogliono gli americani, le loro intenzioni sono chiare: se gli Stati Uniti non cambiano atteggiamento, sarà la guerra civile.»

I religiosi sciiti che abbiamo incontrato parlano oggi senza timori in maniera chiara e articolata; lo fanno per la prima volta da quando il partito Baath ha preso il potere nel 1968. Parlano alla stampa, spiegano le loro esigenze e non esitano a proferire minacce dirette contro i nuovi padroni dell'Iraq.

In una delle moschee più grandi della periferia, al-Rasul, la porta è sorvegliata da un gruppo di giovani armati. Ai piedi del minareto sono appostate due vedette. Luay spiega chi siamo ed entriamo mentre è in corso la preghiera. Siamo invitati a sederci nell'attesa che l'imam termini la sua predica. Enrico si toglie le scarpe e comincia a riprendere. La moschea è piena di fedeli che si inchinano fronte a terra in segno di obbedienza verso l'Onnipotente. Il leader religioso ha messo davanti a sé una pistola automatica, e il suo fervore sembra indirizzarsi sia ad Allah sia all'arma che potrà aiutarlo a realizzare i suoi desideri. In fondo alla grande sala, c'è una vera e propria grotta di Ali Baba. Vi si trova di tutto, compresa una moto Bmw. Mobili, tappeti, computer, utensili da cucina, forniture per ufficio. Tutto ciò che è stato rubato nei giorni precedenti e di cui gli imam hanno chiesto la restituzione. Non appena l'Iraq sarà dotato di un governo democratico i beni rubati verranno restituiti, assicurano. Fra me e me penso che i saccheggiatori hanno ancora tanto tempo davanti a sé.

La preghiera si conclude e lo sceicco Ali al-Shawki ci viene incontro. Il calcio di un'arma spunta dalla veste tradizionale dell'uomo di Dio, con una fitta barba corvina e un turbante nero in testa. È un uomo alto e parla lentamente, con voce stentorea. Si muove con disinvoltura nel suo abito tradizionale, e negli occhi di coloro che lo seguono si legge il rispetto. È l'immagine della nuova sicurezza che gli sciiti vogliono trasmettere.

«Né Saddam né l'America controllano l'Iraq, il potere è nelle mani dei capi religiosi» afferma sicuro Ali al-Shawki. «All'epoca di Saddam, non avevamo il diritto né di parlare né di muoverci, e questo gli Stati Uniti lo sapevano benissimo. Perché hanno aspettato così tanto prima di intervenire?» si interroga il *sayyid*. «Ringraziamo gli americani se sono venuti a liberarci, ma se sono qui per colonizzarci li tratteremo come nemici e li combatteremo con ogni mezzo» minaccia l'imam della moschea al-Rasul. A sostegno dei suoi propositi, si circonda di miliziani armati di kalashnikov e la sua guardia del corpo, vestita completamente di nero, porta una pistola argentata appesa alla cintura.

Durante il colloquio rimango di stucco nel veder entrare un'altra équipe televisiva. Si tratta di persone che conosco bene perché le ho incontrate in Libano: lavorano per al-Manar, la televisione di Hezbollah. La loro presenza è rivelatrice dei legami esistenti fra questa organizzazione – un movimento politico sponsorizzato dall'Iran, presente in Parlamento a Beirut e punta di diamante della lotta contro Israele nel sud del Libano – e gli sciiti iracheni. E questi legami non promettono niente di buono per gli Stati Uniti.

Nell'immediato dopoguerra, gli sciiti non sono per niente soddisfatti dei progetti legislativi elaborati dall'amministrazione di George W. Bush. I dirigenti della comunità considerano un'aberrazione la supremazia assegnata da Washington ai gruppi di opposizione in esilio. Gli imam incontrati ad al-Sadr City, dove le truppe americane non osano mettere piede, chiedono la creazione di un governo che riunisca tutte le comunità irachene: sciiti, sunniti, curdi e perfino i cristiani in nome di un sistema democratico. Ma quando domando ad al-Shawki quale sia l'obiettivo finale degli sciiti, la risposta è immediata e decisa: «La creazione di uno Stato islamico. Tutti i Paesi musulmani auspicano che i loro governi seguano la *sharia,* la legge islamica».

I capi religiosi dei sobborghi più degradati hanno cominciato con una rapidità sorprendente a gettare le basi del loro potere. La grande moschea di al-Mohsen, al centro di al-Sadr City, chiusa nel 1999 dal regime, ha riaperto i battenti per diventare un centro di preghiera, ma anche la sede di un governo locale sorto per ristabilire l'ordine. Gli abitanti si affollano nell'atrio per chiedere aiuto, denaro, acqua o il ripristino dell'elettricità. Dagli altoparlanti del minareto, utilizzati per chiamare alla preghiera, e da quelli collocati sui tetti delle ambulanze, gli imam esortano i funzionari delle amministrazioni pubbliche a ritornare al loro posto il più presto possibile, e invitano i ladri a rendere il maltolto. «È un luogo particolarmente sacro per noi, ma non organizziamo sedute di preghiera» dice lo sceicco Amar al-Saadi, spiegando che per il momento i responsabili della moschea danno priorità alle «questioni pratiche, come per esempio il ripristino dell'ordine». Secondo al-Saadi, i leader religiosi sono gli unici ad aver mantenuto la loro autorità a Baghdad dopo l'entrata dei carri armati statunitensi. Anch'egli ritiene che «gli americani dovrebbero andarsene il prima possibile. Gli iracheni sono in grado di nominare un nuovo governo e controllare la situazione senza l'aiuto di nessuno».

Questa periferia è il braccio armato del potere sciita, ma la mente è in un quartiere centrale di Najaf, 190 chilometri a sud di Baghdad: nella *hawza,* la potente università religiosa. È qui che i saggi pronunciano le *fatwa,* i decreti emanati dalle autorità religiose islamiche, e attendono obbedienza. «È un po' come il Vaticano» commenta lo sceicco Adnan al-Shehmahni. «È l'istituzione dove non solo s'insegna, ma si forniscono anche le istruzioni per organizzare la vita delle persone.» È la più antica delle scuole religiose e risale al IX secolo. È stata fondata persino prima dell'università sunnita di al-Azhar, in Egitto. «Finché si segue la via della religione, si segue la via della giustizia» afferma solennemente Shehmahni. «È l'unica via per il popolo iracheno» conclude.

Najaf è considerata sacra poiché vi sorge il mausoleo dell'imam Ali, genero di Maometto. Le strade brulicano di religiosi. Circa quattromila studenti frequentano cinque giorni alla settimana la *hawza*, composta da una ventina di scuole, ognuna delle quali è diretta da un ayatollah. Gli ayatollah costituiscono i cosiddetti «saggi» di Najaf. I fedeli ne scelgono uno e fanno capo a lui per tutto, comprese le vicende della vita personale e quotidiana, come per esempio i matrimoni. L'ayatollah Ali Sistani è attualmente il punto di riferimento supremo. Ha invitato il popolo, «in nome di Dio e secondo le leggi dell'Islam», a «restare calmo di fronte agli eventi» e a non saccheggiare i beni pubblici e privati. Ma rifiuta di occuparsi di politica. Ciò nonostante, è stato minacciato da uomini armati che hanno circondato la sua casa nel centro storico della città. Alcuni fedeli temono per la sua vita, dopo l'omicidio di un capo religioso sciita filo-occidentale, Abdel Majid al-Khoi, avvenuto all'interno del mausoleo di Ali all'indomani dell'ingresso degli americani a Baghdad. Un altro dei religiosi meno ostili agli Stati Uniti, l'ayatollah Muhammad Bakr al-Hakim, leader del principale movimento sciita, troverà la morte a Najaf nel devastante attentato del 29 agosto: l'esplosione di un'autobomba davanti al mausoleo di Ali, che ha provocato oltre cento morti.

Il crescente potere degli sciiti è il tratto più marcato del post-Saddam. Non so se gli strateghi americani l'avessero previsto prima di lanciarsi nell'avventura irachena; sono però sicura che se vorranno davvero stabilizzare il Paese non potranno ignorarli. Bisognerà considerare le varie interferenze che possono condizionare la comunità, con l'Iran in primo piano: è uno Stato sciita, e ha dato per anni rifugio al principale movimento politico di opposizione a Saddam Hussein, il Supremo consiglio per la rivoluzione islamica in

Iraq (Sciri), nonché al suo braccio armato, la brigata Badr. Anche se, adesso, rischiano di crearsi tensioni tra Najaf e Qom, il centro di pensiero sciita iraniano che rivendica la direzione spirituale della comunità. L'altro elemento sciita di spicco nel mondo arabo è dato dagli hezbollah libanesi, che animano l'unico fronte (se si esclude quello palestinese) ancora aperto con Israele.

L'aspetto più interessante della questione è capire come l'Iran e gli hezbollah gestiranno la presenza americana in Iraq. Se dovessero considerare gli Stati Uniti troppo vicini alla loro sfera d'influenza, avrebbero due possibilità: o rassegnarsi a veder diminuire il loro peso nell'area, o decidere di affrontare gli «invasori». Gli americani hanno avuto brutte esperienze sia con l'Iran sia con gli hezbollah, ben prima che al-Qaida e Osama bin Laden scatenassero la loro offensiva terroristica. Tutti ricordano ancora gli attentati a Beirut nel 1983 contro l'ambasciata Usa e contro il quartier generale dei marine della forza internazionale. Non bisogna neppure dimenticare gli episodi degli ostaggi statunitensi a Teheran durante la rivoluzione islamica, e poi di nuovo a Beirut, che per anni hanno paralizzato la politica di Washington in Medio Oriente.

Di fronte alla sfida sciita, gli americani contano senza dubbio sulle divisioni interne della comunità. Sperano che gli elementi più moderati e «occidentalizzati» finiranno per avere la meglio sugli estremisti. Eppure dovrebbero adottare questa strategia con grande cautela, poiché in Libano si è rivelata fallimentare.

Esiste però un'altra ipotesi, molto suggestiva ma forse troppo machiavellica. Gli americani non sono affatto ingenui. Potrebbero considerare la nascita di un regime teocratico in Iraq un'alternativa migliore rispetto alla costituzione di uno Stato arabo laico e moderno, che alla lunga potrebbe essere visto da Israele come un concorrente. Sarebbe un altro modello di democrazia in Medio Oriente. Un Paese teocratico vittima di divisioni interne potrebbe perfino «ospitare» un livello tollerabile di sostegno al terrorismo, in modo da giustificare contemporaneamente sia la presenza di truppe americane nel Golfo sia la politica repressiva di Tel Aviv nei confronti dei palestinesi.

Quando rientro al Palestine, incrocio il mio amico Ulli Tilgner della televisione pubblica tedesca Zdf che mi dice di avere uno scoop. Incuriosita, salgo di corsa con lui nella sua stanza adibita a saletta di montaggio, dove mi mostra le immagini del generale Amer al-Saadi che si consegna agli americani! Ulli ha ragione: è un vero scoop. Il primo dei cinquantacinque super-ricercati di Washington, il consigliere di Saddam per gli armamenti, si costituisce ai nuovi padroni dell'Iraq. Mentre Ulli mi fa gentilmente una copia della cassetta, mi racconta come ha incontrato il generale che per mesi è stato l'interfaccia del regime con gli ispettori dell'Onu e il volto che rappresentava il rais nel mondo, nelle conferenze stampa trasmesse in diretta planetaria.

La mattina dopo l'entrata trionfale delle truppe alleate a Baghdad, al-Saadi ha appreso dalla radio della Bbc di essere sulla famosa lista. Gli bastano pochi minuti per decidere assieme alla moglie tedesca, Helma, di arrendersi agli americani. Ma per non essere fermato dai vandali o ai vari checkpoint militari manda Helma a cercare il collega Ulli, che conosce dai tempi degli ispettori. Helma si presenta davanti all'albergo dei giornalisti e, non avendo un lasciapassare dei marine, aspetta tutta la mattina finché finalmente vede Ulli comparire da dietro il filo spinato. Prima gli chiede in tedesco se può usare il suo satellitare Thuraya, poi gli rivela la sua identità. Infine lo prega di organizzare la consegna agli americani. Cosa che Ulli farà in tempi molto rapidi. Vedo scorrere le immagini dell'intervista a casa di colui che era considerato l'«architetto» del programma delle armi chimiche e biologiche irachene. Durante le lunghe settimane di ispezioni, al-Saadi ha sempre negato che l'Iraq possedesse ancora arsenali proibiti. Anche ora glielo sento ripetere: «Lo dico per i posteri, per la Storia, non per difendere il regime». Ulli lo fa parlare a lungo sulle presunte armi non convenzionali, mentre io aspetto la domanda tanto banale quanto d'obbligo in questa occasione: cosa si prova in un momento come questo... Ulli, da vero tedesco, non gli chiede praticamente nulla di privato. Ma come spesso accade con quello straordinario mezzo che è la televisione, sono le immagini a parlare da sole. Vedo il generale, come sempre molto distinto e gentile anche se decisamente affaticato, mentre spiega come lui e la moglie durante il conflitto siano rimasti chiusi in casa, rifugiati per lo più in cantina per proteggersi dai bombardamenti. La moglie aveva rifiutato di andarsene prima della guerra insieme all'ambasciatore tedesco. Lo guardo preparare una borsa da tennis e inserirvi pochi effetti personali. Il generale voleva partire senza portare nulla con sé, pensando di poter tornare la sera, e solo l'insistenza di Ulli lo convince a fare altrimenti. Poi attraversa il giardino e sale con Helma sulla macchina della Zdf che lo porta al check-point americano. «Mi aspetto di essere interrogato sui programmi del riarmo. So solo che non ho commesso alcun crimine. Non credo che mi terranno in Iraq. Dove mi porteranno?» si chiede inquieto lungo il tragitto. Poi arriva il momento più difficile. I marine lo informano che sua moglie può accompagnarlo, ma lui preferisce di no. Un abbraccio, Helma chiede rassicurazioni sulla possibilità di poterlo andare a trovare, ma improvvisamente i militari rispondono con un secco rifiuto. La «straniera» per la quale al-Saadi venne espulso più di trent'anni fa dall'esercito quando decise di sposarla scoppia quasi in lacrime. Poi lo cerca, lo chiama disperatamente: le loro mani si sfiorano, come se fosse il loro ultimo saluto.

L'inquadratura finale ci mostra questo generale, che dopo la riabilitazione da parte di Saddam divenne uno dei pochi sciiti ammessi nelle stanze del potere, con lo sguardo fermo ma turbato. Poi via sulla jeep del nemico invasore. Il viaggio verso l'incerto futuro è solo agli inizi.

Mentre mi precipito a inviare le immagini a Roma, penso che al-Saadi esprime al meglio la complessità e l'ambiguità della società irachena, che conta al suo interno decine di persone altamente competenti e intellettualmente raffinate, animate da un sincero orgoglio nazionale. Forse la logica della tirannia non è sufficiente a spiegare certe scelte: c'è anche un senso di difesa della patria che nell'Iraq «liberato» è oggi, seppur diverso, più forte di prima. Per me la sua collaborazione con un regime tanto sanguinario resta comunque un mistero.

CAPITOLO 25

NEL PALAZZO PROIBITO

IN UNA BAGHDAD IN PREDA all'anarchia tutto è possibile, anche le esperienze più impensabili come fare una passeggiata nel complesso presidenziale di Saddam Hussein, battezzato palazzo della Repubblica. Il più grande e il più prestigioso dei palazzi del rais è stato il bersaglio quotidiano dei bombardamenti angloamericani. È stato teatro di violenti combattimenti negli ultimi giorni della battaglia per la capitale. La sua conquista ha simboleggiato la presa di Baghdad e la caduta del regime. Oggi, come lasciapassare, basta un tesserino stampa.

È il primo pomeriggio del 16 aprile. Giunta all'entrata nord del complesso, in prossimità del ponte della Repubblica, mi presento con i colleghi Rai Maria Cuffaro e Emanuele Fiorilli, appena arrivati da Roma. Un denso fumo nero esce dalle finestre della facciata del ministero della Pianificazione, l'edificio imponente che sorge ai margini. È stato attaccato l'8 aprile da un A-10, che ha sparato centinaia di proiettili perforanti all'uranio impoverito contro gli ultimi difensori asserragliati lì dentro. I muri sono stati ridotti a un colabrodo e le fiamme continuano a divampare all'interno. Ma ci vuole ben altro per scoraggiare le centinaia di saccheggiatori che portano via mobili, computer, termosifoni e condizionatori. Riempiono auto, camion e carretti, che formano un ingorgo inestricabile all'imboccatura del ponte.

Ad alcune decine di metri di distanza, un soldato americano munito di elmetto, giubbotto antiproiettile e M-16 a tracolla, è di guardia davanti all'ingresso. È stato sfondato da un carro armato e, davanti agli occhi del visitatore, si apre un lungo viale costeggiato da alberi e giardini, dietro ai quali si intravedono decine di edifici. Un blindato è appostato pochi metri più in là. Un rotolo di filo spinato impedisce il passaggio. Un gruppo di iracheni cerca di comunicare con il soldato, che non capisce. Con l'aiuto di uno dei nostri interpreti, gli spiegano che una bomba inesplosa preoccupa gli abitanti del quartiere e chiedono il suo intervento. Il marine assicura che farà il possibile, ma chiede loro, con fermezza, di allontanarsi.

Per gli iracheni, avvicinarsi così tanto all'ingresso del palazzo è già un enorme passo avanti. All'epoca di Saddam, non osavano neppure alzare gli occhi verso gli alti bastioni e gli immensi portali neri sorvegliati dai fedelissimi del regime. Non sapevano neanche quanti fossero gli edifici del complesso che si estende per decine di chilometri quadrati sulla riva del Tigri. Per non parlare delle istituzioni che qui avevano sede...

Abbiamo riconosciuto con difficoltà le costruzioni colpite, dopo aver assistito in diretta al loro bombardamento dalle finestre del Palestine. Era questo il palazzo degli ospiti? Questa la sede del Consiglio dei ministri? Erano qui gli uffici di Tareq Aziz? Tra i nostri collaboratori iracheni nessuno può dirlo con certezza, perché nessuno ne ha mai saputo nulla. Magra consolazione, era il solo palazzo che gli iracheni potevano chiamare liberamente «residenza presidenziale» senza rischiare di essere puniti. Nella sua sconfinata paranoia, infatti, Saddam non permetteva che le altre sue proprietà venissero identificate. Il palazzo della Repubblica è la più antica e più grande tra le numerose tenute del rais a Baghdad. A lungo sono circolate voci incontrollabili sulla presenza, sotto il complesso, di un immenso rifugio antiatomico.

Devo lasciare Mahdi e Luay all'entrata. Gli americani, in un'ennesima dimostrazione della loro incapacità di comprendere la situazione, impediscono agli iracheni di entrare nel perimetro. In seguito Jacques ci raggiungerà con Nayla e con Mawad, un interprete dell'Afp fatto passare per un giornalista arabo. Visitare questi luoghi proibiti sarà per lui un'esperienza indimenticabile. «Non avrei mai creduto di poter essere qui un giorno» ci dice. Appena entrati, a sinistra, vediamo i garage vuoti dove Saddam Hussein conservava la sua collezione di auto d'epoca o di lusso. Non è sfuggita alle brame dei saccheggiatori, tanto che un carro armato monta la guardia davanti alla breccia provocata da una bomba nel muro di cinta. Da qui sono probabilmente entrati i vandali che hanno depredato il ministero e da qui sono fuggiti con le berline, lasciandone solo alcune. Una Chevrolet Bel Air decappottabile del 1955 ha dovuto comunque «arrendersi» a un cingolato americano, che ha schiacciato la sua bella carrozzeria rosa. Un po' più in là, una Packard nera, anch'essa decappottabile, la macchina preferita dai mafiosi di Chicago all'epoca del proibizionismo, è stata abbandonata con la *capote* anteriore distrutta. Restano ancora una Cadillac Fleetwood blindata nera, dotata di portagagliardetti sulle ali, riservata alle occasioni ufficiali, e una superba Rolls Royce Silver Shadow, con le tendine che proteggevano i passeggeri da sguardi indiscreti. Altri modelli non hanno suscitato l'interesse dei ladri. Tra questi un buggy bianco, la riproduzione di una Ford T e un modello in perfetto stato di Ford 8, una vettura la cui carrozzeria a pannelli di legno ha sempre riscosso grande successo nelle campagne americane. In fondo al garage dal tetto sfondato, un classico taxi londinese: con le portiere spalancate sembra in attesa di un passeggero che non arriverà mai.

Di ritorno verso l'entrata principale, percorriamo il viale centrale largo come un'autostrada. Nei giardini che lo fiancheggiano gli alberi e le aiuole sembrano essere stati risparmiati. Il canto degli uccelli ha sostituito il crepitio dei mitra.

Una strana atmosfera di pace regna in questo luogo e tutti parliamo a bassa voce, quasi ci sentissimo degli intrusi. Eppure non c'è nessuno che ci impedisca di entrare negli edifici. E sarà solo al termine della nostra lunga passeggiata che incontreremo altri soldati statunitensi.

Le costruzioni sono imponenti, e le loro dimensioni manifestano la sete di potere e le manie di grandezza di Saddam Hussein. Hanno subìto tre settimane di bombardamenti, ma non sono certo ridotte in macerie. Alcune, del resto, erano state ricostruite dopo i bombardamenti del 1991 e del 1998. Attraverso le vetrate infrante, le porte scardinate e i muri sventrati, vediamo numerose sale ancora arredate con tavoli, sedie e microfoni per le riunioni.

Un blindato è parcheggiato davanti all'entrata di un grande palazzo risparmiato dalle bombe. Ci guardiamo con aria incredula. Sarebbe questo *il* palazzo presidenziale? Due soldati americani ce lo confermano sorridendo: i servizi della presidenza si trovavano lì. «Ci hanno detto che era l'equivalente della Casa Bianca» mi spiega uno di loro, aggiungendo: «È il luogo ideale per fare una bella festa!». Era il nucleo, perlomeno apparente, del sistema. Il palazzo è composto da un insieme di edifici e da due colonnati disposti a semicerchio. Le sue terrazze sono dominate da riproduzioni in bronzo del volto di Saddam Hussein. Le porte si aprono su lunghe file di stanze vuote, senza che sia possibile dire se siano mai state abitate o se siano state svuotate in una gigantesca operazione di sgombero. Mawad approfitta di una delle innumerevoli toilette del palazzo. «Non è da tutti poter usare i bagni di Saddam» esclama scoppiando a ridere.

Ma sarà soltanto più avanti che capiremo meglio dove siamo. Dopo aver camminato per un quarto d'ora, arriviamo a un incrocio che conduce a un'altra entrata del complesso. Ai margini della strada sono state scavate trincee, in fondo alle quali si trovano ancora materassi, uniformi e scarpe, abbandonati da coloro che avrebbero dovuto difendere il *sancta sanctorum* del potere. Ci dirigiamo verso quello che era il quartiere riservato del complesso, un insieme di lussuose villette abitate dalla famiglia di Saddam e dai suoi più stretti collaboratori.

Il sergente di origini italiane Carmelo Fratelli e i suoi uomini si sono acquartierati in uno di questi edifici in pietra color ocra. Nel salone d'ingresso in marmo bianco dominato da una scalinata doppia, i soldati americani si riposano. Uno di loro, a torso nudo, si fa tagliare i capelli. Un altro ha collegato un computer portatile su cui guarda un film di guerra in dvd. Un terzo fa gli onori di casa al nostro piccolo gruppo di giornalisti. Non è sicuramente la prima volta che ricevono visite da parte della stampa, e quindi sanno già cosa mostrare e cosa dire. «Ecco la collezione di armi di Saddam Hussein» annuncia un giovane caporale con gli occhiali, Roy Sullivan, intento a masticare tabacco. Non so se l'abbia visto fare in qualche film ma, di tanto in tanto, ne sputa per terra un po'. Negli astucci sono allineati kalashnikov in oro e fucili di precisione. «Probabilmente li regalava ai suoi ospiti» afferma Roy. Si offre di farci visitare altre case tra cui la presunta dimora di Uday, il primogenito di Saddam, la cui sinistra fama di maniaco che amava violentare, torturare e uccidere è stata ampiamente confermata anche dalle testimonianze raccolte dopo la caduta del regime.

La prima tappa è la casa del segretario personale di Saddam Hussein, Abed Hamid Mahmud. Mobili, carte, libri, fotografie e documenti sono rimasti al loro posto. Viceversa, i due portagioie in velluto rosso che quasi certamente contenevano i gioielli di famiglia sono stati svuotati. Mentre visitiamo questa bella casa a tre piani, ho l'impressione di ripercorrere la vita di Mahmud, cugino di Saddam e suo uomo di fiducia. Alcune foto lo mostrano con il presidente iracheno nel giorno del suo matrimonio, accompagnato dai figli, due maschi e una femmina. Il pavimento è disseminato di giocattoli, come se la famiglia avesse mantenuto fino all'ultimo un pizzico di noncuranza. Gli armadi sono ancora pieni di abiti femminili e la cameretta della bambina sembra in attesa del suo ritorno. Nulla lascia pensare che la casa sia stata abitata durante i violenti bombardamenti che hanno caratterizzato la guerra. «Sono sicuramente andati via prima dello scoppio del conflitto» assicura la nostra guida. Abbiamo visto Hamid Mahmud in televisione all'inizio del mese di aprile, prima della caduta di Baghdad al fianco di Saddam Hussein, nella spettacolare apparizione del presidente iracheno in un quartiere della capitale.

Mawad non crede ai suoi occhi. Perlustrare la casa di un uomo che avrebbe potuto decidere della sua vita o della sua morte ha qualcosa d'irreale. Ne approfitta per portarsi via un paio di souvenir: una cartella di cuoio che probabilmente ha contenuto i documenti segreti del regime, e un pallone mezzo sgonfio. «Lo regalerò a mio figlio in ricordo di questa visita» spiega. Prende anche una copia del Corano caduta da una mensola. «Non si può lasciare nella polvere» commenta.

Io e Nayla prendiamo due foto del rais, dopo averle tolte dal telaio di legno che le incorniciava. La mia raffigura Saddam in versione «tenero capofamiglia»: avvolto in un elegante cappotto grigio con un colbacco di astrakan in testa, accetta un mazzo di fiori dai figli di Mahmud, il quale sorveglia fiero la commovente cerimonia.

Passiamo davanti a un'altra villa, di fronte alla quale si riposa un gruppo di soldati americani, tra i quali una giovane donna sorridente in uniforme mimetica. «Qui non potete entrare» ci dicono. I militari hanno scoperto centinaia di bottiglie di vino e alcolici, nonché grosse quantità di droghe e medicinali di ogni genere. Per evitare che l'occupazione del palazzo della Repubblica degeneri in una sbornia colossale, gli ufficiali hanno messo tutto sotto chiave, affidando la guardia a soldati di fiducia. I quali sono inflessibili: cerchiamo di convincerli in vari modi, ma non c'è nulla da fare, non ci lasciano entrare.

Procediamo nella visita e il caporale Sullivan ci conduce davanti a un recinto delimitato da una rete metallica e sorvegliato da un cingolato, sul quale siede un marine addetto a una pesante mitragliatrice. Sotto l'elmetto suda copiosamente, una bottiglia d'acqua minerale posata di fronte a lui. «Un orso è scappato» dice laconicamente. «Se si avvicina, devo sparare» aggiunge con una punta di rammarico. Alcuni animali si trovano ancora nello zoo di Uday Saddam Hussein, sorvegliati da cani che abbaiano furiosamente. Due leopardi riescono a malapena ad alzarsi quando ci avviciniamo alla gabbia. Storditi dal calore e tormentati dalla fame, sonnecchiano sdraiati all'ombra. Sono malfermi e occorrono vari tentativi prima che riescano a reggersi sulle zampe. Avanzano lentamente, quasi trascinandosi, con gli occhi spenti. Dall'altra parte del recinto, un leone, una leonessa e tre cuccioli sono a loro volta privi di forze e assetati. «Nessuno osa entrare perché non sappiamo come trattare questi animali. L'unità veterinaria non è presente e non sappiamo come nutrirli. Diamo loro ciò che riusciamo a trovare» spiega il sottotenente Karl Hoempler, la cui unità è di base nelle vicinanze. Il cibo ovviamente non basta, perché un leone mangia in media otto chili di carne al giorno. Alcune pecore sono chiuse in un hangar; una di loro, morta, è già ricoperta di mosche. Tre pastori tedeschi fanno la guardia al recinto e abbaiano quando i soldati si avvicinano.

Poco lontano dallo zoo privato, scopriamo una vasta area che a prima vista sembra un centro fitness per gli alti dignitari del regime. Ci spiegano che si tratta del campo di addestramento delle guardie d'élite di Saddam. Nel giardino si trovano due grandi piscine, la prima con un trampolino da tre metri, mentre la struttura principale ospita un'enorme sala di ricreazione con bar, televisori e comode poltroncine di pelle verde. Alle pareti campeggiano ovunque i ritratti del rais. Accanto alle palestre, dotate di tutti i tipi di attrezzi per il sollevamento pesi, si apre una stanza buia e blindata trasformata in un poligono di tiro. In mezzo ad armi leggere e munizioni, troviamo sofisticati strumenti elettronici che chiaramente servivano a monitorare la precisione dei tiratori scelti. Prima di allontanarci, visitiamo anche il rifugio antiatomico sovrastato da una pesante porta d'acciaio che si apre sul bunker, profondo una decina di metri.

Ma il clou della visita guidata è ovviamente la casa di Uday, o perlomeno ciò che ne resta. È stata colpita da due bombe *bunker buster*, che l'hanno quasi completamente distrutta: ormai non è altro che un cumulo di rovine ai margini di un enorme cratere, che lascia intravedere le fondamenta e il rifugio sotterraneo in cui si riparava il primogenito del presidente. Era qui che viveva per la maggior parte del tempo dopo l'attentato del 1996 che gli era quasi costato la vita; il padre, dal canto suo, abitava in altre residenze più segrete della città. Entro con prudenza nel casamento devastato. L'ingresso è ostruito dalle macerie e bisogna farsi strada per passare da una stanza all'altra. I soffitti sono crollati. I muri sono stati spazzati via. L'intelaiatura delle finestre è stata divelta. I mobili sono rovesciati, distrutti. L'odore di carne in putrefazione mi fa pensare che sotto le macerie che calpesto, sotto le porte scardinate sulle quali cammino, ci sia forse il cadavere in decomposizione di qualcuno che il sanguinario erede di Saddam non ha ritenuto opportuno portare con sé durante la fuga. Perché, è ovvio, la famiglia di Saddam Hussein, e in particolare i suoi due figli Uday e Qusay, non ha atteso che le prime bombe americane cadessero su Baghdad per mettersi al sicuro. Per i servizi segreti americani si tratta di scoprire dove, poiché tutti i tentativi di sbarazzarsi del rais e dei suoi rampolli sono risultati vani. Bisognerà attendere il 22 luglio perché le truppe statunitensi, grazie a una soffiata, possano localizzare Uday e Qusay in una villa a Mosul, e ucciderli.

Uday abitava in questa villa con la madre Sajida, la prima moglie di Saddam Hussein e l'unica persona al mondo che venerasse. La donna viveva al primo piano con la figlia Hala, sorella minore di Uday. In una camera femminile, il letto è disfatto e alcuni vestiti sono ancora appesi negli armadi. Flaconi di profumo e prodotti di bellezza sono sparsi alla rinfusa nel bagno. Ma l'atmosfera è quella di un luogo abbandonato. Al pianterreno, i resti dei vizi attribuiti a Uday sono onnipresenti. Bottiglie vuote di cognac. Fotografie di giovani donne nude. Siringhe e medicinali di ogni genere, dagli antidepressivi agli analgesici, compresi i decotti asiatici a sostegno della potenza sessuale. Non ho potuto fare a meno di pensare che gli specialisti d'intelligence dei reparti americani, che hanno esplorato queste case prima della stampa, sono particolarmente esperti nella guerra psicologica e che, se avessero voluto aggiungere ulteriori dettagli alla già sinistra fama di Uday, non avrebbero potuto trovare di meglio. Ma scaccio subito dalla mente queste riflessioni poco ortodosse e continuo la mia visita istruttiva dell'antro della casa.

Dopo l'attentato del 14 dicembre 1996, che aveva limitato le sue capacità di movimento e – si dice – la sua virilità, il primogenito di Saddam era ossessionato dalla salute. Si era fatto costruire una palestra dotata di un'immensa piscina e di ogni genere di attrezzi per sviluppare la muscolatura. In una sala, i muri sono tappezzati di fotografie e dipinti delle principali figure della religione sciita, Ali e Hussein. Dopo l'attentato compiuto probabilmente da tre sciiti, Uday era affascinato da questa fazione dell'Islam e leggeva tutto ciò che riusciva a trovare sull'argomento. Pensava che avvicinandosi a loro non avrebbero più attentato alla sua vita. In un'altra stanza sono appese ai muri fotografie di attrici, soprattutto di Brooke Shields. Le e-mail disseminate sul pavimento testimoniano la corrispondenza con un'agenzia libanese di *call-girls*, che gli annuncia l'arrivo di sette ragazze ceche, allegando le foto. La responsabile si scusa anche per il ritardo.

Uno dei principali interessi di Uday era la tortura. Visitava i siti delle organizzazioni non governative, che da anni denunciano brutalità e supplizi perpetrati ovunque nel mondo. Lui li utilizzava per informarsi sulle torture più sofisticate, soprattutto in Sudamerica, come ha raccontato uno dei suoi collaboratori intervistato in seguito dall'Afp. Secondo quest'uomo, i cui legami con il figlio di Saddam sono stati confermati, Uday non torturava di persona, ma assisteva agli interrogatori in una prigione a 50 chilometri a sud di Baghdad controllata dai Fedaiyyn di Saddam, da lui comandati. «Non ho parole per descrivere ciò che provo» mi confida Mawad, seduto sul prato davanti al complesso residenziale del palazzo della Repubblica.

Prima di lasciare l'abitazione di Uday, io e Maria Cuffaro ci portiamo via due videocassette raccolte tra le macerie. Solo alcuni giorni più tardi, appena trovato un videoregistratore, scopriremo il loro contenuto. Il mio «trofeo» si rivelerà di scarso interesse: un'ora di registrazioni di parate militari, di telegiornali di vari network arabi, di operazioni belliche americane. Molto più interessante sarà invece la cassetta dell'inviata del Tg3, che si rende subito conto di avere tra le mani un piccolo scoop: le immagini delle atroci torture del regime. Punizioni esemplari vengono inflitte ad alcuni uomini dei Fedaiyyn di Saddam, giudicati colpevoli di tradimento e di furto. Pena: un braccio spezzato e trenta frustate con una pesante catena di ferro. I giovani combattenti subiscono le pesanti condanne tra urla lancinanti. Alcuni perdono conoscenza. Per i disertori è previsto il taglio di un orecchio. Per chi ha osato ingiuriare il rais, il taglio della lingua. Uno dei prigionieri deve affrontare il supplizio davanti alla gente del suo quartiere: uomini, donne e anche bambini assistono alla tortura inneggiando a Saddam Hussein. Pare che Uday traesse particolare godimento da questi spettacoli, e più erano crudeli, più era soddisfatto.

Stanchi dopo questa lunga passeggiata, chiediamo alle guide americane di riportarci in macchina verso la porta dove Mahdi e Luay ci aspettano ormai da più di tre ore. Per Mawad, alla fatica si aggiunge una ridda di sentimenti e reazioni confuse, che gli impediscono di procedere oltre. «Se me l'avessero detto, non ci avrei mai creduto. L'ho visto con i miei occhi e ancora non ci credo» spiega. Questo lusso, questa ricchezza in un Paese in cui la maggior parte degli abitanti è ridotta alla fame da anni di guerre e sanzioni economiche, gli sono del tutto insopportabili. «Ho voglia di dire grazie agli americani, ma le parole mi rimangono in gola. Mi fa troppo male. Mi ci vorrà del tempo per capire» aggiunge. Un autoarticolato militare, composto da una motrice e da un enorme rimorchio, si ferma davanti a noi. Il sergente Fratelli e il caporale Sullivan non hanno trovato nessun altro mezzo per ricondurci all'entrata nord del complesso. Prima di partire, dobbiamo spiegare loro come arrivarci. Non hanno la benché minima idea del posto in cui vogliamo andare, il ponte della Repubblica. Sdraiata in fondo al rimorchio, ho l'impressione che questa visita riassuma alla perfezione la situazione irachena. Un esercito superpotente è venuto a schiacciare un dittatore sanguinario e la sua famiglia di malati mentali. Oggi quello stesso esercito non sa esattamente dove si trova, né come guidare nella direzione giusta un popolo senza più punti di riferimento.

Capitolo 26

«NEL NOME DI DIO CLEMENTE E MISERICORDIOSO»

Dopo l'invasione americana Luay si sente finalmente libero di raccontare la sua storia. È la storia di un uomo che ha frequentato i personaggi più potenti del regime e più vicini a Saddam Hussein, tra cui il primogenito, lo psicopatico Uday. Non si è mai sentito un loro complice ed è riuscito a sopravvivere a queste relazioni pericolose. Mi ha affidato la sua verità sotto forma di un manoscritto in arabo. Per lui, come per la maggioranza dei suoi connazionali, questo non è che l'inizio del viaggio verso la conquista della libertà di parola, confiscata per oltre trent'anni da una dittatura sanguinaria. Non ho mai voluto giudicare né Luay né gli iracheni che prima o poi si sono ritrovati nell'impossibilità di dire di no a una tirannide brutale e dispotica. Non mi sono però mai dimenticata che altri hanno detto dei no, ma oggi non sono più tra noi per potérceli raccontare.

Ho lasciato il testo di Luay così come me lo ha recapitato, senza nulla aggiungere e nulla togliere a ciò che dice e ciò in cui crede.

«Ho visto la luce il 6 marzo 1955 nel campo militare Katrek, distretto di York, nel nord dell'Inghilterra.

Provengo da una famiglia conosciuta. Mio padre è generale, oltre che ingegnere, e mia madre preside di scuola secondaria specializzata in letteratura inglese. È figlia di uno di quei pascià che si contavano sulla punta delle dita negli anni Quaranta.

«Mio nonno nacque nella città di Mardin, nel sud della Turchia, e arrivò qui come ufficiale d'artiglieria, quando l'Iraq faceva parte dell'impero ottomano. Partecipò alla Prima guerra mondiale e si distinse soprattutto nelle battaglie di al-Kut e di Baghdad contro l'esercito britannico. Alla fine della guerra si stabilì a Mosul e vi sposò una ragazza di illustri natali. In seguito studiò legge e diventò un famoso giudice. Fondò "al-Kashàf" (La torcia), una delle due riviste insieme ad "al-Muallim" (L'insegnante) uscite in Iraq nel 1936. Infine divenne caporedattore del giornale "al-Zaman al-Baghdadiya" (Il tempo di Baghdad). Trascorreva l'inverno e la primavera a Baghdad, mentre nel resto dell'anno risiedeva a Istanbul, dove possedeva una grande casa sul Bosforo.

«Ho imparato molto da lui, che parlava sette lingue correntemente, e ricordo benissimo la sua risposta quando, all'età di dieci anni, gli chiesi che cosa fosse il giornalismo. Lui mi spiegò che il giornalismo è come una fotografia dalle dimensioni indefinite. "Se tu vedessi la foto di un uomo disarmato davanti a uno col fucile, potresti pensare che l'uomo armato vuole uccidere l'altro. Se però ingrandendo la foto vedessi un leone dietro l'uomo disarmato, potresti pensare che l'uomo col fucile sta cercando di uccidere il leone per proteggere l'altro. Ciò dimostra l'importanza della verità nel lavoro del giornalista."

«Sono il primogenito e la mia famiglia mi ha messo nelle condizioni di condurre una vita felice. Non mi mancava niente. Mio padre mi ha sempre dato tutto. È un uomo molto colto nel suo campo, l'ingegneria elettrotecnica e la strategia militare. Un uomo assetato di cultura, ancora oggi che ha ottant'anni.

«Non ho manifestato alcun interesse per la politica fino al 1969, cioè fino a pochi mesi dopo l'ascesa al governo del partito Baath. Avevo quattordici anni quando, una mattina d'estate, mio padre mi svegliò. Vidi davanti a casa una macchina con due uomini dall'aria malvagia. Mio padre mi disse che sarebbe uscito e che non sapeva se avrebbe fatto ritorno. Mi parlò in un modo al quale non ero abituato, dicendomi che da quel momento sarei stato io il solo responsabile di mia madre e dei miei fratelli. Mi disse che, se anche non fosse tornato, sarebbe stato felice di sapere che ero in grado di prendermi cura di loro.

«Piansi, ma lui mi asciugò le lacrime dicendomi che mi voleva vedere reagire da uomo e uscì di casa mentre io continuavo a non capire cosa stesse succedendo. Da quel momento cominciò la nostra ricerca per ritrovare mio padre. Venimmo a sapere che era stato portato in una prigione del Baath, che si chiamava "Il Palazzo della Fine", dove venivano inflitte le più feroci torture ed eseguite le condanne a morte. Era impossibile sapere di cosa fosse imputato. Nessuno aveva potere decisionale su quanto avveniva nel "Palazzo della Fine" tranne Saddam Hussein, che era il vice dell'allora presidente della Repubblica Ahmed Hassan al-Bakr. Dopo qualche giorno arrestarono il fratello più anziano di mio padre, anch'egli generale al tempo del re. Finalmente riuscimmo a far giungere una lettera al presidente al-Bakr in cui lo informavamo dell'arresto di mio padre, che egli conosceva molto bene. Al-Bakr contattò ripetutamente Saddam. Ventinove giorni dopo l'arresto, in una calda giornata d'estate, me ne stavo a casa, nel soggiorno che dava sul giardino, quando vidi sulla soglia un uomo che non riuscii a riconoscere. Era mio padre. Aveva perso 30 chili. Non entrerò nei dettagli delle torture perché sono indescrivibili. Ero solo un ragazzino, ma in seguito a quegli avvenimenti la mia mente si aprì e cominciai a interessarmi agli avvenimenti che accadevano intorno a me e a leggere libri di argomento politico e sociale. Ero diventato il capofamiglia, perché mio padre era partito per il Kuwait pochi giorni dopo la scarcerazione. Aveva trovato un lavoro come ingegnere in una società kuwaitiana, e per gli otto anni successivi lo andavamo a trovare tutte le estati. Poi rientrò a Baghdad. Non ha mai voluto parlare con noi di quella terribile esperienza.

«Il mio interesse per il giornalismo e la scrittura è cresciuto insieme a me. Nel 1977 mi trasferii in Francia, a Tours, per imparare la lingua. Un giorno, mentre ero seduto a un caffè, vidi Michel Aflaq, il principale fondatore del partito Baath, accompagnato da tre guardie del corpo irachene. Quando chiesi informazioni agli altri studenti del Baath che si trovavano in città, appresi che Michel viveva in una villa enorme e lussuosa, e che si era laureato all'Università di Tours negli anni Quaranta. Cominciai a studiare la sua vita e scoprii che era uno dei pilastri della Massoneria in città. Imparata la lingua, mi trasferii a Rennes, nell'ovest della Francia, per frequentare l'università. Quando nell'80 cominciò la guerra Iran-Iraq, le rimesse delle famiglie irachene agli studenti in Francia furono bloccate e fui costretto a lavorare per potermi mantenere agli studi. Nel frattempo, l'*attaché* militare a Parigi aveva chiesto un traduttore-supervisore per occuparsi delle pratiche relative ai feriti iracheni inviati da Saddam a curarsi in Francia. Insieme ad altri miei connazionali feci domanda e ottenni il posto grazie al nome della mia famiglia, molto noto in particolare negli ambienti militari. Mi trasferii così a Parigi e cominciai il mio nuovo lavoro.

«Passarono gli anni, e una sera del 1987 fui convocato d'urgenza dall'ambasciatore iracheno. Mi disse che il giorno seguente sarebbe arrivato un nostro connazionale e mi chiese di rivolgermi al ministero della Difesa francese per ottenere il visto. Io gli spiegai che l'approvazione richiedeva molto tempo, specialmente per gli ospedali militari, ma che avrei fatto l'impossibile grazie ai miei contatti. In effetti riuscii a ottenere l'autorizzazione presso l'Ospedale militare Begin, nella zona est della capitale. All'arrivo il ferito fu operato al ginocchio. Mentre era ancora in anestesia generale, entrai nella sua stanza. Vi trovai alcune guardie del corpo armate: il paziente era Uday Saddam Hussein, il figlio maggiore di Saddam. In quell'occasione conobbi anche il marito di sua sorella, Saddam Kamel, e alcuni suoi amici. Passammo cinque giorni insieme, dopodiché ripartirono con Uday e non ebbi più loro notizie fino a un mese dopo, quando l'ambasciatore mi chiese di recarmi all'Hotel Hilton e mi condusse a un appartamento sorvegliato da cinque guardie del corpo. Mi disse di entrare da solo e trovai a ricevermi Uday, che mi salutò e mi invitò a sedere. Mi disse che i suoi amici gli avevano parlato molto di me e mi ringraziò per quanto avevo fatto. Mi chiese di rimanere con lui per tutto il suo soggiorno a Parigi. Trascorremmo insieme quasi due settimane. Sembrava tranquillo e curioso, anche se io arrivai alla conclusione che non aveva una gran cultura. I giorni passarono tra visite all'ospedale e passeggiate a Parigi, specialmente sugli Champs-Élysées. Eravamo accompagnati da tre ufficiali della guardia di Saddam Hussein e da cinque sue guardie del corpo, tutti con valigie diplomatiche contenenti mitragliatori automatici pronti all'uso. Assieme a noi un'automobile dei servizi segreti francesi con quattro uomini a bordo. Non tornavo mai a casa prima di mezzanotte. Una sera Uday mi disse di essere molto felice a Parigi perché poteva andarsene in giro liberamente. Dopo quindici giorni lasciò la capitale francese. Io ero stato a mio agio con lui e non avevo notato nulla di strano o perverso nei suoi comportamenti. Tre mesi più tardi ritornò e alloggiò all'Hotel Ritz, nella suite imperiale, accompagnato dai suoi amici. All'epoca di quel lungo soggiorno, il responsabile della sua protezione era il generale Kamel Mustafa al-Abdallah, che divenne in seguito il responsabile della Guardia repubblicana. Sembrava molto preoccupato per il protrarsi del soggiorno di Uday a Parigi. Mi disse che il presidente Saddam Hussein lo chiamava quotidianamente per chiedere del figlio.

«Un giorno, mentre sedevo insieme a lui, squillò il telefono e capii che stava parlando con Saddam, poiché diceva "Sì, signor presidente", "Come comanda, signore". Chiusa la comunicazione, mi disse che Saddam voleva che Uday rientrasse a Baghdad entro ventiquattr'ore. Gli aveva ordinato di provvedere ai preparativi per la partenza in attesa del suo jet privato, che avrebbe mandato il giorno seguente. Noi avevamo programmato di recarci sulle Alpi. All'ora di cena il generale Kamel informò Uday che un aereo iraniano sarebbe arrivato la sera seguente con alcuni commando inviati per assassinarlo, e che sarebbero quindi dovuti partire per Baghdad prima del loro arrivo. Uday parve sorpreso e mi guardò pensieroso. Eravamo seduti al ristorante. Alla mia destra stava Saddam Kamel e alla mia sinistra Rokan Rzuki, della guardia personale del rais.

«Mi chiese da quanto tempo non vedessi i miei genitori e gli risposi che erano nove anni. Durante la guerra con l'Iran, infatti, non era possibile uscire di nuovo dall'Iraq per chi vi faceva ritorno. Quando mi disse che sarei andato con lui a Baghdad, gli chiesi se avrebbe potuto farsi garante del mio ritorno a Parigi. Il suo viso si trasformò e gli occhi s'iniettarono di sangue. Sotto il tavolo sentii le dita di Saddam Kamel e di Rokan che mi stringevano la coscia. Uday mi disse: "Ma tu sai chi sono io? Io sono Uday Saddam Hussein e tu sei mio ospite! Come ti permetti di chiedermi una cosa del genere?". Mi affrettai a ringraziarlo e il giorno dopo a mezzogiorno eravamo sull'*al-Qadisiya*, il jet privato di Saddam Hussein.

«Quando già eravamo in volo Uday mi disse che sarebbe andato a dormire e trasse dalla tasca una confezione di sonnifero. Chiese a tutte le guardie di prendere una pillola ciascuno e mi chiese di fare altrettanto. Sicuramente le guardie nascosero la pillola sotto la lingua e la gettarono dopo che se ne fu andato, mentre io e i suoi amici la ingoiammo. Non riuscii però a dormire. Ero molto teso al pensiero di rivedere i miei genitori, che non erano informati del mio arrivo, e di rivedere Baghdad dopo nove anni di lontananza.

«Due ore più tardi Uday si svegliò e ci sedemmo a un tavolo, vicino al finestrino. Baghdad ci apparve dall'alto e cominciai a piangere silenziosamente. Quando l'aereo atterrò, Uday fu ricevuto dal fratello Qusay, da Hussein Kamel e da tutti i ministri. Io camminavo dietro di lui e salutavo tutti continuando a versare lacrime tra lo stupore generale. Uday mi salutò, mi disse di andare dai miei genitori e che mi avrebbe chiamato il giorno seguente. C'erano militari in Mercedes ad attendermi e molte altre berline a formare un corteo.

«Non entrerò nei dettagli dell'incontro con i miei genitori, con i quali passai due settimane, anche se ogni giorno vedevo Uday.

«Il secondo giorno una macchina venne a prendermi e mi portò nel palazzo al-Abed, dove era approntato un banchetto in un giardino già gremito. Gli ospiti erano i membri dell'Unione Centrale Irachena Calcio. Un cameriere portò cocktail, whisky, vodka, gin e birra. A ogni invitato fu servita una bottiglia da un litro di liquore e Uday chiese di berla in un tempo massimo di quindici minuti. Tutti fecero come ordinato e cominciarono a sentirsi ubriachi. Poi un cameriere portò altre bottiglie simili e Uday chiese che fossero finite in dieci minuti. Anche queste furono scolate come da istruzioni. A quel punto Uday chiese di rientrare in casa per la riunione!

«Quando tornai infine a Parigi Uday iniziò a commissionarmi acquisti, per i quali pagava naturalmente l'ambasciata irachena. Da quanto avevo capito dal responsabile amministrativo dell'ambasciata, Saddam e i suoi familiari avevano un conto aperto, senza limiti di spesa, presso tutte le ambasciate irachene nel mondo.

«In seguito Uday mandò incaricati che gli comprassero vestiti invernali. Acquistammo abiti da Ted Lapidus a prezzi stratosferici. Per darti un'idea delle spese, quell'inverno comprammo ottanta vestiti, con camicie, cravatte, pochette, sessanta pantaloni e oltre trenta giacche di cachemire e pelle, quaranta paia di stivali e quaranta di scarpe in aggiunta a vestiti sportivi, da cerimonia, da equitazione eccetera. In estate Uday comprava abiti in quantità anche superiori.

«La sera del 18 giugno 1989 mi invitò alla sua festa di compleanno. Il mio biglietto aereo era pronto all'ambasciata e dovevo recarmi a Baghdad il giorno seguente. Una volta arrivato mi recai al palazzo al-Abed, dove c'erano i suoi amici. A proposito di amici, Uday ne aveva di tre tipi: i figli delle famiglie facoltose; coloro la cui esperienza commerciale poteva essergli utile negli affari; e quelli incaricati di procurargli le ragazze con qualunque mezzo.

«La serata era stata organizzata in un circolo privato, il club nautico. Uday arrivò a bordo di una delle sue lussuose automobili (ne aveva più di cinquecento), vestito da cavaliere arabo, in nero con decorazioni d'oro. Si fermò all'ingresso della sala, mentre noi eravamo seduti all'entrata per ricevere gli invitati. Si trattava di oltre quattrocento ragazze, di qualche accompagnatore e di tutti i cantanti. Cominciò a bere e ballare. Aveva un kalashnikov caricato a salve e sparava dappertutto ridendo. Di tanto in tanto sceglieva una ragazza e si appartava con lei in una stanza appositamente preparata, per poi riunirsi a noi. Quando me ne andai, alle quattro del mattino, la festa era ancora in corso.

«A Parigi, continuavo a comprare abiti per suo conto. La stranezza consisteva nel fatto che mi contattava all'alba chiedendomi di mandargli i documenti per detrarre le tasse pagate sugli acquisti. Possedeva milioni di dollari e voleva farsene rimborsare poche decine! Questo faceva parte della sua insaziabile avidità. Il denaro non gli bastava mai e non voleva mai spendere di tasca propria.

«Un giorno mi chiese di andare nella famosa gioielleria Vacheron Constantin, che si trova vicino all'Opera di Parigi. Voleva un orologio da polso con zaffiri e diamanti. Doveva essere realizzato appositamente, ma occorrevano diverse settimane di lavorazione e sarebbe costato 90.000 dollari. Quando seppe il prezzo, Uday approvò immediatamente e mi disse di ordinarlo. Naturalmente pagò l'ambasciata.

«Mi resi conto che si credeva anche l'uomo più bello e raffinato del pianeta. I suoi amici mi chiesero di non indossare abiti eleganti durante il suo soggiorno a Parigi e io trovai la cosa ridicola. Chi potevo essere io al suo confronto? Mi spiegarono però che Uday era geloso di chiunque.

«Il 18 giugno 1990 fui nuovamente invitato al suo compleanno. Quando arrivai, insieme ad altri suoi amici, Uday ci chiese di indossare abiti tradizionali arabi. Anche lui e le sue guardie erano abbigliati in quel modo.

«Ci dirigemmo tutti al vecchio aeroporto di Baghdad; Uday alla guida e io seduto al suo fianco. Entrammo da un cancello riservato e ci imbarcammo su un Falcon, davanti al quale attendevano il comandante e tutto l'equipaggio, che accolsero Uday col saluto militare. Sorvolammo la città di Najaf, e quando Uday vide il mausoleo dell'imam Ali alzò la mano e disse solennemente: "Pace a te, mio antenato". Non potei fare a meno di sorridere, perché tutti sapevano che le origini della famiglia di Saddam erano sconosciute.

«Il nonno di Uday, padre di Saddam, non aveva documenti per provare la sua discendenza. Seppi più tardi da uno degli anziani di Tikrit che quando Saddam era bambino e doveva essere iscritto a scuola, uno zio dovette dare una garanzia per registrare i suoi dati anagrafici e procurargli una carta d'identità e la cittadinanza. Nessuno ha notizie del padre di Saddam, che non ha nemmeno una tomba a suo nome nel cimitero di Tikrit. Al contrario, il padre di Yirzan e Watban, i fratellastri di Saddam per parte di madre, era un uomo molto conosciuto e tutti sanno dov'è sepolto.

«Questo era uno dei complessi del rais e dei suoi figli. Nel 2000 Saddam ha costruito a Tikrit una sontuosa moschea e un mausoleo, riservandoli alla tomba del padre e affermando la loro discendenza dal Profeta. Ma nessun iracheno ha creduto a questa bugia.

«Quando l'aereo atterrò a Najaf, trovammo ad attenderci il prefetto e le autorità cittadine. Andammo al mausoleo di Ali, ma quando feci per entrare un imam mi bloccò il passaggio. "Dove vuoi andare?" mi disse. "Non vedi che il mausoleo ha un visitatore molto speciale?" Prima che potessi rispondere, uno degli uomini della guardia, tornato sui suoi passi, mi pregò di fare in fretta e spiegò all'imam che ero amico di Uday. L'anziano religioso mi lasciò subito entrare e poi cominciò a chiedermi ripetutamente scusa, temendo di essere punito. Capii in quel momento quanto terrore poteva incutere il regime al popolo iracheno.

«Poi tornammo a Baghdad e io ripresi il volo per Parigi. Dopo meno di due mesi, Saddam invase il Kuwait e l'ufficio dell'*attaché* militare iracheno in Foch Avenue, dove avevo lavorato per dieci anni come traduttore, fu chiuso.

«Cominciai allora a essere pedinato da una macchina. La mattina mi aspettava all'uscita del mio garage. Un giorno mi presentai a piedi e, con loro grande imbarazzo, chiesi un passaggio: io avrei risparmiato la benzina e loro sarebbero stati sicuri di non perdermi di vista. Si trattava ovviamente di uno scherzo, ma in seguito a quell'episodio i miei inseguitori, che appartenevano ai servizi segreti francesi, furono sostituiti.

«Il pedinamento proseguì fino al 22 gennaio 1991, e cioè fino a cinque giorni dopo la liberazione del Kuwait, quando cinque uomini armati irruppero nel mio appartamento e mi chiesero di vestirmi e seguirli. Avevano un ordine di espulsione dalla Francia, firmato dal ministero degli Interni. A loro dire, rappresentavo un pericolo per la sicurezza del Paese. Chiesi cosa ne sarebbe stato della mia macchina, dei miei mobili, del mio appartamento, e mi risposero che non era affare loro. Mi vestii e, mentre stavo per uscire dall'appartamento, vidi uno degli ufficiali infilarsi alcuni oggetti nelle tasche della giacca. Si trattava di preziose statuette di cristallo comprate in Cecoslovacchia, che avevo esposto nella libreria del salotto. Gli dissi di farmi prima uscire dall'appartamento; poi avrebbe potuto rubare tutto quello che voleva. All'uscita del mio palazzo trovai ad attendermi quattro macchine e altri agenti. Erano le cinque del mattino e la cosa mi fece ridere.

«Mi portarono al commissariato di polizia dell'Île de la Cité e mi arrestarono con l'accusa di aver rilasciato dichiarazioni critiche contro il governo Mitterrand. Questo era avvenuto durante un'intervista televisiva, in cui avevo detto di amare la Francia e di essere un ammiratore di de Gaulle, ma che quello che lui aveva fatto era stato distrutto da Mitterrand. Costui era divenuto seguace degli americani e non poteva decidere liberamente.

«Nel corso dell'interrogatorio mi mostrarono alcune foto scattate a me e Uday durante una sua visita a Parigi. Spiegai loro che io, in qualità di impiegato dell'ambasciata, non potevo rifiutarmi di accompagnare il figlio del presidente della Repubblica. Non trovavo che ciò potesse essere ritenuto un crimine. Dissi che avevo studiato legge nel loro Paese e se ero ritenuto un pericolo per la Francia dovevo essere condannato solo sulla base di prove e il processo avrebbe dovuto tenersi in Francia poiché vi risiedevo. Mi dissero che avevo due scelte: lavorare con loro contro l'Iraq o uscirmene dalla Francia con solo i vestiti che avevo indosso. Ovviamente scelsi la seconda.

«Tornai a Baghdad dopo un viaggio molto difficile e faticoso, a causa delle sanzioni seguite alla guerra. Volare in Iraq non era possibile, e così da Parigi andai nello Yemen, poi attraverso il Sudan, l'Egitto e la Giordania arrivai finalmente a Baghdad.

«Mi recai subito al Comitato olimpico nazionale per salutare Uday, che aveva saputo del mio ritorno. Dopo una calorosa accoglienza, mi accompagnò nell'ufficio del suo primo assistente, un ex generale dell'esercito. Gli spiegò che stavo preparando un Master in Relazioni internazionali e che sarei stato assunto quello stesso giorno come esperto di Relazioni internazionali per il Comitato olimpico.

«Cominciai il mio nuovo incarico in un ufficio assai grande e lussuoso. Avevo anche una segretaria. La prima cosa che feci fu di leggere il regolamento delle Olimpiadi. Molti impiegati del Comitato che vi lavoravano da anni lamentarono di non avere altri diritti che il salario mensile. Cominciai allora a fare uno studio per costituire una garanzia sociale, sanitaria e pensionistica per i dipendenti. Questo poteva essere fatto mediante trattenute sui loro salari, come nel sistema previdenziale francese. Sottoposi lo studio agli esperti legali e finanziari del Comitato, ma entrambi mi sconsigliarono di proseguire, perché in tal modo si obbligava il Comitato, cioè Uday, a rispettare norme quali il preavviso di due mesi e il pagamento anticipato degli ultimi stipendi in caso di licenziamento, mentre Uday voleva assumere e licenziare a suo piacimento. Io non prestai loro ascolto e andai avanti col progetto, presentandolo direttamente a Uday. Con mia grande sorpresa, questo fu il nostro primo scontro.

«Mi convocò e lo trovai molto teso. Mi disse che eravamo in Iraq e non in Francia, che era lui a decidere tutto e che in futuro non avrei dovuto pensare a queste cose. Per la prima volta rivelò la sua vera personalità. Mi disse anche che dovevo piuttosto pensare a come ottenere dalle organizzazioni internazionali contributi finanziari per il Comitato, dal momento che eravamo sotto embargo. Come avrei appurato in seguito, tutti questi finanziamenti sarebbero finiti nelle sue tasche.

«Il secondo scontro con Uday precedette le Olimpiadi di Barcellona del 1992. Il regolamento olimpico prevede che il direttore generale di ogni comitato nazionale venga eletto dopo ogni Olimpiade e non possa essere sostituito se non in caso di morte o di gravi crimini contro la morale, come per esempio la concussione. Naturalmente Uday cambiava il direttore generale a suo piacimento.

«Prima di parlare con il Comitato internazionale della delegazione irachena che avrebbe partecipato ai Giochi, spiegai a Uday che il direttore accettato dal Comitato internazionale era una persona diversa da quella da lui nominata, e che ne sarebbe nato un problema. Ma lui si arrabbiò, dicendo che spettava a lui decidere tutto. Come previsto, la risposta del Comitato fu che il nuovo direttore generale non sarebbe stato approvato e, poiché Uday insisteva nella nomina, non gli avrebbero concesso né il permesso di entrare nel villaggio olimpico né il diritto di voto. Nonostante ciò, Uday inviò ugualmente la persona da lui scelta, semplicemente per dimostrare che era lui ad avere l'ultima parola su tutto, e lo fece alloggiare in un albergo.

«Un giorno chiesi a Uday di aprire un ufficio informativo all'interno del Comitato olimpico e lui approvò questa richiesta. Avevo suggerito di realizzare due rotocalchi sportivi per la televisione, uno quotidiano e uno settimanale, per coprire gli avvenimenti del campionato di calcio. Misi insieme lo staff e le attrezzature necessarie e inaugurai la trasmissione intitolata "Lo Sport Oggi". A metà settimana andava invece in onda il "Notiziario del campionato". Era un format innovativo, al quale lo spettatore iracheno non era abituato, e all'inizio degli anni Novanta divenne uno dei programmi televisivi più seguiti, sia dai ragazzi sia dagli adulti.

«A Uday chiesi anche di scrivere una lettera al ministro dell'Informazione, per permettermi di riproporre il vasto repertorio sportivo andato in onda in televisione dall'inizio degli anni Cinquanta, così da creare un archivio sportivo del Comitato olimpico. Lui mi fornì la lettera, e potei così incontrare il ministro, che a sua volta me ne diede una indirizzata alla televisione irachena affinché le mie richieste fossero accolte.

«Quando andai alla televisione, scoprii con mia grande sorpresa che l'archivio iniziava solamente dal 1981. Scoprii che Saddam Hussein aveva fatto sparire tutto. Non esiste quindi alcun documento storico filmato dell'Iraq prima del 1981. Tutto un pezzo di storia del mio Paese semplicemente non esiste più.

«Un giorno Uday convocò un gruppo di giornalisti, e io tra loro, per coinvolgerci nella pubblicazione di un nuovo giornale che si sarebbe chiamato "Babel". Doveva essere un quotidiano coraggioso, diverso dallo stile seguito dagli altri giornali iracheni governativi. Ci disse, letteralmente, che avremmo avuto la libertà di scrivere e criticare tutto, tranne suo padre e il partito Baath. Noi fummo felici di sentire questo, anche se io fui molto prudente, ben sapendo come andavano in realtà le cose.

«Uscì il "Babel", il giornale coraggioso. Un collega scrisse un articolo intitolato *Sopra la linea rossa* sul ministro degli Interni di allora, Watban, il fratellastro di Saddam, criticandolo con diversi argomenti logici. Lo stesso giorno dell'uscita del giornale il nostro collega scomparve, prelevato da casa sua a mezzogiorno. La moglie ci informò che uomini del ministero dell'Interno l'avevano legato, picchiato davanti a lei e ai figli e infine portato con loro. Uday ci assicurò che avrebbe subito contattato qualcuno e che Watban non poteva fare una cosa del genere, ma poi non si fece più vivo. Lo richiamammo noi la sera e venimmo a sapere che il nostro collega era stato arrestato su ordine di Saddam e lui non poteva intervenire. Dopo due settimane di torture fisiche e psicologiche, tornò. Il suo aspetto era cambiato e nessuno si azzardò più a criticare altro che il municipio di Baghdad o la polizia...

«Un giorno due giovani registi chiesero di incontrarmi e mi proposero di fondare una radio chiamata La Radio della Gioventù, per la quale erano pronti a lavorare e fornire gli studi e le attrezzature. Sarebbe stata un'autentica novità, perché a Baghdad c'erano solo due radio, Radio Baghdad e La Voce del Popolo, che nessun iracheno ascoltava. La loro ambizione mi piacque e incontrai Uday per parlargli dell'argomento.

«Approvò il progetto e passò la richiesta a suo padre, fingendo però che l'idea fosse sua. Saddam autorizzò Uday a impadronirsi di tutte le attrezzature della Voce del Popolo, che cessò così le sue trasmissioni. Per la Radio della Gioventù Saddam stanziò anche una somma annua dal dipartimento della Presidenza, come salario degli operatori. Uday mi chiese di supervisionare le notizie e cominciammo le trasmissioni. Il primo giorno fu nel marzo 1993.

«Avevamo ricevuto uno studio attrezzatissimo. A quel tempo era in corso la guerra in Bosnia e le radio irachene non trasmettevano nulla di quello che vi succedeva. Quando chiesi il perché, mi fu spiegato che non avevano ricevuto istruzioni specifiche riguardo a quella guerra e non era consuetudine lavorare senza direttive.

«Preparai personalmente il primo notiziario. Uday aveva ordinato che dopo ogni giornale radio fosse trasmessa una canzone patriottica che elogiasse il rais. Ne esistevano centinaia. Così chiesi al responsabile dell'archivio di portarmi canzoni non trasmesse da tempo, per evitare il noioso stile Radio Baghdad e Voce del Popolo. Me ne portò una quantità e ne scelsi una, che fu trasmessa alla fine delle previsioni meteo. All'improvviso sentii un movimento strano nei corridoi, un rumore di soldati e di carri armati agli ingressi, come se fossimo in guerra. Arrivò l'ufficiale della sicurezza e, con nostra sorpresa, ci chiese perché avessimo trasmesso quella canzone. Venimmo così a sapere che quel brano era un segnale in codice. La sua trasmissione significava che era previsto un attacco all'edificio della radiotelevisione. Non avremmo mai più dovuto trasmetterla, così come altre canzoni che rappresentavano allarmi per altrettanti possibili obiettivi.

«Gli iracheni amavano questa radio perché le canzoni erano nuove, le notizie meno soggette a censura e potevano partecipare ai programmi via telefono, anche se non proprio in diretta, poiché era stato aperto un centro di comunicazione e le telefonate venivano registrate e trasmesse dopo un attento vaglio.

«Il centro aveva cinquanta linee telefoniche attive ventiquattr'ore su ventiquattro. Uday aveva ordinato al ministro dei Trasporti e Telecomunicazioni di accreditargli segretamente 25 centesimi per ogni chiamata telefonica arrivata alla Radio della Gioventù. Tre mesi più tardi i cittadini ebbero la sorpresa di ricevere bollette di pagamento per la RdG.

«Lavoravo dalle otto del mattino alle dieci di sera, e le trasmissioni procedevano tranquillamente, nonostante tutti temessero di commettere un errore: in tal caso la destinazione che ci avrebbe attesi era quella di al-Raduanyia, la terribile prigione privata di Saddam e famiglia, dove venivano praticate le torture più atroci.

«Nel marzo del '93, Uday convocò una riunione di redazione e ci disse di aver ricevuto l'approvazione del padre per aprire una televisione per i giovani. Voleva che allestissimo tutte le attrezzature e lo staff del secondo canale nazionale. Quando gli chiesi come avremmo potuto cominciare senza programmi, rispose che la soluzione era semplice: avremmo registrato dai satelliti e poi messo in sovrimpressione il logo della nostra televisione. Insomma, avremmo fatto pirateria televisiva. Fu aperto un grande centro al Comitato olimpico, sotto la mia amministrazione, in cui furono predisposti tutti i collegamenti satellitari e le apparecchiature per la registrazione. Lo staff, che vi lavorava a turni, registrava trasmissioni, telenovele, film eccetera. Selezionai alcuni giovani per il dipartimento Notiziari e informazione politica, e sono felice che oggi lavorino tutti in canali satellitari conosciuti come al-Jazeera e altri.

«Iniziarono così il 17 luglio di quell'anno le trasmissioni della Televisione della Gioventù, di cui ero direttore editoriale. Uday mi chiese di diventare direttore generale, ma rifiutai con la scusa che i problemi amministrativi avrebbero potuto ostacolare il mio lavoro. Lui si convinse delle mie ragioni e nominò un'altra persona, di cui mi fece collaboratore.

«Uday otteneva dalla Radiotelevisione della Gioventù somme stratosferiche, che affluivano nel suo conto privato senza che nessuno potesse chiedergli spiegazioni dal punto di vista legale. Per esempio, la pubblicità veniva concessa tramite appalti. Poteva capitare che una società vincesse un appalto, per esempio con un'offerta di due milioni di dollari al mese. In questo caso otteneva un contratto annuale e cominciava a lavorare. Se un mese dopo si presentava un'altra ditta pronta a pagare due milioni e mezzo, Uday ci contattava telefonicamente per ordinarci di rescindere il contratto già firmato e stipularne uno nuovo. Naturalmente nessuno poteva obiettare nulla.

«Ma Uday non era nuovo a simili atti di slealtà. Quando il ministero dei Trasporti ultimò la costruzione di una torre intitolata a Saddam, dotata di ristoranti girevoli con vista su Baghdad e su bellissimi giardini, Uday affittò la torre per un anno al proprietario di un famoso ristorante locale, per l'ammontare di quattro milioni di dollari. Costui arredò la torre e cominciò a tenervi ogni giorno delle feste. Un mese e mezzo più tardi, Saddam Hussein rimproverò il ministro dei Trasporti per aver permesso a Uday di affittare una proprietà dello Stato per il suo interesse personale, e ordinò che la torre fosse restituita al ministero entro ventiquattr'ore. L'imprenditore che l'aveva occupata cadde ovviamente in rovina, perché aveva già versato a Uday l'intera somma.

«Così, Uday costruì un impero mediatico che includeva più di quaranta giornali settimanali, con l'eccezione di una rivista pubblicata dal ministero dell'Informazione. Controllava anche tutta la pubblicità radiotelevisiva e della carta stampata attraverso una sua società che, ovviamente, non conosceva concorrenza. Nessuno sa sulla base di quale legge potesse agire in questo modo.

«La mia opinione personale, che deriva dalla conoscenza diretta, è che Uday abbia costruito questo impero per due scopi. Il primo era quello di pubblicizzare tutte le sue attività, soddisfacendo così il suo narcisismo. Il secondo era quello di accumulare denaro. Nelle nostre riunioni settimanali, la discussione verteva spesso su come ottenere il massimo guadagno attraverso i mezzi di informazione.

«Un anno dopo l'inaugurazione del secondo canale televisivo, il lavoro si era stabilizzato. Tra le punizioni inflitte ai dipendenti, oltre ai salari insufficienti, c'erano anche le torture. Per esempio, le speaker televisive non potevano fare errori nella lettura. Quando questo capitava, venivano picchiate a colpi di bastone sotto i piedi. Per giorni poi non riuscivano più a camminare. Oppure, quando secondo Uday gli operatori non lo avevano inquadrato abbastanza bene, facendolo apparire "meno bello", venivano messi alla gogna: la loro testa veniva immobilizzata in una sorta di pressa di legno e tutti i dipendenti dovevano sfilare davanti a loro e al passaggio schiaffeggiarli.

«Inoltre, segnalo un particolare molto importante: Uday rifiutava di accettare le dimissioni di qualunque suo lavoratore, pena la restituzione di tutti gli stipendi ricevuti durante il suo impiego. E pena la reclusione nella prigione di al-Raduaniya per almeno un mese.

«Un giorno d'estate del '94 Uday venne in amministrazione e ordinò a tutti di uscire dall'ufficio. Aveva intenzione di aprire una società che avrebbe chiamato "Sharikat al-Amir" (La ditta del principe) e voleva che io ne diventassi l'amministratore delegato. Dal giorno seguente lavorai dunque per questa azienda, situata in un sontuoso palazzo della zona di al-Jadiriya. Il lavoro consisteva nel contrabbando di gasolio e derivati petroliferi da vendere nella zona franca di Jebel Ali, negli Emirati Arabi Uniti. In un anno e mezzo la società guadagnò decine di milioni di dollari, che andarono tutte nelle tasche di Uday.

«Uday ci chiedeva di collaborare con una ditta chiamata al-Khalij, che dipendeva dai servizi segreti iracheni: questa percepiva una piccola percentuale sui profitti per coprire i nostri enormi guadagni e informare Saddam del fatto che Uday stesse collaborando con i servizi segreti nell'interesse del Paese.

«Costruimmo un porto abbastanza semplice, sulle spiagge dello Shatt al-Arab, in un punto molto vicino alla costa iraniana. Fu chiamato Mina Abu Flus e vi attraccavano piccole petroliere con capacità compresa tra le 3000 e le 5000 tonnellate, fornite di certificato di origine iraniano. Cominciavano il tragitto attraverso le acque territoriali iraniane, quindi in quelle internazionali fino a Jebel Ali. Tre o quattro volte furono fermate da forze americane che ispezionarono i documenti di trasporto. Li trovarono in regola e le lasciarono proseguire.

«Dopo un anno di attività, Uday cominciò a inviare i suoi amici in Europa, per agganciare i dirigenti di multinazionali e concordare contratti di collaborazione con lo Stato iracheno, da stipulare una volta finito l'embargo. Per ottenere tali contratti dovevano però prima ingraziarsi Uday attraverso preziosi regali. Molte società caddero nel tranello, mentre altre rifiutarono l'offerta. Gli incontri erano organizzati da un intermediario liba-

nese residente in Giordania, al quale Uday aveva concesso speciali autorizzazioni che gli permettevano – tra le altre cose – di ottenere facilmente i visti per l'Iraq.
«Nonostante gli elevati profitti, gli stipendi degli impiegati dell'Amir erano molto bassi. Il mio era pari a quello di un fattorino di una qualunque altra azienda nazionale. In molte occasioni sottolineai a Uday l'inadeguatezza dei salari, ma senza esito. Una volta si arrabbiò, dicendomi che l'onore di lavorare per Uday Saddam Hussein doveva bastarci. Dare le dimissioni era ovviamente impossibile, visto che lui le considerava come un'offesa personale, e si sarebbe finiti in prigione. Così non toccai più l'argomento.
«Un anno più tardi sorsero attriti tra al-Amir e le società che il generale Hussein Kamel aveva costituito per lo stesso scopo. Vicino alle coste del Kuwait fu anche sequestrata una nostra nave che portava 10.000 tonnellate di greggio. Un giorno il generale, parlando con Saddam, accusò l'amministratore delegato di al-Amir, cioè il sottoscritto, di aver affermato che l'industria militare era incapace di amministrare le proprie società e di produrre consistenti guadagni. Io negai e ne fui molto impaurito, e Uday promise di parlarne col padre.
«Ma Hussein Kamel riuscì comunque nel suo intento di mettere in cattiva luce la nostra società presso Saddam, che decretò di sospendere ogni attività entro quarantott'ore. Sei automobili della guardia di Saddam circondarono subito i nostri uffici per verificarne la chiusura. Uday ordinò di distruggere tutti i documenti, inclusi quelli contabili, che furono effettivamente bruciati in un garage. Al-Amir chiuse alla fine del 1995.

«Nel periodo in cui lavoravo alla Radiotelevisione della Gioventù, soffrivo di alta pressione cronica. Il lavoro richiedeva molta concentrazione, dovevo dirigere centinaia di persone ed ero responsabile di qualunque possibile errore. Grazie a Dio non fui mai punito, ma la mia salute non ne guadagnò. Il periodo di al-Amir era andato meglio, ma poi Uday mi rivolle alla televisione e la pressione salì di nuovo al solo apprendere la notizia. Il giorno seguente Uday mi fece chiamare e mi disse che sarei stato assunto come direttore della produzione e del marketing.

«Fu allestito uno studio per la registrazione di telenovele e sceneggiati. Uday mi chiese anche di darlo in affitto per le esibizioni di cantanti. Voleva che si lavorasse ventiquattr'ore al giorno e mi disse che sarei stato pagato a percentuale. Per la prima volta nella sua vita mi offriva come salario il 2 per cento del fatturato mensile, valore che superava di molto gli standard di allora.

«Un mese più tardi gli chiesi di destinare il 20 per cento come pagamento e incentivo ai dipendenti della Radiotelevisione della Gioventù, poiché i loro salari non erano paragonabili a quelli degli impiegati della Radiotelevisione irachena. Uday si arrabbiò moltissimo, ma quella volta avevo deciso di insistere anche se il prezzo fosse stato la prigione. Dopo un'accesa discussione si calmò improvvisamente e mi disse 5 per cento, poi 10 per cento, infine 20 per cento, ricordandomi però che in futuro qualsiasi richiesta di quel tipo mi sarebbe costata la punizione di due mesi di prigione ad al-Raduaniya. Ma ero riuscito nel mio intento, ed ero molto felice.

«All'inizio del 1996, un amico intimo di Uday mi consigliò, per potermi dimettere, di procurarmi certificati medici che confermassero la precarietà della mia salute. Due giorni dopo averli consegnati, ricevetti la visita a sorpresa di un altro suo amico, dal quale appresi che il Professore, come loro chiamavano Uday, aveva accettato le mie dimissioni e mi ringraziava. Ero fuori di me dalla gioia e sentii la pressione sanguigna ritornare subito alla normalità. Lasciai l'edificio della Radiotelevisione con un indescrivibile senso di leggerezza e di libertà. L'incubo era finito.

«Giorni dopo, mi recai al ministero degli Esteri. Parlando correntemente inglese e francese e provenendo da una famiglia socialmente in vista, avevo tutte le carte in regola per lavorare nel corpo diplomatico. Ma, con mia sorpresa, scoprii che il ministero assumeva solo membri del partito Baath. Lauree o lingue non erano di loro interesse. Abbattuto, tornai a casa.

«Cominciarono però a contattarmi diversi imprenditori, chiedendomi di lavorare per loro come amministratore delegato o direttore commerciale, poiché conoscevano le mie esperienze passate e i successi ottenuti quando ero con al-Amir. Le offerte erano molto allettanti. Feci la mia scelta e cominciai a lavorare. Dopo qualche giorno, uno degli uomini della guardia di Uday mi chiese di incontrarlo la sera al club nautico, dove il primogenito di Saddam teneva tutte le sue feste e serate.

«Al mio arrivo, il locale era vuoto, fatta eccezione per qualche operaio. Uday arrivò un'ora e mezza dopo. Quando lo guardai negli occhi vidi un'espressione di malvagità, ma non ne capii la ragione. Con mia sorpresa mi chiese se stessi ancora lavorando per i servizi segreti. Io negai e risposi che ero stato assunto da una società che collaborava anche con una di quelle appartenenti ai servizi segreti, ma che io non ne ero direttamente coinvolto. A quel punto Uday estrasse la pistola e me la puntò alla fronte, tremando e mordendosi la lingua in uno strano modo. Mi disse che se avessi lavorato con i servizi segreti mi avrebbe ucciso. Lo stesso se avessi lavorato nel commercio. Poi chiamò una delle sue guardie e gli ordinò di portarmi ad al-Raduaniya. Io guardai Uday e gli dissi che Dio sarebbe stato il mio difensore. La guardia mi portò al garage, ma prima che potessimo salire in automobile Uday lo richiamò. Infine tornò, e mi disse che mi avrebbe portato a casa, ma che non ne dovevo uscire, né parlare con nessuno, prima che lui si mettesse in contatto con me il giorno seguente. Tornai così a casa, ma non riuscii a dormire. L'indomani, a mezzogiorno, l'uomo mi contattò e mi disse che il Professore mi aveva perdonato.

«Avevo le mani legate. Non potevo lavorare liberamente per paura della ferocia di Uday. Nonostante ciò avevo anche due ragioni per essere felice. La prima era la fine dei miei rapporti con lui. La seconda, che non ero stato punito neanche una volta nei sei anni nei quali avevo lavorato per lui, cosa alquanto rara.

«Personalmente, non ho mai dubitato, nemmeno per un istante, che Saddam e i suoi figli *non* amassero il popolo iracheno. Saddam salì al potere per distruggere l'Iraq e il suo popolo, e questo per ragioni finora sconosciute, ma che possono essere analizzate.

«Se tornassimo all'inizio degli anni Settanta e riesaminassimo le proposte di Brzezinski e Kissinger sulla strategia della sicurezza nazionale americana in Medio Oriente, avremmo la conferma di un incoraggiamento del fanatismo religioso nella regione, che aveva l'obiettivo di aggravare le tensioni tra le diverse confessioni, provocare guerre e giustificare la presenza militare statunitense per controllare il petrolio del Golfo. Saddam Hussein ha risposto a questa strategia alla lettera, prima con la guerra contro l'Iran, che ha distrutto l'economia e la macchina militare di due grandi Paesi della zona e ha causato la morte di più generazioni da ambo le parti, per un totale di oltre un milione e mezzo di vittime. In quella guerra Saddam ebbe l'appoggio incondizionato dell'America e dell'Europa, che accolsero subito le sue richieste di aiuto sia in armamenti sia in informazioni militari, e ricevette il sostegno di un estremismo religioso, come per esempio quello dell'Arabia Saudita, che non aveva conosciuto prima della sua venuta al potere.

«La seconda applicazione di quella strategia fu l'invasione del Kuwait, che diede all'America la giustificazione legale per il controllo delle risorse petrolifere dell'area del Golfo. Fu un gran servizio offerto loro su un piatto d'argento, poiché non c'era alcuna valida giustificazione per l'invasione del Kuwait. Lo stesso è accaduto con bin Laden: chi ha creato e armato bin Laden per combattere i russi in Afghanistan? La storia futura rivelerà queste verità.

«Chi ha seguito la politica estera del rais sa che questa aveva come scopo l'instabilità della regione. Quanto alla politica interna, Saddam ha applicato alla lettera gli insegnamenti del *Principe* di Machiavelli. Ho sempre pensato che egli abbia imparato a memoria questo libro, a cominciare dal celebre detto "Il fine giustifica i mezzi".

«Quando lasciai il Paese per andare in Francia, a metà degli anni Settanta, gli iracheni godevano di un'ottima qualità della vita. Erano un popolo molto colto, dagli alti valori morali e sociali, e conduceva una vita serena in quella che tutti sanno essere la culla della civiltà. Qui nacquero la scrittura, la ruota, la legge, l'agricoltura.

«L'Iraq possiede risorse agricole e minerarie, ricchezze storiche e religiose che avrebbero potuto renderlo indipendente dal petrolio. Se avesse avuto un leader desideroso del bene del suo popolo, oggi sarebbe uno dei Paesi più ricchi e avanzati della regione. Il reddito pro capite iracheno avrebbe potuto essere tra i più alti al mondo, anche maggiore di quello dei ricchi Paesi del Golfo.

«Ma Saddam ha distrutto l'economia e la società del Paese, facendo scomparire la classe media e creando una classe di gente senza cultura, ricca soltanto di denaro e potere. Quello iracheno, pur abitando nella seconda riserva petrolifera mondiale, è diventato un popolo indigente.

«A chi fuggiva dall'Iraq perché in contrasto con Saddam, anche su questioni di scarsa importanza, venivano uccisi genitori, fratelli e sorelle. Avete mai sentito nella storia dell'umanità una cosa simile a quanto perpetrato da Saddam?

«Non mi sono mai sentito complice del suo regime, perché non ho occupato posizioni in cui potevo prendere decisioni determinanti e perché non ho mai utilizzato a fin di male il poco potere che avevo. Non mi sento colpevole.

«Il sentimento costante che mi ha accompagnato durante tutti gli anni della dittatura è stato quello della paura, ventiquattr'ore su ventiquattro. Sono sopravvissuto vivendo giorno per giorno, avendo sempre presente che Saddam era il dittatore onnipotente: chi si metteva contro di lui rischiava la morte, inclusi i suoi familiari.

«Sono convinto che il rais sia ancora vivo da qualche parte in Iraq e abbia fatto un accordo con gli americani prima della guerra. Sfuggirà quindi alla cattura, magari rifacendosi un'identità con l'aiuto delle moderne tecniche di chirurgia plastica. È probabile che prima delle elezioni presidenziali statunitensi gli americani ce lo mostreranno morto. Ma sarà solo uno dei suoi tanti sosia.

«Su Uday e Qusay credo ci siano sessanta probabilità su cento che siano davvero morti in quell'attacco a Mosul, sul quale ci sono ancora troppi lati oscuri. Come, per esempio, perché i militari americani hanno distrutto completamente la casa dove si sarebbero trovati i due fratelli, dopo la loro uccisione; perché sei ore di furiosa battaglia della più potente armata del mondo contro tre persone chiuse in una villa. La maggioranza dei tanti nuovi giornali a Baghdad scrive che se ne stanno tranquillamente a Montecarlo. La loro fine resterà un mistero ancora per molti anni.

«Quando sono arrivati gli americani a Baghdad, ho avuto un solo pensiero: è tutto finito. È la fine di un sogno e di un incubo. Il sogno di un Iraq libero e indipendente, ricco e civilizzato come negli anni Settanta; l'incubo di un regime brutale guidato da Saddam Hussein.

«Ma tutto ha un sapore amaro. Per far fuori Saddam ci sono voluti gli americani. Nessuno qui crede che siano venuti per liberare gli iracheni.

«E io ogni giorno mi chiedo: sarà la fine del mio Paese o l'inizio della sua ricostruzione?»

Capitolo 27

ADDIO BAGHDAD

16 aprile. È arrivato e un po' lo temevo. L'ultimo giorno, il giorno degli addii. Dopo tre mesi, domani all'alba partirò per Amman, dopo aver fatto collegamenti fino a notte fonda.

La notizia di oggi è la cattura del palestinese Abu Abbas, arrestato in un albergo dai marine nel corso di una spettacolare operazione che ha visto un grande dispiegamento di elicotteri e carri armati. Ricercato dagli americani da vent'anni, Abbas è membro dell'organo dirigente del Fronte di Liberazione della Palestina ed è accusato di avere capeggiato, nel 1985, il sequestro della nave da crociera italiana *Achille Lauro*, che costò la vita anche a un passeggero, un anziano ebreo costretto sulla sedia a rotelle di nome Leon Klinghoffer. Abbas ha vissuto per molti anni in Tunisia, poi a lungo in clandestinità, e nell'ultimo periodo risiedeva principalmente a Baghdad. È considerato dagli esperti un «pesce piccolo» nel panorama del terrorismo internazionale, ma Washington insiste sull'estrema importanza dell'arresto.

Nel pomeriggio cerco di ultimare i preparativi per la partenza, approfittando ancora della luce del giorno, visto che ormai i generatori di corrente non riescono a garantirci più nemmeno un lumicino all'interno delle nostre camere. Nella mia stanza, dove regna un ordinato disordine, comincio a preparare le valigie: per fortuna, quella più grande l'ho spedita ad Amman prima della guerra, tenendo a Baghdad solo le cose essenziali.

Nel frattempo Mahdi paga l'albergo; un'impresa, perché – come previsto dall'amministrazione irachena alla perenne caccia di valuta forte – bisogna pagare metà in dinari, metà in dollari. La parte in dinari, a causa dell'iperinflazione, riempie intere valigie di montagne di biglietti senza valore.

Al ritorno dal «tour» nel complesso presidenziale di Saddam Hussein incrocio Assad, che non vedo da qualche giorno. Il «manager» del nostro ufficio, che tanto ci ha fatto penare per la sua inconcludenza, la sua inefficienza e goffaggine nel destreggiarsi nella giungla burocratica irachena, è comunque una persona onesta. Il giorno dell'ultimatum girava ancora sfoggiando sulla sua macchina un ritratto del rais. Gli avevo consigliato di nasconderlo, perché i tempi sarebbero diventati difficili, e lui, come assistente di uno dei consiglieri di Saddam, forse poteva rischiare una sanguinosa vendetta. Orgoglioso, mi aveva risposto che il ritratto del rais lo avrebbe tenuto sempre con sé, come del resto la sua pistola nuova di zecca. Temeva la guerra, e solo qualche giorno dopo l'inizio degli attacchi era riuscito a mettere la propria famiglia al sicuro, vicino a Karbala.

Mi accerto che possa continuare a lavorare con la Tve, visto che Ángela partirà con noi il giorno dopo. Non ne è ancora sicuro. È naturalmente ansioso, essendo uno dei «disoccupati eccellenti»: del suo gran capo al-Duri si sono perse le tracce da diverse settimane.

Lo abbraccio, lo ringrazio, gli faccio tanti auguri e mi dirigo verso l'Hotel Palestine, dove c'è Luay che mi sta aspettando. Mettiamo a punto gli ultimi dettagli per il collegamento con il telegiormale delle 20 e poi, come sempre prima che faccia buio, per motivi di sicurezza Luay rientra a casa accompagnato da Mahdi.

L'addio con Luay è straziante. Mi accorgo subito che è turbato. Comincio a ringraziarlo per la sua preziosa collaborazione, gli ricordo i tanti momenti belli, brutti e di grande tensione che abbiamo passato insieme, mi scuso se qualche volta sono stata troppo nervosa. Lui mi guarda fisso negli occhi e comincia a commuoversi. Lo abbraccio, questo gigante buono che mi ha sempre protetta e aiutata, e lui scoppia in un pianto dirotto. Nulla riuscirà a fermare le sue lacrime: lo stringo forte e lo lascio sfogare sulla mia spalla. La scena si svolge sotto gli occhi di tanti colleghi, di tanti altri iracheni che si commuovono a loro volta. Me compresa. «Ma insomma, l'uomo sei tu e devi essere più forte – gli dico scherzando – e smettila di piangere, sennò comincio anch'io e non possiamo fare queste scene davanti a tutti.» Capisco che nelle sue lacrime c'è tutto: il sollievo per la fine della guerra, il dolore per dover dire addio a una persona che è diventata un'amica, la paura per un mondo finito in pochi giorni, l'orgoglio nazionale ferito di un iracheno che vive l'umiliazione di un Iraq occupato da una forza occidentale cristiana.

Sa che nulla sarà più come prima e non riesce ancora a immaginarsi un futuro. Cerco di rassicurarlo. Un giorno l'Iraq si rialzerà e sarà più forte di prima: per una persona come lui, giovane e piena di talento, sicuramente ci sarà un importante avvenire professionale. Gli ricordo che i suoi due figli hanno il diritto di avere una vita migliore, di crescere in una nazione governata dalle regole della democrazia e della libertà. L'Iraq – insisto – non appartiene al Terzo Mondo, è un Paese ricco di cultura, di petrolio, di gente perbene.

Sull'immediato gli garantisco che potrà continuare a lavorare con la Rai. Mentre parlo con Luay, gli stringo le mani. Lui continua a piangere. I suoi begli occhi azzurri sono affaticati e arrossati: ogni tanto cerca di scusarsi, poi mi chiede: «Ma è vero che tu tornerai, non ti dimenticherai dell'Iraq?», e io gli prometto che tornerò. Un ultimo abbraccio, poi vado via di corsa. Anche per me questo addio è difficile: nella mia testa si accavallano ricordi, emozioni, sensazioni. Passo nella mia stanza, mi siedo per qualche istante con un senso di profonda tristezza e scoramento. Mi sento improvvisamente svuotata. Guardo l'orologio e vedo che è tardissimo.

La mattina dopo ci alziamo all'alba, perché la partenza è prevista per le sette. Abbiamo organizzato un convoglio: non partono solo i colleghi e i fotografi dell'Agence France-Presse, gli spagnoli e il collega di «Le Monde», ma anche altri giornalisti che hanno voluto unirsi a noi proprio perché le strade sono tutt'altro che sicure. C'è ancora il rischio di incontrare sacche di resistenza e di imbattersi in bande di saccheggiatori. Prima di partire vado a cercare i miei due amichetti, Sayf e Hassan, due bambini che da settimane vivono con noi giornalisti, dormendo sul prato davanti all'albergo in un sacco a pelo. Li trovo addormentati, raggomitolati sotto una coperta. Li sveglio, lascio loro del denaro, mentre ancora mezzi assonnati mi baciano, mi abbracciano, mi ringraziano con le tre parole di inglese che conoscono. Il più piccolo, Sayf, comincia a piangere. Di loro sappiamo molto poco, solo quello che hanno raccontato ai nostri traduttori: i loro genitori si trovano da qualche parte fuori Baghdad, e loro due sono venuti qui per guadagnare un po' di soldi. Sin dal primo giorno hanno cominciato a fare i lustrascarpe, e noi li abbiamo «adottati». Indimenticabile Hassan la prima volta che si è proposto per la pulizia delle mie scarpe: «*Good: money; no good: no money*». Aveva già capito tutto della vita!

Un ultimo bacio e poi l'addio con Mahdi. Anche lui si commuove, ma niente scene strazianti. Mahdi è un uomo furbo e pragmatico, pieno di risorse e di fantasia. Sono certa che se la caverà, riuscendo perfettamente ad adattarsi ai nuovi padroni del suo Paese. Già dopo poche settimane, mi dirà al telefono che ha messo in piedi un piccolo business con i satellitari Thuraya. Geniale!

Superati i numerosi controlli e posti di blocco degli americani, finalmente con due ore di ritardo riusciamo a muoverci. Dopo tre mesi difficili e stressanti, da una parte sono contenta di poter partire, dall'altra mi chiedo se sia giusto andarmene proprio adesso. Sono stata combattuta fino all'ultimo. Guardando dal finestrino della mia jeep, ricordo le altre volte in cui ho lasciato questa città in uno stato di prostrazione dopo guerre e rivolte represse nel sangue. La Baghdad che vedo ora è una capitale devastata dai saccheggi e dai bombardamenti. Penso al lavoro di questi mesi e spero di aver fatto del mio meglio: abbiamo lavorato tanto e dormito poco, come era ovvio che accadesse in una situazione così straordinaria. E straordinario è stato anche il mio compagno di lavoro, Enrico: per la sua capacità professionale, la sua abilità nel cogliere con il teleobiettivo le immagini, le sensazioni, i dettagli che mi hanno consentito di raccontare una realtà così complessa. Enrico non si è mai lamentato, neppure quando lavoravamo senza sosta. Coraggioso, ha sempre mantenuto il sangue freddo. È una persona di grande sensibilità e di grande gentilezza: non l'ho mai visto col broncio né di cattivo umore. Ha sempre quel sorriso che in una situazione di grande tensione vale oro.

Nessuno può affermare che una guerra, un'esperienza di violenza e di morte, lasci indifferenti. Né i militari più agguerriti né gli inviati più coriacei sono impermeabili a ciò che vedono e a ciò che fanno. Mi tornano in mente i dubbi che avevo alla partenza da Roma. Sulla guerra, sulla paura. La guerra c'è stata, la paura anche, ma l'ho controllata. Me ne vado con molti quesiti aperti e alcune incertezze. Il ricorso alla forza mi è sembrato sin dall'inizio di questa crisi la peggiore delle scelte. La realtà del conflitto me lo ha confermato.

La guerra non ha niente a che fare con le parole utilizzate dai Paesi che la conducono. «Conflitto», «rapporto delle forze in campo», «progressi delle operazioni», «dominio dei cieli», «controllo del campo di battaglia», «decapitazione del regime», «successo», «vittoria».

Non ha nulla a che vedere con le dotte analisi degli esperti negli studi televisivi, con le immagini accattivanti di giovani soldati partiti in capo al mondo per condividere una grande avventura, con formidabili momenti di cameratismo in un Paese esotico dove pensano di portare la libertà.

La guerra fa male, come l'esplosione di un proiettile che affonda nella carne viva. Puzza, come l'odore di morte o quello della paura. La guerra fa urlare i bambini e piangere le loro madri. Distrugge le case e le persone. Mi vengono in mente le parole di mio nonno Franz, ex combattente della Seconda guerra mondiale: la guerra è un male assoluto.

La storia contemporanea ha dimostrato che a volte è necessaria, come nel caso della lotta contro il nazi-fascismo o dei più recenti interventi armati nella ex Jugoslavia. Soprattutto in quest'ultimo caso si è parlato di «guerre etiche», in cui la Nato è intervenuta in conflitti civili scoppiati dopo la disintegrazione di una regione che stava destabilizzando il cuore del Vecchio Continente. Ma tutto questo non ha nulla a che vedere con le moderne «guerre preventive».

Allontanandomi da Baghdad, penso all'onere e all'onore che ho avuto di testimoniare un evento eccezionale, che avrà un impatto determinante sul futuro del pianeta. Ho imparato a essere più umile nel mio mestiere. Misuro meglio la distanza che esiste tra la realtà complessa di fatti lontani di cui siamo testimoni e il modo in cui li raccontiamo. Le facili semplificazioni, le idee preconfezionate, le inconsistenti elucubrazioni intellettuali di cui la maggior parte dei commentatori fa largo uso. Sarò più prudente nelle mie opinioni, ma anche più attenta a passare al setaccio della ragione i luoghi comuni che troppo spesso si sostituiscono alla conoscenza dei fatti. Lo devo ai telespettatori e a tutti coloro che ho incontrato in questi mesi e che mi lascio alle spalle. Conosco l'impotenza della mia professione di fronte ai tanti volti della tragedia, ed è per questo che non possiamo esimerci dal guardare oltre le verità precostituite.

So che avrò nostalgia della straordinaria complicità che accomuna chi vive sulla propria pelle queste avventure. Per me sono soprattutto le facce del piccolo gruppo di amici che ruotavano attorno all'Afp. Non parlerò di Jacques, che viaggia accanto a me. Ma so già che mi mancheranno l'amabilità di Nayla, il sorriso di Ezz, l'umorismo di Samy. Le discussioni infiammate la sera attorno a una scatoletta di sardine sott'olio. L'inquietudine condivisa quando cadevano le bombe e i muri tremavano. Sono situazioni di verità dei sentimenti. Amicizie che durano a lungo. Infine, chiudo questa esperienza irachena con una sensazione difficile da spiegare, molto personale. Troppo intima da definire. È il contrario di una medaglia che si porta al petto. Ma è la ricompensa che ci si attribuisce, la sera, prima di addormentarsi, lontani da tutto e da tutti. È la fierezza. Una fierezza discreta, interiore, e terribilmente semplice. Ho fatto il mio dovere, come tanti altri colleghi. E molti di loro devono avere la stessa sensazione di una missione compiuta. Di passione che ispira chi ama questo mestiere. Le circostanze difficili, la stanchezza, i drammi si dimenticano presto. Si trasformano in aneddoti di cui parlare con ironia. O in ricordi tristi che si raccontano con pudore. Ma la fierezza si radica, nascosta nel profondo del cuore. E so che un giorno, frugando tra i ricordi e le immagini belle e terribili di Baghdad, dirò sorridendo: «Io c'ero».

Epilogo

E adesso?

Sono partita da Baghdad senza veramente lasciare l'Iraq. Continua a essere nei miei pensieri. Come tutti, mi chiedo cosa riserverà il futuro a questo travagliato Paese.

Sotto il sole infernale dell'estate irachena le speranze di una stabilizzazione rapida, di un ritorno all'ordine, del rilancio della macchina politica ed economica si sono dissolte con una velocità purtroppo prevedibile. E il dibattito sulla guerra in Iraq, sulle sue ragioni, sulle sue conseguenze, infuria sia negli Stati Uniti sia in Gran Bretagna. I combattimenti sembrano essersi spostati dalle distese desertiche della Mesopotamia ai corridoi del potere e alle colonne dei giornali a Washington e a Londra.

In realtà, la nuova lotta scoppiata oltre Manica e oltreoceano è la perfetta espressione di ciò che ammiro di più in Gran Bretagna e in America: la capacità di una società di chiedere conto ai propri governanti. L'assoluzione non esiste in politica e chiedere oggi: «Valeva la pena di andare in Iraq?», come fa coraggiosamente il «Financial Times» del 16 luglio, è una domanda essenziale. È in gioco la nostra fiducia nelle istituzioni e nei procedimenti democratici di controllo del potere. Cioè le basi stesse dell'unico sistema politico, la democrazia occidentale, che aspira all'universalità.

Passo in rassegna le numerose promesse che ha fatto George W. Bush in questi ultimi mesi. Ha garantito di portare democrazia e benessere agli iracheni. Ha fatto intravedere una ricostruzione del Paese atta a galvanizzare alcuni settori dell'economia statunitense. Ha assicurato di stabilizzare l'Iraq per evitare che diventi un'oasi per gruppi di estremisti antiamericani. Ed è andato oltre, facendo sperare nella possibilità di risolvere il conflitto arabo-israeliano. Per il momento, i risultati ottenuti su tutti questi fronti sono caratterizzati da una notevole indeterminazione. I soldati americani sono alle prese con una micidiale guerriglia. Le prime autobombe hanno colpito in estate a Baghdad l'ambasciata di Giordania e la sede dell'Onu. E quando alla Cnn sento la notizia della strage della moschea di Najaf, alla fine di agosto, mi è chiaro che le peggiori previsioni si stanno realizzando.

La lista dei problemi è lunga. Saddam Hussein è stato allontanato dal potere ma non ancora catturato. Le nuove istituzioni sono traballanti e lontane dall'avere l'appoggio della popolazione. Il settore petrolifero è tuttora malridotto e le compagnie straniere esitano a investire in un Paese in cui la sicurezza non è garantita. Il processo di pace israelo-palestinese deve fare i conti con i problemi di sempre: dall'occupazione israeliana, agli insediamenti illegali in Cisgiordania e a Gaza, agli attacchi dei kamikaze. Il terrorismo nel mondo è ancora vivo, e gli attentati di maggio in Marocco, in Israele e in Cecenia lo hanno dimostrato.

Il futuro è dunque nebuloso, e Bush e Blair, invece di venire salutati come eroi, rischiano di essere ricordati come manipolatori, bugiardi, apprendisti stregoni. Con loro adesso i giornali americani e britannici cominciano a regolare un po' di conti. Quasi stupita leggo autorevoli editorialisti definire le armi di distruzione di massa di Saddam Hussein «armi di sparizione di massa», «armi di illusione di massa»... Alcuni parlano persino di «Weapongate», in riferimento allo scandalo del Watergate che ha costretto il presidente Richard Nixon a dare le dimissioni per aver mentito al popolo americano. È sempre più chiaro, grazie alle inchieste della stampa e delle commissioni parlamentari, che è il famoso Ufficio dei piani speciali (Osp) del Pentagono ad aver rivestito il ruolo principale nello spingere l'America verso il conflitto. L'Osp ha lavorato al di fuori dei circuiti abituali delle agenzie di intelligence come la Cia o la Dia, che operano sotto la supervisione del governo e dei parlamentari. Un gruppo ideologicamente ispirato ai *neo-conservatives*, legato al mondo degli affari e in particolare a quello del petrolio, ha potuto dunque creare le condizioni per autorizzare la guerra, e il popolo americano ha sostenuto un'operazione da cui pensava potesse dipendere la sua sicurezza.

Un'organizzazione che passa per essere la voce ufficiosa della Cia arriva a scrivere a maggio: «Abbiamo a che fare con un fiasco della politica e dei servizi segreti di dimensioni monumentali». A sferrare il duro attacco sono gli ex agenti dei servizi segreti dei Veteran Intelligence Professionals for Sanity. «Non si era mai fatto ricorso a questa manipolazione in modo così sistematico per ingannare i nostri rappresentanti e spingerli a votare in favore della guerra» insistono.

Ma il governo Blair non è stato da meno. Ha utilizzato anch'esso una struttura parallela, denunciata dalla stampa britannica e battezzata Operazione Rockingham. Lavorava a stretto contatto con il Comitato congiunto per l'intelligence (Jic), incaricato di fornire al primo ministro sintesi «aggiustate» sull'entità della minaccia agli interessi britannici. Blair si è basato su questo tipo di informazioni drammatizzate per annunciare, nel suo famoso discorso del 24 settembre 2002, che l'Iraq poteva attivare nel giro di quarantacinque minuti le armi di distruzione di massa. Da allora, la Bbc ha sollevato un polverone, asserendo che quell'informazione era stata introdotta nel documento dal Jic su richiesta di alcuni consiglieri di Blair per aumentarne l'impatto, per renderlo «più sexy».

Analogamente, si è scoperto che i documenti riguardanti il famoso uranio che Saddam avrebbe cercato di acquistare in Niger erano falsi, così come restano infondati i presunti legami tra il rais e Osama bin Laden.

Ancora una volta riassume bene i termini del problema il

giornalista americano Seymour Hersh, le cui analisi sui servizi segreti mi appassionano da tempo: «Se è vero che questa amministrazione ha deliberatamente, e sin dall'inizio, dipinto Saddam Hussein come una minaccia diretta alla nostra sicurezza, senza averne le prove, perché era il modo migliore per mobilitare il popolo americano, ebbene, a essere sinceri, questo si chiama "mentire". È la peggiore manipolazione che un presidente possa commettere. Non eleggiamo un presidente perché non ci dica la verità sulla situazione mondiale, soprattutto quando manda dei ragazzini a uccidere e a farsi uccidere. La democrazia si basa sulla verità».

E gli iracheni in tutto questo? Chi pensa a loro? Eccoli di nuovo in balia della Storia. Di nuovo vittime di una guerra che non volevano. Di nuovo invasi da un esercito che non hanno chiamato. Eppure, dopo il terrore, le privazioni, le sofferenze, avrebbero almeno diritto a un po' di speranza. Ho l'impressione che i miei amici di Baghdad, che quando sono partita piangevano, dovranno aspettare ancora un po' prima di asciugare le loro lacrime.

INDICE

BUR
Periodico settimanale: 1 settembre 2004
Direttore responsabile: Rosaria Carpinelli
Registr. Trib. di Milano n. 68 del 1°-3-74
Spedizione in abbonamento postale TR edit.
Aut. N. 51804 del 30-7-46 della Direzione PP.TT. di Milano
Finito di stampare nell'agosto 2004 presso
il Nuovo Istituto Italiano d'Arti Grafiche - Bergamo
Printed in Italy

ISBN 88-17-00273-9